ullstein

Das Buch

Lappland um 1930. Irga, die Tochter des Weißen Generals, flieht durch die eisige Winternacht auf Skiern bis nach Russland. Seit sie sich mit einem Kommunisten eingelassen hat, schwebt sie in Lebensgefahr. Sie ist schwanger und flüchtet zu ihrem Geliebten. Ihr Weg führt sie weit in den Norden und Osten, bis zu den brutalen Vorkuta-Gulags, zur Wolga und schließlich nach Kazan, zum Volk der Mari. Mit sich trägt sie ein Geheimnis, das ihr wichtiger ist als ihr eigenes Leben.
Russland, 2015. Die Finnin Verna hat ihren lange vermissten Vater gesucht, doch sie kommt zu spät: Er ist tot. Verna versucht herauszufinden, was ihm zugestoßen ist. In einem kleinen Mari-Dorf trifft sie eine alte Frau, die ihr hilft, aber gleichzeitig etwas vor ihr zu verbergen scheint.
Zwei starke Frauen und ein Volk, das sich gegen alle Widerstände zu behaupten versucht. Ein großer, sprachgewaltiger Roman, der von der Macht der Liebe über alle Grenzen hinweg erzählt.

Die Autorin

Katja Kettu, Jahrgang 1978, ist eine der wichtigsten Autorinnen Finnlands. *Feuerherz* ist ihr vierter Roman. Ihr preisgekröntes Debüt *Wildauge* wurde hoch gelobt, stand wochenlang auf Platz eins der finnischen Bestsellerliste. Der Roman erschien in 20 Sprachen und wurde verfilmt.

Von Katja Kettu ist in unserem Hause bereits erschienen:

Wildauge

Katja Kettu

Feuerherz

Roman

Aus dem Finnischen
von Angela Plöger

Ullstein

Besuchen Sie uns im Internet:
www.ullstein-taschenbuch.de

Der Verlag dankt FILI für die Förderung der Übersetzung.

Für Lallu, Karo und Konna

Ungekürzte Ausgabe im Ullstein Taschenbuch
1. Auflage März 2018

First published by Werner Söderström Ltd 2015 with
the Finnish title *Yöperhonen*
Titel der finnischen Originalausgabe: *Yöperhonen*
(Verlag WSOY, Helsinki, 2015)
Umschlaggestaltung: zero-media.net, München,
nach einer Vorlage von Cornelia Niere
Titelabbildung: © Marta Bevacqua / Arcangel
Illustrationen: ©Katja Kettu
Karte der Sowjetunion: © Bildarchiv WSOY
Satz: Pinkuin Satz und Datentechnik, Berlin
Gesetzt aus der Galliard
Druck und Bindearbeiten: CPI books GmbH, Leck
ISBN 978-3-548-29055-3

Prolog

Petsamo 1937

Irga

Ich bin die Tochter des Weißen Gottes, und mich werdet ihr nicht kriegen. Auf meinen Skiern laufe ich am Hang des Jungfernbergs entlang um mein Leben und um das Leben meines Kindes. Die Spürhunde kläffen unten im Tal, die Rufe der Verfolger schallen herüber: »Da läuft die Hure! Die will zu den Russkis flüchten!«

Die Stimme kann ich nicht erkennen, aber sie gehört einem von Vaters Befehlsempfängern aus der glorreichen Horde der Schlächter, die zum Spaß auf Skolten und schwangere Mädchen ballern.

»He, Irga, komm zurück! Was wird dein Vater sagen!«

Aus den Rufen höre ich die Angst heraus. Tja, was wird der Kommandant der Grenztruppen, der Weiße General Henrik Malinen, sagen, wenn sein Nesthäkchen zu großem Abenteuer die Grenze überschreitet?

»Ihr Fötentöter.« Ich spucke hinter mich und lege noch Tempo zu.

Im Norden heult das Eismeer seine Frühjahrsbrunst hinaus, die Schneebühne ist von Sonnenschein und prallen Weidenkätzchen vergoldet. Meine Skibindungen aus Weidenzweigen knarren bei jedem Abstoßen, und die Schneeteller schluchzen. Der Wollrock raschelt an den Schenkeln, als ich den Hang hinunter auf das Eis des Jauruflusses sause, zu der steilen Felswand, wo der

Schnee von der Wärme schon dunkel geworden ist. Ich kann die Strömung unter dem Eis spüren und zögere einen Augenblick. Wer zu Beginn des Tauwetters darüberläuft, der ist nicht ganz bei Trost. Aber jetzt gibt's einen Grund. Ich hab es eilig. Von jenseits der Anhöhe dringt das klagende Heulen eines Wolfs herüber, und darauf antwortet das Rudel von weiter her am Fuß des Fjälls. Von hier sind es noch fünf Kilometer bis zur russischen Grenze, und es wird bald dunkel.

Die Kerls hinter mir scheuen sich, das Eis zu betreten. Denn alle erinnern sich an den Fall der im Russinnen-Fluss ertrunkenen Kinder – es heißt, ihretwegen flackern auf der Landenge manchmal die Leidensfeuer.

Ich höre Rufe: »*Postój*, geh nicht weiter! Wir tun dir nichts!«

Ich drehe mich nicht um. Aus meinen Nasenlöchern steigt Dampf, der Fellski glänzt, im Mund habe ich den Geschmack von Metall. Auf der Brust spüre ich warm die quadratische Karte, die Wolfszahn den Rentier-Skolten für mich mitgegeben hat und auf der geschrieben steht: »*Mílaja Írgotschka!* Kommen Sie hierher, eine bessere Welt aufbauen! Ich besorg Ihnen Pass und Visum.« Ich denke an die Tintenschnörkel und die hartknochigen Hände, die sie gemalt haben. Bald werden deren schlanke Finger mich liebkosen.

Meistens ist es schwierig, zu erklären, warum man fortgeht. So wie auch die Frage zu beantworten, warum Irga Malinen, Tochter des Weißen Generals, hier auf ihren Skiern ins Land der Räte unterwegs ist. Ein Grund ist meine deutliche Auflehnung, ein Wutanfall, der mich überkam, aber so ist nun mal meine Natur. Vor einer Woche, an meinem fünfzehnten Geburtstag, hat mein *pápotschka* vergessen, am Türpfosten anzuzeichnen, wie viel ich in einem Jahr gewachsen bin. Bei Sisko hat er sehr wohl daran gedacht und sich wortreich damit gebrüstet, was er doch für ein prachtvolles, rassereines Mädchen zustande gebracht habe, und das, obwohl seine Mutter aus einer Sippe stammte, die den Bäumen opferte.

»Dieses Mädel wird das schlechte Erbe abschütteln und anstatt lappländische Feuer anzuzünden, das elektrische Licht einschalten!«

Das machte mich so wütend, dass ich hinter die Sauna gehen, auf eine Rentierklaue beißen und heulen musste. Sisko, immer nur Sisko. Seit der Olympiade in Berlin ist dieses hinterfotzige Biest der Liebling und Augenstern meines Vaters, seit sie durch Schmu in die Nationalmannschaft der Turnerinnen gewählt wurde und mit Reichskanzler Hitler höchstpersönlich Tee trinken durfte. Das falsche Luder. Seither denkt Vater an nichts anderes mehr. Und alle hat sie mit ihren heimlich gebrannten Seidenlocken bezirzt. Und sie hatte reichlich Verehrer.

Aber als Wolfszahn von jenseits der Fjälls kam und sich in Hetes Kate niederließ, um seine Agitationsreden zu halten, da beschloss ich, den nehme ich. Und, oh Wunder, Wolfszahn wollte mich.

Wolfszahn hatte einen Mund mit weichen Lippen, zwischen denen sich der linke Eckzahn hervorschob, und das ließ ihn herrlich grausam aussehen. Seine Geschichten glaubte ich natürlich nicht. Wir hatten zu Hause die Angst vor dem Russki und dem Kommunismus so gründlich mit der Muttermilch eingesogen, dass wir über die komischen Reden, die das Murmansk-Radio sonntags zur Kirchzeit sendete, nur lachen konnten. Trotzdem überraschte ich mich dabei, dass ich an mehreren Sonntagen zu Hetes Kate lief, und das ist kein Wunder, denn niemand beaufsichtigte mich. Und irgendwie fand ich auch Gefallen daran. In eine Decke aus Rentierfell gewickelt dort zu sitzen, aus einem Holzbecher Rentiermilch zu schlürfen, Wolfszahn zu beobachten und zuzuhören, wie die Roten meinen Vater in die unterste Hölle wünschten. Wie bessere Propheten schwärmten sie vom Wunderland des Kommunismus und vom Paradies der Werktätigen. Dort, jenseits der Grenze, lachten die Leute angeblich darüber, dass wir hier Muckefuck tranken. An den Frauen wabbelte der Hüftspeck, es gab Traumwecken aus purem Weizen, und die Kolchoskuh muhte mit prallem Euter – komm und nuckle! Jemand war mit einem Eissegler zu den Russkis abgehauen und gleich zum Kommissar des Gebiets Murmansk avanciert.

»Wie soll der denn über die Grenze gekommen sein?«, wagte ich zu zweifeln.

»Das is doch ganz einfach«, blaffte Hetes Alte.

Die Skoltlappen überschritten regelmäßig die Grenzen, wenn sie dem Zug ihrer Rentiere folgten. Auch für andere Leute würde das leicht sein. Einfach ein Heureuter als Mast in den Schlitten, ein Flachmann als Reiseproviant in die Manteltasche, und auf geht's! So würde die Fahrt wie im Flug vergehen, denn Richtung Sowjetland wehten immer günstige Winde, so dass auch die Bäche unter den Moosbülten ihre Fließrichtung änderten, weil sie ihr Wasser nicht aus dem Paradies herauslassen wollten.

»Is das wahr?«, fragte ich aus dem Hintergrund der großen Stube.

Wolfszahn lachte und schob mir seine warme Hand unter den Rock.

»Dir würde es dort gefallen. Komm ins Dorf Moskova zum Tanzen. Da ist jeden Abend ordentlich was los.«

Er kitzelte mich so, dass ich ganz schwach wurde, in Hetes Pfahlspeicher schob er noch vor dem Konfirmationssommer seinen Schwanz in mich und rammelte mich so heftig, dass ich lachen musste. Mir gefielen sein keuchendes Flehen und die ins Rentierfell gebissenen Schreie, verdammt, Irga, du hast die Herrlichste von der Welt. Ich versprach, ihn zu besuchen, wenn ich die Zeit fände. Wir trennten uns in bestem Einvernehmen, im Zeichen des gemeinsamen Geheimnisses und künftiger schweißiger

Sonntage. Aber dann wurde es mir morgens immer so übel. Ich tat, was Sisko als Frau von Welt mir beigebracht hatte. Man muss auf ein Getreidekorn pinkeln, und wenn es anfängt zu keimen, dann weiß man, dass es schiefgegangen ist. Das Korn keimte. Ich erzählte es Sisko, und die posaunte es gleich bei der nächsten Sitzung von Lotta Svärd aus, dass Irga mit einem Russki gehurt hatte. Das meinem Vater zu erzählen wagte niemand, aber natürlich würde es früher oder später herauskommen, und die Gemeindehebamme war nicht bereit, mir zu helfen.

»Mit dem Russenagitator hast du dich eingelassen«, warf Anselmi mir vor. »Jetzt werden deine Sünden gezählt!«

Auch der bettelarme Knecht Anselmi war schon um meine Lapplandstiefel herumgekrochen, hatte nach meinem Rock gefasst und mich, die Tochter des Weißen Generals, angefleht, ich möge ihn erhören. Das wusste Anselmi noch sehr genau und sah, dass auch ich mich daran erinnerte. Die Scham trieb dem Jungen das Blut in die Wangen, und ich versuchte, den richtigen Zug zu machen: »Und wenn ich das nun meinem Vater sage?«

Anselmi erschrak. »Kein Wort wirst du Drecksstück ihm sagen!«

Mein Versuch war missglückt. Sie zwangen mich, das Kleid bis zu den Hüften hochzuheben und die Zunge gegen eine vereiste Eisenstange zu drücken, so dass sie daran festfror, dann befahlen sie mir rückwärtszukriechen. Mit einem Ledergürtel schlugen sie auf meine Schenkel ein, als ich das tat, aber der Fleischfetzen wollte einfach nicht abreißen. Da nahm Jaakkima Alakunnas das Lappenmesser und trennte mir mit einem Hieb die Zunge ab. Ein großes Stück löste sich, dass das Blut nur so spritzte, aber das machte mich eher wütend, als dass es mich erschreckte.

»Christusteufel, was hast du nur getan?«, heulte Anselmi auf.

Ich riss mich los und rannte über die vereiste, tragende Schneedecke nach Hause. Jemand krächzte hinter mir her: »Wir kriegen dich noch, du Russenhure!«

Ich hockte den ganzen Abend im Stall, drückte mir einen Torfmoosumschlag auf die geschwollene Wange und überlegte. Wegen des tragenden Harsches hatten meine Stiefel keine Spuren im Schnee hinterlassen. Aber die Männer würden sich denken können, wohin ich gegangen war, und mir am Morgen auf Skiern nachsetzen. Oder sie gehen zu Hetes Hütte und stecken ihm die Bude überm Kopf an. Und früher oder später finden sie hierher. Sie wissen, dass Vater irgendwo in Pummanki auf Inspektionsreise ist und Sisko bei den Cousinen übernachtet.

Ich begann zu packen. Die rot-schwarzen Beingamaschen und den Lammfellmantel, auch einige Markstücke mit Loch, die von deutschen Touristen stammten. Die Postkarte von Wolfszahn schob ich mir unter das Unterhemd nahe zum Herzen. Dann dachte ich über Mitbringsel nach. In Vaters Arbeitszimmer rollte ich so viele Landkarten zusammen, wie ich mich nur traute, die hatte Wolfszahn gern. Ölbutter und Molkenkuchen, eine kleine Flasche Rum. Als letzten Streich schnappte ich mir von Vaters aus Walknochen handgeschnitztem Schachspiel den schwarzen Springer. Zumindest dessen Verschwinden wird ihn ärgern, wenn nichts sonst. Ich hielt inne und dachte nach. Die Zunge schmerzte, Panik vernebelte mir den Sinn. Da nahm ich mir vom Schreibtisch einen Kopierstift und ein Blatt Papier mit dem Kopf der Grenzwache, setzte mich an die Kommode und schrieb. Ich erzählte meinem Vater, ich sei jetzt ins Land der Räte gegangen auf der Flucht vor der Schande, die ich ihm bereitet hatte. Es werde aber bestimmt alles gutgehen, und wenn nicht, dann käme ich zurück. Triumphierend betrachtete ich den Brief: Daran habt ihr blöden Zungenabschneider nicht gedacht! Die Tochter des Weißen Generals kann schreiben! Aus Mutters Kleidertruhe kramte ich den alten gewebten Pokroma-Gürtel hervor. Langsam, nach den alten Worten suchend, knüpfte ich drei Windknoten hinein, während ich auf die Morgendämmerung wartete. Sie würde auch die Verfolger mitbringen.

Die Dämmerung sinkt herab, als ich am Abend eines langen Tages dem Großen Sowjetland und meinem Wolfszahn entgegenstake, der mich an der Grenze erwartet und mir Pass und Arbeit besorgt und für mein Kind Hasenmilch. Falls er das tut. Im Hinterkopf quält mich die Furcht, Wolfszahn könnte von der Frucht meines Leibes vielleicht doch nicht so begeistert sein, auch wenn ihm die Karten und Koordinaten gefallen würden. Jetzt ist nicht der Moment umzukehren! Der Zungenstummel im Mund fühlt sich an wie ein seltsames Tier. Die Blase drückt. Das Kind strampelt in meinem Bauch und schreit unter der Haut nach Nahrung. Wir kommen an die Flussbiegung, ich stapfe zu dem Felshang hinauf. Meine Verfolger unten sind kaum einen Steinwurf entfernt, ich kann das Pfeifen ihrer Skier im Schnee hören und die gedämpften Flüche. Dort hinten, nur wenige Hundert Meter entfernt, verläuft die Grenzlinie. Für einen Augenblick packt mich das Verlangen, direkt dorthin zu laufen. Geduld, Irga, Geduld! Dort können Befehlsempfänger des Vaters oder sowjetische Soldaten lauern. Schmerzhaft pfeift der Atem in meiner Brust.

Ich zwinge mich, stehen zu bleiben und mir den Gürtel von der Taille zu reißen. Mit zitternden Fingern öffne ich einen Windknoten und bete zu den alten Göttern meiner Mutter: »Bieggagállis, ewiger Windgott, hilf mir jetzt!«

Da geschieht ein Wunder. Von Norden her schießt ein heftiger Windstoß heran, reißt den losen Schnee vom Harsch in die Höhe und wirbelt ihn auf zu einer weißen Mauer zwischen mir und meinen Verfolgern. Ich höre, wie Eis bricht, höre das erschrockene Jaulen eines Spürhunds und die Schreie der Verfolger, dann sind meine

Ohren verstopft vom Heulen des Schneesturmchorals. Ich warte nicht ab, bis der dichte Wirbel sich verzieht.

Von Wolfszahns Reden ist mir noch erinnerlich, dass ich mich jetzt gleich nach links wenden muss. Dort verläuft die uralte Route der ziehenden Rentiere, auf die die menschengemachten Staatsgrenzen keinen Einfluss haben. Wenn jetzt mein Skier im nassen Schnee stecken bleibt. Wenn ich jetzt stürze.

Aber ich falle nicht. Die Windsbraut flaut ab, als ich den Waldrand erreiche. Über die von den Grenzwächtern ins Gestrüpp der Zwergbirken geschlagene, ein paar Dutzend Meter breite Schneise senkt sich schon die Dunkelheit, als ich mit steifen Gliedern auf die andere Seite hinüberstapfe. Ich bleibe stehen, um Ausschau nach dem großen Bärenneststein mit der Krüppelkiefer darauf zu halten. Es heißt, in der Nähe habe sich ein Seita, eine alte Kultstätte der Sami, befunden. Ich gleite näher heran und stoße einen Freudenschrei aus: Am Stamm der Kiefer ist, wie verabredet, eine Hasenpfote befestigt. Da ist sie. Erstaunt und ungläubig starre ich sie an. Ich bin eine Überläuferin. Kann das wahr sein? Die Stimmen meiner Verfolger und ihrer Hunde sind verstummt. Ich lasse mich in dem niedrigen Birkengestrüpp zu Boden fallen, um zu verschnaufen. Ein nachtstiller Geist wickelt die Fjälls in Blaurot und zieht über die Ausbuchtung des Flusses einen Dunstvorhang, in dessen Schutz ich mich ungestört ausruhen kann. Dunkel senkt sich über die Schneedecke, der Horizont erlischt.

Ich lausche.

Es dringt kein Pfeifen von Skiern mehr herüber.

Ich nehme die Lappenskier von den Füßen ab und lehne sie gegen die Bärenfelswand.

Die Leidensfeuer flackern am Rand des Sumpfes.

Mit unbedecktem Gesicht spüre ich der dunklen Frostluft nach und überlege, ob es im Kommunismus tatsächlich eine Spur wärmer ist.

Nach einer Weile lassen mich die Unruhe und das Unbehagen meines Körpers auffahren. Warum kommt Wolfszahn denn nicht? Zugleich wird mir bewusst, dass ich dringend pinkeln muss. Mühsam richte ich mich auf und lasse die Hochzeitsschlüpfer herunter, die ich von Sisko zur Konfirmation bekommen habe. Das sind Frauenschlüpfer, die gewöhnlich anzeigen, dass ein Mädchen bereit ist zu heiraten. Ich in meiner Geilheit konnte das nicht abwarten, und meine Müdigkeit und die überstandene Angst entladen sich plötzlich in Gekicher. Während das warme Rinnsal sich in den Schnee eingraviert, flüstere ich in Gedanken: »Leb nun wohl, Faschisten-Finnland.«

Ich habe meine Notdurft verrichtet und sinke wieder zu Boden. Und schrecke hoch, als aus dem dichten Gestrüpp ein Flüstern ertönt: *»Sdráwstwujtje, Finljándija!«*

In der Dunkelheit strenge ich die Augen an und meine, den bekannten Lammfellmantel durch das Röhricht huschen zu sehen. Ich öffne den Mund, will rufen und muss feststellen, dass ich meinen eigenen Namen nicht sagen kann. Der Zungenstummel zappelt hilflos in der Luft, und aus meiner Kehle dringt der Klagelaut eines scheuen Tieres. Ich stütze mich auf alle viere und erhebe mit einer Hand den Finnendolch. Wenn dort nun ein fremder Kommunist lauert oder ein finnischer Grenzschützer, einer von Vaters Bekannten? Aus irgendeinem Grund fällt mir die schwarze Figur ein, die ich vom Schachbrett des Weißen Generals habe mitgehen lassen. Habe ich den letzten und größten Fehler meines Lebens begangen? Im Spiel doch die falschen Züge gemacht, so dass jetzt das Leben vorbei ist, bevor es überhaupt begonnen hat? Die Gestalt nähert sich mit raschen Sprüngen, ich nehme den Geruch von Harz und Selbstgebranntem wahr. Wider besseres Wissen versuche ich meinem ungeborenen Kind zuzuflüstern: »Hab keine Angst. Wir schaffen das.«

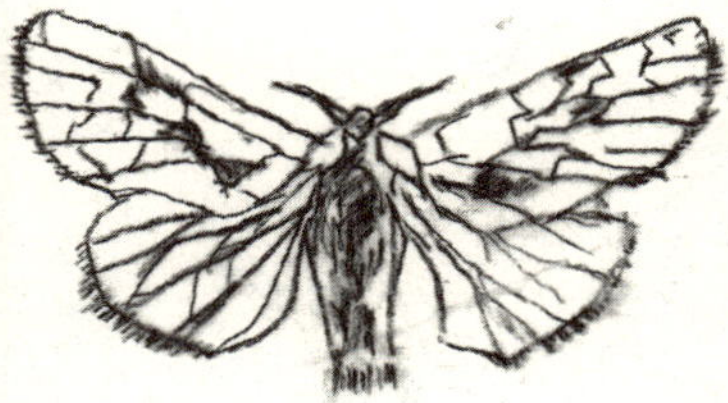

TEIL I

Für den unsichtbaren Teil, der beim Tode den Körper des Menschen verlässt, hat der Tscheremisse drei Bezeichnungen. Diese haben jedoch nicht genau die gleiche Bedeutung. Der Odem (šülõš), der zur Lebenszeit niemals den Menschen verlässt, geht mit dem letzten Atemzug durch den Mund fort – wohin, das können die Tscheremissen nicht erklären.

Die Religion der Tscheremissen (1926)
von Uno Holmberg

KIRJOITTANUT
UNO HOLMBERG
WERNER SÖDERSTRÖM OSAKEYHTIÖ

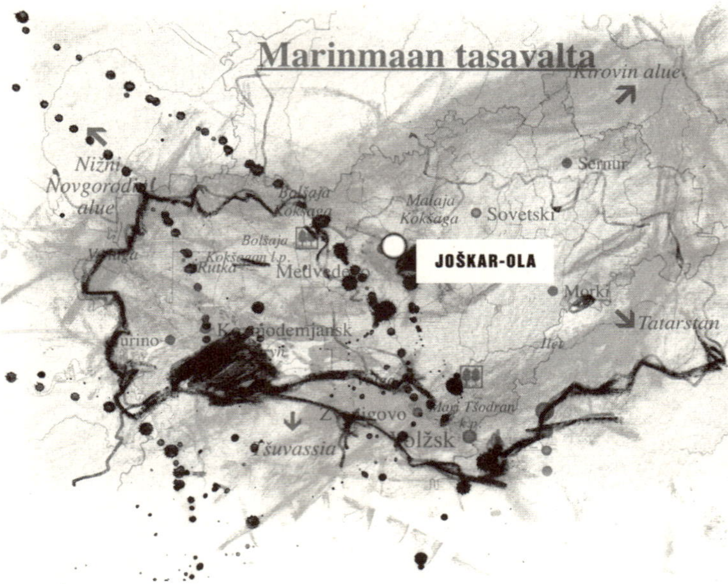

Republik Mariland

Mariland, Dorf Lawra
ca. 50 km von Joškar-Ola, 2015

Verna

Ich komme zu spät. Hoffnungslos zu spät.

Ich starre auf die Scheunentür, die zwischen die Pulte gelegt worden ist, und den darauf liegenden Leichnam.

Im Klassenzimmer des Kolchos schwebt Kreidestaub, und durch die vernagelten Fenster schimmert Licht von der Außenlaterne.

Im Halbdunkel des Raumes schnarrt nur eine einzige Lampe mit grüner Glocke, und darum herum tanzen gliederfüßige Eulenfalter in ihrer Sehnsucht nach Licht. In einer verstaubten Glasvitrine grinsen verrenkte, ausgestopfte Kleintiere und zu ewigem Schlaf in trübe Gläser gelockte Kröten, Asseln und plattleibige, achtäugige Spinnen. Ein Arzt ist nirgends zu sehen. Ich bin allein mit einem jungen schnurrbärtigen Bengel, der sich als Milizionär des Dorfes vorgestellt hat, sich aber wie ein Staatsanwalt aufführt. Mit einem Zollstock stupst er die Leiche an und kritzelt seine Beobachtungen in ein Notizbuch. Dann holt er eine Zange hervor und dreht an den vom *rigor mortis* steifen, zerfleischten Zehen herum. Davon sind nur noch vier Stück übrig. Vaters Kiefer klaffen weit auseinander, seine Augen stehen halb offen. Ich wende mich ab, um mir diesen Anblick zu ersparen.

Die an den Wänden flatternden Flügelschatten der Falter vibrieren, kreisen wie unruhige Gespenster und verschwinden wieder in der Dunkelheit. Aus einer gewaltigen, schrumpeligen Landkarte der Sowjetunion an der rechten Wand ragen unzählige bunte Stecknadeln heraus. Auf dieser Karte ist Finnland nur eine winzig kleine nordwestliche Wanze am Ohrläppchen des großen Bären. Moskau dagegen wirkt wie eine gewaltige Jagdspinne mit Zangenkiefern, die einem Mäusejungen das Blut ausgesaugt hat, deren Beine sich über das riesige Land erstrecken und sich auch noch am letzten Winkel festklammern. Ihre Gliedmaßen stellen Bahnlinien dar. Mit dem Finger ziehe ich eine gezackte Linie staubfrei. Ich versuche herauszufinden, an welcher Stelle der Landkarte ich mich befinde. Irgendwo dort im Wolga-Knie, aber wo genau? Ich finde den Anfangsschnörkel des Flusses. Auf dem rechtsseitigen steilen Hochufer liegt Bergmariland. Am tiefgelegenen linksseitigen Ufer Wiesenmariland und dort dieses winzige Klassenzimmer.

Der Milizionär mit dem Gehabe eines Staatsanwalts richtet die Taschenlampe in den offenen Mund des Toten und schiebt eine gewaltige Zange hinein, von der ich mir vorstelle, dass sie bei uralten Maßnahmen in Verbindung mit dem Kalben des Milchviehs verwendet wurde. Einen qualvoll sich hinziehenden Augenblick lang schiebt er das Instrument tiefer hinein und biegt den Kopf der Leiche zurück. Es ertönt ein Knirschen, wie wenn die Kiemen von der Hauptgräte eines Hechts gelöst werden.

»*Schto éto*? Was haben wir denn hier?«

Mir wird übel. Ich will da nicht hinsehen.

Mir fällt ein, Vater, was du einmal antwortetest, als ich dich fragte, warum wir nur Bücher und leere Weinflaschen besitzen, aber keine einzige Kaffeetasse oder Vase: »Der Mensch ist ein Tier, das wissen will.«

Vater, während anderen Kindern Abendmärchen erzählt wurden, pflegtest du mir solche, für Kinder außerordentlich faszinierende Werke wie Platons *Der Staat* vorzulesen. An eine Stelle erinnere ich mich. Leontios, Aglaions Sohn, sieht an der Hinrichtungsstätte Leichen liegen und will sich abwenden, kann es aber nicht. Die Begierde, an diesem Schmutz teilzuhaben, gewinnt Gewalt über ihn, er reißt die Augen weit auf, stürzt zu den Toten hin und wehklagt: »Nun denn, verfluchte Augen, seht euch satt an diesem schönen Anblick!«

Und natürlich, Vater, sehe ich hin.

Finger und Zehen der Leiche sind verstümmelt, als hätte ein Tier sie benagt.

Auch sonst ist sie übel zugerichtet, an der einen Schläfe fehlt ein Stück, und das Ohr hängt herab. Ich versuche zu begreifen, dass der mit abgeschuppter Farbe verschmutzte Körper mit mir verwandt ist, dass da mein Vater Henrik Malinen liegt, der ehrenwerte Professor am Institut für Völkerkunde, der Mann, den ich meine ganze Kindheit hindurch bewunderte und schmerzlich vergötterte, den ich aber letztendlich kaum kannte. Zum letzten Mal hast du es geschafft, mich dazu zu verleiten, dass ich dir vertraute und weit ins Innere eines fremden und furchterregenden Landes zu dir eilte, in dieses von der Mutter Erde aus ihrem Leib herausgefurzte Dorf aus Bruchbuden, das auf den ersten Blick an die schlammig-idyllische Urheimat des finnischen Volksstammes erinnert. Du schriebst mir einen Brief und flehtest mich an zu kommen, und da liegst du nun, alle viere von dir gestreckt, und erinnerst an einen Feldhasen, der gerade aus seiner Schlinge gezogen und auf die Strecke gelegt worden ist.

Verzeih mir, Vater.

Ich trete einen Schritt vor und strecke die Hand aus, um deine todesstarre Schulter zu berühren. Und zucke zusammen, es ist, als bekämen meine Finger einen elektrischen Schlag und als blitzten deine Augäpfel auf.

Ich ziehe die Hand zurück. Beruhige dich! Das Licht

schwankt vor meinen Augen, die Nerven spielen mir einen Streich. Die von dem Milizionär eingesetzte Zange und das, was sich im Hals gefunden hat, erregt meine Aufmerksamkeit. Auf einem Metalltablett liegt ein Gegenstand, der meine Schultern veranlasst, unwillkürlich zu zucken. Er ist so gut erhalten, dass es mir keinerlei Schwierigkeiten bereitet, ihn zu erkennen. Seine Flügel sind zierlich ausgebreitet und die zarten Beine an den behaarten Körper angelegt. Ein kleiner Nachtfalter, die Spannweite der Flügel kaum drei Zentimeter. Der Milizionär schaltet das Diktiergerät ein und flüstert quieksend: *»Poslédnjej píschtschej, kotóruju schértwa proglotíla ostálsja motyljók.«*

Ich muss den Satz in Gedanken erst übersetzen: »Als letzte Mahlzeit hat das Opfer einen Nachtfalter geschluckt.«

Was für eine Ironie, Vater! An meinem achten Geburtstag bekam ich von dir ein schmales Büchlein mit dem Titel *Roms atlas over sommarfugle og møl.* Die Minze duftete, und die Disteln blühten, als ich zum ersten Mal ein Schmetterlingsnetz in die Hand nahm.

Der erste Kaisermantel auf der Waldwiese, eine Wolke von Aurorafaltern auf der Pferdekoppel. Die Raupe eines Schillerfalters auf einem Weidenblatt wie ein großes, grünes, nacktes Kind. Und jetzt das.

»Woran ist mein Vater gestorben?«, frage ich den Dorfmilizionär eindringlich in der Sprache, die mich jedes Mal, wenn ich sie spreche, reuevoll an die Galgenspiele erinnert, die ich heimlich während des Russischunterrichts gespielt habe.

»Ich mach hier nur meine Arbeit, unter schwierigen Bedingungen. Und Sie, *djéwuschka*! Wollen Sie meine Frau werden?«

Nach dieser Frage muss der Schnurrbartbengel grinsen.

Ich schüttle verwirrt den Kopf.

»Ja, natürlich, Sie kommen aus der Stadt, ein Dorfpolizist interessiert Sie nicht.«

Der Milizionär knallt ein Paar Schuhe und einen Mantel auf den Tisch, das ist alles, was der Tote besaß. Aber das kann er mir nicht ohne ordnungsgemäße Papiere aushändigen.

»*U was jest dokuménty*? Haben Sie Ihre Papiere dabei?« Die Stimme des Kolchosmilizionärs wird so autoritär wie die eines Satrapen.

Ich nehme die Anmeldebestätigung aus meiner Handtasche, die ich nach einigen Tagen des Wartens in Joškar-Ola bekommen habe. Sie bescheinigt, dass ich im Hotel Valentina wohne, und verlangt, dass ich die Behörden informiere, wenn ich das Gebiet verlasse. Einen Augenblick lang hoffe ich, dass der Dorfmilizionär nicht versteht, dass ich mich ohne Erlaubnis im Dorf aufhalte. Vergeblich.

»*Djéwuschka, nelsjá gulját sdes!*«

Dorf Lawra, 2015

Verna

»Mein lieber junger Igor Popow, quälen Sie das Mädchen doch nicht. So bekommt man keine Frau.«

In der Tür ist eine ungekämmte, uralte Greisin im Nachthemd aufgetaucht. Hinter ihr versuchen zwei schwarzrüsslige Eber, sich hereinzudrängen. Das Mari-Muttchen in Lammfellmantel und bunten Beingamaschen schüttelt diese von den Füßen und kommt hereingestapft. Die Greisin scheint außer sich zu sein.

»Hör zu, mein Popow-Junge, ich will eine Anzeige erstatten. Im ganzen Dorf geht es drunter und drüber! Überall Saboteure und Hooligans! Motorradfahrer! Die stellen in den Speichern alles auf den Kopf, stibitzen die Unterhosen von der Leine, rupfen die Gänse bei lebendigem Leibe, krakeelen herum, machen viel Wind und klauen wie die Raben! Die Schweine von Larissa Morkowa rennen frei herum. Die zergnurpschen die Knochen und die Wruken in den Kellern, ich weiß nicht, wer von beiden, ob die Hooligans oder die Schweine.«

»Meine liebe Jelena Michailowna, beruhigen Sie sich. Die Befehle sind von höherer Stelle gekommen. Mir sind die Hände gebunden und so fort.«

Die biestige Alte bemerkt Vater Henrik und fängt an zu jammern und die Hände zu ringen.

»Mein Tourist ist umgebracht worden! Das Haus

durchwühlt! Überall Hooligans, sie verprügeln die alten Leute, an den heiligen Bäumen drücken sie ihre Papirossy aus. Grölen schweinisches Zeug, die dummen Mädels von Larissa Morkowa rocken mit ihnen im Kolchos zu wummernder Musik, völlig enthemmt. Popows Sohn geben sie Leim. Wo soll das noch hinführen!«

»Dieses westliche Wesen hier«, sagt der lange Laban mit dem Schnauzer und weist mit dem Zollstock auf mich, »ist wohl die Tochter des Toten.«

»Ahaa.«

Dann deutet der bärtige Milizionär auf die Leiche. Die alte Frau holt tief Luft und beugt sich hinunter, um besser zu sehen: »Die Zehen sind weg!«

Sie gehen dazu über, in einer vogelstimmenartigen, mir fremden Sprache zu reden. Ach richtig, Vater hat mir ja davon geschrieben. Sie sprechen Mari, eine entfernt mit dem Finnischen verwandte Sprache. Ich bin so erschöpft und benebelt, dass ich keine Ähnlichkeit feststellen kann, versuche aber, dem Gespräch zu folgen, das in zwei Sprachen mäandert. Zuerst denke ich, das Gespräch dreht sich um Vater, aber dann wird mir klar, dass es den Falter betrifft.

Die beiden sehen sich vielsagend an, dann murmelt die Alte: »*Kogarš*. Das bedeutet nichts Gutes.«

»*Potschemú*, was meinen Sie?«, frage ich.

Jelena Michailowna zögert, ehe sie antwortet: »Darüber brauchen Sie sich nicht den Kopf zu zerbrechen, Tschuchná.«

Wahrscheinlich sehe ich so elend aus, dass sie sich meiner erbarmt: »Die Mari glauben, der Mensch habe drei Seelen. Die eine davon, *ört*, kann nachts als Nachtfalter herumfliegen.«

Ich verstehe nicht, was diese Glaubensvorstellung mit Vater zu tun hat, aber kaum habe ich den Mund aufgemacht, unterbricht uns das Klirren von zerspringendem Glas. Durch das Fenster fliegt ein faustgroßer Stein herein. Draußen ertönt Geschrei, und irgendwo knallt ein Auspuffrohr.

»Mach dir nichts draus, Tschuchná, so ist das hier bei uns.«

»Warum greift die Polizei nicht ein?«

Interessieren sich die russischen Behörden nicht für die Angelegenheiten eines so kleinen Dorfes? Jelena Michailowna schnaubt: »Die Männer von der Staudammgesellschaft und die Penner von der OMON, allesamt Hooligans von derselben Muschpoke.«

Ich habe Pressefotos von der OMON gesehen, einer halbmilitärischen Polizeiabteilung in Russland, die gegen Krawalle vorging.

»*Djéwuschka*, Sie können die Sachen des Toten nehmen und gehen, die Miliz wird Sie darüber informieren, wie die Ermittlungen vorankommen.«

Ich sammle Vaters Sachen zusammen und stecke sie in die Plastiktüte, die der Bartmann mir reicht. Einer der mit brauner Schuhcreme gewichsten, schiefgetretenen Schuhe fällt auf den Dielenboden. Als ich ihn aufhebe, bemerke ich, dass die abgeschabte Innensohle sich gelöst hat. Als ich sie zurückstopfe, trifft meine Hand auf etwas Glattes. Ich ziehe eine Minigrip-Tüte mit alten Papieren aus dem Schuh. Diese Tüte stecke ich in die Tasche und erinnere mich dabei an den Sommer, in dem Vater sein Bett heimlich mit Kiefernzapfen vollstopfte und behauptete, sein Milchvieh würde sonst geschlachtet werden.

»Kommen Sie.« Die alte Frau hakt sich bei mir ein und trottet langsam in Richtung Tür.

Die Miliz wird alles klären. Hier ist man nicht sicher.

In letzter Sekunde drehe ich mich um, schnappe mir den Nachtfalter und stecke ihn in eines der Gläser, die in den Vitrinen gestanden haben und dessen vormalige Bewohnerin, eine Singzikade mit glänzendem Schild, ich erbarmungslos in den Abfalleimer werfe. Dann folge ich der Frau.

Die Kopftuch-Matuschka humpelt, wenn man ihr Erscheinungsbild berücksichtigt, so flink vor mir her, dass ich mit meinem Koffer mich anstrengen muss, um mit ihr Schritt zu halten. Die schwarzrüssligen Schweine traben hinter uns her. Ich hole den Krummrücken ein und frage: »Was wollte mein Vater hier eigentlich?«

Die alte Frau schnaubt: »Was wollen Finnen hier schon? Jedenfalls sind sie mit falschem Namen unterwegs. Sie spielen Freilichtmuseum, torkeln hier im Suff herum und machen Jagd auf Saunawichtel. Dieser wollte eine uralte Geschichte aufklären.«

»Was für eine Geschichte?«

»Irgendwelche Begrabenen. Er fragte nach dem Gulag, den Gefangenenlagern und so was. Wir haben hier genug eigene Massengräber, wissen Sie, man brauchte nicht weit fortzugehen, um zu sterben. Im Jahr einundneunzig wurden bei Joškar-Ola viertausend Leichen ausgegraben.«

Menschen, die von Stalin verfolgt und umgebracht wurden. Lauter Ärzte, Dichter, alle, die auch nur ein bisschen gelernt hatten zu buchstabieren.

»Es hat keinen Sinn, sich zu grämen, all das ist sinnlos.«

Ich zögere an der mit einem Sonnenkreisel verzierten blauen Pforte. Ein gefleckter Köter kommt schwanzwedelnd angeflattert, gereizt weichen die Schweine zurück. Hat Jelena Michailowna gesagt, dass mein Vater hier, bei ihr, gewohnt habe? Warum? Ich kenne die Frau überhaupt nicht.

»Im Dunkeln soll man nicht stehenbleiben. Kusch, Piku, sei brav.«

Widerstrebend zieht die Mischlingstöle ihre Schnauze aus meinem Schritt zurück. Die alte Frau reißt die Tür auf und trampelt den Schmutz von ihren Schuhen ab. Sie winkt mir: »*Djéwuschka*, kommen Sie herein! Sonst wird es kalt hier. Ich kann Ihnen erzählen, wer Ihren Vater getötet hat.«

Dorf Lawra, 2015

Verna

Beim Eintreten schnauzt die alte Frau: »Kannst die Botten ruhig anlassen, hier hat jemand ein Chaos veranstaltet.«

Jelena Michailowna übertreibt nicht. Die ganze Wirtschaft ist durchwühlt, das Unterste zuoberst gekehrt. In der Balkenstube, die als Wohnzimmer dient, sind die Bäuche der Sofakissen aufgeschlitzt und die Wattefüllungen überall verstreut wie die Eingeweide von Wolken, der Ikonen- oder Opferaltar, der an der Wand in der Fernsehecke gestanden hat, ist aus seiner Verankerung gerissen; die wenigen Bücher mit Pappeinband und die grellfröhlichen Vinylplatten sind achtlos zu Boden geworfen. Inmitten von all diesem Chaos schaukelt sich in seinem Stuhl ein schäbiger alter Mann. Zufrieden beobachtet er das Schneegestöber auf dem Monitor des alten Fernsehers und summt vor sich hin. Auf seinem Schoß schnurrt ein rabenschwarzer Kater und schaut mich mit seinen Münzaugen an. Die Hand, die die Katze hinter den Ohren krault, ist knotig und geädert, so wie der ganze Mann. Auf der Ofenbank hockt ein blasser, schwächlicher Junge, aber niemand beachtet ihn.

»Oden, wir haben Besuch!« Jelena Michailowna spricht lauter, so wie man es bei Begriffsstutzigen tut.

Oden wendet mit Verzögerung den Kopf, und

ich sehe, dass aus seiner linken Schläfe eine gewaltige schwammige Geschwulst quillt.

»Ei, wer ist denn da? Hat sie Plastiktüten mitgebracht?«

Ratlos sehe ich Jelena Michailowna an. Die knurrt etwas und wendet sich zum Gehen.

»Kümmere dich nicht um ihn, der ist morsch im Oberstübchen.«

Aber der große Adamsapfel des Alten hüpft in dem mageren Hals eifrig auf und ab.

»*Plástikowyje pakéty*, hat sie welche? Junge Leute mögen die!«

Daraus schließe ich, dass die Plastiktüte mal ein beliebtes Mitbringsel war. Ich will das verneinen, aber die Triefaugen des Greises haben sich schon festgeklammert an dem rotgelben Bündel, das von meiner Hand herabhängt und die Erinnerungsstücke an meinen Vater enthält: den Mantel, die Schuhe und den Nachtfalter im Glas.

»Eine Städtertüte!«, schnattert Oden.

Hastig hole ich Vaters Sachen aus der Plastiktüte, die der Milizionär mir gegeben hat, und reiche die Tüte dem Alten. Für einen Moment wird in seinem Mundwinkel eine an der Spitze gespaltene Zunge sichtbar.

»Oden Schlangenzunge, angenehm.«

Es schaudert mich so, dass es mir kaum gelingt, meinen Namen zu flüstern. Bevor ich es verhindern kann, umgreift Oden mit seinen knorrigen Fingern mein Handgelenk und presst es überraschend fest zusammen.

»Für Fremde ist es hier gefährlich.«

Die Knochen unter seiner Haut fühlen sich ebenso unangenehm schlüpfrig an wie damals, als ich Vater zum letzten Mal die Hand gab. Unschlüssig bleibe ich stehen. Inwieweit versteht der Alte meine Anwesenheit? Immerhin doch insoweit, dass er zittrig von der Kommode eine Medaille holt und sie mir zeigt.

»Ich war in Tschernobyl bei den Räumungsmannschaften. So ein Ding haben sie mir gegeben, richtig einen Orden.«

Eine der beiden Zungenspitzen schlüpft hervor.

»Aber hier bei uns im Kolchos lebt man gut. Wir haben die meisten Kühe in der ganzen Gegend.«

Dann geht der Mann wieder dazu über, den auf dem Bildschirm des Fernsehers zischelnden Schneesturm anzustarren.

Ich denke über meine Ankunft in dem winzigen Dörfchen nach. Es hat nicht mal eine Bushaltestelle.

»Ein guter Kolchos, es gibt diese Traktoren und Apfelbäume und so …«

Der Satz bleibt in der Luft hängen.

Einen Kolchos gibt es hier schon seit Jahrzehnten nicht mehr, so viel weiß ich. Kuhstallwände, durch deren breite Ritzen das Licht einfällt, flötenartige Futtersilos. Neben dem Pfad ein Kuhschädel, aus dem Leberblümchen sprießen, ein verstaubter Motor mit Rostlöchern. Eine Gedenktafel aus Beton zu Ehren der Opfer des Großen Vaterländischen Krieges. Überall watschelnde Gänse, sich suhlende Schweine, Frauen mit Tragejoch, ein gewaltiger Lastwagen und die vom Frühling aufgeweichte Dorfstraße, auf der die Mopedbengels im Klebstoffrausch entlangknattern.

In was für einen Karnickelbau bin ich hier eigentlich gefallen?

Aus der Küche dringt ein Stöhnen herüber, das an das Meckern einer Ziege erinnert.

Als ich zu Hilfe eile, stolpere ich fast über den blau gestreiften Flickenteppich. Er ist von der Kellerluke weg zu einem wütenden Bündel zusammengestoßen worden. Mir fällt auf, dass der Teppich unter meinem Schnürschuh nachgibt, als wäre der ganze Fußboden morsch, brüchig und irgendwie weich. Ansonsten ist die Küche verschont geblieben. Nur eine der langen Bänke ist umgestürzt, und zwei große Honiggläser liegen in Scherben vor dem Küchenschrank.

»Da liegt der letzte heilige Honig.«

Ich sehe, dass es hier sonst blitzsauber ist. Der mit Kupferkesseln und Pfannen vollgestellte Herdrand glänzt, als würde er ständig mit einer Bärentatze gescheuert. Der Samowar in der Ecke, ein Mörser aus Kupfer im Regal. Gleichzeitig riecht es nach Bienenwachskerzen und angebranntem, verkohltem Auflauf. Die Wände ziert eine grünblättrige Blumentapete.

Wegen der zerscherbten Honiggläser grämt die Greisin sich anscheinend ganz besonders. Trotz ihres krummen Rückens kriecht sie über den Fußboden und wischt die Scherben zusammen. Am Boden des zerbrochenen Glases befindet sich ein Schaber. Jelena Michailowna steckt ihn sich in den faltigen Mund und lutscht ihn andächtig ab.

»Es wird neuen Honig geben«, tröste ich sie.

Die Greisin schüttelt den Kopf.

»Die Bienen, sie sind alle fort. Sie sind ins Totenreich gegangen, dort Honig sammeln. Das ist ein Zeichen für das Ende.«

Ich mache mich daran, Glassplitter aufzuheben und in den Abfallkübel zu werfen. Aber Jelena Michailowna hat einen Beschluss gefasst, sie macht eine wegwerfende Handbewegung und sagt barsch: »Geputzt wird morgen. Jetzt trinken wir Tee.«

Dorf Lawra, 2015

Verna

Jelena Michailowna nimmt ein Bündel Kräuter von einem Deckenhaken, zerbröselt sie mit ihren Hakenfingern und fügt sie den Teeblättern hinzu. In die Nase steigt mir ein berauschender Duft, der genauso schnell wieder verfliegt, wie er entstanden ist. Ich mache Platz auf dem Tisch, stelle die Bank wieder hin und streiche das Tischtuch glatt. Mit zitternden Händen stellt Jelena Michailowna die Teegläser darauf.

Mein Blick fällt auf eine gerahmte Fotocollage, die an der Wand hängt. Vater hat gesagt, solche Collagen hängen in fast allen alten russischen Bauernhäusern. Der Sohn, der zur Armee geht? Die Tochter, die einen durch Ölbohrungen reich gewordenen Kirgisen geheiratet hat? Von solchen Orten wollen alle in die Welt hinaus, aber nur wenige schaffen es.

Ein Foto fällt mir auf. Eine Mutter mit zwei Söhnen. Die Jungen tragen die Kleidung junger Pioniere, die Mutter traditionellere Tracht. Auf der Brust als Schmuck ein Glöckchen oder eine Schelle aus Silber, auf dem Kopf eine kegelförmige Soróka. Der eine kleine Pionier wirkt freundlich-schwachsinnig, der Blick des anderen scharf wie eine Klinge, als bohrte er sich durch die Zeit hindurch und sähe uns auch jetzt von der Vergangenheit aus. Ich erschauere. Sind die Bewohner der Fotos alle tot?

»Jelena Michailowna, sind Sie das hier mit Ihren Söhnen?«

»Kümmere dich mal um deine eigenen Angelegenheiten, du brauchst nicht hierherzukommen, um eine alte Frau zu verspotten.«

Warum wollte Vater, dass ich über die Grenze hierher zu dieser senilen Alten komme? Ich wechsle das Thema.

»Wo sind Vaters Sachen?«

»Abgeholt. Der Computer und so ein Schuhhörer. Obwohl die natürlich völlig unbrauchbar waren. Hier funktionieren diese neuen Telefone nicht.«

»Ich müsste in Finnland anrufen. Wegen der Überführung der Leiche nach Hause.«

Die vertraute Unsicherheit erfasst mich. Wie krieg ich die Leiche nach Finnland? Kümmert sich das Außenministerium darum? Ich müsste das wissen oder herauskriegen, schließlich bin ich Journalistin.

Jelena Michailowna lässt sich ächzend auf dem Rand der Bank nieder und sagt: »Mach dir keine Sorgen, das klärt bestimmt der Dorfmilizionär. Popows Igor ist ein schlauer Junge, auch wenn es ihm nicht gelingen will, eine Frau zu finden.«

Der bärbeißige Knorz im Schaukelstuhl lässt ein meckerndes Lachen hören, und auch Jelena muss lächeln. Ängstlich frage ich: »Aber irgendwelche Ermittlungen werden doch hier wohl stattfinden?«

Jelena Michailowna wird sofort hellwach.

»Es hat keinen Sinn, zu viel zu fragen. Hier hat man Schnüffler nicht gern.«

Oden Schlangenzunge plappert: »Die Hooligans klauen auch die Äpfel.«

Die Hooligans, die lauern überall. Aber in Jelena Michailownas Stimme klirrt die Angst: »Es war Keremet Lichtauge.«

Jelena Michailowna streckt ihren krummen Zeigefinger aus und droht in die dunkle Nacht.

»Da geht er.«

Wer er? Das wage ich nicht zu fragen. Ich starre durch die Fensterscheibe in die dunkelnde Sommernacht hinaus. Der Waldrand am Horizont trägt mit seinen scharfen Wipfeln den niedrigen Rand des Himmels. Einen Augenblick lang meine ich, im hinteren Teil des Gartens ein Wesen mit feurigen Augen zu erkennen. Ich blinzele, höre aber nur den fernen Ruf des Uhus und rieche durch das einen Spaltbreit geöffnete Fenster die frischen Ebereschenblüten.

»Da hat der Finne gesessen und hinausgestarrt. Dort hat er ihn gesehen.«

»Wen?«, frage ich und erschrecke vor dem Zweig, der über das streifige Glas kratzt.

»Den Mörder. Jaa-a, ich hab den Finnen gewarnt. Er solle abreisen, bevor es Ärger gibt. Er hat nicht gehorcht, die gehorchen nie.«

Ich zucke zusammen. Zwischen den Ahornen flattert ein großer schwarzer Vogel hervor, ich meine, raschelnde Schritte zu hören, so als schliche jemand ums Haus. Ich habe das Gefühl, die Nacht lauere gierig vor dem Fenster, bereit, mich zu verschlingen.

»Wer war zu der Zeit alles hier?« Ich bemühe mich, in die Realität zurückzukehren.

»Wer soll schon hier gewesen sein, ich und Oden, alte Leute. Larissa Morkowa war hier, um auszuspionieren, ob auch der alte Popow sich hier herumtrieb. Wir sind Rentner, haben viel durchmachen müssen. Aber ja, dorthin ist dein Vater gelaufen, *wujdõmo pormo*, eine kopflose Bremse.«

Das klingt nach deinen Deliriumsphantasien, Vater. Einmal fand ich dich am Fußboden der Sauna, wie du mit einer verbogenen Flinte auf Ameisen schossest. Die hatten dich angeblich verhöhnt, dich, den Professor. Da draußen ist nichts.

»Du bleibst über Nacht hier, Tschuchná. Es hat keinen Sinn, im Dunkeln herumzuschleichen, wenn Keremet umgeht.«

Ihre Stimme bricht, und ich überlege, ob sie mehr Angst vor den Männern von der OMON oder vor dem in den Schatten herumgeisternden Gespenst hat. Vielleicht fühlt die Alte sich sicherer, wenn wir zu dritt sind anstatt zu zweit. Ich nicke, wohin sollte ich auch gehen?

Der knorrige Greis hockt in sich zusammengesunken in seinem Schaukelstuhl und knurrt: »Ich müsste Salbe haben.«

»Immer dieser elende Kerl. Lässt sich von mir alter Frau bedienen, bei mir jaulen die Gelenke, anstelle von Blut kreist mir Galle in den Adern, mein Rücken ist krumm wie ein Fragezeichen.«

Soll sie diesem Scherzbold doch Selbstgebrannten zu trinken geben, dann würde er sich beruhigen.

»Aber was versteht ein junger Mensch schon davon. Trink du mal deinen Tee. Dann fühlst du dich besser.«

Jelena Michailowna beobachtet, wie ich den stark gesüßten Tee bis zur Neige austrinke.

»Da im Keller könnte noch ein Glas Honig sein.« Jelena Michailowna wirkt wehmütig. »Aber da können wir jetzt nicht hin. Nicht an einem solchen Abend. Ein schwarzer Tag.«

Ich versuche aufzustehen und ihr zu helfen, aber meine Beine knicken seltsam ein. Der Kopf erscheint mir benebelt, die Umrisse verschwimmen. Ich wanke in Richtung Kellerluke, um sie zu öffnen, bekomme sie aber nur zur Hälfte hoch. Wie im Traum sehe ich noch, dass auf dem Kellerboden Wasser schwappt. Der Fuß eines Kindes? Ein rotes Pionierhalstuch? Mich schwindelt, es ist, als tauchte ich in trübe Tiefen.

»Nun lass das mal sein. An einem schwarzen Tag sollte man nicht in den Keller gehen. *Tschórnyj djen*, das ist es.«

Die Stimme der alten Frau dringt wie aus weiter Ferne zu mir, ihre Hände führen mich in die Schlafkammer.

Unwillkürlich fallen mir die Augen zu, es duftet nach Sicherheit und Gemütlichkeit. Schwach kommt mir der Gedanke, dass in diesem Zimmer auch Vater seine letzte Nacht verbracht hat, in demselben Bett mit den blauen Kanten. Mein Kopf versinkt schwer in trübem Wasser, die Gliedmaßen gleiten unter mir weg. Ich spüre, wie ich ins Bett gelegt und mit einer nach Lavendel duftenden, riesigen Decke zugedeckt werde. Hat die Alte mich mit ihrem Tee vergiftet? Die Tiefe saugt mich ein. Ich möchte sagen, dass ich mich vor dem Tauchen fürchte, aber die Zunge gehorcht mir nicht. Aus meinem Mund dringt nur ein schwächliches Wimmern.

»Schlaf jetzt, es war ein langer Tag.«

»Danke, Jelena Michailowna«, kann ich noch stammeln.

»Elna.«

Die Stimme der Frau ist rau, als sie mir das Haar aus der Stirn streicht: »*Poro jyd lijže.* Das heißt gute Nacht in der Mari-Sprache.«

Die Kammertür schließt sich, und ich spüre, wie ich tief in dem dunklen, wunderbar weichen Schlamm eines Kessels versinke, der von einem lichtäugigen Wesen umgerührt und bewacht wird.

Dorf Lawra, 2015

Elna

Den ganzen Tag haben Unruhe und Schwermut meinen Körper und meine Seele gequält. Aus alter Gewohnheit schaue ich zur Wanduhr. Und schrecke zusammen. Die Zeiger rucken auf der Stelle, obwohl das Tickeding schon vor über zehn Jahren stehengeblieben ist. Hat die Uhr schon seit längerem sieben nach zwölf angezeigt? Ich kann mich nicht erinnern. Und ich will gar nicht daran denken, was das bedeutet.

Mit zitternden Händen binde ich mir vor dem Spiegel das weiße Kopftuch um, die Nächte sind noch frühsommerlich kühl. Ich hänge mir das silberne Glöckchen um den Hals und schiebe es unter das Hemd auf die Brust. Um die Hüften schnalle ich mir einen ledernen Männergürtel, der mich vor bösen Geistern schützt. In der Opferecke entzünde ich eine Bienenwachskerze. Sie wirft lange Schattenbilder, die über die Wandbalken tanzen. Einen Augenblick lang empfinde ich Panik, als ich durch das Fenster in die Dunkelheit schaue. Was bewegt sich dort? Lauert da am Rande des Pfades *Aimaldaš*, der alte Verführer, mit eingekrallten Zehen? Wo sind die Männer von der OMON? Und Keremet Lichtauge?

Das Licht lasse ich brennen, damit die Nachbarn, zumal Larissa Morkowa und ihr neuer, unnatürlich russischer Mann nicht darauf kommen, dass sich in dem Haus nur zwei Katzenaugen befinden, die den leeren Bildschirm des Fernsehers anstarren. Oden erwacht auf keinen Fall vor dem Morgen und auch nicht die kleine Tschuchná. Aus Mitleid habe ich unter ihren Tee drei Löffel von der Arznei aus gemahlenen Rosenblättern, Mädesüß und Passionsblume gemischt. Soll sie sich ein Weilchen von ihren Schrecken erholen. Oden tut mir nicht leid, aber trotzdem schlummert auch er, auf dem Kopf den alten Hut des *kart*-Priesters, auf der Brust den Orden für die Dreckjungs von Tschernobyl, sein »Abzeichen für Arbeit und Hygiene«. Dieses senile Schreckgespenst.

Ich schnüffele die in der Nacht schwebenden Düfte und horche. An der Pforte tätschele ich Piku: »Ganz ruhig jetzt.«

Ängstlich winselt er und starrt mit angelegten Ohren in die Dunkelheit.

»Was witterst du denn da?«, flüstere ich.

Ich will nicht denken. Der Mond verbirgt sich hinter einer Wolke, die Landschaft hinter dem Lichtkreis des Fensters erwartet mich schweigend.

Beim Weiher bleibt mir fast das Herz stehen. Am Ufer hinter dem Konsum ist ein fremder Lada geparkt. Da steht er mit verdunkelten Fenstern, die Parteinummernschilder halb mit Schlamm bedeckt. Ich bleibe stehen, gehe zurück in die Gasse hinter dem Haus der Bobrikows und spähe hinüber.

Ich meine, in dem Wagen zwei Gestalten zu sehen, aber sicher bin ich mir nicht. Niemand steigt aus.

Jetzt nur Mut! Ich mache einen Umweg am Dorfrand entlang. Der Weg ist in seiner Schwärze schattenlos, nur der Hundebrunststern funkelt. Ich blicke hinter mich und bleibe stehen, um zu horchen, aber in der Dunkelheit folgt mir niemand. Das Kulturhaus, die Tierarztstation und die *stolówaja*, die fast schon eingestürzte Kolchoskantine, bleiben zurück. Auf der anderen Seite des Weges nach Morko ragt der Wasserturm auf.

Dieser vom Teufel angenagte und ausgespuckte finnische Forscher, fluche ich, als ich am Waldrand anlange. Ich setze die Füße auf den unsichtbaren Pfad, den ich selbst mit geschlossenen Augen finde und den ich auch dann noch entlangwandern werde, wenn meine Seele sich löst und mich verlässt. Ich versuche, mich zu beruhigen, aber die Unruhe der letzten Tage lässt mich nicht los. Warum musste diese Schnapsnase, dieser verrückte Schluckspecht hierherkommen, um herumzuschnüffeln und seinen Riechkolben in uralte Angelegenheiten zu stecken. Dieser blöde, versoffene Tschuchná hat mich behandelt wie einen nichtswürdigen Muschík, so einem erzähl ich nichts, auch wenn ich es gekonnt hätte. Dies und das. Ich hab mich dumm gestellt, so getan, als könnte ich nicht mal Russisch.

»Sich zu erinnern ist wichtig. Sich zu erinnern heilt Wunden.« Das tut es nicht. Wenn man sich seit undenklichen Zeiten in Mariland auf etwas verstanden hat, dann ist es das Vergessen. Alte Wunden soll man nicht aufreißen, so wie man Massengräber unangetastet lassen soll. Diese Verstorbenen lädt man nicht mehr zu Festen ein, man bittet sie, bei den Ihrigen zu bleiben. Wegen des Finnen wimmelt es hier von OMON-Männern, seinetwegen ist Keremet unterwegs, und alles ist verdorben. Nicht lange, und die Geister des Totenreichs toben an der Erdoberfläche herum, und der Pesthauch des Schwarzen Hains steigt bis zum Wipfel der Föhre auf. Der Wind dreht, und das bedeutet für die Mari niemals etwas Gutes.

An der Grenze des Kreises Morko biege ich zur heiligen Quelle *Akpatyr Pamaś* ab. Von den anderen Dorfbewohnern kommt kaum jemand hierher und auch ich nur noch selten. Vielleicht versammeln wir uns irgendwann noch einmal, um zu opfern und zu den Göttern zu beten, und entzünden Opferfeuer. Meine Seele verlangt danach. Allmählich, während ich mich dem Hain nähere, bemerke ich, wie mein Schritt leichter wird. Nach langer

Zeit vernehme ich den Ruf von *Wyt Awa*, der Mutter der Quelle.

Die Russen schlugen die Eichen und Ebereschen des neuen Opferhains zu Brennholz für den Großen Vaterländischen Krieg. Wir kehrten hierher in den wegelosen, uralten Hain zurück, obwohl in der Nähe das Tatarendorf liegt. Ein Vogel mit schwarzen Flügeln fliegt von einer abgestorbenen Föhre direkt neben mir auf, sonst höre ich nur meinen eigenen hastigen Atem. Ich hoffe, dass keines von beiden von irgendjemandem gehört wird. Ich lasse die Pforte aufknarren und trete ans Ufer des Weihers.

Wyt Awa, Mutter der Quelle. Ich habe mich nach dir gesehnt. Ich schließe die Augen und kann die einstigen Opferfeuer, die Wachskerzen und die von den Frauen gebackenen Piroggen riechen und die in die Bäume gehängten schimmernden Gebetstücher sehen. Das wilde Wiehern des weißen Hengstfohlens mit dem silbernen Zaumzeug, wenn die *kart*-Priester es mit Wasser begossen, um seine Tauglichkeit für den großen *Kugu Jumo*, den wichtigsten der Götter, zu prüfen. Alle waren weiß gekleidet und knieten nieder, um zu beten. Der Hals des Pferdes wurde durch einen kraftvollen Schnitt mit dem Opfermesser durchtrennt und das Blut im Opferkessel aufgefangen. Das beruhigende Klappern der in die Bäume gehängten Knochen, das Sausen des Windes, das endlose Flüstern der Gebete. Wenn ich daran denke, fühle ich mich einsam.

Überall im Mariland erlöschen die Opferfeuer, und zu *kart*-Priestern werden Männer wie Oden Schlangenzunge gewählt, der die Opfergebete vergessen hat und den Keremet nicht erkennen würde, selbst wenn er ihm, verkleidet als Köter mit brennenden Augen, entgegengetrabt käme.

Speichellecker wie Oden können ihr Volk nicht vor Bedrohungen schützen. Die jungen Leute wollen in den Städten nicht mehr die Mari-Sprache sprechen, in den Bussen werden sie verspottet und in den Schulen als dumm beschimpft. Keremet läuft herum, wo er will, und begnügt sich nicht mehr damit, sich in seinen dunklen Hainen aufzuhalten, wo ihm früher das Blut schwarzer Tiere geopfert wurde.

Alles wandelt sich. Der Wind ist launisch seit dem Beginn des Jahrtausends.

Die Bienen haben Mariland verlassen.

Vielleicht ist es wahr, was Dostojewski gesagt hat. An einem Ort, wo Gott gestorben ist, kann alles nur Erdenkliche geschehen.

Die Kerze entflammt nach dem dritten Anreißen, welch eine Erleichterung! Wenn sie beim dritten Mal nicht brennt, dann holt einen der Teufel.

Ich stelle das Opferzubehör aus meinem Korb auf ein Brett, damit die Pupille der Quelle es prüfen kann.

Ich nehme die Schale mit Brei in die Hand.

Mit den Fingern schiebe ich mir die weiche, am Boden warme Pampe zwischen die Lippen und mümmle sie.

In Gedanken spreche ich die Worte der Quelle, die Dankesworte, ein allgemeines Gebet. Zuerst bete ich zu *Oš Kugu Jumo*, dann zu *Ketše Awa*, der Sonnenmutter, dann zu *Tõlze Awa*, der Mondmutter, zu *Wyt Awa*, der Mutter des Wassers, zu den Sendboten und allen oberirdischen, weißen Göttern, an die ich mich erinnere. Dabei erfühle ich mit meinem zahnlosen Kiefer bedächtig die Klümpchen des Gerstenbreis. Es ist wichtig, dass man es schafft, alles Mitgebrachte aufzuessen. Man darf nichts übrig lassen, damit der Schenkende nicht verfolgt werden kann. Ich lecke die Breireste aus den Mundwinkeln und erhebe mich mühsam. Ich wandere zum wichtigsten Baum des Hains, einer alten Linde, und umarme seinen kühlen Stamm. Der Baum schweigt, er antwortet nicht. Einen Augenblick lang fürchte ich, das Erhabene werde mich heute Abend nicht ergreifen, dabei brauche ich es jetzt mehr denn je. Dann fällt es mir ein: Die Gottheit findet man in ähnlicher Weise wie die Pilze im Wald. Zuerst hält man Ausschau, sucht, aber findet keinen einzigen Pilz. Dann setzt man sich auf einen Baumstumpf, um auszuruhen, und gibt sich keine Mühe mehr. Und plötzlich öffnet sich die Landschaft. Moosbülten und die Ränder der Pfade wimmeln von Täublingen, Reizkern und Pfifferlingen, überall lugen sie hervor, die Gottheit ist ja doch gegenwärtig. Plötzlich ist der Stamm gar nicht mehr kalt, sondern lebendig. Der vertraute Frieden und Licht erfüllen mich, Unruhe und Schrecken der letzten Tage weichen für eine Weile.

»Danke«, flüstere ich dem Baum zu und beuge mich über den bleistillen Quell. Ich tauche meine altersschwachen Hände in das heilige Wasser und spritze es mir ins Gesicht. Die Gelenke hören auf zu jammern, die Rückenschmerzen lassen nach. Ich flüstere noch die Gebete, die ich in all den Jahrzehnten immer, wenn ich hierherkam, gesprochen habe.

»Friede und Freude meinem seligen Kleinen, dem auf dem Harzberg unter den Bäumen des Schattenreichs ewig Lebenden.«

Dann berühre ich das Glöckchen, das zwischen meinen Brüsten hängt, und flüstere: »Zum Andenken an meine Freundin. Gönne uns nicht den vorzeitigen Tod, kehre nicht zu uns zurück, verschaffe dir Freunde unter den anderen Verstorbenen.«

Dorf Lawra, 2015

Elna

Ich erhebe mich wieder. Eine Aufgabe muss ich noch erledigen.

Ich zögere einen Moment.

Wir haben vereinbart, dass ich mich dieser Art der Kontaktaufnahme nur in einer Notlage bediene.

Jetzt ist sie eingetreten.

Ich tippele langsam zu der Eberesche und schiebe mühsam den flachen Stein an ihrer Wurzel beiseite.

Darunter kommen ein Funkgerät und eine Chiffriermaschine samt Kabeln und Zubehör aus den Zeiten des Großen Vaterländischen Krieges zum Vorschein. Das Chiffriergerät ist alt, aus der Zeit vor Enigma, der deutschen Verschlüsselungsmaschine, und war beim Rückzug der Faschisten in der Sowjetunion zurückgeblieben. Als ich das Gerät im Jahr 1960 bekam, verstand ich davon nicht das Geringste. Man musste mir wieder und wieder das Geniale daran erklären. Ich fragte, ob nicht ein Außenstehender die Nachrichten abfangen könne. *Konjéschno*, das könne jeder beliebige Funkamateur. Das Geheimnis bestehe darin, dass nur jemand, der den gemeinsamen Code kennt, aus dem gesendeten Zahlenwirrwarr die Botschaft herausfiltern kann. Dazu wiederum bedürfe es des Codeschlüssels. Für einen Außenstehenden sei es schwer, den herauszufinden, denn angeblich gibt es etwa zwanzig Millionen Möglichkeiten. Ich stelle den richtigen Code ein, indem ich die Kabel umstöpsle.

All das bewirkt, dass meine Gelenke vor Schmerzen wimmern, und die Kälte lässt meine Glieder steif werden.

Ich gebe jedoch nicht auf.

Zuerst sende ich eine lange Nachricht, auf die ich keine Antwort erwarte. Damit vergeht einige Zeit, denn ich muss mir jedes Wort genau überlegen. Ich halte inne, um erschöpft zu verschnaufen, soll ich weitermachen oder gehen? Ich fasse einen Entschluss und versuche es mit einer anderen Nachricht: »Motyljók in Gefahr aufzufliegen. Komm!«

Ich warte.

Nur einen Augenblick später kommt die Antwort, so als hätte jemand am anderen Ende seit Jahren nur auf meine Nachricht gewartet. »Oden ungefährlich?«

Ich seufze. Am Leben, aber nicht bei Verstand. Ich setze zu einer langen und umständlichen Mitteilung an, in der ich die Situation erläutere, aber die Kälte hat meine Hakenfinger steif werden lassen, so dass nichts daraus wird. Ich gebe es auf und wiederhole das Ende der ersten Nachricht: »Komm!«

Dann löse ich die Codierung der Kabel auf und stopfe das Funkgerät zurück in sein gemauertes Loch unter dem Stein. Ich setze das Moos zurück an seinen Platz, kratze das Bienenwachs vom Opferbrett ab und mache mich auf den Rückweg.

Endlich wird der Spatz nach Hause kommen.

Die Nacht war aufreibend lang für eine so hinfällige Greisin, und am liebsten würde ich direkt unter meine Decken auf dem Dachboden kriechen, wo ich schlafe, solange das Tschuchná-Mädel meine Kammer bewohnt. Beim Bobrikow-Haus verlangsame ich jedoch den Schritt, denn ich will sehen, ob der Lada mit den verdunkelten Scheiben noch da ist. Du solltest das sein lassen, mahne ich mich selbst, während ich in die Gasse hineinschleiche. Das wird schlimm enden, man erfährt zu viel und kommt ganz durcheinander.

Trotzdem gehe ich nachsehen.

Die Dorfstraße ist still. Ich blinzle, denn ich kann im Dunkeln nicht mehr so gut sehen. Das Auto steht an seinem Platz. Aber was ist das, darum herum hüpft eine kleine Flamme. Mit Schrecken glaube ich für einen Augenblick, es sei der Feuergeist, *Turgõldaš-Tul*, der den Tod ankündigt. Dann wird mir klar, dass der Lichtschein vom Glühkopf einer brennenden Zigarette herrührt. Der Mann aus dem Auto vertritt sich die Beine. Schwerfällig gehe ich näher bis zur Ecke des Bobrikowschen Zauns.

Dann richte ich mich auf. »Ach, so ist das!«

Ohne noch zu zögern, überquere ich mit großen Schritten die Straße, so weit meine schmerzenden Beine das zulassen. Ich klopfe dem rauchenden Mann im OMON-Mantel auf den Arm: »*Poro wady*, guten Abend.«

Der OMON-Mantelträger fährt zusammen und dreht sich um, tastet nach etwas, bestimmt nach seiner Waffe, erkennt mich dann aber. »Elna, meine Nährmutter!«

»Kožla, vom Wald gerufen.«

Ich schaue ins Innere des Autos, und dort starrt mich ein langer Laban mit buschigen Brauen an, als wäre er beim Äpfelstehlen ertappt worden.

»Kommt ins Haus, Jungs, dann kriegt ihr was Warmes zu essen. Und du, Kožla, Sohn des Waldes, kannst mir deinen kleinen Freund vorstellen.«

Sowjetunion, 1937

Irga

Ich erwachte davon, dass mir die Füße froren.
Ich blinzelte.

Vor mir sah ich eine grob behauene Bretterwand, durch deren Lücken Streulicht fiel.

Durch das grau gewordene Holz zogen sich die Fress- und Schlupflöcher des Bockkäfers wie eine fremde Sprache mit geheimnisvoller Bedeutung, und das unterste Brett des Verschlags war ausgehöhlt wie eine Pferdebox.

Ta-damm, ta-damm, ta-damm.

Ich versuchte mich aufzusetzen, aber mein Schädel stieß dröhnend gegen ein niedriges Sperrholzdach.

Wo bin ich?

Die Panik ließ mich so tief Luft holen, dass es mir fast die Lunge zerriss, und dabei bekam ich in der Luft schwebende Tierhaare und Federn in den Mund. Ich nieste und steckte die Nase zwischen die Bretter. Schlagartig drangen mir mit dem Luftstrom der Geruch von Pech, Kohle, Urin und die Anwesenheit ungepflegter, aus fremden Ländern stammender Körper ins Bewusstsein.

Beruhige dich.

Der Boden unter mir schütterte und polterte. Ta-damm, ta-damm, ta-damm.

Ich bin in einem Zug.

Ich versuchte, mit dem Fuß zu stoßen. Wieder wirbelten mir Federn in den Mund, aber ich konnte mich nicht rühren.

Man hatte mich in eine Art Vogelkäfig oder Kaninchenstall gesperrt. Ich hatte kaum Platz, meine schmerzenden Glieder vor- und zurückzubewegen. Nur die Beine ragten hilflos aus dem Verschlag hinaus, und das war das Problem. Die Kälte zwickte mich durch ein Loch im Wollstrumpf, und ich begriff, dass jemand mir meine verzierten Lapplandstiefel mit den hochgebogenen Spitzen gestohlen hatte.

Ta-damm, ta-damm, ta-damm.

Anscheinend bremste der Zug in einer Kurve und steigerte dann wieder das Tempo. So als hätte er es eilig. Unterwegs wohin? Wie war ich hierher geraten?

Fest schloss ich die Lider und biss mir in die Wangen, bis ich Metall schmeckte.

Überlege, Irga, überlege!

Der Nebel in meinem Kopf, der vor der Hässlichkeit der vergangenen Tage lag, begann sich zu verziehen. Der wütende Wolfszahn und sein abweisendes Verhalten, nachdem ich ihm die Landkarten übergeben hatte, aber auch nach drei Tagen immer noch nicht sprechen konnte. Vor dem Zungenstummel ekelte er sich, zumal ich ihn nicht ausprobieren ließ, wie es sich anfühlen würde, wenn er mir seinen steifen Schwindling in den Mund steckte. Schließlich, am Ende einer qualvoll langen Skitour, knurrte Wolfszahn, er müsse nach Leningrad und dort wichtige Parteileute treffen: »Dort gibt es Gesinnungsgenossinnen, die einen Kommunisten machen lassen, was er will.«

Wolfszahn ließ mich und mein Ungeborenes in Petrosawodsk in der Obhut eines sanftmütigen, ekstatischen Parteimannes mit krummer Haltung zurück und erklärte mir, er werde zu gegebener Zeit kommen und mich holen: »Denk daran, Irga. Besser ein lebender Hund als ein toter Löwe.«

Das waren Wolfszahns letzte an mich gerichtete Worte.

Das war mindestens einen Monat her, und seitdem war viel geschehen.

Ich war außer mir, als man mich auf dem Leningrader Bahnhof in einen mit Häftlingen rappelvollen *Stolýpin*-Waggon stopfte. Dreimal versuchte ich, die verriegelten Schlösser aufzukratzen, um mich aus dem Zug zu werfen, aber jedes Mal wurde ich mit blutigen Fingernägeln zu Boden gerissen, und dabei bekam mein Bauch so einiges ab. Schließlich befahl einer der Wachleute, mich in diesen Karnickelstall zu zwängen und mir Hühnerknochen in den Mund zu stecken, damit ich still wäre. Und hier hatte ich im Grenzland zwischen Traum und Wachsein Gott weiß wie lange gelegen.

»Huhuu!«

Ein wundgeriebener Mädchenfinger drang durch das Luftloch des Verschlags herein. Er krümmte sich anmutig, als knickste er. Jemand raunte mit seltsam singender Stimme, wie ein Vogel, jenseits der Bretterwand: »Kleiner *Ptíza*, Vögelchen, lebst du noch?«

Ich hielt den Atem an. Niemand hatte mich seit den Verhören direkt angesprochen, nicht wie einen Menschen. Fremde Sprachen schwirrten und knatterten überall im Waggon, aber die Worte waren konturlos und immer an jemand anders gerichtet. Ich nahm mich zusammen. Was war das? Wieder eine Falle? Der Versuch, mich zum Sprechen zu bewegen und als Schwindlerin zu entlarven? Was konnte passieren? Russisch verstand ich inzwischen schon ganz gut, ich habe immer eine rasche Auffassungsgabe gehabt. Aber diese Vogelsprache wurde mit einem Akzent gesprochen, der mir merkwürdig bekannt vorkam.

Vielleicht eine Estin?

»Alle hier tratschen, und doch weiß niemand wirklich etwas. Ein ziemlich wilder Haufen. Du bist angeblich eine Finnin, Genossin? Tschuchná?«

Vorsichtig schob ich meinen Finger durch das Luftloch und nickte damit.

»Jelena Michailowna, aus der Sowjetrepublik der Mari, Mariland. Eine Tscheremissin.«

Ich konnte natürlich nicht antworten.

»Hier ist es gerammelt voll. Eine unheimlich lange Schlange von Waggons, ein einziger *paráscha*-Kübel für alle, igittigitt. Zwei Häftlinge schleppen ihn einmal pro Woche raus, und dann schwappt es beim Gehen über. Du hast es dort besser, *Ptíza*. Hier geht es wüst zu, es herrscht ein Höllenlärm. Gleich am ersten Abend haben die Kriminellen eine Revolte veranstaltet.«

Die werden respektiert, zwitscherte die Stimme. Die Kriminellen. Ich ließ meinen Finger fragend zucken. Ehrliche Räuber, Diebe, Mörder, Vergewaltiger. Eine spezielle Art von Menschen, sie sind leicht zu erkennen.

Seit ihrer Geburt vom Leben gebeutelt, schoben sie sich den Salzfisch mit dem Messer zwischen die blasigen Lippen, spielten Spuckpoker und grölten abends, von einer Mundharmonika begleitet, eigentümliche östliche Melodien. Die meisten Häftlinge waren allerdings politische Saubermänner, aber sie wurden bei jeder Gelegenheit verprügelt, mit Fußtritten traktiert und zusammengeschlagen, alle, die nach Paragraph 58 verurteilt worden waren. Ohne viel Federlesens nahm man ihnen Mäntel und Papiere ab.

Fragend maunzte ich.

»Hochverrat. Die Kriminellen haben ihnen halt den Hochmut ausgetrieben«, versicherte draußen das Vögelchen.

»Ich bin nicht für Straftaten. Aber besser ein ehrlicher Räuber als ein Ausbeuter.«

Für einen Augenblick schwieg die Stimme.

»Hör mal, ich hab gesehen, was vorhin passiert ist. Eine *Súka* in grünem Kleid hat dir die Schuhe gestohlen. Ich werd versuchen, sie zurückzukriegen.«

Die Stimme verschwand für lange Zeit, und mir kam schon der Verdacht, ich hätte mir das alles nur eingebildet. Wieder überfielen mich panische Angst und ein Gefühl der Verlassenheit. Es verging eine Weile, eine Ewigkeit. Vater, verzeih mir, betete ich. Hol mich hier raus!

»*Iswini!* Das moldauische Mädchen, das deine Stiefel gestohlen hat, gibt sie nicht wieder her. Sie hat mich ins Ohr gebissen, die verrückte Bremse, aber so ist es nun mal: Kalte Umschläge helfen nicht gegen eine schiefe Visage.«

Von der anderen Seite war leises Fluchen zu hören. Ich war durch die Rückkehr der Stimme so erleichtert, dass mir die Tränen über die Wangen liefen, an denen Federn und Kaninchenhaare klebten.

»Ich hab nicht gewagt, mich zu wehren, ich hab ihr eine Papirossa gegeben. Und ihr gezeigt, wie man Feuer macht: Aus der Wattejacke reißt man ein Wattebüschel, dreht es zu einem Faden und reibt damit gegen den Erdboden.«

Im Luftloch erschien ein Stück Lakritzwurzel, das zur Reinigung der Zähne verwendet worden war.

Zwischen den ausgehöhlten unteren Brettern hindurch schob sich ein Knäuel von schmutzstarren Stoffstreifen.

»Fußlappen. Wir werden dir später ordentliche Schuhe besorgen.«

Wieder stieß ich mir den Kopf an der Decke des Verschlags, als ich versuchte, mir die Lappen um die Füße zu wickeln. Erst jetzt wurde mir bewusst, dass meine Handgelenke mit einem losen Bastseil gebunden waren.

»Warte, ich helf dir.« Meine Wohltäterin beugte sich über meine Füße, um mir dicke Lappen darum zu binden. »Wieso haben sie dich in dieser Verfassung hier reingesteckt?«

Das war die erste Begegnung mit meiner Schwester Elna.

Sowjetunion 1937

Irga

Nachdem Wolfszahn verschwunden war, begannen die Verhöre. Fontanka 16. Anstelle des braven Blankäugigen erschienen drei übelgeborene Parteifunktionäre mit groben Zügen. Der eine hatte hängende, verschlafene Augen und eine Hand, die schlagen wollte. Man unterzog mich einer Leibesvisitation, der mindestens fünf Männer zusahen – ich bin mir der Anzahl nicht sicher, denn meine Augen waren mit einem nach Petroleum stinkenden Lappen verbunden. In dem grellen, unterirdischen Licht musste ich mich bücken und auf dem eisigen Zementboden den Po herausstrecken, und mein Körper wurde gnadenlos befingert. Einer, der nach Tod roch, lachte schallend, während er mir seinen nach Pech riechenden Holzknüppel zwischen die Beine schob, gegen meine Schamlippen stieß und seine Stange gegen mein Loch drehte. »Stumm und noch dazu in diesem Zustand. Auch bei den Faschisten ist nicht alles in Butter, wenn sie sich mit so einer vermehren wollen.«

Eine Massenvergewaltigung blieb mir wahrscheinlich deswegen erspart, weil ich schwanger war. Ich wurde wieder in den Betonbunker geschleift. Wenn ich aber gedacht hatte, das Schlimmste sei vorüber, so irrte ich mich. Mit meinen ungelenken kyrillischen Buchstaben brachte ich zu Papier, dass ich keineswegs eine Spionin und bereit sei, jederzeit nach Finnland zurückzukehren.

»Aber auf jeden Fall haben Sie den Grenzschutz Ihres Landes ausspioniert. Man wird Sie kaum zurückhaben wollen.«

Im finnischen Außenministerium hassten sie Kommunisten und Überläufer sowieso. Meine Verzweiflung steigerte sich noch, als von irgendwoher die Landkarten auftauchten, die ich im Arbeitszimmer meines Vaters zusammengerafft und Wolfszahn mitgebracht hatte. Wieso konnten solche zerknitterten gezeichneten Landkarten so wichtig sein? Solche konnte sich doch wohl jeder beschaffen, wenn es darauf ankam. Aber jetzt entpuppten sie sich offenbar als gefährliche Staatsgeheimnisse. Noch dazu in der Weise, dass ich in den Augen der sowjetischen Behörden eine Saboteurin war, ein zweifelhaftes Element, weil ich bereit gewesen war, mein Vaterland zu verraten.

»Auf Hochverrat steht auch im faschistischen Finnland die Todesstrafe.«

Die unaufhörlichen Fragen der Vernehmer, das permanente Drängen, von dem ich kaum etwas verstand und auf das ich nichts antworten konnte. Auch dass ich Linkshänderin bin, erregte Verdacht. In den Pausen hockte ich in einer engen Betonzelle, in der ich mich nicht umdrehen konnte. Manchmal versank ich für vielleicht fünf Minuten in einen Halbschlaf, wonach man mich mit kaltem Wasser übergoss. Tagelang wurde ich unter grellen Lampen wach gehalten. Das Zeitgefühl ging mir verloren, ich hatte das Gefühl, in trübem Wasser zu tauchen. Währenddessen hatte ich Angst um mein Kind und wartete darauf, dass Wolfszahn zurückkehrte. Ich weiß nicht, wie viele Tage oder Wochen man mich dort festhielt, aber ständig kamen neue, immer seltsamere Fragen. Warum hatte ich in antisowjetische Konspiration eingewilligt? Wen sollte ich liquidieren? Arbeitete ich für das faschistische Finnland, und plante ich in der autonomen Sowjetrepublik Karelien einen Staatsstreich? Wenn ich einzuschlafen oder ohnmächtig zu werden drohte, drückten sie ihre Zigaretten an mir aus und schlugen mich mit Knüppeln. Zuletzt war ich so durcheinander, dass ich alle Papiere unterschrieb, die man mir hinschob.

»Die Angeklagte gibt zu, dass sie in die Sowjetunion gekommen ist, um für ihr faschistisches Vaterland zu spionieren. Ihr Bestreben war die Sabotage der Arbeiterkollektive und das Anzetteln einer Konterrevolution.«

Das Urteil wurde verkündet: »*58-1a. Dwádzat pjat, pjat i pjat*, das heißt: fünfundzwanzig, fünf und fünf.«

Davon verstand ich kein Wort, aber der borkengesichtige Beamte schnaubte: »Das solltest du auswendig lernen, *predátelniza*.«

Und da saß ich nun. Jelena Michailowna empfand für die *Politischen* nur Verachtung: »Verräter und Faschisten, hochnäsiger bürgerlicher Abschaum, Volksfeinde. Saboteure, Zaristen. Sie bekommen, was sie verdienen. Zum Glück bin ich kein Häftling, sondern eine freiwillige Arbeiterin. Ein Mädchen vom Komsomol. Du auch?«

Ich steckte den zitternden Zeigefinger durch die Öffnung und nickte wider besseres Wissen. Ich konnte es mir nicht leisten, auch nur eine einzige Verbindung zur Außenwelt zu verlieren, nicht jetzt.

Jelena Michailowna war die ganze Reise lang mein Auge und mein Ohr, und wahrscheinlich hat mir das geholfen, bei Verstand zu bleiben. Sie war es, die mir zuflüsterte, dass der gesamte Besitz der *Politischen* innerhalb von drei Tagen in den Taschen der *Kriminellen* verschwunden war. Dass die Toten keineswegs hinausgeworfen, sondern wegen der Essensrationen so lange wie möglich im Waggon belassen wurden. Erst nach zwei Wochen wurde der Gestank unerträglich, jetzt, im Frühjahr, schon früher. Jeder hatte seine Geschichte. Gestohlene Feigen, Sabotage in der Fabrik.

Jelena Michailowna erzählte von der heller werdenden Nacht, von der kohlschwarzen Erde und von den daraus aufragenden, unglaublich weißen Birkenstämmen, zwischen denen die Schwendfeuer sich auf die Schienen ergossen. Wütende Scharen von Arbeitern, die sich am Bahnhof versammelt hatten, bespuckten uns und wünschten den Vaterlandsverrätern lauthals den Tod. Auf beiden Seiten des Dachs Scheinwerfer, auf den Bahnsteigen Wachleute mit Maschinenpistolen und auf einem Anhänger ein Maschinengewehr mit stumpfer Nase. Auf jeden Waggon war die Parole gemalt: »In unserem Land gibt es reichlich Eisenbahnen!«

Im Waggon kursierten wilde Gerüchte über die armen Teufel, die an den Bahnstationen herausgezogen wurden. Dass sie an die Hungrigen verfüttert würden und dass die Leichen als Eisenbahnschwellen verwendet würden – die Häftlinge wurden im Bahndamm begraben, weil der übrige Boden gefroren war. Das war das längste Gefangenenlager der Sowjetunion – von Kotlas nach Workuta –, tausendfünfhundert Kilometer Qual und Stahl.

Jelena Michailowna erzählte sehnsuchtsvoll von ihrem Zuhause im Dorf Lawra, von ihrem Verlobten Aleksei Ignatenko und von allem, was ihr in den Sinn kam. Ständig quälten uns Hunger, Durst und die vom Schmutz verursachten Parasiten und Quaddeln. Zu essen gab es spanholzartigen Salzfisch, der die Zunge betäubte, und das, obwohl das Wasser rationiert war. Einmal täglich wurde angehalten, um es aus irgendwelchen Abflussgräben zu kratzen. Genossin Jelena brachte mir auch bei, das Wasser so lange im Mund zu bewegen, wie ich nur konnte. So machte man den Körper gleichsam glauben, dass es mehr gewesen war. Natürlich half das nicht ewig. Einmal war ich so durstig, dass ich durch die Bretter des Verschlags hindurch einem schmutzstarrenden jungen

Mädchen, das sich neben mich geschleppt hatte, den Napf wegnahm. Genossin Jelena verbot es mir: »Trink das nicht!«

Ich sah mir die Kelle an, sie war voller wimmelnder Würmer. Trotzdem hätte ich das Wasser getrunken, der Durst quälte meinen ganzen Körper so, dass ich fürchtete, wahnsinnig zu werden. Jelena schlug mir die Schale vom Mund, und ich konnte sie nur in Gedanken verfluchen. Als dann ein großer Teil der Häftlinge an der Cholera starb, verstand ich, dass Jelena mir das Leben gerettet hatte.

An der Endstation Kotlas empfing uns ein gewaltiger roter Stern. Auf dem betonkahlen Bahnhof konnten wir uns die Beine vertreten. Das Licht schnitt mir das Wasser in die Augen, als man mich vom Waggon hinunterschubste.

Zum ersten Mal erblickte ich meine Wohltäterin Jelena Michailowna.

Ich weiß nicht, was ich erwartet hatte, aber ihre gesetzte, freundliche Erscheinung und der klare, ruhig-eindringliche Blick beeindruckten mich. Die dicken Waden und die breiten, vertrauenerweckenden Wangen. Das ausladende, den harten Bedingungen trotzende Hinterteil, verhüllt mit einem struppigen Schafspelz. Anscheinend hatte die Reise ihren Zähnen und ihrer Haltung nichts anhaben können. Sie wird wohl kaum lesen können, schätzte ich, aber einen gewissen Stolz hat sie. Während die Plinsensonne einen Keil warf, wurden wir in Reihen aufgestellt und aufgefordert, unsere Namen zu sagen. Elna sprang mir bei: »Dieses Mädchen ist *njemája*, stumm.«

Gehorsam öffnete ich den Mund und wies meinen Zungenstummel vor. Jelena Michailowna flüsterte: »Schreib deinen Namen auf das Stück Pappe dort.«

Ich schrieb meinen Namen mit zitternden Krakeln. Irga Malinen.

»Irga, ein schöner Name. Er bedeutet Wildvogel.«

»Nenn du mich Elna. Aleksei hat mich immer Elna genannt«, säuselte meine Beschützerin, als wir wieder weiterfuhren.

Natürlich konnte ich sie weder Elna noch sonst wie nennen, aber irgendwie machte ihr einseitiges Geplauder uns zu Bekannten. Meine Beine waren schlapp und kraftlos nach der langen Zugfahrt, die ich liegend verbracht hatte.

Es dauerte fast drei Tage, ehe wir bei einem Fluss ankamen. Da ließ man uns trinken, und wir sanken nebeneinander auf den Sand, um das kühlfrische Wasser zu schlappern. Es war das Beste, was ich jemals bekommen hatte. Als ich mich satt getrunken hatte, hob ich den Blick und betrachtete die Schlange der Häftlinge. Männer wie Frauen hatten bereits die Erscheinungsform zerlumpter und bleicher Gespenster angenommen, die später im Lager ihr Dauerzustand wurde.

Nur einer unterschied sich von der Masse. Oben auf dem Hang stand eine seltsame Gestalt mit Geweih und Rentierpelz, von ihrem Rucksack hingen Blechgefäße und Holznäpfe, ein Pulverbeutel und eine geriffelte Büchse herab. Das Wesen starrte schamlos direkt zu uns herüber und schwenkte leicht seine behandschuhte Hand, um anzudeuten, dass die Reise weitergehe. Elna winkte zurück, legte mir den Arm um die Schultern und führte mich den gefrorenen Hang hinauf.

»Mach dir nichts draus, Wildvogel. Du leidest an Blutarmut, Schwester. Wenn wir von hier fortkommen, heize ich die Sauna mit Birkenscheiten und mache dir Kräuterumschläge.«

Und weiter: »Wir sind junge Komsomolzen, lauter Stachánow-Arbeiter. Wir jungen Menschen kommen hier klar, wenn wir zusammenhalten!«

Dorf Lawra, 2015

Verna

P*oro er, guten Morgen*«, wünscht Jelena Michailowna. »Der Schlaf hat dich wohl nicht verschönt, *djéwuschka*.«

Das gestrige Chaos in der Küche ist beseitigt, auf dem Tisch duftet ein Strauß Traubenkirschenblüten. Für gewöhnlich lässt einem der aus Töpfen und Pfannen aufsteigende Essensduft das Wasser im Mund zusammenlaufen, aber nach dem gestrigen Abend fühle ich mich schwach und verspüre leichten Ekel, als hätte ich eine Handvoll Schlafmittel geschluckt.

»Eierpiroggen, Suppe aus Beeren vom Schneeballstrauch, *podkogõljos*.«

Am Tisch sitzen bräsig zwei Hünen, die die vor ihnen dampfenden Suppentassen wie Geschirr aus einem Puppenhaus aussehen lassen. Der eine mit der Stirn eines Neandertalers hat ein schwarzes Barett auf dem Kopf, der andere hat höflich sein Stoppelhaar entblößt. Beide tragen einen tarnfarben gemusterten Blouson, auf dessen Rücken das gelbe Zeichen der OMON-Truppen prangt. Weshalb mampfen hier die Spezialtruppen der nationalen Sicherheit, etwa wegen Vater? Verstohlen werfe ich einen Blick auf Jelena Michailowna. Zum Glück flößt die Gegenwart der OMON der alten Frau offenbar keine Angst ein. Vorsichtig setze ich mich ans Ende der Bank und blinzle. Zwischen den Ebereschenblüten hindurch scheint mir die Mittagssonne direkt in die Augen. Ich fühle mich so wacklig, als hätte ich eine Flasche Selbstgebrannten geleert. Jelena Michailowna nörgelt: »Für eine frische junge Frau ist es nicht gut, am helllichten Tag im Bett herumzuliegen, wenn sie das nicht zu ihrem Beruf machen will.«

Der eine lange Kerl, der mit dem geflochtenen Bart, streckt mir seine gewaltige Pranke entgegen und drückt mir die Hand. Sein Griff ist warm und sicher, der Blick vertrauenswürdig. Ich spüre, dass ich rot werde. Da stellt Elna ihn mir auch schon vor: »Konstantin Sergejewitsch, ein Bursche aus unserem Dorf. Er war ein so guter Junge, dieser Kostja, dass er ohne Angst auf den Baum kletterte, um den Gnadenhonig aus dem *pört* zu holen, und von keiner Biene gestochen wurde. Aber wo sind die Bienen geblieben? Sie sind fort. In was sollen wir jetzt den Kuchen tunken?«

Dann hellt sich Elnas Miene auf. »Ach ja, ein Glas Honig müsste da noch sein.«

Die Alte wirft einen Blick auf die Matte, unter der sich die Kellerluke befindet. Ihr Gesichtsausdruck wird unsicher.

»Könntest du? Ich kann nicht mehr in den Keller, Kostja weiß das …«

»Ich gehe, mein Nährmütterchen.«

Der andere Mann schnaubt verächtlich.

Der Riesenschlaks schiebt den Flickenteppich mit der Spitze seines Geländekahns beiseite, hebt die Klappe und knipst das Licht an.

Mir fällt der Alptraum der vergangenen Nacht ein, das Pioniertuch, das augenlose Gesicht des Kindes. Das war ein Traum! Da ist nichts. Ich zwinge mich hinzusehen.

»Oha!«, entfährt es mir.

Stand das Wasser am Vorabend knöchelhoch, so wogt jetzt der ganze Keller. Die Baustellenlampe brennt unter dem Fußboden wie im Laderaum eines untergegangenen Schiffs. Auf der Treppe stehend langt Kostja sich vom obersten Bord das Glas Honig und zieht sich dann mit seiner Beute rasch wieder zurück. Elna knallt die Luke zu. Kostja stellt das Glas auf den Tisch und schraubt dessen rotkarierte Mütze auf. Er steckt seinen Finger mit dem Trauerrand unter dem Nagel in die goldene Masse, dann genießerisch in den Mund und lutscht ihn ab: »Gnadenhonig.«

Jelena Michailowna wirkt zufrieden, stellt schwungvoll eine Holzschüssel mit dampfender Suppe vor mich hin und gibt dem Riesen einen Klaps auf den Hinterkopf: »Kostja, stell deinen Kollegen vor. Und du, *djéwuschka*, iss.«

Der Bartmann zwinkert mir zu: »Die Elna ist für uns Dorfgören eine gemeinsame *kuwawai*, eine Großmutter.«

Schwer vorstellbar, dass dieses griesgrämige Aas irgendjemandes liebe *bábuschka* sein könnte.

»Und dies ist mein Geschäftsfreund Miloza Zorin. Muksa, gib der Touristin die Hand.«

Das Schaufelgesicht mit den dunklen Brauen fingert konzentriert an einem kleinen Videospiel mit rotem Gehäuse herum, in dem ein großer Gorilla mit Fässern schmeißt. Ich kenne das Spiel noch aus meiner Kindheit. Bei uns wurde solch bürgerliches Gedöns nicht geduldet, ebenso wenig wie Donald Duck. Ich schaue auf meine Suppe, und die Übelkeit, die von dem gestrigen süßen Tee zurückgeblieben ist, sowie eine ungute Krankenhauserinnerung erzeugen in mir einen ebensolchen Brechreiz wie letzten Monat die Operation, deren Narbe ich immer noch als blutrote Erinnerung spüre. An der Oberfläche der molkigen Suppe schwimmen Kartoffelstücke. Und eine kleine Fliege mit behaarten Beinen. Mir dreht sich fast der Magen um.

»Großmutters Eiersuppe. Probier mal«, fordert mich

der Koloss auf und löffelt sein eigenes ekliges Gebräu mit gutem Appetit.

Iss jetzt, befehle ich mir selbst, du kannst das.

»Jelena Michailowna«, beginne ich und nehme mein Mobiltelefon aus der Tasche des Kleids.

»Ich müsste in Finnland anrufen.«

Die Alte schaut auf mein Handy: »Hier funktioniert so ein Funktelefon nicht.«

»Und wohl auch kein anderes Telefon«, meint Muksa und zerschneidet mit Zeige- und Mittelfinger der linken Hand eine unsichtbare Telefonleitung. Das klingt eher wie eine Drohung als wie eine Feststellung.

Kostja bestätigt das. »Das ganze Dorf ist stumm.«

Und der Bus? Der nächste fährt in einer Woche.

»Aus dir ist ein Prachtkerl geworden.«

Elna ist hinter Kostja getreten. Sie befühlt den Jackenstoff des Ungetüms und zieht ihm die Ohren lang.

»Aber du bist so verstädtert. Hörst du überhaupt, wie der Wald dich ruft? Die Bäume raunen: Komm her, kleiner, nach dem Wald benannter Kožla.«

»Lass das, Nährmutter. Wir sind geschäftlich hier.«

»Hier ist die Staudammgesellschaft, guten Tag«, sekundiert ihm Muksa, steckt das Videospiel in die Tasche und zieht aus der Brusttasche einen zusammengerollten Stapel Papiere hervor.

»Zum Teufel! Ich hab nicht vor, meinen Namen auf dieses Papier zu setzen.«

»So geht das nicht, Nährmutter, dies ist von höherer Stelle so beschlossen.«

»Dieser Boden ist uns nach der alten Macht gegeben worden. Darüber wurde ein Papier aufgesetzt. Weißt du das noch, Kožla? Anteile haben sie uns gegeben.«

»Zeigen Sie mal die Anteile. Aus gutem Willen verteilen wir hier Almosen an die alten Leute.«

»Es ist unser eigenes Land, das kann Kožla bezeugen.

Aber du schämst dich ja für uns. Warum? Du lehnst dein eigenes Volk ab und kehrst deinem Dorf den Rücken. Reißt hier das Maul auf.«

»Es wäre das Beste, das Papier zu unterschreiben.«

Dreist schwebt der Tabaksqualm in der nach Traubenkirschenblüten duftenden Küche, Muksa klopft die Asche in das Glas mit dem Honig ab. Elna tut, als bemerke sie es nicht, aber ihre Tragehand zittert.

»Dort ist Schwarzbrot. Eine Kohlpirogge für Kostja!«

Ich spüre, wie die Stimmung angespannt wird. Elna presst mit ihren Klauenfingern das Handgelenk des Bartmanns zusammen.

»Sag du doch auch was. Wenn der Staudamm kommt, dann geht das ganze Mariland unter. Letztens, als sie so was in Tscheboksary machten, haben Tausende ihr Zuhause verloren.«

Kostja bricht die Pirogge entzwei, seine Kiefern mahlen, er sagt nichts. Muksa legt die Füße in Schuhen auf das grünkarierte Tischtuch.

»Mit Beschützern von Terroristen wird nicht verhandelt.«

Vor der verschlafen-idyllischen Dorflandschaft klingen diese Worte plump und viehisch.

»Mit welchem Recht randaliert ihr Halbstarken hier herum und zerstört das schöne Land?«

»Wir haben die Information bekommen, dass hier tschetschenische Terroristen unterwegs sind.«

Die Behauptung ist so sowjetisch-absurd, dass ich fast lachen muss, aber Elna scheint sie zu erschrecken.

»Wer sagt das? Hier sind seit den neunziger Jahren keine Tschetschenen mehr gewesen, oder vielleicht waren es Kirgisen. Sie haben alles mitgenommen, was sich irgendwie zu Geld machen lässt, haben die elektrischen Leitungen gekappt und die Kühe geschlachtet. Das Einzige, was sie verschmähten, waren unsere traditionellen Trachten, die taugen angeblich nicht mal zu Lumpen.«

Plötzlich tut mir die alte Frau leid. Wie könnte sie sich dem Lauf der Welt entgegenstellen? Was versteht sie denn vom Informationskrieg, vom Trolling im Internet oder von einer Medienmaschinerie, die den Speichel einer einzigen Partei, ja eines einzigen Mannes leckt? Von Lügen, die so dreist sind, dass sie sich in Wahrheiten verwandeln, weil ihnen widersprochen wird? Für sie ist all das bloßes Wortgeklingel, Meldungen über das Leben im äußeren Weltraum, die aus dem knasternden Radio neben der vor Jahrzehnten stehengebliebenen Uhr kommen. Die Eroberung der Krim durch Volksabstimmung, der Ukraine-Krieg, die Abwärtsspirale der russischen Wirtschaft, die Kleptokratie.

»Hier ist auch ein Tourist aus dem Westen umgebracht worden«, fährt Muksa streng fort.

»Ist es das, was Sie jetzt bekümmert? Dafür ist Keremet Lichtauge verantwortlich, er ist zurückgekehrt.«

Elnas Stimme ist spinnwebdünn, flehend. Kostja windet sich verlegen, versucht ein Glaubensgespräch zu verhindern. »Wie soll denn Keremet aus seinem Namensbaum herausgekommen sein? Er ruht dort unter den dunklen Bäumen.«

»Er ruht nicht mehr. Jemand hat ihn gerufen, und er ist gekommen.«

Muksa reicht es jetzt. »Ich hab allmählich die Nase voll von den Baumficker-Geschichten. Es ist ein großer Dienst am gesamten Weltall, wenn dieser ganze Schwachsinn endgültig hinweggefegt wird. Verdammte naturfürchtige Hirnis, wir können hier nicht den ganzen Tag vertrödeln.«

Die alte Frau vergießt eine streifige Träne, schüttelt den Kopf.

»Jetzt ist Schluss mit dem Genöle! Jetzt wird unterschrieben!«

Muksa zieht unter dem Arm eine Jarygin-Pistole mit kurzem Lauf und glänzendem Griff hervor. Ungläubig beuge ich mich vor, um besser zu sehen. Die Waffe wirkt echt, im Griff sind sieben Kerben.

»Was hat er vor?«

Muksa nimmt die Pistole in die Hand, spannt sie mit metallischem Klacken, spuckt aus und richtet den Lauf auf Elna: *»We are going to make an offer that they cannot refuse.«*

»Was brabbelt er da?« Elna wendet sich bittend an Kostja.

»Kümmere dich nicht darum, Nährmutter, das ist so ein amerikanischer Mafiafilm, *Der Pate.*«

»Maul halten! Alten Weibern gebe ich keine Erklärungen!«

Muksa entsichert die Waffe.

»Jetzt wird unterschrieben, oder die *bábuschka* hier muss sterben, und ich fackle das ganze Dorf ab!«

Mir stockt der Atem. Kostja ist gespannt wie eine gewaltige Armbrust. Er wirkt unsicher.

Da klopft es an die Tür. Noch ehe jemand reagieren kann, knarren die rostigen Scharniere, und herein stiefelt ein uralter Mann mit Schnauzer und gekleidet wie in KGB-Zeiten. Der Anblick ist so theatralisch, dass er aus der Laienaufführung eines Kellertheaters stammen könnte. Doch nein.

Blitzschnell gleite ich rückwärts in einen Karnickelbau.

Mitten im Raum bleibt der Mann stehen, blickt auf die Waffe. Elna fällt ihm um den Hals: »Aleksei! Mein Spatz!«

Unbeholfen springen die beiden langen Kerls auf, Muksa schiebt die Waffe in sein Achselhalfter. Der KGB-Mantel macht Eindruck in diesem seltsamen Sowjetmuseum. Die Hünen machen die Ehrenbezeigung, indem sie die Faust auf die Brust knallen lassen und Haltung annehmen. Im Nu ist die Stimmung umgeschlagen. Elna greift nach ihrem Besen.

»Und jetzt raus hier mit den Lümmeln!«

Elna zieht erst Kostja, dann Muksa mit dem flachen Besen eins über. Verblüfft weichen sie aus. Sie ziehen sich in den Vorraum zurück und stoßen dabei gegen den Türrahmen. Elna schlägt nach ihnen und treibt sie zur Tür hinaus auf den Hof, wo die Gössel piepsend flüchten. Von der Pforte her ist das Aufjaulen des Hundes zu hören, der einen Tritt bekommen hat.

Elna schüttelt die Faust hinter den Muskelpaketen her: »Da tretet ihr die unschuldige Kreatur, ihr Feiglinge.«

Muksa winkt ab, ohne sich umzusehen: »Behalten Sie Ihre Piroggen! Das letzte Wort ist noch nicht gesprochen.«

»Verschwindet! Fahrt doch mit euerm Lada zur Hölle!«

Tatsächlich gehen die Männer, und der Hund Piku kommt ins Haus gehumpelt, den Schwanz zwischen die Beine geklemmt. Ich räuspere mich: »Herrjemine! Was geht hier vor? Was war das?«

Niemand antwortet. Mesmeriert starren die Uralten sich an. Die Augen des Schnauzers strahlen vor Wiedersehensfreude, er drückt der Frau einen Kuss auf die uralte Stirn. Elna löst sich von ihm, wischt sich die zitternden Hände am Rock ab, räuspert sich und gibt das Empfangskomitee: »Also, sei willkommen, Aleksei Ignatenko. Willst du Tee? Es sind auch Piroggen da.«

Eifrig macht Elna für ihren schnauzbärtigen Liebsten Platz auf der Bank.

»Es ist lange her. Es ist entsetzlich lange her.«

»Elna, meine Schwester.«

Da bemerken wir, dass Oden Schlangenzunge in der Tür erschienen ist, in Unterhosen und mit einem pechschwarzen, struppigen Kater unter dem Arm, er krächzt.

»Gib mir Salbe, nichtsnutzige Alte, Salbe für den alten Hund.«

Wahrscheinlich haben wir alle, wie wir da sind, Oden Schlangenzunge vergessen.

Fauchend flüchtet die Katze vor dem Hund, Piku folgt ihr, mit dem Schwanzstummel Liebe schlagend. In der Stille der Küche bildet sich ein leerer Raum für einen Geist.

Dorf Lawra, 2015

Verna

»Was macht denn diese Missgeburt hier?« Aleksei Ignatenkos Stimme ist scharf, als er sich aus Elnas Umarmung löst.

Elna zuckt die Achseln.

»Er lebt, ist da, bringt einen zum Schweigen.«

Er begreift nichts. Die Alte bewegt die Hand vor Odens nichts wahrnehmenden Augen. Sein großer Adamsapfel springt auf und ab, so als würde eine Ziege ständig etwas schlucken.

»Bist du sicher? *Ty uwérena?*«

»*Wujdõmo pormo*, eine kopflose Bremse ist das.«

Elna setzt Oden nachdrücklich vor den Fernseher und schaltet den Schneefall ein. Die Katze klettert ihm auf den Schoß und schnurrt: Das hört er gern.

Aleksei Ignatenko sagt leise: »Ich dachte, er sei tot. Und die Salbe?«

»Das Kraut wächst, bald blüht es. Bis zur Beerenzeit dauert es noch eine Weile. Vergiss ihn. Hauptsache, du bist da.«

Oden Schlangenzunge kaut zufrieden seine Kohlpirogge, die Katze kratzt sich am Kinn. Odens knollige Wange zuckt zum Zeichen, dass er lacht.

»Aber hör mal, Elna. Die Zeiten ändern sich. Ich bin nicht mehr im Amt und bei Kräften, verstehst du.«

»Hast du die Tätowierung auf den Knöcheln der Plattnase gesehen? Diese Männer sind ein RÄUMKOMMANDO. Und das war eine Jarygin, *Gratsch*, die Dienstpistole der Armee.«

Elna scheint erst jetzt zu begreifen: »Ach du liebe Güte! Ich hab die Männer von der OMON rausgeworfen. *Konjéschno*, zwar nur unsern Kostja und den analphabetischen Schreihals, aber doch.«

Aleksei zündet sich seine Pfeife an.

»Eigentlich sind sie keine richtigen OMON-Männer mehr. Das ist schwer zu erklären, sie sind irgendwo an der Grenze zwischen staatlichen und privaten Truppen. Diese gehören zur Bande von Nowgorod.«

Elna nimmt dem Ankömmling die Uniformmütze ab und bläst ihm eine Daunenfeder vom Ohr, die von irgendwo herbeigeflogen ist. Ihre Stimme ist matt.

»Ich kann es nicht glauben. Dass ich dich gebeten habe. Und du gekommen bist.«

»Natürlich.«

»Ach, mein kleiner Spatz.«

Die alte Frau berührt die Schläfen ihres Liebsten, sie reckt sich, um ihn erst auf die Furchen seiner Stirn, dann auf die grauen, eingefallenen Wangen und zuletzt langsam auf den Mund zu küssen. Der Alte hat etwas wie uraltes Wolfsglimmen an sich.

»Du siehst noch genauso gut aus wie früher.«

»Und du hast immer noch die schönsten Beine von der Welt.«

Elna bewegt die Füße, gibt einen leisen Laut der Zufriedenheit von sich. Sie umfängt den Alten so fest, dass es aussieht, als verschmölzen sie.

Die Schultern unter dem Mantel zucken. Ich habe das Empfinden, dass mein Zusehen irgendwie ungehörig, Voyeurismus, ist.

Also starre ich verschämt die grünblättrigen Wände an. Die Tapeten sind im Verlauf der Jahre immer wieder übereinandergekleistert worden, so dass Rosenfasern, abblätternde Silberornamente, eine kolchosgrüne Farbschicht und unten in Fußbodennähe Eichenholz sichtbar wird, auf dem Schwarzflechte ihr zerstörerisches Werk getan hat.

Dann fällt mein Blick wieder auf die gerahmte Tafel, den an der Wand hängenden Bilderaltar, den ich am Abend zuvor lange betrachtet habe. Ob es da ein Foto von Aleksei Ignatenko gibt? Dort sehe ich die Verlobungsfeier des Kolchostraktors mit dem künftigen Wasserturm, fröhliche Vierzigjährige, die einander untergehakt haben, und zahnlose Arbeiter mit herabgelassenen Hosenträgern. Große Proviantkörbe, eine Heuscheune. Farbfotos aus den sechziger Jahren. Auf diesen Porträts wird schon gelacht, weil der Sozialismus voranschreitet und die Belichtungszeit sich verkürzt. Aber mir fällt auf, dass ein Foto fehlt. Die Aufnahme von der Frau und den zwei Jungen, der eine mit freundlich-idiotischem Blick, der andere, das Wolfsgesicht, mit verschorften Knien und korrekt gebundenem Pionierhalstuch. Die Münzketten und der bestickte Rock der Frau, das zeitlose Gesicht, in dem sich eine fast erschreckend fanatische Mutterliebe spiegelte. Jetzt ist das Foto fort. Es ist nachlässig oder in Eile aus seiner Verklebung gerissen und an seine Stelle ein Bild von Kolchosarbeitern neben einem neuen Separator geschoben worden.

»Erinnerst du dich noch an unser gemeinsames Spiel?«, fragt Elna Aleksei.

»Das ist doch schon Jahrzehnte her.«

Elna fasst Aleksei Ignatenko um die Taille und zieht ihn mit sich auf die Treppe zum Dachboden: »Komm, wir frischen die Erinnerung auf.«

Oden Schlangenzunge sitzt vor dem leeren Fernsehbildschirm und gnurpscht eine Pirogge, der pechschwarze Kater schnurrt in seinem Schoß, und der Hund schläft zufrieden zu seinen Füßen.

Dorf Lawra, 2015

Verna

Ich kehre in die nach Schlaf duftende Kammer zurück. Es gibt keine Telefonverbindung. Es verkehren keine Busse. Trotzdem bist du keine Gefangene, flüstere ich mir selbst zu. Bald kommt mich jemand holen, ganz bestimmt. Ebenso gut kannst du inzwischen etwas Nützliches tun. Ich hole den Falter hervor, den ich im Glas aufbewahre. Ich stelle das Glas mit dem Insekt neben das TowaZoom 100X-900X Mikroskop, das ich aus dem Behälter mit den ausgemusterten Geräten der Universität Helsinki habe mitgehen lassen. Ich wähle das größte Okular, lege das Insekt unter das Vergrößerungsglas, stelle scharf und beuge mich darüber. Vater, warum hast du mich hierher gerufen?

In der Leningrader Kartei steht als Verbrechen deiner Mutter *s konspiratiwnymi zeljami*, in konspirativer Absicht.

»Das ist schon eine wilde Geschichte. Ein stummes Mädchen, das auf Skiern die Grenze überschreitet!«

Du hast es mir begeistert erklärt. In den 1930er Jahren war die Ostgrenze schon geschlossen, und man konnte vor allem aus Pyhtää, Hanko, Kotka oder von der Insel Mustikkamaa, die zu Helsinki gehört, gen Osten starten. Die Schnapsschmuggler und sonstige Vogelfreie halfen den Überläufern gegen Geld. In Petsamo gab es noch Stellen, an denen die Skolten mit ihren Rentieren über die Grenze zogen. Meistens brachen die Menschen in der Hoffnung auf ein besseres Leben auf, beseelt von der Idee. Aber bei Irga war noch etwas anderes im Spiel.

Bisher hatte ich an Vaters Erzählungen gezweifelt. Die übereinstimmende Aussage seiner konfusen Briefe schien mir nur darin zu bestehen, dass meine Großmutter Irga stumm war und in den 1950er Jahren in einem Lager in Workuta, wie so viele andere dort, ums Leben gekommen war. Wohin war Irga geraten, nachdem sie sich aus Finnland abgesetzt hatte? Bestimmt ist sie verhört worden, im schlimmsten Fall in der Fontanka 16. Und wahrscheinlich ist sie in ein Straflager in der Nähe von Leningrad gekommen. Darüber, wo das Urteil gefällt wurde, enthalten Großmutters Papiere keine Angaben, so dass es sich möglicherweise um ein Filtrationslager handelte, in dem die verhafteten Feinde festgehalten wurden, bis man wusste, wohin sie gebracht werden sollten. Im Büro der Organisation Memorial in Workuta hatte sich keine Erwähnung einer Irga Malinen gefunden.

Die Kommunistin, die von der finnischen Sicherheitspolizei verhört worden war, die neunfingrige Akkordeonspielerin Walja, erinnert sich mit ziemlicher Sicherheit daran, meine Großmutter in der kommunistischen Kampfausbildung gesehen zu haben, wo sie selbst nach eigenen Angaben in der Kantine arbeitete, wahrscheinlich aber ausgebildet wurde. Es gab dort Schüler aus Polen, Deutschland und auch aus England. Aus Schweden waren ein paar über Kemijärvi gekommen. Unterrichtsfächer waren Chiffrieren, Konspiration, Anzetteln von Aufruhr und Funkertätigkeit gewesen. Waljas Bericht umfasste das Bankett auf den Sperlingsbergen, das unmittelbar vor Beginn der Verfolgungen stattgefunden hatte. Auf dem Tisch standen damals kleine Plinsen, Käsekuchen, Eier, Konfekt, Apfelsinen und ein Hühnerkopf in einer Emailschüssel. Es wurde ein Schauspiel aufgeführt, in dem Bürgerliche und Spione auf lustige Weise verspottet wurden. Mit dabei waren leitende Persönlichkeiten der sowjetischen Verwaltung, die Walja nicht kannte, die aber alle die Beschützerin der Kleinen Tschuchná umarmten. Es wurden Reden gehalten, die Gläser klangen, und man tanzte auf den Tischen. Otto Ville Kuusinens Tochter Hertta führte einen Messertanz auf. Von der Kleinen Tschuchná ist Walja nur eines in Erinnerung geblieben: Es hieß, sie sei auf Skiern über die Grenze gekommen.

»Stell dir das mal vor: auf Skiern!«

Ich interessierte mich nicht sonderlich für Vaters ausschweifende Geschichten. Ich war seit Wochen müde und in schlechter Verfassung gewesen. Die Ärzte hatten mich vor erhöhtem Blutdruck und vor den Gefahren meines Alters gewarnt. In meinem Oberbauch wütete ein schneidender Schmerz, und vor meinen Augen tanzten Glühwürmchen.

In deinem letzten, verwirrten Brief, Vater, der mich dazu bewogen hat, nach Mariland zu fahren und meine neue, erniedrigende Arbeit als Horoskop-Schreiberin der Zeitschrift *Hund und Katze* aufzugeben, was hast du doch da geschrieben: »Ich bin ganz nahe daran, das Schicksal meiner Mutter aufzuklären. Lass mich jetzt nicht im Stich, Vernuska. Mehrere noch lebende Häftlinge aus Workuta berichten von einem Geist oder einer Gestalt namens Motyljók. Der Name beutet Nachtfalter. Ich glaube, dass genau dieser selbe Motyljók deine Großmutter getötet hat! *Propála bes vésti*, sie ist spurlos verschwunden!«

»Lass mich nicht im Stich, Vernuska.« Ich liege hier auf einem mit Gänsefedern gefüllten Unterbett, und die Wut schnürt mir die Kehle zu. »Lass mich nicht im Stich«, so wagst du es, mich anzuflehen. Und doch hast du mir genau das angetan, immer wieder. Zum ersten Mal, als ich ungefähr sieben war. Es war später August, eigentlich zu kalt, um im Fluss zu schwimmen, aber ich wollte lernen, wie man sich an der Wasseroberfläche hält. Mutter hatte uns damals wahrscheinlich gerade verlassen, denn wir waren zu zweit am Damm der Vanhalahti-Bucht, und ich hatte die Strumpfhosen schon seit vielen Wochen falsch herum an. Ich lernte schwimmen, und du hieltest mich im kalten Wasser unter dem Bauch fest. Der rotgepunktete Badeanzug, den ich von meiner Cousine geerbt hatte, war mir viel zu groß und schlackerte mir um die Schenkel, beweg die Beine, beweg die Beine, so schwimmen die Neunaugen, flussaufwärts, und saugen sich wie Saugnäpfe am Brückenpfeiler fest.

»Wenn Mutter wiederkommt, gehen wir in die Schwimmhalle.«

»Mutter kommt nicht wieder.«

»Hat das jemand gesagt?«

Ich nickte.

»Du bist nicht imstande, eine lebende Frau zu halten.«

Ich werde nie deine Miene vergessen. Die Demütigung und Trauer, die sie spiegelte. Du drücktest mir den Kopf unter Wasser. Ich zappelte und strampelte, ich sah in der Strömung die wie Haare einer Ertrunkenen wallenden Wassergräser und die aus der grünen Tiefe sich reckenden astartigen Arme. Du hieltst mich dort so lange fest, dass ich Wasser einatmete. Dann kamst du wieder zu dir aus deiner Verrücktheit, zogst mich an den Haaren hoch und drücktest mich an deine schwimmkalte, pochende Brust.

»Gibt es da bei euch ein Problem?«, rief ein Angler vom Deichrand her.

»Nein, meine Tochter lernt tauchen.«

Ich glaube nicht, dass du mich an jenem Tag ertränken wolltest. Du warst nur allein, verbittert und orientierungslos.

Wir kehrten nach Hause zurück, und endlich einmal ließest du mich im Halbdunkel deines Arbeitszimmers mit deinem Schachbrett spielen. Das Schandbrett, wie Großmutters Vater es in seinem Testament nannte. Jede Figur war aus handgeschnitztem Walknochen, die Mienen der Damen grausam und zugleich verzeihend. Die ausdruckslosen Bauern unterschieden sich durch ein jeweils individuelles Detail in ihrer Haltung. Ich konnte die Figuren stundenlang betrachten. Es gab nur ein Problem: Man konnte das Spiel nicht spielen. Es fehlte der schwarze Springer.

»Das Verräterbrett«, sagte der Weiße General, als er das einzige Mal eingewilligt hatte, mich zu treffen.

Schon als Kind begriff ich, dass wir wegen des Schandbretts niemals Erben von Haus und Hof unseres mächtigen Vorfahren sein würden, wir wurden niemals zu Familienfesten oder Beerdigungen eingeladen. Meine Großmutter war eine Verräterin, eine rote Hure, die sich in die Sowjetunion abgesetzt hatte, und damit floss auch in unseren Adern dieses Schmutzblut.

Ich hole den Nachlass hervor, den ich von der Miliz bekommen habe. Braune, faltige Anzughosen mit grauen Farbklecksen. Die Schuhe aus patiniertem Leder. Ich hole die im Schuh versteckten Papiere hervor.

Eine viereckige Geburtsurkunde, das Kind wurde in einem Lager in Workuta geboren. Die Handschrift unerträglich schnörkelig, ein Formular, das auf die Rückseite eines gebrauchten Stücks Papier gedruckt war.

Möglicherweise war Vater hier tatsächlich seiner Vergangenheit auf der Spur. Und vielleicht stimmte es, was er in seinen betrunkenen Briefen unaufhörlich wiederholt hatte: geboren irgendwo in der Sowjetunion, über die finnische Botschaft in Moskau 1945 nach Finnland geschickt, wonach er die finnische Sprache lernte und bei desinteressierten Verwandten in irgendwelchen Winkeln dahinkümmerte. Die Schmach musste groß gewesen sein, denn erst im Rentenalter begann Vater mit seinen Reisen nach Russland, Petrosawodsk, Sotschi, Moskau und sonst wohin. Jetzt bereue ich, dass ich seine Briefe nicht ernster genommen habe. Sie waren voller fremder Namen, Orte und bedeutungsloser Jahreszahlen, die in jämmerlicher Handschrift aufgezählt waren. Und bestanden in den letzten Jahren zunehmend aus Verfolgungswahn, Beschuldigungen und Verschwörungstheorien. In der Verworrenheit des letzten Briefes eine einzige Gewissheit: »Deine Großmutter ist ermordet worden. Und der Mörder dürfte ein Dämon namens Motyljók sein!«

Waren nicht alle Opfer des Archipels Gulag Mordopfer? Warum hielt Vater so hartnäckig an der Besonderheit dieses Todes fest? Aber dafür gibt es nun endlich einmal Beweise. Sein eigenes Sündenbekenntnis. Sowie einen Brief, der zwar auf Finnisch geschrieben ist, jedoch mit kyrillischen Buchstaben. Nur mit Mühe gelingt es mir, die Handschrift zu entziffern: »Kleines, Du bist in der Nacht geboren und in der Nacht gegangen. Die mondlose Nacht und der Aufstand im Lager seien Zeugen meiner Verzweiflung. Ich schicke Dich an den letzten Ort, von dem ich glaube, dass er jetzt sicher ist. Das Einzige, was Du von mir wissen musst, ist, dass ich Dich liebe, dass Du ein Geschenk bist inmitten von Entsetzlichkeiten. Ich handle so, wie jede Mutter es in dieser Situation täte. Im Dorf Lawra erwarten euch Jelena Michailownas Schwester und ihr Mann, von dem ich gehört habe, dass er in die gute Position eines Dorfkommissars aufgestiegen ist. Und ich hoffe, dass Du Dich dort wohl fühlst und ohne Sorgen aufwächst, Brot essend und gehorsam zur Freude Deiner Mildtäter. Ich möchte jubeln, wenn ich mir vorstelle, dass Du gelernt hast, diese finnischen Worte zu verstehen. Ich habe nichts sonst, was ich Dir geben könnte.«

Mein lieber Vater, wie wenig habe ich dich gekannt, wie einsam bist du gewesen, und wie sehr sehne ich mich plötzlich nach dir.

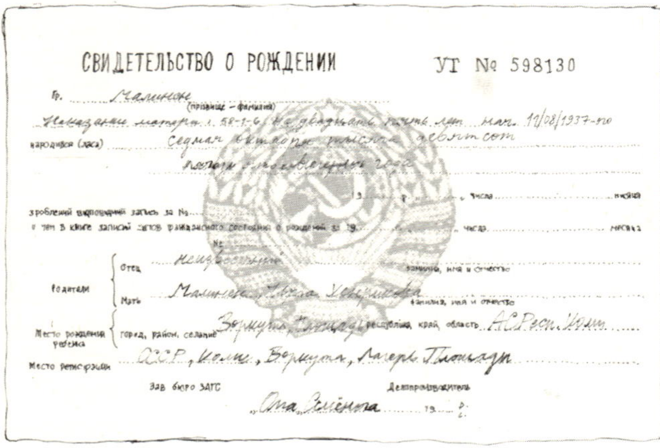
СВИДЕТЕЛЬСТВО О РОЖДЕНИИ УТ № 598130

Гр. Малинен
(призвище – фамилия)
Наказании матери 1. 58-1-6 на двадцать пять лет нач. 11/08/1937-го
народився (лася) седмач [illegible] тысяча девять сот
[illegible]

19 . . . г. . . . . . . числа . . . . . . месяца
зроблений відповідний запис за №
в чем в книге записей актов гражданского состояния о рождений за 19 . . . . . . числа . . . . . . месяца
№

Родители
Отец неизвестный
фамилия, имя и отчество
Мать Малинен [illegible]
фамилия, имя и отчество

Место рождения ребенка
город, район, селание Воркута [illegible] республика, край, область АС Респ. Коми

Место регистрации АССР, Коми, Воркута, Лагерь [illegible]

Зав бюро ЗАГС
Делопроизводитель

„ Ольга Семёнова . . . . 19 . . . г.

Gebärende Malinen, Irga Henrikowna, geb. 28. 1. 1922 in Petsamo, Finnland, übergelaufen 1937, wohnhaft Petrosawodsk, Karelische ASSR, und Stadt Leningrad, verurteilt nach § 58-I-6 zu fünfundzwanzig Jahren, beginnend 11. 8. 1937. Vater: unbekannt. Registriert UdSSR, Komi ASSR, Workuta, Marktlager. Unterschrift des Arztes: Olga Semjonowa.

Sowjetunion, 1937

Irga

»Kannst du nicht schlafen?«, flüsterte Elna und klammerte sich an mich. Ich schüttelte den Kopf. Ich hatte seit Wochen nicht geschlafen, das Kind in meinem Bauch tobte, wütend vor Hunger. Obwohl das Licht ringsum zunahm, hatte ich das Gefühl, von Tag zu Tag tiefer in Dunkelheit abzugleiten. Ich war dankbar für Elnas Umarmung und dafür, dass sich ihr Glöckchen gegen mein Herz drückte. Dass ich das spürte, bewies, dass ich noch am Leben war.

Wir lagen, in Jutedecken gehüllt, unter freiem Himmel und horchten auf das Knirschen des Eises auf dem Fluss, der in der Schlucht wartete. Hier und dort heulte eine arme, unruhige Seele im Schlaf oder im Wachen. Ein Petersburger Kunstmaler ertrug das Licht nicht und ertränkte sich. Viele Häftlinge der Kolonne litten unter der Schlaflosigkeit anscheinend mehr als unter dem erbärmlichen Schuhwerk, dem ungenießbaren Trockenfleisch und der rücksichtslosen Gewalt der Wachmannschaften. Manche stürzten sich schreiend in die Sümpfe und in die Bajonette. Wer strauchelte, durfte nicht mehr aufstehen; die erschöpften, skelettartigen Wesen wurden an den eisfreien Stellen in den Strom gestoßen. Ich hätte Elna gern gefragt, ob sie als Freiwillige und Jungarbeiterin diesen Umgang mit Menschen nicht schrecklich fand.

»Wie Lenin sagt: ›Wo gehobelt wird, da fallen Späne.‹ Das Paradies der Werktätigen kann man nicht errichten, ohne dass das schwache Menschenmaterial umgeschult oder vernichtet wird.« So hatte Elna manchmal aus dem Buch der Komsomolzen vorgelesen.

Mir selbst graute vor den Lehren, nach denen zur Erreichung der Ziele des roten Terrors alle Unangepassten liquidiert werden mussten. Gleichzeitig sah Elna keinen Widerspruch zwischen ihrem eigenen Naturglauben und der Zerstörungswut der Bolschewiken, die sich gegen die Kirchen richtete. Ich konnte sie jedoch nicht danach fragen. Die Stummheit lastete mir so schwer auf dem Gemüt, dass ich in den Augenwinkeln schon *Aimaldaš*-Verführer heranschleichen sah. Das waren, wie Elna erzählte, Geister, die die Menschen vom Weg abbringen wollten und sie halb zu Tode kitzelten. Das kam von der Schlaflosigkeit. Sobald ich nur ein wenig eingeduselt war, mussten wir wieder weiter. Aus den Augen der Häftlinge lugten seltsame Wesen hervor, die finsteren Schneeammern im Geäst beobachteten mich stumm. Wir waren seit etwa zwei Wochen unterwegs, vielleicht auch länger, und hatten sicherlich Hunderte von Kilometern zurückgelegt. Allmählich näherten wir uns dem Polarkreis, denn die Sonne ging so gut wie gar nicht mehr unter, dabei waren die Flüsse und der Boden noch gefroren. Die schneidendweißen, nach erwachendem Baumsaft duftenden Birken streckten ihre Zweige dem Himmel entgegen.

»Bei Licht ist gut schlafen«, überlegte Elna in einer Mischung aus Russisch und Mari. »Dann fliegt mein *ört* freier.«

Allmählich verstand ich etwas von Elnas seltsamer Sprache. Sie war für uns eine Art Geheimsprache geworden, denn obwohl ich selbst stumm war, konnten wir uns darin doch über das Wasserholen verständigen, uns gegenseitig darauf aufmerksam machen, wenn jemand versuchte, uns zu bestehlen, und einfach auf kindliche Weise unseren Spaß auf Kosten der dümmsten Kriminellen haben.

»Eigentlich ist es unschön, diese elenden Figuren zu ärgern, auch in ihnen wohnt ja ein *ört*.«

Laut Elna haben alle Lebewesen eine eigene *ört*-Seele.

»Die alten Leute glauben, dass es drei Seelen gibt. Und jede davon hat ihre eigene Aufgabe.« Verstohlen sah Elna mich, die Andersgläubige, an und beschloss zurückzurudern: »Aber alles zu seiner Zeit. Wir haben ja noch etwas Leben vor uns.«

Der Schlafmangel setzte mir zu, und die Tage vergingen mit lethargischem Vorwärtsstolpern. Die bloßen Lappen an meinen Füßen wurden zuerst nass und trockneten dann, dabei schnürten sie mir die Knöchel ab und rieben sie wund.

»Fall bloß nicht«, beschwor mich Elna. »Wenn du fällst, lassen sie dich nicht mehr aufstehen.«

Nachts lag ich unter dem Sternenhimmel und horchte, wie die ganze erwachende Taiga knisterte und brauste. Ich betastete die Züge des schwarzen Springers und sehnte mich, obwohl ich nicht wusste, wonach. Vielleicht nach Wolfszahn, der mich verlassen hatte? Bestimmt nicht. Aber es musste auf der Erde etwas oder jemanden geben, mit dem ich verschmelzen konnte, der meine Sehnsucht stillen würde.

Ich stellte mir die Seele, *ört*, vor, die über die Taiga flog, ohne sich zu verirren, und in Liinahamari ankam. Vater würde im Bett schlafen, seine kindische Schlafmütze auf dem Kopf, Schnapssocken an den Füßen und Knoblauch zwischen den Zehen.

Ob Vater sich Sorgen machte?

Ob er wütend war, weil ich eine Schachfigur mitgenommen hatte?

Ob Sisko aufwachen würde, wenn ich mich ordentlich anstrengte?

Ich wollte aufstehen und schreien, so laut brüllen, dass meine Stimme über die Taiga hin bis ins ferne Liinahamari zu hören war: »Vater, verzeih mir! Vater, komm und hol mich nach Hause!« Von diesen Gedanken war ich dann erschöpft, meistens nur wenige Minuten, bevor zum morgendlichen Wecken das Horn geblasen wurde.

Tagsüber führte Elna uns so, dass wir in der Nähe des rentiergehörnten Syrjänen gingen. Er war der Einzige, den die Wachleute nicht nach Lust und Laune schikanierten und quälten. *Parma* war das erste Wort der syrjänischen Sprache, das ich lernte.

»Parma, parma«, brummte das neben mir stapfende, nach Rauch und Leder riechende Wesen. Ein paar Tage später begriff ich, dass das Wort Wald bedeutet. Die Nadelwaldtaiga erstreckte sich in dem flachen Land um uns herum ins Unermessliche. Immer aufwärts, aufwärts, aber zum Unterlauf waren wir unterwegs, und das ließ das Heimweh in meiner Brust pochen. Richtung Eismeer also. Während noch vor ein paar Tagen an den Flussläufen die Traubenkirschen geblüht hatten, begann hier gerade erst der Schnee zu tauen. Der Boden war hart gefroren, so dass wir die Sümpfe überqueren konnten. Die stark mäandrierenden Flüsse hemmten unser mühsames Fortkommen, weil wir ihre Windungen umgehen mussten.

»Irga, fall nicht hin. Sonst überlassen sie dich den Wölfen zum Fraß.«

Elna erzählte endlose Geschichten von ihrem Zuhause. Von ihrem Großvater, dem weißgekleideten Magnaten Große Kerze oder *Kugu Sorta*, der Blutpfannkuchen und rohes Fleisch aß, der als Erster auch den Frauen den Zutritt zu den Opferhainen gewährte und so geil war, dass man ihn nach seinem Tod fünf Jahre lang am Tag der Toten aus seinem Grab zurückholte, damit er sich mit seiner Frau vereinigen konnte. Elna erzählte von den heiligen Bäumen, in denen die oberirdischen, guten Götter wohnten. Von ihrer Schwester Tajra, die den Sohn des Dorfkommissars, Oden Schlangenzunge, geheiratet hatte.

»Ihm wurde die Zunge gespalten, als er verhindern wollte, dass sein Kind die orthodoxe Taufe erhielt«, plauderte Elna und betrachtete abschätzend meinen Bauch. »Deine Mutter hat dich wohl nicht aufgeklärt, weil du noch so jung bist. Aber keine Sorge, Elna hilft dir. Dein Kind muss in weichem Dampf gebadet werden, in einer Sauna, in deren Ofen hundert Vögel singen. Wir schrubben es mit einem Ebereschenquast, dann ist es vor Krankheiten gefeit, und der böse Blick kann ihm nichts anhaben. Einem Jungen waschen wir den Rücken, damit er stark wird, einem Mädchen die Pobacken, damit sie keine krummen Beine kriegt und einen Bräutigam findet. Wir werfen Silbermünzen in die Schüssel, dann wird es reich und mächtig. Und *Montša Kuwa*, der Saunageist, wird es beschützen. Es wird alles gut.«

Eines Abends verfolgte ich, wie der geweihköpfige Syrjäne am Grund des Wassers lag und auf die Flusslachse wartete, die den Oberlauf hinaufsprangen. Erstaunlich geduldig beobachtete er die im eisigen Wasser hüpfenden und flitzenden Fische. Dann eine rasche Bewegung, und eine riesige Bachforelle zappelte in seinen gewaltigen Pranken. Der Waldriese kam zu uns gestiefelt und warf den noch zuckenden Fisch mit den silbernen Flossen vor Elna auf den Boden.

»Nelma«, empfahl Petje und deutete auf die Beute, die er mit den Händen gefangen hatte.

Glücklich aßen wir den Fisch roh. Es war Zeit geworden, dass wir uns vorstellten.

»Elna, Tscheremissin.«

»*Straschnyj-Petje*, Geweihkönig. Syrjäne. Oder Komi, wie man bei uns sagt. Auch von nenzischen Zauberern abstammend.«

»Diese Tschuchná dort ist Irga. Eine Finnin. Wir sind also alle derselben großen Wurzel entsprungen.«

»Ach, aus Finnland? Ja, ja, finnische Volkskundler sind auch hier herumgelaufen und haben Sprachaufzeichnungen gemacht und Schädel vermessen«, spuckte Petje aus, und seine Erinnerung daran war offenbar nicht sonderlich erhebend.

Nachdenklich betrachtete mich Petje: »Eine Krähe aus dem Süden. Sie wird wohl nicht überleben?«

Es ärgerte mich, dass er so über mich sprach, als hörte ich es nicht, aber so hatten es die Männer natürlich auch damals schon gemacht, als ich noch eine Zunge hatte.

»Sie schläft nicht, sie hat keine Schuhe.«

Sie sahen sich an, und das Urteil war klar. Der fünfzehnte Frühling würde mein letzter sein.

Petje brüstete sich damit, dass in seinen Adern energisch das Schamanenblut seines nenzischen Großvaters fließe, dass er ein geschickter Elchzähmer sei und der Führer seines Volkes, der ein Bärenherz gegessen hat. Jetzt sei er dazu berufen und gedemütigt worden, der Sowjetverwaltung zu helfen wegen seiner phänomenalen Orientierungsfähigkeit.

»Dafür taugen meine visionären Fähigkeiten.«

Die Russen hatten Todesangst vor der Eisschmelze, und das nicht ohne Grund. Petje erläuterte den Ernst der Lage. Mit Frühlingsbeginn öffnen sich gewaltige Eisbarrieren, die Wassermassen erheben sich tosend aus ihrem Bett und überfluten den Wald im Umkreis von Hunderten von Meilen, der Boden wird zu einem wogenden, nachgiebigen Sumpf, in dem man versinkt. Dann können sich nur diejenigen dort bewegen, die die uralten Wege kennen.

Elna führte mich unermüdlich von Morgen bis Abend und ließ mich nicht stürzen. Weil wir Wasser holten, waren wir nicht mit Ketten oder Seilen gefesselt wie die anderen Häftlinge.

Um mich bei Verstand zu halten, erzählte das gutherzige Mari-Mädchen von ihrem Zuhause in dem kleinen Dorf Lawra. Das schönste *seló* der Welt, der sicherste Ort auf Erden. Dort gab es alles. Es gab einen Kolchos und vierhundert Kühe und Apfelbäume, an denen die besten Früchte des Gouvernements schwankend darauf warteten, gepflückt zu werden. Sie beschrieb den kleinen Aleksei, mit dem sie verlobt war und den sie nachts, als *ört* umherschweifend, suchte. Jetzt hatte sie seit Monaten nichts mehr von ihm traumgehört, und Elna wagte es nicht, die Sache dadurch zu verderben, dass sie zu viel darüber redete. Dennoch stand das Schlimmste zu befürchten: »Schau mal. Es bimmelt nicht mehr.«

Bevor er fortging, hatte Aleksei Elna einen außerordentlich feinen Gegenstand geschenkt, ein Glöckchen, das zwischen den Brüsten zu tragen war, und gesagt, er werde im Traum dessen Gebimmel hören und dann Elna besuchen kommen. Anstatt von Aleksei hatte Elna, wie sie bekannte, von gefällten Opferhainen und von Opferpriestern, die im Eichenwald gehängt wurden, sowie vom *Aimaldaš*-Verführer geträumt.

Petje, der sich diese Geschichten anhörte, während er Elnas Sachen trug, sagte: »Es wird nicht mehr lange dauern, dann bekommt sie Halluzinationen.«

So eine sollte man besser im Sumpf zurücklassen.

Aber Elna versicherte, ich hätte eine starke Seele.

»Stiefel müssten wir für sie bekommen. Und Schlaf.«

Elna fragte, ob die Syrjänen nicht eigene Haine hätten, wo man sein Gebet verrichten könnte. Petje beschrieb mit der Hand einen gewaltigen Kreis: »Für mich ist der ganze *parma* ein einziger großer Hain. Workuta bedeutet auf Nenzisch voll von Bären, und ich habe das Herz des Königs von Workuta gegessen.«

Sowjetunion, 1937

Irga

An einem Tag im Mai wurden wir von der übrigen Marschkolonne getrennt. Der Fluss tobte und schwallte so machtvoll aus seinem Bett heraus, dass wir den Flusslauf verlassen und einen unermesslichen Sumpf umgehen mussten.

Die Erschöpften wurden nicht mehr als Bahnschwellen im gefrorenen Boden versenkt, sie wurden einfach mit dem Gewehrkolben in den weitläufigen Morast gestoßen. Furchtlos wanderten die Wölfe am Ende der Kolonne mit und hielten abends ihre Festmähler, man konnte sie auch durch Schüsse nicht mehr vertreiben.

Mir wurde klar, dass ich nicht mehr lange durchhalten würde.

Fast könnte ich glauben, dass Petje das, was ich jetzt erzählen werde, mit seinen seltsamen Kräften organisiert hatte, vielleicht, um mit Elna allein sein zu können, obgleich es wahrscheinlicher ist, dass er Heimweh bekommen hatte und alles vorher von ein paar seiner Stammesgenossen eingefädelt worden war. Jedenfalls war, als wir zum Fluss zurückkamen, in einer Biegung seines Oberlaufs ein Damm aus Packeis erschienen. Die Wachleute standen am Rand dieser Barriere, glotzten und kratzten sich hinter den Ohren. Sie trieben die Kolonne an, sich an das gegenüberliegende Ufer zu begeben. Es gab ein gewaltiges Krachen, und der Eispfropfen riss genau in dem Moment, als unsere Brigade den Fluss überqueren wollte. Es klang wie Geschützdonner. Die grausamen Wassermassen verschlangen einen jungen Notar aus Kiew. Ein Teil der Häftlinge stürzte davon, um sich unter einer Sibirischen Fichte zu verstecken, ein anderer Teil schwenkte seine Fußlappen wie zum Zeichen, dass sie sich ergaben.

»Die Amerikaner kommen und retten uns!«

Aber Petje brach in wildes Gelächter aus und schrie: »Hier ist kein Krieg ausgebrochen. Das Eis setzt sich in Bewegung! Der Nacken des Wasserfalls tost! Die Eisbarriere bricht! Der Frühling ist da!«

Petje nahm das Birkenrindenhorn von der Hüfte und blies hinein.

Zu diesem Zeitpunkt waren wir die fünfte Woche mit unserem von einem Rentiergeweih gekrönten Führer unterwegs. Mittlerweile glaubte ich, dass nur er imstande war, uns von dort zu retten.

»Dawáj, pojéchali!« Petje preschte mit seinem Trag-Rentier los, schnappte sich Elna unter den Arm, und so bewegten wir uns direkt ins Herz des Waldes. Etwa ein Dutzend aneinandergefesselter Häftlinge trabte vorgebeugt hinterdrein, so schnell sie konnten. Auf der Kuppe des Berges hielten wir an, um uns umzusehen. Uns bot sich eine bezaubernde, wilde Landschaft dar, in der sich eine tausendköpfige Rentierherde so frei tummelte, als existierte der Kommunismus gar nicht.

Wenn ich später darüber nachdachte, war jene Nacht sicherlich die beste und einzige Gelegenheit gewesen, sich aus der Kolonne abzusetzen. Aber wohin hätten wir gehen sollen? Uns graute vor den gewaltigen Sümpfen und dem wispernden *parma*, vor den Tod verheißenden Flammengeistern, vor *Aimaldaš*, dem Verführer, und dem sich immer enger zusammenziehenden Ring der Wölfe.

»Du wirst sehen, dass alles gut wird, Vogel. Etwas dort im Norden ruft mich.«

Es stellte sich heraus, dass *Straschni-Petjes* Heimatlager sich in einer Flussbiegung zum Unterlauf hin befand. Wir wurden von zwei jungen Kriegern empfangen. Sie ritten auf weißen gehörnten Rentierböcken, so wie Petje es vorhergesagt hatte.

»Gehen wir ins Lager«, schlug Elna vor.

Petje schüttelte den Kopf.

»Die Häftlinge können nicht mitkommen. Sie riechen nach Verrat und Tod, und sie könnten verraten, wo das Lager sich befindet.«

Es folgte eine leise Beratung. Elna, seine Angebetete, und damit auch ich durften ihn begleiten.

»Dort können wir die kommende Nacht verbringen, aber merkt euch: Diese Menschen sind empfindlich und haben eine Scheu vor Russen. Vermeidet alles, was Feindseligkeit erzeugen könnte.«

Für mich war es natürlich eine Selbstverständlichkeit zu schweigen, aber ich hatte keine Ahnung, an was für einen Ort wir uns begaben. Er war womöglich noch urtümlicher als die Skoltendörfer in meiner Heimat. Ich glaube, es handelte sich um eine Art Sommerlager. Die Wände der Behausungen bestanden aus Leder, das über Stangen gebreitet worden war. Überall wimmelte es von kleinen Steppkes und Zughunden. Ein Säugling war an der Flanke einer Rentierkuh mit riesigem Gehörn eingeschlafen. In dem Lager duftete es jedoch himmlisch: Über dem offenen Feuer schmurgelte ein Hasenbraten.

Im Lager empfing uns eine *bábuschka*.

»Schauen wir mal, welches Anliegen die Gäste haben.«

Aber statt eine Leibesvisitation zu verlangen, deutete sie auf ihren Mund.

»Zeigt eure Zungen«, dolmetschte Petje.

Elnas Zunge wurde untersucht, und die Greisin sagte ein paar Worte darüber. Und fing an zu lachen. Da trat ein hochrangiger Hornkopf hinzu und schaute Elna in den Mund. Auch Petje betrachtete prüfend Elnas Zunge und ließ deutliche Zeichen der Zufriedenheit erkennen. Die anderen folgten seinem Beispiel.

»*Nad tschem oná smejótsa?* Worüber lacht die *kuwawai*?«, flüsterte Elna Petje zu.

»Sie sagen, du habest die Gedanken einer Rentierkuh zur Brunftzeit und dass du willkommen seist.«

Elna errötete, schloss den Mund und zog sich die Kapuze fester über den Kopf.

Bei mir war es anders. Als ich meinen Zungenstummel Richtung Vorderzähne schob, packte die *bábuschka* ihn mit einer kleinen Zange, die sicherlich beim Markieren der Rentiere verwendet wurde. Petje runzelte die Stirn und bedeutete mir, mich näher zu beugen. Die Fettkerzen brannten so nahe, dass ich fürchtete, mein hilfloses Fleisch würde versengt.

»Dieses Mädchen hat einen schweren Weg vor sich. Jaa-aa. Es darf ins Lager kommen, aber nichts sehen, was für Fremde verboten ist.«

Ich warf einen Blick auf den um uns herum versammelten schweigenden Klan. Aus den Schlitzen ihrer pelzverbrämten Kapuzen starrten mich quellklare Augen mit durchdringenden Blicken an.

»Warum darf meine Schwester nicht mitkommen?«, zischte Elna, die immer noch rot war.

Petje erklärte, dass im Lager das Ende der Kälte gefeiert und einige Riten vollzogen werden sollten, die nicht für fremde Augen bestimmt waren.

»Hat sich die Kälte etwa zurückgezogen?«, fragte Elna, die am schneebedeckten Hang bibberte.

»Nein, aber sie zieht sich zurück. *Kukúschka* hat es angekündigt.«

Elna kam nicht dazu zu fragen, wer oder was *kukúschka* sei, als Petje schon fortfuhr: »Aber deine stumme Schwester darf nicht näher kommen.«

»Man kann sie aber auch nicht hierlassen, dann springt sie noch in den Fluss.«

Petje überlegte einen Moment und reichte ihr dann eine Salbendose aus seiner Ledertasche. Elna öffnete das Töpfchen und roch vorsichtig daran. Sofort erweiterten sich ihre Pupillen. Sie erschrak: »Dies ist eine gefährliche Arznei. *Sabwénije.* Belladonna und Schierling. Woher hast du das?«

»Ich hab da Mittel und Wege. Dann könnte das Mädchen wenigstens schlafen.«

Elna nickte langsam. Sie forderte mich auf, meinen Mantelkragen zu öffnen, und strich mir Kräutersalbe auf Brust und Oberlippe. Ein starker Geruch überschwemmte mir die Sinne und ließ meine Augen tränen. Fast sofort fiel ich gegen einen morschen Baumstumpf, so dass meine Schenkel blaue Flecke bekamen.

Es war das erste Mal, dass ich die Wirkung der Vergessenssalbe zu spüren bekam.

Ich erlebte einen rauschhaften Nebel, und ich bin immer noch nicht sicher, ob ich träumte oder ob sich alles tatsächlich ereignete. Jedenfalls glaube ich, dass ich Rentierfleischsuppe schlürfte. Danach wurde mir das Kinn, das voller Brühe war, mit Wasser abgespült, und wir wurden in den Opferhain geführt. Der Hain war ein mit großen Steinen umrandeter Platz, wo die Schädel von undefinierbaren Opfertieren gegen graue, verdorrte Äste klapperten. Bereiftes Moos und Pilzhüte mit orangefarbenen Röhren wucherten massenhaft aus dem feuchten Boden zwischen den Steinen hervor. Ich wusste nicht, ob die Schädel von Eichhörnchen, Zobel, Marder, Hermelin oder Rentierföten stammten. Seltsam spitzköpfige Götzenbilder aus Kupfer hielten Wache. Herein trat ein furchterregender Schamane. Der *Ńojti* trug ein Gewand aus Sämischleder; wenn er sich umdrehte, loderten die roten Tuchsäume auf. Seine Mütze, die mit Federn vom Raufußkauz geschmückt war, warf in den Abend Schatten, die in der Luft schweben blieben. Bei dem eigentlichen Fest waren wohl nur einige wenige Mitglieder des Klans anwesend, aber meiner Erinnerung nach war es eine hundertköpfige Schar.

Eine Trommel von fünf Ellen Durchmesser dröhnte neben meinem Ohr. Ihr Fell war wahrscheinlich aus pergamentdünnem Rentierleder, denn ich konnte hindurchsehen und dahinter Petjes glühendes Gesicht erkennen. Die Trommel war mit Messingringen und Tand geschmückt, sicherlich mit genau solchen Glasperlen, wie die Tataren und andere Trödler sie verkauften und mit denen ich später auch selbst mein Brautband verzierte. Der *Ńojti* joikte in schauderhaften Tönen. Die Gehilfen antworteten nachahmend und mit endlosen, endlosen Wiederholungen. Das Lied des *Ńojti* hörte sich für mich zugleich fremd und urtümlich vertraut an.

Ich versuchte, mir diese Worte zu merken und später danach zu fragen, aber Petje lachte nur, die Worte waren ihm vom Augenblick gegeben und vom Augenblick genommen worden. Eine *kuwawai* sang eine lange, uralte Weise, die mit der Frage endete: »*Ńojti!* Erzähl es uns! Wieso siehst du das alles?«

Da entblößte Petje seinen Kopf und drehte sich um. Im lodernden Schein des Feuers war der Anblick so schaurig, dass ich tonlos aufschrie. Auf Petjes Hinterkopf wuchs ein zweites, ein kleines, faltiges Gesicht, das einer alten Frau oder eines Erdgeistes, das ein wenig an einen Kuckuck erinnerte. Das Gesicht aß nicht und atmete nicht, konnte aber vor Lachen losprusten oder kuckuck rufen oder mümmeln wie ein Hase. Elna flüsterte: »Was ist das?«

»Kukúschka.«

Das Ritual und das frivole rhythmische Getrommel dauerte an. Der *Ńojti* geriet in Trance und wälzte sich auf dem Moosteppich, die Funken stoben, und der Himmel füllte sich mit den Sternen des *parma*, zum letzten Mal vor dem Beginn der Zeit des endlosen Lichts. Sie flogen über uns hin, kreisten wie wild, und ich konnte spüren, wie freundliche, sichere Geister mich in sich einhüllten.

Das ist alles, woran ich mich erinnere. Am Morgen warf die rotgesichtige, vergnügte Elna mir mit starkem Garn aus Darm genähte Rentierlederstiefel vor die Füße. Ich packte sie bei ihren Pelzrändern und drückte das Gesicht in diese Sicherheit und Wärme.

»Bist du jetzt zufrieden, Schwester? Du hast geschlafen, und sieh an, da hast du ein Paar Stiefel.«

Vor Freude und Müdigkeit brach ich in Tränen aus. Ich war gerettet.

Was hatte Petje nun von der Zukunft gesehen? Elna hatte gerufen: »Siehst du Aleksei?«

Kukúschka antwortete mit fremder Stimme, die klang wie ein rückwärts laufendes Tonband: »Nein.«

Petje erklärte, er habe die Welt von einem bis zum anderen Ende durcheilt, den Grund der Meere umgewühlt und auf die Berggipfel geschaut, aber Elnas Ziehbruder habe er nicht gesehen. Ich bin mir nicht sicher, ob Petje das nur sagte, um Elna für sich zu gewinnen, auf jeden Fall funktionierte es, und Elna ließ sich von dem geweihköpfigen Schamanen trösten. Petje hatte Elna um die Taille gefasst und sie zurückgebogen: »Diese Nacht lasse ich dich nicht allein.«

Und er ließ sie nicht allein. *Vergiss Aleksei*, sei jetzt meine Frau. Noch flirrte eine schwache Abendröte am Himmelsrand hinter der Anhöhe, als Petje Elna auf ein weiches Lager von Torfmoos drückte, ihr unwidersprochen die Beine öffnete, sie gegen eine Kiefer mit hartem Stamm schob und unter dem hellgrünen Himmel in sie eindrang, während die alten Kupfergeister und die matten Sterne wohlwollend zuschauten. Petjes Lust war unbändig, wie sie sich entlud, und das Bärenherz, das er verzehrt hatte, gab ihm die Kraft, seine Frau die ganze

Nacht zu beißen, zu reiben und zu lieben. Elnas Welt bebte und heulte, und ihr Fleisch, das sich dem stundenlangen Getümmel anfangs widersetzt hatte, wurde weich, und als der Morgennebel sich verzog, wusste sie nicht mehr, ob sie vor Schmerz oder vor Verzückung weinte.

»Werd meine *istinä*, bat er mich«, erzählte Elna und wurde rot. »Meine feste Lagerbraut.«

Meine drangsalierte und verspottete Schwester fand das Angebot, den Platz der Matratzenwärmerin des Geweihkönigs einzunehmen, sehr verlockend, aber Elna konnte ja ihre Ideologie nicht verraten.

»Aber nicht jeder ist ein Mann, der Hosen trägt«, bemerkte sie anerkennend und fügte hinzu, nachdem sie einen Moment über ihre Schuld nachgedacht hatte: »Und mein See nutzt sich durch Rudern nicht ab.«

Die Anwesenheit des *Ńojti* war für uns ein wahrer Segen.

»Petje ist ein starker Schamane. Aber darüber brauchst du dir nicht den Kopf zu zerbrechen, Schwester.«

Nicht einmal unsere Rückkehr ins Lager veranlasste die Wachleute zu Racheaktionen, denn Petje brachte Rentierfleisch mit, das den Wachleuten hochwillkommen war, weil sie das Salzfleisch gründlich satthatten.

»Das Fleisch war nur von alten und kranken Tieren, das ist kein großer Verlust!«

Wir machten uns mit der Gefangenenkolonne wieder auf den Weg, die Klauen der Rentiere trappelten im gleichförmigen Takt des Trabens. Der Fluss trat tosend und schwarzgrün über die Ufer und spuckte weißen Schaum, das ganze Land zischte von den aus dem schmelzenden Eis entstehenden Uramöben und Wimperntierchen, und die Krüppelweiden wateten verschlafen und mit struppigen Wangen dort, wo das Wasser ruhig dahinfloss. Mich entsetzte Elnas Sorglosigkeit, was unser Ziel betraf. Ich wusste immer noch nicht, wohin wir gingen, aber ein wenig halfen mir die vor Neuheit knarrenden Lederstiefel und die fette Milch, die ich im Lager der Komi bekommen hatte, durchzuhalten. Anscheinend hatte sich auch das Kind beruhigt, und ich stellte fest, dass ich wieder essen konnte.

»Mach dir keine Sorgen, Schwester.«

Wir Freiwilligen und Siedler konnten mit einer angenehmen Ankunft rechnen. Rauchfreie Straßenlaternen und Plätze mit Kopfsteinpflaster, die mit sowjetischer Präzision angelegt worden waren. Bürgersteige aus Bohlen. Das gegossene Standbild des Vaters aller Werktätigen würde die Mitglieder des Komsomol begrüßen, uns, die wir diese Stadt erbaut und die Tundra zum Erblühen gebracht hatten. Dort würden wir leben können. Mich schauderte es zu sehen, wie dieses fleischige, ungebildete Dummchen sich an seine Lieblingsvisionen und Wünsche klammerte. Gab es in Elnas Denken keinen Raum für Technik und Verstand? Aus einer Laune heraus bat ich, Elnas verstummtes Brustglöckchen sehen zu dürfen. Und sieh an, ich stellte fest, dass der Klöppel oxydiert war und an der Innenseite des Glöckchens klebte. Ich brachte es wieder zum Klingeln, indem ich einfach mit der Fingerspitze innen entlangwischte.

In diesem Moment fiel durch die Wolken eine Lichtsäule auf die nördliche Tundra.

Elna fiel mir um den Hals. »Siehst du, Schwester? Der Große Weiße Gott spricht zu uns. Jetzt kann nichts Böses mehr kommen.«

Dorf Lawra, 2015

Verna

»*Djéwuschka*, Gäste!«

Ich schlüpfe in die Stube und wundere mich, wer mich besuchen will. Drinnen drängt sich eine Schar Omas mit geblümten Kopftüchern und zahnlos lächelnden Mündern. Manche haben ein Spankörbchen mit Morcheln, andere eine Flasche Mari-Balsam mitgebracht. Am meisten Gewese macht die neugierige Nachbarin Larissa Morkowa, als sie ihren Pilzkorb auf den Tisch stellt. Die Blicke ihrer klaren, forschenden Augen bohren sich abschätzend in jede meiner Bewegungen.

»Die hab ich in der Woche schon abgekocht, sozusagen zu Ehren unseres Mentši. Er war zur selben Zeit bei den Aufräummannschaften in Tschernobyl wie der arme Oden hier. Eigentlich ist nichts weiter passiert, aber seine Ohren begannen zu wachsen. Gewaltige Lauscher hatte er, und auf die war er stolz bis zuletzt. ›Das Gehör verschwindet, aber die Ohren wachsen‹, pflegte er vom Acker her zu rufen, bevor er starb.«

Der blasse Junge ist anscheinend auf seinen Lieblingsplatz auf der Ofenbank geklettert, aber niemand beachtet ihn. Ein armes schwachsinniges Wesen, man hat ihn bestimmt auf den Kopf fallen lassen. Vielleicht wäre auch mein Kind so geworden. Unwillkürlich spüre ich einen Schauder im Nacken. Ich schüttele den Gedanken ab.

Zu meiner Überraschung hat anscheinend auch Kostja bei Elna wieder Gnade gefunden. Hier futtert er Lammbraten mit gutem Appetit, schlürft *tschaj* und kratzt das Honigglas aus, ohne sich um die Asche zu kümmern, die Muksa darüber abgeklopft hatte. Er will die kostbare Mädesüßleckerei ganz offensichtlich nicht verkommen lassen. Kostja lächelt über meine Verwunderung.

»Ach, diese Dorfbesen hier. Hier bleibt nichts geheim. Pass auf, die nehmen dir auch noch die Seele weg.«

Die Frauen wollen wissen, von wie weit her die Touristin gekommen ist. Ob sie auch in Joškar-Ola gewesen sei. Die rote Stadt, die Perle der Mari. Ob ich dort das Nationaltheater gesehen, die Universität besichtigt habe? Und tatsächlich mit dem Zug, in der ersten Klasse? Damit reisen doch nur die Präsidenten. Na und Moskau, sogar dort ist die Touristin gewesen, bestimmt hat die Stadt Eindruck gemacht. Ob auf dem Roten Platz ein Bär an der Kette gewesen sei, so einen hat der Sohn der Resins gesehen, als er dort war? Und der Genosse Lenin, haust er immer noch im Mausoleum, ob ich bei ihm vorbeigeschaut habe? Und dieses Finnland, wo liegt das eigentlich? Ahaa, soso. Ein verwandtes Volk. Das macht einen positiven Eindruck, die Frauen nicken und stecken mir Ebereschenzweige in die Hand.

»Könnte die Verwandte etwas singen?«, flüstert eine runzlige, schüchtern-zarte Oma hinter dem Mantelmeer.

Ich höre mir Geschichten über Traktoren an und lobe die Kuchen, die man mir vorsetzt. Nach der wer weiß wievielten Bewunderungsrunde ziehe ich mich an Elnas nach Honig duftenden Rocksaum zurück.

»Gibt es was Neues von der Miliz?«

Die nichtsnutzige Alte schüttelt den Kopf.

»Könnte Elna mich nicht dort hinführen, wo mein Vater gestorben ist, zum Wasserturm?«

»Das geht nicht.«

Ich nehme all meinen Mut zusammen und frage den

Dorfrat, ob jemand den finnischen Forscher vorgestern Abend gesehen habe? Beim Wasserturm?

Es wird still, auf den Gesichtern erstarrt das Lächeln. Ich kann die Schritte der Katze auf dem Holzfußboden hören.

Elna schaut auf Aleksei, Aleksei sieht Elna an. Sie beraten sich wortlos, und danach brummt Aleksei: »Husch, husch, verschwindet jetzt und hört auf, das unschuldige Mädchen zu quälen!«

»Na gut. *Dawáj*, gehen wir.«

»Das Fest ist zu Ende, Weiber, geht nach Hause!«

Die verschlossen und wortkarg gewordene Schar der alten Frauen zieht sich zur Tür zurück. Niemand würdigt mich auch nur eines Blicks. Habe ich die Dorfbewohner ungewollt gekränkt, oder haben sie Angst?

Auch Elna tapert los, bleibt dann aber stehen, um Aleksei den Vortritt zu lassen.

»So was darf man hier nicht fragen«, flüstert Kostja mir zu, und es kommt mir so vor, als müsse der Schlaks lachen. »Ach die Nährmutter, sie möchte an der Spitze gehen, kann es aber nicht.«

»Warum nicht?«

»Ein alter Brauch. Hier geht immer der Mann vorweg und die Frauen hinterher. Das ist hart für die Nährmutter. Sie würde gern die Touristin spielen.«

Im Gänsemarsch wandern wir die Dorfstraße entlang, Aleksei, Elna, Kostja und ich. Unsere Wanderung wird bemerkt, die anfängliche Begeisterung und das Lächeln haben sich zu Ausdruckslosigkeit gewandelt. Frauen mit Tragejoch auf der Schulter bleiben stehen und sehen zu uns herüber. Die alten Männer auf der eichenen Bank vor dem Dorfkonsum wenden uns ihre runzligen Gesichter aus der Sonne zu, die ihre Falten liebkost hat, und blinzeln. Pfeifen werden geschmaucht, eine Schnapsflasche versteckt sich schamhaft neben einem Stützpfahl. Jemand spuckt im Vorbeigehen eine ordentliche Portion Rotz aus.

»Kümmere dich nicht darum«, flüstert Kostja.

Unsere Prozession bringt das Leben jedoch nicht völlig zum Erliegen. Was wir im Vorübergehen sehen, erfüllt mich mit freudiger Spannung und Hoffnung.

»Ist heute ein Feiertag?«, frage ich, als ich sehe, dass die Frauen sich mit bestickten Beingamaschen und Kleidern, die an den Säumen verziert sind, herausgeputzt haben.

»Hier herrscht Erwartung. Das kann ein Fremder nicht verstehen.«

Der Monat der Aussaat, die jungen Leute kehren aus der Stadt zurück. Die Spitzenvorhänge wehen in den Fenstern der Häuser, bei den blauen, verzierten Pforten herrscht ein Kommen und Gehen, die Gamaschen sind sorgfältig gebunden, die Kleidersäume flattern. Wie viele kommen? Werden in diesem Jahr die geflüchteten Semjonows, Lebedjews, Matronows, Morkowas und Petrows der neuen Generation zurückkehren? Kommt Darja Irvatenkos Tochter mit ihrer Familie aus Kasan, kommt der junge Kolja Leonidow, der zu den Ölbohrungen gegangen ist, heim aus Jakutien, wo er eine junge Tschuwaschin geheiratet haben soll?

»Wir bereiten das Mittsommerfest vor, *semyk*. Das Blumenfest. Früher wurde es sieben Tage lang gefeiert. Man badete in der Sauna, die mit Erlenholz geheizt worden war, und gedachte *Montša Kuwas* mit sanften Aufgüssen. Die Frauen badeten in Nektar von siebenundsiebzig Blüten und wischten sich mit Handtüchern ab, die in Morgentau geschwenkt worden waren. Es wurden Opferfeuer angezündet, man opferte und betete, und alle trugen saubere weiße Kleider.« Aleksei ist etwas hinter uns zurückgeblieben, er zeigt auf einen Weiher: »Dieser Weiher da, der kam eines Nachts dorthin angeflogen, als ich ein kleiner Junge war.«

»So was machen die Gewässer hier in Mariland, sie haben genug von ihrem alten Platz und suchen sich einen neuen. Oder der Geist des Weihers bekam Sehnsucht nach seiner Schwester und kam sie besuchen. Zum Glück hat dieser sein Vieh mitgebracht.«

Wiegend setzt der gebrechliche alte Mann seinen Weg fort. Gerade gehen wir an einem langgestreckten Gebäude vorbei, das kurz vor dem Einstürzen steht und durch dessen Dach und Wände das Licht in Säulen einfällt.

»Die Kolchosscheune.«

Ich verstehe nicht, warum hier immer noch vom Kolchos gesprochen wird, obwohl die Sowjetunion vor vierundzwanzig Jahren zusammengebrochen ist. Kostja errät meine Gedanken: »Hier folgt die Zeit ihren eigenen Regeln, sie holpert durch Schlaglöcher und Schluchten. Die alten Ausdrücke sind fest verwurzelt.«

Zwar ist die Sowjetunion zusammengebrochen, aber da niemand befohlen hat, an der Stelle des Alten etwas Neues zu schaffen, bleibt alles, wie es war. Es kommen keine Anweisungen mehr aus Moskau, nicht mal aus Joškar-Ola. Wenn niemand Befehle ausgibt, hängt man an dem, woran man gewöhnt ist.

Aleksei erinnert sich: »Mein Vater war Schriftsteller, er träumte davon, das Nationalepos der Mari zu schreiben. Er hatte den ersten Teil fertig, als die politischen Verfolgungen begannen und er zu den Verhören musste. Er war ein Ehrenmann, dieser Sergej Tšavain, ein *kart*-Priester, Kommunist und Anhänger des Naturglaubens, er stand zwischen zwei Welten. 1934 nahm er an dem Parteitag in Moskau teil, und als die Köpfe zu rollen begannen, kam er nach Lawra und bildete sich ein, hier gut versteckt zu sein.

Das ging drei Jahre so. Dann kamen an einem Sommertag ein paar Männer von der Partei, um ihn zu befragen.«

Dem alten Mann versagt die Stimme.

»Wie ging das aus?«

»Sie haben ihn mitgenommen.«

Kostja flüstert: »Er wurde in Joškar-Ola erschossen.«

»So war das damals hier, und so wird es wieder sein. An einem einzigen Tag wurden sämtliche studierten Leute des Mari-Volks vom Tisch gewischt, alle, die auch nur etwas lesen oder mit dem Rechenschieber umgehen konnten.«

Kostja räuspert sich. »Sie hätten auch den kleinen Aleksei mitgenommen, aber Elnas Vater Iki-Miklai hatte ihm die Papiere eines an der Syphilis gestorbenen Ukrainers beschafft.«

»Er hat es sicherlich nicht schlecht gehabt. Elnas Familie hatte das schönste Blumenbeet im Dorf, damals war so etwas selten. Und Birnen und Pflaumenbäume und natürlich Äpfel. Die besten Äpfel im ganzen Kreis, körbeweise haben sie sie an die Nachbarn verschenkt. Und auch Bienen hatten sie.«

»Es war eine gute Zeit, Elna und ich waren unzertrennlich, wir haben uns ineinander verguckt. Und uns heimlich verlobt. Obwohl ich dann natürlich zur Armee musste, als ich den Gestellungsbefehl bekam. Einfach so in den Krieg, als Dreikäsehoch.«

Einen Augenblick lang wirkt der Alte traurig. Ich wage es nicht, zu fragen, wie sein richtiger Name lautete. Vielleicht hat er ihn schon vergessen.

»Und Oden Schlangenzunge, das ist ja wohl kein Mari-Name?«

»Sie fragen viel«, fährt Aleksei auf. »Hier ist es nicht gut, zu neugierig zu sein.«

Kurz darauf fährt er fort. »Oden hat immer seine Pläne verfolgt, er wurde Dorf-*kart*, nachdem sein Vater gestorben war. Obwohl diese Aufgabe natürlich auch ich hätte erben können.«

In der Stimme des Greises klirrt tatsächlich auch nach Jahrzehnten noch die Verbitterung.

Der alles überragende gewaltige Wasserturm wirkt im Gegenlicht wie ein vorgebeugter Schattensoldat.

»Wir sind da«, bemerkt Aleksei.

»Das allerletzte Bauwerk des Bösen«, zischt Elna und wendet sich demonstrativ ab.

Als der Wasserturm gebaut wurde, blieben die Frauen oft in seinem kühlen Schatten stehen, um auszuruhen und zu träumen, sie legten die von der Arbeit hart gewordenen Hände über die Augen und spähten nach den höher und höher aufragenden Konstruktionen. Ins Dorf kam ein Ingenieur und verkündete, wie das Wasser in den Turm hinauf und dann wieder hinunter gelockt werden würde, so dass niemand mehr mit Kübeln herumzuhumpeln brauche.

»Die sowjetische Zeit kommt ins Dorf Lawra!«

Zu jener Zeit lebten alle im Glauben an die Erneuerung. Die bösen Vorzeichen wollte man nicht sehen.

Die Menschen waren voller Hoffnung. Würden sie sich morgens ein wenig länger in den Felldecken rekeln können, die Füße im Warmen, an den Beinen des eigenen Mannes, würde *ört* frei im Land der Träume schweifen können, während das Wasser durch die Rohre in die Häuser und in den Kolchos gluckerte, wo es nach offiziellen Angaben 1012 Stück Vieh gab, obwohl man durch Zählen nur auf 322 kam? Eine enorme Erleichterung würde es auf jeden Fall sein, denn man musste auch den Nichtnumerischen Wasser bringen und sie schrubben. Die ideellen Tiere konnte man doch nicht in Schlamperei und Elend halten.

»Diesen Turm hätte man nicht dorthin bauen dürfen. Direkt neben den Baum, der Keremet Lichtauge gewidmet ist.«

Die Fertigstellung des Wasserturms wurde sorgfältig und mit Inbrunst gefeiert, das Fest dauerte eine Woche. Ingenieur Tjapkin saß hochrot, aber schweigsam an der Festtafel, trank Wodka der Partei und tanzte mit den Mädchen, die die dicksten Fußknöchel hatten. Dem Spitzbart wurden Darmwurst, dampfende Biersuppe, Piroggen mit Ei und Silbermünzen gebracht, und für ihn wurde insgeheim ein Schaf mit Silberzaum geopfert.

»Das war natürlich kein echtes Silberzaumzeug, es war aus Bast und eine Schnapsidee von Oden.«

Nur an Keremet dachte niemand.

An der rostigen Tür des Wasserturms bleibt Elna stehen: »Geht ihr mal. Schlimme Erinnerungen.«

Dorf Lawra, 2015

Verna

Die Scharniere kreischen, die Tür öffnet sich widerstrebend. An den Rostbrüchen merkt man, dass hier erst kürzlich jemand gewesen ist.

Drinnen im Wasserturm ist es kühl. Kostja knipst die Taschenlampe an, deren Licht sich im Innern des gewaltigen, triefenden Gemäuers verliert. Ich berühre den Türrahmen, an den Fingern bleibt grauer, schmieriger Dreck haften.

»Latexfarbe. Die trocknet in so feuchter Umgebung nicht«, klärt Kostja mich auf.

Dieselbe Farbe klebte auch an Vater Henriks Hose. So weiß ich, dass ich am richtigen Ort bin. Ich taste mich weiter vor und atme langsam ein und aus, um die Angst auf Abstand zu halten. Hier ist Vater gestorben, vielleicht ermordet worden. Hatte er Angst? Oder war er begeistert, weil er glaubte, er habe etwas Wichtiges über den Tod seiner Mutter herausgefunden? Ahnte er, dass sein letztes Stündlein gekommen war? Was hatte er überhaupt in diesem unchristlichen Hinterwäldlerdorf gesucht? Die Luft steht unbeweglich. Der Fußboden riecht nach Verlandungsboden. Das Zementfundament ist stellenweise mit Torfmoos bedeckt, und die Wände entlang wächst Bärlapp. Wasser hat es hier schon eine Weile nicht mehr gegeben.

»Ist der irgendwann mal voll gewesen?«

»Einmal«, sagt Kostja widerwillig. »Das Wasser wurde aus dem Weiher Der Herbeigeflogene gesaugt. Aber dann passierte das Unglück.«

Wieder eine der Geschichten von den fliegenden Gewässern.

»Warum läuft das Wasser im Turm nicht?«

»Doch, es läuft, auch jetzt, aber nur auf dem Papier. In der Sowjetunion funktionierten viele Dinge großartig – in den Moskauer Statistiken.«

Und funktionieren immer noch.

»Was ist passiert?«

»Es heißt, es dauerte lange, bevor die Leute im Dorf kapierten, dass das Feiern vorbei und Ingenieur Tjapkin mit seinen Leuten verschwunden war. In den darauffolgenden Wochen stellte es sich heraus, dass er eine beträchtliche Menge seiner Schulden sowohl im Konsumladen als auch bei den Dorfbewohnern nicht bezahlt hatte. Außerdem war eine ganze Schar schluchzender Mädchen mit hohem Leib zurückgeblieben sowie dieser gewaltige Turm, aus dem die langersehnte Erleichterung für die im Kolchos schuftenden Frauen auch weiterhin nicht floss, weil die Bauarbeiter es unterlassen hatten, Wasserleitungen zu verlegen.«

Der Turm stand auf einem Hügel, und das vergilbte Gras wiegte sich gegen ihn. Eines Tages kletterte ein Junge aus dem Dorf hinauf, um nachzusehen, was sich in dem Turm befand. Es war tatsächlich Wasser darin, obwohl niemand gesehen hatte, dass jemand es dorthin getragen hätte. Dort schwappte es und schimmerte dunkel, und es grummelte und rumorte, als lauerte an seinem Grund ein lebendes Wesen, das durch unnötiges Lärmen gestört worden war.

Die Dorfbengels hatten einen geistesschwachen Jungen verspottet und zum Turm gelockt. Man hatte den Verdacht, dass es der Bruder des armen Schwachsinnigen war, der ihn dort hineingeschubst hatte. Die Frauen begannen, auf ihrem Weg zum Wasserholen einen Umweg zu machen, um nicht auf den Schatten zu treten, den der Turm warf.

Es vergingen fast fünfzehn Jahre, bevor das nächste Mal etwas mit dem Turm gemacht wurde. Derselbe Ingenieur Tjapkin, nunmehr schon schwer von der Syphilis entstellt, kam ins Dorf. Diesmal hielt er den Ball flach, ließ seine schweigsamen Männer um den Turm herum einen Graben ausheben, in dem Wasserrohre verlegt wurden. Im Dorf hatte man an Ingenieur Tjapkin lange mit Mordlust gedacht wegen des Chaos, das er hinterlassen hatte, doch jetzt war dieses Gefühl abgeflaut, zumal da junge Verwandte mit Tjapkins ausgefallenem Nasenprofil die Dorfstraße bevölkerten.

Die Menschen erwarteten, dass der Bautrupp die Leitungen jetzt bis in den Kuhstall verlegen würde. Das geschah nicht. Die Rohre hielten irgendwohin auf weit entfernte Felder zu, sie führten bis zum Waldrand, wo hohe, dürre Fichten den Himmel aufspießten, und verschwanden dort. Die Frauen kreuzten ihre von der Arbeit verhärteten Finger und hielten Ausschau nach den am Horizont verschwindenden Arbeitern. Wut kam auf. Ingenieur Tjapkin wurde spätabends angetroffen, als er sich auf dem Fahrweg nach Sürnür absetzte und seine Aktentasche über den Erdboden schleifte. Nach energischer Aufforderung willigte er ein zurückzukehren und organisierte noch eine einzige Versammlung im Parteibüro, bei der er dem Dorfrat erzählte, wie es sich mit den Dingen die ganze Zeit über verhalten hatte. Die Partei hatte beschlossen, dass das Wasser des Wasserturms nicht den Dorfbewohnern gehörte, sondern einem am Rand der Stadt Mordwa gelegenen größeren Kolchos. Ingenieur Tjapkin schickte sich an zu gehen. Da geschah etwas Merkwürdiges. Bei den Vorbereitungen zum Aufbruch begannen die neuen elektrischen Lampen des Versammlungsraumes zu flackern, es gab ein gewaltiges Krachen, und dem Ingenieur Tjapkin fiel ein Stein auf den Kopf. Er starb auf der Stelle, und niemandem fehlte seine von der Syphilis zerfressene Seele.

»Es heißt, das habe Keremet getan«, sagt Kostja sinnend.

Es wurde ein Telegramm an die Behörden in Joškar-Ola geschickt. Die versprachen, jemand werde den Leichnam des Ingenieurs abholen. Als das nicht geschah, stießen die Dorfbewohner ihn ohne Rituale in eine Grube, die sie außerhalb des Friedhofs ausgehoben hatten, und er war der Einzige, der am Tag der Toten von niemandem Besuch bekam. Ein neuer Ingenieur, der den Dorfleuten eine Wasserleitung gelegt hätte, erschien nicht, aber in der Wandzeitung des Konsums war zu lesen, dass die Verfügbarkeit von Wasser sich um 350 Prozent verbessert habe, dank der beherzten Pioniere.

Der Turm muss allein bodenlos tief, düster und einsam dastehen, und die Fenster in seinem Dachgebälk starren weiterhin auf die Wasser schleppenden Frauen.

Innen ist es wie in einem Grab. Mich schaudert, und ich wende mich schon zum Gehen. Ein Geräusch lässt mich jedoch innehalten. Es ist, als hätte der Erdboden es verursacht. Ich trete einen Schritt zurück und bemerke, dass in der zylinderförmigen Vertiefung in der Mitte des Turms Wasser schimmert. Und es schimmert nicht nur, denn die Wasseroberfläche ist nicht glatt. Ich bitte Kostja, die Taschenlampe auf den Tümpel zu richten, und tatsächlich: Die Wasseroberfläche steigt und sinkt, auf und ab. Sie atmet. Jetzt höre ich noch etwas anderes. Das Platschen und Rieseln von Tropfen.

»Dieses Wasser steigt. Wie ist das möglich?«

»Komm, gehen wir.« Kostja fasst mich am Arm und führt mich eilig hinaus.

»Es ist besser, wenn wir der Nährmutter nichts von dem Wasser sagen.«

Die Tür knarrt. Die Sonne umfängt uns so kraftvoll mit ihrem Schein, dass ich stehen bleiben und meinen Atem sich beruhigen lassen muss. Ich habe das Empfinden, einem Alptraum entronnen zu sein.

»Lasst uns gehen. Wir hätten niemals hierherkommen sollen«, schimpft Elna und trippelt erstaunlich energisch in Richtung der heimischen Pforte.

Kostja steht riesig und Sicherheit ausstrahlend neben mir, er verdeckt fast den ganzen Wasserturm. Wir folgen der alten Frau, Kostja lässt mich vorangehen.

»Was tun diese alten Leute hier eigentlich in ihren Brei?«, keuche ich, als wir bei der Pforte anlangen. Dann fällt mir das Foto mit Elna und dem Jungen ein, das aus der Collage an der Wand verschwunden ist.

»Der Junge, der seinen Bruder im Wasserturm in die Tiefe geschubst hat. Waren das Elnas Kinder?«

Kostja schüttelt langsam den Kopf. »Ich weiß auch nicht ganz genau, was da passiert ist. Aleksei hat damals bei der Partei gearbeitet. Die wollten den Jungen wohl in eine Anstalt stecken. Aleksei holte ihn ab, und danach ist er hier nicht mehr gesehen worden. Erst jetzt wieder.«

Während Kostja die Tür öffnet, dreht er sich noch einmal um. »Es hat keinen Sinn, mit Elna über diese Dinge zu sprechen. Und auch nicht über die Kinder.«

Das glaube ich. Das alte Luder wirkt nicht wie jemand, der mit Kindern besonders liebevoll umgeht.

Wir gehen ins Haus. Die alte Frau macht sich bei Oden Schlangenzunge zu schaffen und reibt ihm die Reste einer Salbe auf die picklige Brust. Unter Elnas hochgekrempeltem Ärmel ist eine Tätowierung sichtbar geworden, eine Serie blassblauer Zahlen. Solche wurden meines Wissens den Häftlingen in den Konzentrationslagern der Nazis eingebrannt. Aber vielleicht auch in den Lagern des Gulag. Ich müsste das bei Gerri Wright verifizieren, aber wie? Mein Mobiltelefon hat weiterhin keinen Empfang, und vom Internet zu träumen dürfte vergeblich sein.

Vater Henrik muss herausbekommen haben, dass die alte Frau in Bezug auf Großmutters Tod einen Verdacht hatte. Und auch, was diesen Motyljók betraf. Falls es den überhaupt gegeben hat und er nicht nur ein Produkt von Henriks Phantasie war, die von der jahrelangen Behandlung mit Medikamenten, vom Alkohol und von den Elektroschocks aufgeweicht war.

»Elna, darf ich Sie etwas fragen?«

Elna fährt fort, Oden die Salbenreste in die knubbelige Brust einzureiben. Ich schaue auf die blassblaue Serie von Zahlen, die in den Falten ihres Arms sichtbar geworden ist.

»Wie sollte ich das wohl verhindern.«

»Sie sind doch auch im Lager gewesen?«

Die Hand hält in der Bewegung inne.

»Erinnern Sie sich an eine stumme Frau namens Irga Malinen im Lager Workuta?«

»Dorthin ist man nicht gegangen, um Freundschaften zu schließen.«

»Ich spreche ja nicht von Freundschaft ... Wenn Sie sich diesen Brief mal ansehen würden?«

»Ich habe keine Bekannten.«

Elna macht sich nicht die Mühe, sich auch nur umzudrehen.

»Wenn Sie nun trotzdem ...«

»Nein!«

Die Greisin schleudert den Salbentopf in die Ecke und schlägt sich mit der Faust auf die Handfläche.

»Eine einfache Mari-Frau wird herumgestoßen, Lügen werden über sie verbreitet. Ich zieh mir den Holzmantel an, tue die Nägel an ihren Platz im Deckel und sterbe. Das ist es doch, was ihr wollt!«

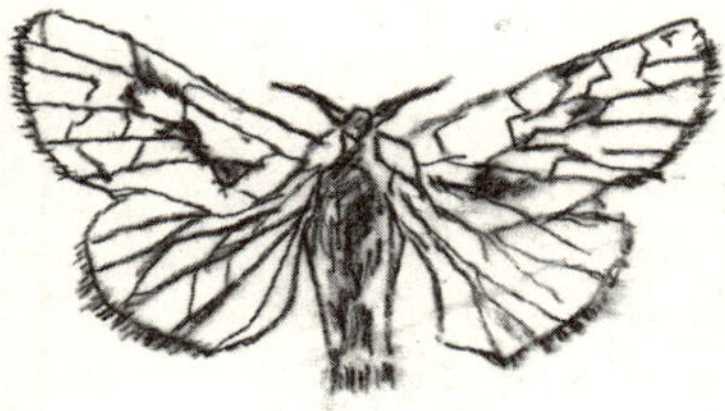

TEIL II

Bis zum Tode ist auch tšon, *der im Organismus keinen festen Platz hat, sondern sich bald hier, bald da im Körper bewegt, ein treuer Begleiter des Letzteren. … Selbst das Zerspringen des Kopfes ist nach der Vorstellung der Tscheremissen nicht tödlich, wenn nicht gerade* tšon *im Kopfe ist.*

Die Religion der Tscheremissen (1926)
von Uno Holmberg

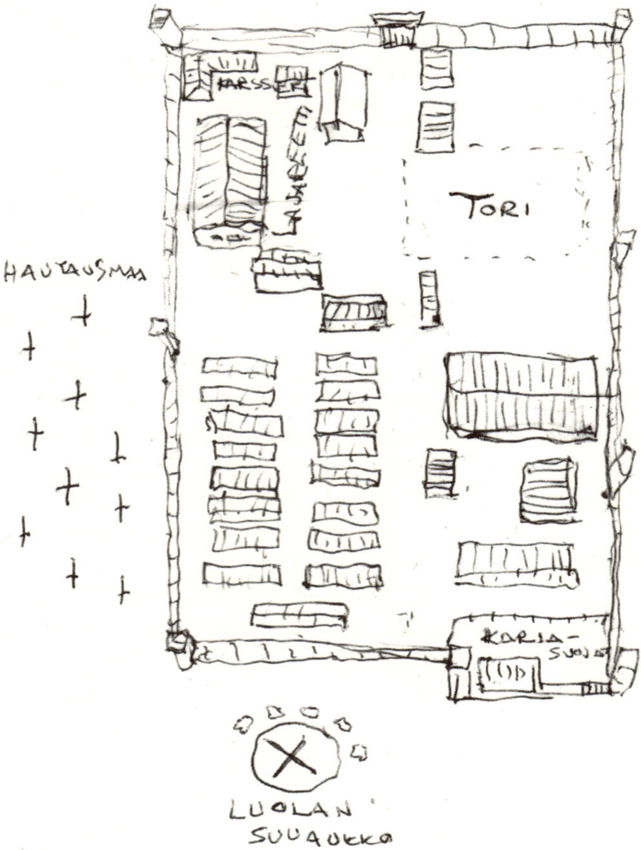

Marktlager, Workuta

Friedhof (links), Karzer (links oben), Krankenbaracke (links oben, senkrecht), Marktplatz (rechts oben), Viehstall (rechts unten), Eingang zur Höhle (unten)

Workuta, 1937

Irga

Hier endet die Sowjetunion, und hier beginnt Workuta!«

Minimow, der riesenhafte Lagerkommandant, zog mit der Stiefelspitze eine dünne Linie in die Tundra. Von unserer Häftlingskolonne, die aus etwa zweihundert Leuten bestanden hatte, waren vielleicht noch siebzig Wracks übrig. Alle zitternd, fröstelnd und bereit, ihre eigenen Knochen zu benagen.

»Da sollen wir hin?«, fragte Elna ängstlich, als wir vorwärtsgestoßen wurden.

Ich sah mich im Lager um und traute meinen Augen nicht. Was war dieses versteckte, verwüstete Gebiet, dieses mit Stacheldraht umzäunte, kreuzfremde Geheimnis mitten in der Tundra? Der Sommer hatte sich verändert und roch schon nach Torf, und die kleinen gelben Blumen hatten sich über das Sumpfland ausgebreitet, so weit das Auge reichte. Ein vermoderter Schlitten und Rentierknochen verrieten, dass auch hier einst die Syrjänen mit ihren Rentieren durchgezogen waren. Bestimmt war die Gegend irgendwann einmal schön gewesen.

Jetzt bot sich hier ein völlig anderer Anblick. Wir standen am Tor, das aus geschälten Stämmen bestand und zu dessen Rahmen die wenigen dahinkümmernden Krüppelbirken kaum hinaufreichten. Über der Einfahrt zum Bergwerk stand: »Der du ankommst, sei nicht traurig. Der du fortgehst, freu dich nicht«.

Hundertköpfige Scharen von Häftlingen strömten hinein und heraus, obwohl es noch ganz früh am Morgen sein musste. Später lernte ich, dass es drei Schichten gab und dass das Bergwerk ein gieriges Maul war, in das als Futter Menschen gestopft wurden, die es als Steinkohle wieder ausspie. Aus Holz zusammengeschusterte Wachtürme ragten im Abstand von ein paar Dutzend Metern auf. Von dort zielten Gewehrläufe auf uns, wie ich es seinerzeit im Konsumgeschäft von Liinahamari in einem Wildwestfilm gesehen hatte.

»Prima Gewehrtechnik, für die Menschenjagd geeignet«, sinnierte Petje. »Aber ein Rentier sollte man damit nicht schlachten.«

Ich betrachtete die anderen Häftlinge voller Widerwillen. Schlurfende Schwarzgesichter, steifes Torkeln und Geblöke. Mir grauste vor so einem Loch.

»Wenn ihr irgendwann Hilfe braucht«, flüsterte der Geweihträger und ergriff Elnas Hand: »Ihr braucht nur zu rufen, dann komm ich sofort.«

Aber meine eigensinnige Schwester schüttelte die Hand von ihrer flaumigen Haut ab, wurde rot und verlangte, er solle gehen.

»Wir brauchen keine Hilfe. Wir sind *kolonizowannyje*, Ansiedler. Wir kommen schon zurecht.«

Hier wird eine neue Welt geschaffen.

Ich hätte am liebsten geschrien, dass man uns nicht hier zurücklassen dürfe. Nicht an einem solchen Ort, nicht bei diesem Lumpenpack, bei diesen exzentrischen Untermenschen. Dass ich zurück nach Hause müsse. Elna, *meine Schwester*. Was auch immer in der Biegung des Flusses geschehen ist, ich möchte es nicht wissen, und du brauchst mir über deine Geilheit keine Rechenschaft abzulegen. *Ich bin die Tochter des Weißen Gottes.* Wenn wir jetzt dort hingehen, dann gibt's kein Zurück.

Aber der Schamane hatte sich schon abgewandt und ging gebeugt davon.

»Und sag der stummen Tschuchná, sie solle die Stiefel mit Schlamm einreiben. Sonst werden sie sie ihr bald wegnehmen.«

Ich verfolgte das Verschwinden des Geweihträgers und konnte nicht glauben, dass ich hier war. Dass ich im *parma* überlebt hatte und dass dieser Luftikus da, dieser doppelgesichtige Schamane oder was, sich in aller Ruhe durch das Wurzeltor davonmachte und ich selbst das nicht konnte. Uns wurden graue Schutzanzüge vor die Füße geworfen, auf deren Rückenteil in roter Farbe eine katzengroße Buchstaben-Ziffern-Serie gemalt war, auf dem Ärmel stand *Marktlager.* Die sollten wir immer zum Zählappell anziehen.

»Ich bin Kommandant Minimow, und dies ist Kommandant Maksimowitsch.«

Dieses schräge Namenspaar hätte an jedem anderen Ort die Menschen zum Lachen gebracht. Während Maksimowitsch an einen misshandelten Zwerg erinnerte, war Minimow ein riesiger Koloss. Neben beiden zischte eine Peitsche, eine zusammengeringelte Schlange mit einer Eisenzunge im Maul. Minimow begann Anweisungen zu erteilen: »Dies ist Workuta, und hier herrschen die Gesetze der Taiga. Hier habt ihr keinen Namen mehr. Keine Vergangenheit. Ihr seid ein Nichts. Hier nennt ihr beim Zählappell Art und Dauer eurer Strafe, später nur die Häftlingsnummer.«

Die *pereklítschka* begann. Die Angst ließ meine schon jetzt abgemagerten Beine zittern. Wir standen in der dritten Reihe fast als Letzte. Ein Häftling nach dem andern trat vor, schmetterte seine Strafe heraus und trat gebeugt zurück in den Schutz der Reihe. Die, deren Stimme bebte oder die nicht schnell genug waren, biss die Lederschlange mit ihren Eisenzähnen. Endlich kam ich dran. Hilflos öffnete ich den Mund, natürlich vergeblich.

»Ahaa, 58-1a. *Konjéschno!* Wieder eine Politische, die sich für was Besseres hält.«

Der Schwanz der Schlange schwirrte durch die Luft, ihre Zähne schlugen sich in mein Bein. Ich bekam keinen Ton heraus. Der riesenhafte Minimow schlug mir mit dem Gewehrkolben gegen die Schulter, und der Schmerz strahlte in jeden Winkel meines Körpers aus. Aber noch schlimmer als der Schmerz war die Demütigung, als ich Elna ansah. Ich sah, wie meiner Freundin mit der klaren Stirn erstmals bewusst wurde, dass ihre liebe Schwester eine dreckige Landesverräterin, ein politischer Parasit, war.

»Häftling, wenn du das nächste Mal gefragt wirst, rufst du: *Statja pjatdesjat wosem, odin a, dwádzat pjat, pjat i pjat!* Laut und deutlich. *Ponimájesch*?«

Wieder bekam ich einen Schlag mit dem Gewehrkolben, diesmal ins Gesicht.

»Sie kann das nicht, sie kann das nicht! Sie ist stumm, *njemája*!«, rief Elna, als der Wachmann auf mein Gesicht zielte.

»Ist das wahr?«

Ich öffnete weit den Mund. Kommandant Minimow starrte einen Augenblick lang hinein und begann dann schallend zu lachen: »Sie ist stumm, *njemája*! Die Verrückte hat überhaupt keine Zunge! Sieh dir das an, Genosse Maksimowitsch.«

Auch die Wachleute reckten den Hals, beglotzten meine Zunge und gackerten pflichtschuldigst.

Maksimowitsch riss sich zusammen und brachte die Wachleute zum Verstummen: »Häftling. Merken Sie sich! *Statja pjatdesjat wosem, odin a, dwádzat pjat, pjat i pjat!* Wenn Sie das nicht selbst sagen können, dann soll Ihnen Ihre Kameradin helfen. Und wird statt Ihrer bestraft, wenn Sie nicht zur Stelle sind.«

»Genosse Kommandant, ich bin eigentlich eine Freiwillige.«

Minimow sah den Brigadier an, der die Liste der Häftlinge durchsah. Der schüttelte den Kopf: »Die Strafe wurde als sogenanntes Fernurteil ohne Prozess verhängt.«

Es musste ein Feiertag sein, weil alle Häftlinge zum Zählappell gerufen wurden. Wir hörten durch den Lautsprecher ein Werk mit dem Titel »Beifall für den Genossen Stalin bei der achten Delegiertenkonferenz der Räte«. Die Platte knasterte und jaulte. Die Häftlinge standen apathisch da, dann fing ein *desjátnik* an zu klatschen. Die anderen fielen in den Beifall ein. Die Übertragung war zu Ende. Alle schrien weiterhin hurra, niemand wagte, damit aufzuhören. Mir schien, das dauerte Stunden.

In die Baracken führten uns die Vertrauensparasiten, meist Kriminelle, die andere Häftlinge denunziert hatten. Dadurch hatten sie einen besseren Status erlangt und bekamen zusätzliche Lebensmittel. Ein Vertrauenshäftling, eine weißhaarige Frau, befahl uns, ihr zu folgen.

»Ihr habt Essenmarken und einen Ausweis bekommen. Die dürft ihr unter keinen Umständen verlieren, davon hängt euer Leben ab.«

Die Weißhaarige ließ eine viereckige Pappkarte gegen ihren Schenkel klatschen, auf die aus einem von der zentralen Leitung zugelassenen Anfall von Humor kleine Tierbilder in die Felder von sieben Reihen gestempelt wurden. Erst als die Weißhaarige in kindischer Weise mit dem Handgelenk wedelte, begriff ich, dass sie kaum in meinem Alter war. Sie schien jedoch die Lagersitten zu kennen und vor allem ihren eigenen Wert. Stolz zeigte das Weibsstück auf ihre Hütte: »Dorthin kommt ihr, wenn ihr so wie Stachánow die Norm übererfüllt.«

Später lernte ich, dass Stachánow ein ukrainischer arbeitswütiger Bergmann war, der, vom Sozialismus begeistert, in weniger als sechs Stunden einhundertzweitausend Kilo Kohle gehauen und damit die Norm um das Dreizehnfache übererfüllt hatte. Die Lagerleitung ging davon aus, dass auch wir dazu in der Lage waren. Die Vorarbeiter dagegen waren Häftlinge, die sich hervorgetan hatten, widerliche und beneidenswerte Parasiten, mit denen man sich gut stellen musste, wenn man die Erlaubnis zum Besuch der Krankenbaracke oder des Waschraums brauchte.

»Hier, werte Genossinnen und Volksheldinnen, ist euer künftiges Zuhause.«

Workuta, 1937

Irga

Ich traute meinen Augen nicht. Die windschiefe Bruchbude ohne Fundament war zur Hälfte im Torf der Tundra versunken. Die aus Pritschen gezimmerten jämmerlichen Etagenbetten und die dünnen Rosshaarmatratzen des primitiven Bauernhauses mussten wimmeln von Wanzen. An den Bretterwänden des Plumpsklos hatte es einstmals Tapeten gegeben, aber die hungrigen Häftlinge hatten bei der ersten Gelegenheit das Papier heruntergerissen und das für den Kleister verwendete Kartoffelmehl davon abgeleckt. In der Mitte des Zimmers standen ein aus Blechdosen und allen möglichen verrosteten Rohrstücken zusammengestümperter Kamin und der stinkende *paráscha*-Kübel, dessen übler, in den Augen beißender Dunst den apathischen Bewohnern nichts auszumachen schien. Meine Schwester war von dem Lager noch nicht entmutigt.

»*Dawáj.* Die Zeit vergeht, wenn man viel überlegt, der Tag, wenn man den Kopf bewegt«, bemerkte Elna und forderte mich auf, ihr zu helfen.

Gegen den Brechreiz ankämpfend, flüchtete ich aus der Baracke und gab vor, ich müsse dem Ruf der Natur folgen. Ich irrte umher auf der Suche nach wenigstens einem kleinen Schimmer von Menschlichkeit, einer freundlichen Miene oder Geste. Zwischen dem Platz, der

Markt genannt wurde, und dem Kuhstall des Lagers hielt mich ein riesenlanger, tätowierter Kerl mit gewaltigen Ohren an, der mit einem dicken Stück Brot einladende Gesten machte.

»Ts, ts, ts, möchtest du Brot? Es kostet nichts.«

Ich schaute mich um. Niemand war zu sehen. Einerseits glaubte ich nicht so recht von Herzen an die Güte des tätowierten Mithäftlings. Andererseits hatte ich Hunger. Der Duft des Weizenbrots stieg mir berauschend in die Nase. Das Wasser lief mir im Munde zusammen und tropfte aus dem Mundwinkel.

»Genosse Kapustnikow, angenehm.«

Vorsichtig nickte ich. Der Mann mit den Blumenkohlohren schmunzelte und hielt mir das duftende, saftige *búlotschka* hin. »Wir sitzen hier alle im selben Boot.«

Mein Urteilsvermögen ließ mich im Stich.

Ich ergriff das Brot und senkte die Zähne hinein. Der Geschmack war himmlisch. Säuerlich und zugleich honigsüß, im Ofen langsam gebacken. Nur einen einzigen Happen schaffte ich zu verschlucken. Dann kam der Moment des Zahlens.

»Zehn Tscherwonzen«, verlangte das Blumenkohlohr, und die Freundlichkeit war aus seiner Stimme verschwunden. Ich zuckte unsicher mit den Schultern. Wühlte in meinen Taschen. Natürlich wusste ich, dass dort nichts war. Der einzige Gegenstand, den ich dort fand, war der schwarze Springer, den ich vom Schachspiel des Weißen Generals mitgenommen hatte. Ich reichte ihn dem Mann.

»Der taugt nichts.«

Ich strengte mich gewaltig an, um etwas zu meiner Verteidigung hervorzubringen, aber das Matschohr brüllte schon aus voller Kehle: »Hilfe! Die Stumme klaut mein Brot!«

Sofort erschien eine Horde bedrohlich wirkender Gestalten, um das Spektakel zu verfolgen. Der Blumenkohl wies sein Beweisstück vor: »Seht ihr, von dem Brot ist abgebissen worden! Sie wollte mir das Brot stehlen und die Essenmarken noch dazu!«

So, als hätte ich dieser Bohnenstange auch nur ein Barthaar ausreißen können. Slawisch-ausdruckslose Gesichter starrten mich an.

»Was meint ihr, wie soll sie bestraft werden?«

Ein bis zum Hals tätowierter träger Mensch sagte gedehnt: »Du musst etwas als Ersatz bekommen. Zum Beispiel die da«, und zeigte auf meine Stiefel.

Ich spürte den Hauch der Tundra an den Beinen, als meine Existenz den Bissen des heraneilenden Winterrachens ausgesetzt war. Nein, nicht die Garanten meines Überlebens! Ich dachte an die Freude und an das Gefühl, gerettet zu sein, als ich die Rentierfellstiefel bekommen hatte. Für die meine Schwester Elna wer weiß was hatte tun müssen. Und wozu? Um sie bei der ersten Gelegenheit an eine Rotte von stinkenden Gangstern der schlimmsten Sorte zu verlieren. Die Menge zerstreute sich, Blumenkohl zog die Schuhe erfreut an seine verblüffend dürren Haxen. Dann stapfte auch er gebeugt seines Weges. Wieder stand ich ohne Stiefel da, übel zusammengeschlagen. Kaum schaffte ich es zur Baracke.

Elna schleppte mich in die Krankenbaracke. Dort empfing uns eine stolze, aristokratische Jüdin. »Genossin Olga Semjonowa.«

»*Statja pjatdesjat wosem, odin a, dwádzat pjat, pjat i pjat!* Oje, armes Ding. Das ist schlimm.«

»Die Verletzungen?«, zischte Elna.

»Nein, das Verbrechen.«

Genossin Olga Semjonowa las von der Personenkarte ab. »58-1a. Landesverrat, fünfundzwanzig Jahre Haft, plus fünf Jahre Verbannung sowie fünf Jahre lang kein Wohnsitz in der Nähe von Grenzen und Städten.«

Ich sackte auf dem Dielenboden des Büros zusammen, und die Tränen liefen mir über das sprachlose Gesicht.

»Wie ist das möglich?«

»Tja, das Beste ist, sich an den Gedanken zu gewöhnen.«

»Aber ich bin kein Häftling, sondern eine Siedlerin.« Stolz reichte ihr Elna ein Papier, auf dem nachweislich stand: *Kolonizowannyje.*

»Nein, hier steht als Strafe Zwangsarbeit«, stellte Olga Semjonowa fest, während sie Elnas Häftlingsnummer mit dem Papierstapel auf ihrem Tisch verglich.

»Was bedeutet das?«, fragte Elna mit gebrochener Stimme, und mir schien, sie habe erst jetzt verstanden, an was für einen Ort wir geraten waren.

»Das bedeutet, kleine *mátuschka*, dass du ein Häftling bist.«

Zum ersten Mal, seitdem wir uns begegnet waren, sah ich, wie du, Elna, mein Vögelchen, meine liebe Schwester, meine tapfere kleine mátuschka, *den Mut verlorst und weintest.*

Workuta, 1937

Irga

Vermeidet die normale Arbeit. Im Lager bleiben diejenigen am Leben, die die normale Arbeit vermeiden. *Tufta*, eine spezielle Art von Betrug, das Dokumentieren von Arbeitsleistung und Fördermengen mit gefälschten Zahlen, wird euch vielleicht ein Jahr lang am Leben erhalten. Und wenn ihr es schafft, *Parasiten* zu werden, könntet ihr sogar überleben.«

Die Ärztin, Genossin Olga Semjonowa, zündete sich eine Papirossa an und miaute ein trockenes Lachen. Sie hatte etwas bezaubernd Weltliches an sich, einen für das Lager vollkommen unpassenden, zarenzeitlichen Stolz. Zierliche Handgelenke, eine samtige, pergamentdünne Haut, unter der sich die blauen Adern abzeichneten. Uns hatte man entlaust, geschoren und gewienert. Die Krankenschwester hatte meine Wunden verbunden, aber die Genossin Semjonowa hatte uns noch nicht fortgeschickt. Es war schon spät, die Türen der Krankenbaracke wurden geschlossen, die Feldschere brüllten und droschen mit Knüppeln auf die hereinstrebenden Kranken ein. Elna, diese gesegnete Person, erkannte unsere Chance.

»Liebe Genossin Semjonowa. Darf ich Sie um Hilfe bitten? Sehen Sie, wir sind hier rein zufällig und wegen eines Irrtums. Ich bin Freiwillige. Und dies ist Irga, eine Finnin, die aus Versehen hierher geraten ist.«

»Aber wie sollte man aus Versehen hierher geraten, aus einem fremden Land?«

Olga machte mit der Hand eine Bewegung gen Westen.

»Warum schreibt das Mädchen nicht nach Hause?«

Ich schüttelte den Kopf. Das war unmöglich. Ich hatte es doch versucht! Mir den Kopf zerbrochen, wie ich den Brief abschicken könnte. Ich konnte doch nicht erzählen, dass ich durch Wolfszahn folgende Nachricht nach Finnland geschickt hatte: »Hör mal, Vater, verzeih mir meinen miesen Streich. Wäre es irgendwie möglich, dass Ihr mich bald nach Hause holt? Ich bin unterwegs nach Leningrad zu Verhören, aber die werden wohl bald vorbei sein, ich bin ja keine Spionin. Hoffentlich bekommst Du meine Nachricht, und wir sehen uns bald. Deine Tochter Irga.«

Das schien eine Ewigkeit her zu sein.

»Könnten Sie, Olga Semjonowa, irgendwie eine Nachricht an die finnische Botschaft übermitteln?«

»Tjaa. Ich könnte es versuchen. Dafür muss ich eine Genehmigung beantragen und so weiter. Für das Postwesen der Sowjetunion steht in diesen Zeiten nicht der Briefwechsel der politischen Gefangenen im Mittelpunkt seiner Aufmerksamkeit.«

Die Genossin Olga Semjonowa sah mich prüfend an. Ihr sinnlicher Mund verzog sich zu einer Grimasse.

»Hör zu, du Stumme, verstehst du, was ich sage?«

Ich nickte gehorsam.

»Niemand schert sich auch nur einen feuchten Kehricht um dein kleines Schicksal.

Hier habe ich einen Befehl. Den habe ich bei einem NKWD-Boss gefunden, der wegen Spionage angeklagt war«, sagte Olga und zeigte uns eine Tabelle. »Es ist eine Aufstellung von Zahlen, die angeben, wie viele Saboteure und Spione in den einzelnen Sowjetrepubliken gefunden werden müssen. Sieh mal:«

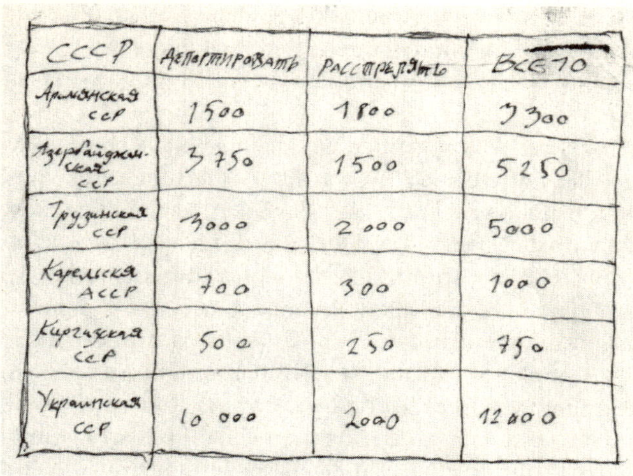

СССР	Депортировать	Расстрелять	Всего
Армянская ССР	1500	1800	3300
Азербайджанская ССР	3750	1500	5250
Грузинская ССР	3000	2000	5000
Карельская АССР	700	300	1000
Киргизская ССР	500	250	750
Украинская ССР	10 000	2000	12000

Kontingente von Personen aus Sowjetrepubliken, die verbannt oder hingerichtet werden sollen, nach geographischer Herkunft

	Deportieren	Hinrichten	Insges.
Armenische SSR	1500	1800	3300
Aserbaidschanische SSR	3750	1500	5250
Grusinische SSR	3000	2000	5000
Karelische ASSR	700	300	1000
Kirgisische SSR	500	250	750
Weißrussische SSR	10000	2000	12000

»Hier geht es um Arbeitssklaven. Die Zahlen sind gerundet, die Individuen interessieren niemanden.«

»Sag doch so was nicht laut«, zischte ein vorbeieilender rothaariger Feldscher.

»Na gut, hört mal her, ihr kleinen Küken. Hier stehlen alle und versuchen euch übers Ohr zu hauen, weil ihr Neuankömmlinge seid. Alle klauen, um zu überleben, oder versuchen, von Schiebern zu kaufen. Alles ist käuflich. Der Hafer für die Pferde, die Kartoffelschalen. Alle belügen euch, die Spitzel bemühen sich, eure Geheimnisse auszukundschaften, und damit erledigt euch die Agentur der Spitzelabteilung. Ein Krimineller kann den Zeitpunkt, wo er ins Bergwerk muss, hinausschieben, indem er sich mit dem Messer verstümmelt, Eisennägel verschluckt oder den Irren spielt. Aber für die Politischen«, Olga schnippte die Asche in einen verzierten Aschenbecher, der schlecht zu der schäbigen Umgebung passte, und zeigte mit ihrer Papphülse auf mich, »für die Politischen gibt es keine Hilfe.«

Da klingelte es.

Der Feldscher öffnete das Schloss, und der hereinpolternde Kerl schob sich die Pelzmütze von den Augen. Ich hielt den Atem an. Der bekannte blumenkohlohrige Gangster lehnte sich gegen die weißgestrichene Empfangstheke und grinste träge. Ohne mich eines Blicks zu würdigen, warf er einen Tscherwónez, die mir schon bekannte Lagerwährung, auf den Tisch.

»Es ist wieder so weit. Der Kaiser veranstaltet am Abend wieder *asartnyje igry*, die Glücksspiele, in der Höhle.«

Ich weiß nicht, was ich erwartete, ob einen wohltuenden Rausschmiss, die Rache für das Geschehene. Oder etwas, das beweisen würde, dass es Gerechtigkeit gab. Nichts davon geschah. Ich war betört von der Genossin Olga, und es kam mir gar nicht in den Sinn, dass solche nichtswürdigen Kreaturen auch sie kontrollieren könnten. Doch offenbar war es so. Olga prüfte kurz die

Krankenhauskarte des Mannes, stempelte sie ab und sagte zahm: »*Wot tak.*«

Olga Semjonowa trat an den Medikamentenschrank.

Die Jüdin schüttete aus einer Flasche ein paar graue Kristalle in eine aus einer Prawda gefaltete Papiertasche und reichte sie dem Strolch. Der knurrte eine Art Dank und kramte aus seiner Tasche einen in Papier gewickelten, vorjährig riechenden Klumpen Schweinshaxe und wandte sich zum Gehen.

Sobald er fort war, rief Elna aus: »Der war es, der meiner Schwester die Schuhe weggenommen hat! Wir müssen uns beschweren!«

»Aijai«, seufzte Olga Semjonowa. »Wenn es doch ein anderer gewesen wäre. Aber Blumenkohl. Da ist nichts zu machen. Der ist einer von den *Blatnój*. Und Genosse Kapustnikow ist der zweite Mann von Zar, deren Boss. Mit denen solltest du dich nicht anlegen, Stumme.«

»Die *Blatnój* sind Fürsten, die *Suki* Schlampen.«

Als *Suki* wurden diejenigen Kriminellen beschimpft, die mit den *Blatnój* in Konflikt geraten waren, Denunzianten und Kollaborateure.

Die Ärztin spuckte einen Tabakskrümel aus.

»Seht zu, dass ihr euch mit keinem von beiden einlasst, da zieht man immer den Kürzeren.«

Olga Semjonowa seufzte, und irgendwie begriff ich intuitiv, dass Olga eine Hasardeurin war. Sie hatte gespielt, weil sie nicht anders konnte, und verloren. Die Spielsucht ist etwas, das viele nicht verstehen, wenn sie nicht mit einem davon besessenen Menschen zusammengelebt haben. Als Tochter des Weißen Generals wusste ich, dass ein Mensch, dem die Spielwut zusetzt, äußerlich eine noch so elegante Erscheinung sein kann, sympathisch, salonfähig, ein kultivierter Zigarrenraucher, aber wehe, wenn die in ihm verborgene Manie zum Ausbruch kommt. Dann schält sich aus der Glatthaut eine haarige, zügellose Bestie.

Ich warf einen Blick zum Archivschrank der Genossin Semjonowa hinauf, und richtig, dort schimmerte ein Spielbrett aus Eichenholz. Beim Anblick des Schachspiels schossen mir die Tränen in die Augen. Ich musste an meinen Vater denken und an den Kognakduft all der nach den Übungen der Heimschutztruppen gespielten Tourniere. Vaters sicheres, zigarrenrauchiges Arbeitszimmer und das gewaltige Schachbrett, die handgeschnitzten Figuren aus Walknochen und der schwarze Springer, der immer noch in der Tasche meines Arbeitsanzugs steckte.

»Blutsauger, Streber!«

Olga Semjonowa erklärte uns die Lagerordnung: Der offizielle Lagerleiter arbeitete mit den *Blatnój* zusammen. Sie hatten eine eigene Suppenkanone und brauchten nicht im Bergwerk zu arbeiten. Die Höhle war ein Ort, wo Glücksspiele betrieben und die wichtigsten Befehle ausgegeben wurden.

»Einmal hatten sie die Idee, darum zu spielen, wer sich traut, die Wachhunde zu töten. Rotkopf hat es dann getan, und die Wut der Wachleute war fürchterlich, denn Menschen sterben, und es kommen immer neue, aber mach dir mal selbst einen Hund! Oder bau dir ein Pferd.«

Während die Genossin Olga sprach, nahm sie eine Spritze, aus dem Regal eine Flasche mit grüner Flüssigkeit und schob die Nadel durch den roten Gummistopfen hinein.

»Er nennt sich selbst Zar. Pfüh! Ein armseliger Kirgise ist das! Aber die Macht der *Blatnój* reicht nicht weiter als bis zu diesen Türen. Dort herrschen die Gesetze des Sowjet-Kommunismus, und dort wird der Fünfjahresplan umgesetzt, einfach so und ohne Kenntnis von diesem System.« Olga schüttelte die Faust gegen die unsichtbaren Mörder.

»Ihretwegen ziehe ich Zähne ohne Betäubung.«

Die Genossin Olga krempelte den Ärmel ihres grünen Arbeitskittels hoch und legte die Nadel gegen die Ader.

»Stellt euch den ewigen Winter vor. In den ihr geraten seid, weil jemand Maxim Gorki ermordet hat. Und ihr habt immerhin in Paris studiert und Gorki auf der Insel Capri besucht. Aus reinem gutem Willen seid ihr in die Sowjetunion zurückgekehrt, um das Paradies der Werktätigen aufzubauen, und wie endet das Ganze? Nicht gut! Gorki starb, und ihr werdet angeklagt. Gutalin konnte den alten Mann nicht in Ruhe gehen lassen.«

Es erschütterte mich, dass die Genossin Olga es wagte, für Stalin laut den Spitznamen der grusinischen Schuhputzer zu verwenden.

»Warum trug Lenin knöchelhohe Schuhe und Stalin Stiefel? Weil Russland zu Zeiten Lenins erst bis zu den Knöcheln im Dreck steckte. Und was ist schon dieser Stalin? Lenins linkes Bein!«

Ein Arzt – er hatte sich im Lager erhängt – hatte geschworen, er sei während der Revolution ein Kampfgefährte Stalins gewesen. Stalin habe am Fuß eine Missbildung gehabt, der zweite und dritte Zeh seien zusammengewachsen gewesen. Wegen dieser Schande habe der Führer beim Schlafen immer Socken getragen.

Die Genossin Olga Semjonowa drückte den Spritzenkolben bis zum Anschlag. Fasziniert beobachteten wir, wie die grünliche Flüssigkeit in der Ader verschwand. Genossin Olga legte sich auf das Untersuchungsbett und seufzte tief.

»Dreihundertfünfundsechzig Tage Winter, der Rest eine Höllenhitze. Hört zu, Mädchen, hier muss man gallig und unfreundlich sein, um zu überleben. Hier nützt es nichts, wie eine Maus zu piepsen. Dies ist eine andere Welt, eine gewaltige *konspiratsija*, hier herrschen die Gesetze der Taiga, und die Strafen verteilt ein buckliger Bär. Der Bolschewismus, pfüh! Eine Bauernvariante des richtigen, europäischen Kommunismus.«

Olga drückte sich gegen die Pritsche und sah uns mit erweiterten Pupillen an.

»Horcht mal, die Köter des Universums kläffen.«

Olga hob die rechte Hand und fing an, damit eine Acht in die Luft zu malen. Schläfrig sagte sie: »Ich könnte euch Arbeit in der Krankenbaracke verschaffen. Das Bergwerk ist ein Rachen. Zähne, versteckt hinter Lippen. Die Zähne sind die Wachleute des Mundes, und die Mundhöhle ist das Vorbild des Gefängnisses. Kommt näher, Mädchen.«

Das taten wir, denn wir konnten nicht anders.

Olga setzte sich auf.

»Der Rachen ist unfruchtbar, da kann man kein Getreide anbauen. Aber du, Mädchen, hast schönes Zahnfleisch«, sagte die Genossin Olga und küsste mich, einfach so. Ihre Lippen fühlten sich weich an, sie schmeckten nach Rauch und etwas Süßem. Seit langem schon hatte niemand mehr mich begehrt.

»Hier ist es einsam.«

Ich hatte bestimmt auch früher schon Hosenfrauen gesehen, aber trotzdem erschrak ich. Olgas Berührung war durchaus nicht unangenehm. Vor meinem inneren Auge stieg das Bild von Arbeit in der Krankenbaracke auf. Das würde nicht nur bessere Verpflegung bedeuten; durch das Büro liefen auch die Pakete für die Häftlinge, das heißt diejenigen, die von den Wachleuten nicht gestohlen worden waren – von den Krankenschwestern und Feldscheren hing es ab, wohin die mit sorgfältigen Schleifen gebundenen Sendungen von zu Hause und das in den Briefen versteckte Geld gelangten. Wie man es leichter hatte, am Leben blieb. Aber das war unnatürlich und unredlich.

»Ich hab euch schon in der Sortierschlange gesehen.«

»Woran haben Sie mich erkannt?« Elna freute sich in der Hoffnung, dass sicherlich irgendein Mitglied des örtlichen Komsomol sie suchte.

»Nicht dich, sondern die Stumme.« Olga deutete mit ihrem entspannten, langen Finger auf mich. »Wisst ihr, da draußen läuft eine große Aufteilungsaktion, um die Neuen mit den üppigsten Ärschen prügeln sie sich geradezu. Aber ich habe nur dich gesehen, Stummchen. Na ja. Wenn das Leben leer ist und die Kleider mottentot, werden umgekehrt die Gesichter der Menschen umso ausdrucksvoller. Erstaunlich, aber so ist es. Und die merkwürdigsten Dinge werden wertvoll. Wisst ihr, was das hier ist?«

Träge zeigte Olga auf ein selbstgebautes Messgerät aus einem Fieberthermometer und Quecksilber.

»Wenn das Thermometer unter achtunddreißig Grad absinkt, gibt es normalerweise einen freien Tag. Komm her, Stummchen!«

Ich trat näher. Die schöne Jüdin schlang mir die Arme um die Taille und drückte mir einen weiteren, nach Zigarette schmeckenden Kuss auf die Lippen.

»Ich kann das Thermometer dauerhaft fixieren. Hier bist du in Sicherheit wie ein Apfelkern. Du schläfst einen Winterschlaf, wachst im Frühjahr wieder auf. Ich kümmere mich um dich.«

Ich spürte schon die Rettung nahen. Meine Schwester Elna wandte sich ab und starrte die Arzneiflaschen an, als die Ärztin mich an sich zog, mich auf den Hals küsste und mit ihren warmen Händen meine tundrakalten Schenkel an ihre Taille hob. Unwillkürlich seufzte ich.

»Ruhig, kleines Stummchen.« Olga streichelte mich mit langsamen Bewegungen zwischen den Beinen, sie berührte mich so, wie noch niemand zuvor mich berührt hatte. Ich spürte stärkeres Verlangen als seinerzeit mit Wolfszahn.

Ich weiß nicht, was in mich fuhr. Vielleicht war ich dünnhäutig und voller jugendlicher Unschuld, vielleicht waren der Raub der Stiefel, die Fetzen von Menschenhaut im Stacheldraht, das alles zusammen zu viel gewesen. Ich begann hemmungslos zu weinen und riss mich aus Olgas Umarmung los.

»Na jaa, man kann nicht immer gewinnen.« Olga schloss die Augen und sank zurück auf die Pritsche. »Du anderes Mädchen, du Dickbein, sag dem Feldscher, er soll bei diesem Schwächling da Maß nehmen für die Arbeitskleidung, dann bringen wir sie an einem ordentlichen Arbeitsplatz unter.«

Workuta, 1937

Irga

Morgens beim Zählappell wurde ich in eine andere Reihe kommandiert. Der Marktplatz schien sich in ein riesenhaftes Ödland zu verwandeln, als meine Schwester Elna irgendwo in einem anderen Segment zurückblieb. Wer würde mich jetzt den anderen verständlich machen, mich bei der Hand nehmen? Niemand. Mein Arbeitsanzug blieb vor lauter Dreck von selbst aufrecht stehen. Das war ein Glück, denn sonst wäre ich umgekippt. Für den Kopf bekamen diejenigen, die Glück hatten, aus dem Haufen von Ausrüstungsgegenständen einen Blecheimer mit ausgeschnittenen Augenöffnungen. Für die Übrigen blieben nur Papphüte. Alle in meiner Reihe waren kleine, mager-faltige, elende Jungchen, blasse, nur aus Haut und Knochen bestehende Frauen und stummelartige Vertreterinnen östlicher Völker. Bei meinem Anblick kratzte der Wachmann sich das Ohrläppchen.

»Im Prinzip dürfte man Frauen wohl gar nicht ins Bergwerk schicken.«

Maksimowitsch kam und löste das Problem. Er brüllte: »Wer soll dann in die kleinsten Löcher kriechen, etwa Sie, Genosse?«

Das nun doch nicht. Der Wachmann stahl sich davon, und die Reihe der Kleinen setzte sich in Richtung

Stolleneingang in Bewegung. Manche Häftlinge sahen uns verstohlen und mitleidig an, die meisten starrten apathisch vor sich hin. Man führte uns in einen mechanischen Lift, von dort auf verschiedene Ebenen, wo wir nach Aufgaben eingeteilt wurden. Ein Brigadier mit scharfer Stimme trieb uns an. »Dalli, dalli, die Norm muss erfüllt werden!«

Im Lift tuschelten hinter mir zwei Männer in einer mir entfernt bekannten Sprache. Das Mädel platzt ja bald wie eine überreife Melone.

Die Männer brabbelten in einem Dialekt der Mari-Sprache und ahnten nicht, dass ich sie verstand. Der eine erinnerte sich daran, wie seine schwangere Frau kurz vor der Niederkunft gestanden hatte, und fragte: »Hast du gehört, was von diesen Dingen gesagt wird? Das Kind muss, wenn es dort unten geboren wird, im Schacht zurückgelassen werden, o *Kugu Jumo*!«

Schon in den ersten Stollen der Grube war es schwierig vorwärtszukommen. Dort gab es immerhin Schienen für die Hunte, und schwarz gewordene Stempel trugen die Decke des Stollens nur mit Mühe. Die Knie- und Kopfschützer aus Pappe halfen nicht ewig. Zunächst war es meine Aufgabe, die Öllampe für eine Gruppe von vier Männern zu halten, die aus der gesprengten Masse die Kohle löste und das taube Gestein wegräumte. Jetzt war der Kohlenflöz so schmal, dass der größte Teil, etwa drei Viertel, aus Abraum bestand. Gleichzeitig musste die Norm erfüllt werden. Aus den Stollen drangen das Gehämmer und das Klingen von Eisen, die Geräusche vom Einsammeln der Kohle und leises Sprechen. Die Flamme der Tranfunzel warf flatternde Schatten an die Wände. Es war, als fertigten die Schmiede des Totenreichs in ihrer Werkstatt Fesseln für die Verlorenen. Am wütendsten schufteten und schleuderten die Steinblöcke diejenigen, deren Arbeitsergebnis unterhalb der Norm zu bleiben drohte.

Schmelzwassertropfen fielen mir ins Gesicht.

Irgendwann bekam ich von einem namenlosen Uiguren einen Schlag mit der Picke gegen die Schläfe. Der Papphut ging kaputt. Mir brummte der Schädel, aber die von der Arbeit erschöpften Häftlinge hatten nicht die Kraft oder den Willen, mir zu helfen, sie hatten es eilig, die Kohleloren zu füllen und ihre Norm zu schaffen. Mit Steinhacken hieben die Verzweifelten auf den Steinschotter ein, rollten die Steine und wälzten sie mit Stangen zur Seite.

»Will der uns umbringen?«, jammerten die Männer mit der krankhaft dunklen Gesichtshaut untereinander. Am Abend in der Schlange tobte der Brigadier, weil ich meinen Papphut kaputtgemacht hatte. Das würde von der Norm abgezogen werden, so dass wir weniger zu essen bekamen. Und wer weniger zu essen bekam, der schaffte seine Arbeit nicht. Das bedeutete den sicheren Tod. Ich konnte den erstickenden Hass spüren, der mich umgab. Der zahnlose Uigure zischte: »Noch ein Fehler, und wir stoßen dich ins Höllenfeuer.«

Die Indices und Normen, von denen die Rede war, überstiegen meine Kräfte. Ich verstand bald, dass ich keine Chance hatte, die von Moskau vorgegebenen irrsinnigen Ziele zu erreichen. Die Rede war von Mengen wie sechzehntausend Kilo pro Gruppe von vier Personen, also viertausend Kilo pro Mann und Tag. Aber natürlich hatte das System ein Gegensystem. Soweit ich das mit meinem benebelten Hirn begriff, war die Vorgehensweise etwa diese: Wenn der Hunt auf der fünften Ebene mit Kohle beladen war, wurde er in eine Produktionsspalte eingetragen. Das nächste Mal wurde er auf einer anderen Ebene vermerkt und noch einmal, bevor er in den Zug entleert wurde, der die Kohle aus dem Bergwerk hinausbrachte, der seinerseits am Fluss endete, wo er als Schiffsladung registriert wurde. Im besten Fall wurden aus einer

Huntladung Kohle drei oder fünf. Wie das irgendjemandem nützte, blieb mir ein Rätsel, aber das ging meinen kleinen Kopf nichts an.

Wenn es auf den Normebenen schlimm war, so begann die wahre Hölle doch erst, wenn auch ich in die engsten Stollen kommandiert wurde. Auf den Knien wühlte ich im Schacht – ich hatte meine Lederlampe dabei – und weinte über mein Pech, meinen elenden Stolz und meine zur Neige gehende Lebenskraft. Je weiter ich vordrang, desto näher rückten die Wände. Der Kohlestaub verstopfte mir die Luftröhre, das Herz hämmerte schmerzhaft gegen das Brustbein. Hatte ich den Hühnerkäfig oder den Keller als schrecklich empfunden, so bedeutete es für mich die Finsternis der Hölle, wenn ich mich in die immer enger werdenden Gänge zwängen musste. Ich wusste, ich würde vor Angst sterben, wenn ich nicht vorher vor Hunger oder bei der Niederkunft mein Ende finden würde.

Die Norm erfüllen!

Alles, was mich beschäftigte, war, ob wir die Norm erfüllen würden oder ob man uns die Ration kürzen würde, ob wir vierhundert Gramm Brot weniger bekämen, wie es dem Kind ergehen würde, ob ich bald sterben müsste? Ich sah nicht mal mehr Elna, denn sie transportierte im Bergwerk die ohnmächtig gewordenen Arbeiter mit einer Karre in die Krankenbaracke.

Jeden Abend war ich bereit aufzugeben. Jeden Abend, wenn ich aus der Grube kam, dachte ich: Ich suche Elna, leihe mir ihren Gürtel und hänge mich am mittleren Dachsparren der Wohnbaracke auf. Mit Sicherheit tue ich das.

Wenn ich aber hinaufkam, war ich zu müde, um Elna zu suchen, und als ich meine Schwester dann zufällig in der Essensschlange traf, hatte sie ihren Gürtel aufgegessen, eingeweicht, gekocht und verschlungen, dieser kleine Vielfraß! Man stelle sich vor! Und noch ehe mir eine

Idee kam, wie ich mir einen anderen Gürtel beschaffen könnte, war ich auf meine Pritsche geklettert und erschöpft darauf hingesunken, das morgendliche Wecken erscholl, und alles begann wieder von vorn.

Während der Zwölf-Stunden-Schichten waren Ruhepausen nicht erlaubt. Dennoch kam es vor, dass man eine Pause machte, wenn eine Arbeitsgruppe von vier Männern die Ankunft des Lifts abwarten musste oder wenn die Schächte aus dem einen oder anderen Grund geschlossen wurden. Manchmal nahm auch der Brigadier selbst daran teil. Eine verbeulte Lore wurde auf der Drehbrücke ausgeleert, und dort hockten die kohlschwarzen, von der Arbeit ausgedörrten Uiguren und die Burjaten vom Baikalsee tausend Fuß tief unter der Erde in engem Raum, seufzten, ohne ein Wort zu sprechen, im Flackern ihrer Tranfunzeln, und genossen einen Moment lang die verbotene Ruhe. Die Grubenlampen mit ihren schwefelgelben Augen leuchteten, bis das Horn erklang und der Brigadier wieder befahl, den Berg zu bearbeiten.

Mir wurden keine Ruhepausen gewährt. Meine Arbeit war die allerelendigste, weil ich in die Höllenlöcher kriechen konnte, in die nur die kleinsten Schwächlinge hineinpassten.

Ich kroch durch die schmalsten Gänge und suchte im Licht der Lederlampe mit einer zierlichen Picke nach Kohlenflözen.

Schweiß und Erschöpfung, mein Bauch blieb an den engsten Stellen stecken.

Auch die Höhlen wurden aus Lautsprechern mit dem auf Platten aufgenommenen Beifall nach Stalins Reden geflutet, und ich weiß nicht, ob ich schon Halluzinationen von der Hölle hatte.

Dann geschah das, was alle im Bergwerk am meisten fürchteten. Von der Nachtschicht war vielleicht noch ein Viertel übrig, als ich spürte, dass die Erde bebte. Aus den

Lautsprechern kam ein Alarmsignal, diesmal ein richtiges. Panik schnürte mir die Kehle zu. Irga, befahl ich mir selbst. Geh zurück, dort hinter der Kurve sitzen die Leute, die Pause machen. Steine prasselten auf mich herab. Geh zurück, befahl ich mir wieder. Sie werden dir doch helfen, bei irgendjemandem von ihnen finden sich noch Reste von Menschlichkeit. Der Brigadier hat schöne Augen, der hat Mitleid mit dir. Aber das habe ich nie erfahren. Ich sah, dass mein eigener Stollen einstürzte wie eine Reihe von aufgestellten Dominosteinen. Ich spürte eine Welle von Wärme. Die Öllampe, die Lederlaterne, fiel vom Stein und erlosch. In diesem Moment erfasste die erste Wehe meinen Beckenboden.

Dorf Lawra, 2015

Verna

Peng! Muksa verpasst Kostja eine Kopfnuss. Ich kann es kaum mit ansehen, wie mein stolzer Riese demütig den Kopf abwendet.

»Weißt du, wie es denen ergeht, die mir frech kommen? *Are you going to mess with us?*«

Peng!

Schamhaft wende ich mich ab und starre durch das streifige Fenster hinaus. Die Landschaft ist leer. Wo sind all die Menschen? Elna ist nicht zu sehen, und auch nicht Aleksei. Die Luft steht. Am Schilfufer des Weihers surren die Libellen wie Minizerstörer, die sich ins Paradies verirrt haben. Über dem Feld schwebt dunstiger Rauch, irgendwo wird geschwendet. Etwa eine halbe Stunde ist vergangen, seitdem dieser schnapsgeile Faulpelz hier hereingepoltert kam und Drohungen ausstieß. Seinen Lada hat Muksa platschend bis über die Räder in den Weiher gefahren. Auf der verbeulten Motorhaube wärmt sich eine Eidechse.

Peng! Am liebsten möchte ich aufschreien. *Tu nichts Unwiderrufliches, großer Mann*, aber ich wage es nicht.

In der anderen Hand hält Muksa eine *Gratsch*, die Dienstpistole der Armee. Dort ist sie von Anfang an gewesen.

Wo ist Aleksei Ignatenko?

Nur Oden sitzt schlaff da mit der Katze im Schoß, von ihm ist keine Hilfe zu erwarten.

Und wieder dieser bleiche kleine Junge auf der Ofenbank. Warum läuft er nicht los, um Hilfe zu holen?

Es presst mir die Brust zusammen, mir ist, als triebe ich in der Tiefe eines trüben, stehenden Gewässers.

Muksa schnippst Kosta gegen die Stirn, und ich rieche aus mehreren Metern Entfernung den Gestank von Schnaps, Zwiebeln, Machorka und Fett. Kostja fällt eine Kartoffel aus der Hand, die er für Elna schälen soll. Auf die alte Frau hat die geräuschvolle Ankunft des vom Rausch enthemmten Muksa keinen merklichen Eindruck gemacht. Sie schnaubt und prustet aus ganz anderen Gründen. Eines der Gössel ist verschwunden.

»Sie vermutet, dass es die russische Frau von Kommissar Popow war«, flüstert Kostja. »Deswegen lässt sie den Kopf so hängen.«

»Und wenn das Gössel sich nun einfach verlaufen hat?«, frage ich.

»Es ist gestohlen worden! Als hätte die Kuh es aufgeleckt. Ist einfach verschwunden.«

Unerwartet blafft Elna Muksa an: »Ich verkaufe nicht!«, und weist Kostja an: »Du schälst die da. Ich muss mit dem Halunken Popow reden.«

Sie knallt den Kartoffeleimer vor Kostja hin und tapert mit einem Spankorb in der Hand auf den Hof. Ich denke bei mir, nur in Russland kann eine *bábuschka* so mit ausgewachsenen Männern umspringen. Muksa wird sich für die erlittene Demütigung sicher an uns rächen.

»Was für eine verdammte Hausfee ist hier aus dir geworden? Du wirst der Alten die Unterschrift abpressen. *Ponimájesch*? In diesem Jammernest haben wir schon genug Zeit vergeudet.«

Muksa sagt, es sei nun an der Zeit, dass auch die kleine Maus eine Kerbe in ihr Messer kriege. »Jetzt darfst du dich beweisen.«

»Sollten wir es nicht sein lassen?«, windet sich Kostja. »Was willst du machen, wenn sie ihr Haus nicht verkauft.«

»*We are going to make them an offer that they cannot refuse.* Wenn das Weib nicht verkauft, dann brennt das ganze Dorf. Du wirst schon sehen!«

Kostja öffnet weit das linke Auge, und ich finde schon jetzt scheußlich, was sich da ankündigt.

Muksa zündet sich eine Zigarette an und wendet sich an mich: »Treibst du es hier mit dieser Sandmöse, oder wieso kommen wir hier nicht weg?«

Da springt Kostja auf, packt mit der Rechten Muksa am Schlafittchen und zischt: »So einfach ist das nicht!«

Muksa stößt den Koloss zurück auf den Stuhl und richtet die Jarygin auf ihn: »Hier bestimme ich, wo's langgeht!«

Plötzlich muss ich denken: Das da ist das wahre Gesicht der russischen Macht. Ich kann nicht genau sagen, wieso, aber so ist es. Muksa erinnert an ein Foto, das Vater mir mal gezeigt hat. Darauf posiert er stolz mit Gárri Kaspárow. Es war im Jahr 2005, und Vater hatte eine trockene Phase. Aus irgendeinem Grund beobachtete er damals den in die Politik drängenden Schachmeister, den er für einen Helden und für die Hoffnung Russlands hielt. Kaspárow sprach zu den Familien der Opfer des Überfalls auf die Schule in Beslan, als das Foto entstand. Vater und Kaspárow posieren inmitten von Omas mit Kopftüchern, die sie um Haupteslänge überragen. Aber etwas abseits, neben dem Tor, steht eine Gestalt mit Mütze und Parka. Ein riesiger Bursche, der sich nur einen Augenblick später durch die Menschen drängt und Kaspárow, diesen genialen Schachgroßmeister, demütigt, indem er ihm Ketchup ins Gesicht spritzt. Vater hatte den Hooligan verfolgt, aber ein Milizionär hatte ihn aufgehalten und ihm befohlen, sich um seine eigenen Angelegenheiten zu kümmern.

Kaspárow und die Ketchup-Flasche.

Darin, so fand Vater, kristallisierte sich die ganze Lage des heutigen Russlands, in Demütigung und Gewalt. Damals empfand ich nur schwaches Mitleid mit dem schmuddeligen Schachliebhaber, einem ehemaligen Spieler von Rang und Namen, der meinte, er müsse unbedingt in die Politik gehen, und dessen Wahlveranstaltungen regelmäßig von Hooligans sabotiert wurden. Ich versuchte, Vater die Gesetzmäßigkeiten einer demokratischen Entwicklung zu erklären und dass Kaspárow die Kräfte dezentralisierte, die die Nationalisten daran hinderten, an die Macht zu gelangen. Und weswegen? Aus Selbstgefälligkeit? Dieser Strohmann hatte doch keinerlei Chance. Kein Fernsehsender berichtete über ihn, in keiner Stadt fanden sich Räumlichkeiten für seine Wahlveranstaltungen. Und der arme Kerl brachte die Sache auch selbst nicht voran. Er gab den Narren, biss einen Polizisten, kam in den Knast. Während ich Muksa betrachte, wird mir allmählich klar, dass es in Vaters bedrückten Worten genau darum ging: um die brutale Gewalt gegen Verstand und Bildung.

»Hast du einen Beschluss gefasst?«, fragt Muksa.

Kostja nickt, schüttelt Muksa von sich ab, schnappt sich neben der Tür den grauen Armeerucksack und geht auf den Hof.

Ich laufe ihm hinterher.

»Danke, *tau.*«

Der Mann geht mit großen Schritten weiter und tut, als höre er nichts. Ich versuche es noch einmal. »Hier geht es doch wohl nicht wirklich um Unterschriften?«

Der Staudamm von Tscheboksary, Kostja schüttelt den Kopf. Hier geht es um etwas ganz anderes. Ich keuche Kostja hinterher. »Warum seid ihr hier?«

»So eine Frage gibt es nicht«, knirscht Kostja. »Nicht für einen wie mich, einen einfachen Gehilfen.«

Kostja bleibt stehen, sieht mir in die Augen. »Ich bin ein Nichts.«

Vielleicht sind die Dorfleute in Geschäfte verwickelt, die das Tageslicht scheuen, und haben vergessen, der Miliz ihren Anteil zu geben. Wahrscheinlich jedoch nicht. Kostja lässt die Schultern hängen. Die gewaltige Gestalt hat einen Sprung bekommen, aber ich weiß noch nicht, warum. In der russischen Sprache gibt es kein Sein-Verb, wenn von der Gegenwart die Rede ist. Und doch sind solche Männer dafür ausgebildet, das zu tun. Zu sein. Solche Männer sind Profis des Seins, geduldige und hingebungsvolle Wesen, deren stehengebliebene Konzentriertheit sich erst auf den ausdrücklichen Befehl von jemand anders in Aktivität wandelt.

»*Potschemú*, warum bist du der Freund dieses Hooligans?« Ich nicke zum Haus hinüber.

»Muksa ist für mich eine Art Bruder. Unmöglich zu erklären.«

»Versuch es doch einfach.«

Kostja zögert. Für einen Moment zeigt sich etwas wie Scham auf seinem Gesicht. Muksa ist Kostjas *brat*, Bruder, seit den Zeiten von Nischnij Nowgorod. In dem dortigen halbmilitärischen Internat wurden die meisten zu Polizisten oder für die Truppen der inneren Sicherheit ausgebildet.

»Aber warum ist Muksa dein Bruder?«, wage ich zu fragen.

»Das kann man nicht verstehen, wenn man nicht selbst ... auf solche Weise fertiggemacht worden ist.«

»Alle sind doch irgendwann gemobbt worden.«

Wie platt sind doch meine Trostworte. Eine Mischung aus Scham und Wut bricht aus Kostja hervor, als er fortfährt: »Das ist was anderes! Das kann man nicht verstehen. Wenn man ein Mari ist, gilt man als dümmer als die anderen. Immer. Im Bus wird man beschimpft, als Schwachkopf diskriminiert. Viele tragen russische über ihren Mari-Kleidern, verleugnen die Haine, rotzen auf den Altar.«

»Wie war es dort?«

»Wo?«

»In Nischnij Nowgorod.«

Ja, die Russische Militärschule für undisziplinierte Jungen ist eine strenge Anstalt. Ja, na und? Kostja holt aus seinem Rucksack sechs Klumpen, die wie Knetmasse aussehen, nimmt aus seiner Brusttasche dünne Nägel und steckt sie in die gelbe Masse.

»Wie war es?«

Kostja überlegt, sagt dann mit Nägeln zwischen den Lippen: »Warm. Es war angenehm, Kohlpiroggen und Suppe zu essen.«

Der Lange entnimmt dem Rucksack eine Rolle und fängt an, den Kupferdraht abzuwickeln. Dann kommt eine Zange zum Vorschein, und Kostja zerschneidet den Draht in einige Meter lange Enden. Er sieht mich nicht mehr an. Auch seine Stimme bemüht sich um ein leichteres Register.

»Das Einzige, was ich selbst entscheiden musste, war, ob ich mir den Kopf am Türsturz des Schlafsaals stoßen wollte oder mich bücken mochte. Meistens mochte ich.«

Ich nicke. Mit dem Kopf überall anzustoßen ist für eine Bohnenstange sicherlich ein vertrautes Phänomen. Aber ich will nicht, dass er sich vor mir verschließt, nicht jetzt, wo ich den Eindruck habe, dass ich einen Keil in die Borke des Riesenbaums getrieben habe. Vielleicht liegt das am Beruf des Journalisten, dass ich sage: »Auch ich bin gequält worden.«

Kostja wirft mir einen raschen Blick zu, überlegt einen Augenblick und fährt dann fort, während er auf seine Hände starrt: »Da war ein Kirgise, Kahlkopf, der seine Freude daran hatte, mich zu quälen. Baumficker, sagte er. Deine Mutter hat einen Baum gefickt, da ist aus dir so eine Bohnenstange geworden.«

Die Stimme des Riesen ist stabil, seine Finger verrichten mechanisch die Arbeit mit dem Draht.

»Dann, als ich wieder einmal von der Bande des Kirgisen verprügelt worden war, ging ich aus Versehen in den falschen Schlafsaal. Ich erschrak, als ich sah, dass dort die Jungs, die zu den *Blatnój* gehörten, ihre Lullen rauchten und auf den oberen Betten herumlagen.«

Der Boss glotzte Kostja an und fragte: »Was kommt denn da für ein Mäuslein?«

Er nickte zu der als Leinwand dienenden Wand hinüber und fragte: »Welcher Film?«

»I-ich weiß nicht. *Nje snáju.*«

Immerhin wusste Kostja, dass der Typ Muksa genannt wurde und dass er gefährlich war.

»Der beste Gangsterfilm des Weltalls. *Der Pate. The Godfather.*«

Gerade lief dort die Szene, wo ein Filmproduzent in seinem Bett einen Pferdekopf findet. Niemand forderte ihn zum Bleiben auf, aber auch nicht zum Gehen, und so sahen sich die Männer den Streifen bis zum Ende an. Dann reckte und streckte sich der Anführer und fragte: »Wer hat dich geschlagen?«

Zuerst schüttelte Kostja den Kopf, dann siegte der Verstand. Es war das kleinere Übel, von jetzt bis in alle Ewigkeit von einem Kirgisen verdroschen zu werden, als in den Augen des *Blatnój* ein Halunke zu sein.

»Der Kirgise, den sie Rotkopf nennen.«

»Bitte zeig ihn mir«, sagte Muksa höflich.

Rotkopf wurde in den Raum geschleift.

»Auf die Knie«, sagte Muksa mit leicht heiserer Stimme.

Von irgendwoher war eine altmodische, bei den *Blatnój* beliebte Steinpeitsche aufgetaucht. An deren zehn Lederschnüren hingen kleine, scharfe Nägel. »Schlag zu!«

Jetzt, im Jahr 2015, wo der laue Sommerwind leicht meinen Rock wehen lässt und die jungen Bremsen sich über dem Weiher wiegen, frage ich atemlos: »Und was hast du gemacht?«

Was kann man in so einer Situation schon machen? Was würde ich tun? Kostja wirft den Rucksack zu Boden und macht sich daran, die Knetgummistücke an der Wand des Wasserturms zu befestigen. Kostjas Stimme ist fanatisch-heiser und kommt aus der Vergangenheit, als er antwortet: »Ich hab zugeschlagen.«

Dorf Lawra, 2015

Verna

Der Riese hat seine Aufgabe beim Wasserturm erledigt und streckt den Rücken gerade.

»Was ist das?« Ich zeige auf die Klumpen von Knetmasse, die Kostja gerade mit einer Art von Saugnäpfen an der weißen Wand des Wasserturms befestigt hat.

»Hexo. RDX-Hexogensprengstoff.«

Ich lächle, halb ungläubig. Hat der Riese vor, den Turm zu sprengen? So ein Wesen habe ich noch nie getroffen. Im Vergleich zu Rainer ist er wie eine aus Stein gehauene primitive Skulptur. Ich berühre den Ärmel seines grünen Hemdes.

»Will Muksa das ganze Dorf niederbrennen?«

Kostja stopft Thermometer, Zange und Kupferdraht in seinen Rucksack und lässt durch sein Lachen solche Gedanken von meinen Schulterblättern abfallen.

»Ach, mach dir keine Sorgen. Lass ihn doch drohen. *Brossájet slowá na wéter*, er wirft Worte in den Wind.«

»Und das hier?«

Ich deute auf Kostjas Bastelei. Der Riese erklärt nichts. Merkt nur beiläufig an, dass dieser Stoff besser sei als Nitroglycerin, das nach einem Schlag leicht explodiert. Und ereifert sich dann, der Fachmann: »Sieh mal«, Kostja holt aus der Tasche ein zerknittertes Stück Zigarettenpapier, »wenn man einen Löffel Nitro von diesem Papier aufsaugen lässt und einen Stein darauf wirft, aus so geringer Höhe.« Kostja hält die Hand etwa zehn Zentimeter über den Boden und beschreibt dann einen Bogen, der eine gewaltige Explosion andeutet. »*Wot tak*, Nitroglycerin ist nicht gut«, fährt er fort. »Es erfordert eine Säuremischung und Zeit. Das ist mühsam. Und wenn man es dann gar nicht braucht, muss man es neutralisieren. Und wenn man das schlecht macht, dann ist Sense. Aijai, da ist so mancher auf einen Schlag seine Beine losgeworden. Aber dies hier ...«, Kostja zeigt auf einen Klumpen der Knetmasse, »ist sofort fertig. Und sicher, wenn es nicht plötzlich heiß wird.

Aber keine Sorge. Die Temperatur müsste auf viele Hundert Grad steigen.«

Der Riese hat seine Sachen zusammengepackt, wendet sich mir mit seitlich geneigtem Kopf zu und mustert mich. Er sieht, wie der dünne Kleiderstoff sich gegen meine Schenkel schmiegt, meine von der Sonne gewärmte Haut, und beugt sich dann herab, um meine Vorderseite zu betrachten. Ich zucke zurück. Aber der Hüne deutet auf meine Brosche.

»Was ist das?«

Ein kleiner Schmuck, den Rainer in Kirkenes gekauft hat und der einen Falter darstellt.

»Auf Russisch heißt der *notschnája bábotschka*. Oder *motyljók*.«

»So eine Brosche heißt in meiner Heimat *risku*.«

Kostja lächelt.

»Risku, das ist ein gutes Wort. Risku-Frau.«

Sein Blick ist billigend. Wieder werde ich rot. Dann dreht das Muskelpaket sich um und ruft: »Na *djéwuschka*, *Risku-Frau*, gehen wir Rimma besuchen.«

»Wer ist Rimma?«

Irgendein Kopftuch-Muttchen, das verlangt, ich solle ihr was vorsingen? Ich fühle mich wie ein dummes kleines *ditjá*, dem man alles von Grund auf erklären muss.

»*Towárischtsch*, eine gute Freundin.«

Der Turm bleibt hinter uns zurück. Während wir so dahingehen, versuche ich zu verstehen, was da gerade passiert ist. Ich präge mir den Namen des Sprengstoffs ein und hoffe, Gerri Wright anrufen zu können. *Hexo.* RDX-blabla. Ich hole das Handy aus der Tasche des Baumwollkleids, das Elna mir geliehen hat, aber es gibt immer noch keinen Empfang.

Ich versuche, meine Schritte an die Spuren von Kostjas gewaltigen Springerstiefeln anzupassen. Der Abdruck meiner Schnürschuhe ist kaum halb so groß wie Kostjas.

Wir kommen zum Kuhstall des Kolchos.

Kostja zieht die Tür auf und schlüpft hinein.

Ich schaue auf den verlassenen Giebel, in den eine schlichte Pferdebox eingebaut ist. Es duftet nach Heu und Pferd. Kostja lässt die Tür einladend offen stehen, aber ich wage nicht, ihm zu folgen.

Ich drücke den Nacken gegen die warme Bretterwand und schließe die Augen.

Die letzten Strahlen der Abendsonne überspülen mich von den Schläfen über das Kleid aus weißer Baumwolle, dessen Säume mit Vögeln verziert sind, bis in das Halbdunkel an den Schenkeln. Ich bemühe mich, nicht an Kostjas Heftigkeit zu denken, als Muksa auf unser Verhältnis anspielte. Eine uralte Schmeichelei. Und doch ruft sie in mir eine Reaktion hervor, wie ich sie schon lange nicht mehr gespürt habe. Ein Gefühl, das sich hinterlistig im Laufe des vergangenen Tages entwickelt hat und für das ich mich schäme. Ich spüre den unter dem Kleiderstoff pulsierenden Venushügel. Natürlich ist das lächerlich. Du machst dir doch nichts aus diesem Fleischkloß, aus diesem riesigen *kakáška*. Und nie, nie wieder wirst du frivol oder lüstern sein oder herumhuren. Eher wirst du Bibergeilsalbe essen oder dich in einem kalten Fluss treiben lassen. Wenn du das noch kannst. Wenn ich etwas über die Männer gelernt habe, zuerst von Vater und dann von Rainer, dann, dass es immer besser ist, sich treiben zu lassen, als zu tauchen. Tauchen ist gefährlich, man kann dabei etwas sehen, was unter die Oberfläche gehört.

Ich berühre die warme Wand, die unbekannte, längst verstorbene Arbeiter errichtet haben. Ich versuche, mir den Namen des Kolchos einzuprägen, der an der Stalltür steht: LI-483.26. In mir kann ich die Schritte des Mannes spüren, der durch den Stall geht. Anstatt auf die Zahlenreihe richte ich den Blick auf einen Zitronenfalter, der in einem neben dem Stall wachsenden Kreuzdorn herumflattert. Früh im Sommer, spät am Abend. *Gonepterix rhamni* aus der Familie der Weißlinge, Unterordnung der *Heteroneura* oder Verschiedenadrige.

Das hat mir immer gefallen an den Schmetterlingen. Dass sie flattern und es vorkommt, dass sie sich verfliegen können.

Aber immer kann man sie klassifizieren. Man kann sie fangen und mit einer Stecknadel in einem Schaukasten befestigen. Und jetzt, hier in Mariland, habe ich gelernt, dass ein Schmetterling die Seele eines Schlafenden sein kann. Wie zur Probe strecke ich die Hand aus. Wenn ich ihm die Flügel zerdrücke, stirbt er. Es tut ihm weh. Aber nur dem Falter, nicht mir.

»Risku-Frau.«

Kostja ist hinter mir aufgetaucht und fasst nach meinem ausgestreckten Handgelenk. Der Schmetterling ist fort. Eine Stute am Halfter mit weißer Mähne und samtenem Fell spitzt die Ohren. Kostja riecht nach Teer, Tabak und Sonne auf der Haut. Von seiner Berührung zucke ich zusammen und fürchte, dass er es bemerkt.

»*Jejó sowút Rimma*. Rimma Katajewa, nach der Dichterin.«

Kostja führt meine Hand an das weiche Maul des Pferdes. »*Ty snájesch*, weißt du. Als Junge hab ich mir immer vorgestellt, dass eine gute Frau sich so anfühlt.«

»Fühlt sie sich so an?«, frage ich, und von meiner eigenen Kühnheit stockt mir der Atem.

»*Nje snáju.* Ich bin noch keiner begegnet.«

Kostja entnimmt der Brusttasche seiner Weste ein Stück Zucker von der Größe eines Dominosteins und fordert mich auf, es der Stute zu geben. Ich strecke die Hand aus. Das Maul, das meine Finger abtastet, ist weich, stark und zugleich sensibel. Ich überlege, wie Kostja wohl mich empfinden würde.

»Sie hat einen Familiennamen, damit sie etwas Besseres ist als die anderen Pferde.«

Kostja führt meine Hand über die Schulter des Tieres. Im Unterbauch spüre ich eine langsame Regung, und Kostja schnurrt. »Na Rimma, du tapfere alte Mähre. Scheinst heute gut zu Fuß zu sein.«

Im Birkenwald waten wir durch Maiglöckchen und Siebensterne. Butterblumenflaum schwebt über der Wiese. Weiter oben, bei einem zahnförmigen Stein, steht eine alte Eiche. In ihren Stamm ist eine winzige Stube mit verziertem Türrahmen und geschnitzter Decke eingebaut. Kostja zeigt darauf: »Das ist *pört*, das Häuschen der Bienen.«

Jetzt gibt es keine Bienen mehr. Ich habe irgendwo gelesen, dass die Bienen überall auf der Erde verschwinden. Niemand weiß, warum.

»Horch mal.«

Kostja ist stehengeblieben. Dann höre auch ich es. Das schwache Summen einer Biene. Ein einsames Exemplar fliegt von den Apfelblüten auf eine rote Knospe des Klatschmohns, die sich unter dem Gewicht des kleinen Körpers neigt. Kostja bückt sich zu ihr hinunter.

»Die Nährmutter sagte früher, dass Blumen und Bienen eine Laichzeit haben.«

Kostja hebt die Biene auf seinen Finger und setzt sie vorsichtig auf eine Blüte des Wachtelweizens, in die sie munter ihren Rüssel steckt.

»Hab keine Angst, die lieben sich.«

»War es gut, hier aufzuwachsen?«

»Ja und nein. Das versteht kein Außenstehender.«

Warum sollte er das nicht verstehen? Überall werden die Falschen gequält.

Kostja sieht mich forschend an, lässt das Halfter los. Rimma trabt los zu dem Sauerklee am Bachufer.

»Als ich letztens bei einer Frau war, da war es eine von Muksa gekaufte, oder gemietete, wie er es gern ausdrückt.«

Das verschlägt mir die Sprache. Noch nie hat ein Mann mir gegenüber zugegeben, dass er bei einer Hure war.

»So ist Muksa, er will die Kontrolle behalten.«

Kostja und Muksa waren vorletzten Winter bei einem Einsatz, sie klapperten die Straßen von Nischnij Nowgorod ab und kamen schließlich zu einem Barackengebiet am östlichen Rand der Stadt. Dort wohnten Bergmari. Muksa hatte zwei Mädchen, zwei Flaschen Selbstgebrannten und Crystal besorgt. Muksa und seine dralle Tatarin machten hinter dem Vorhang so einigen Lärm, aber das war nicht der Punkt. Kostja bekam kein Wort heraus, geschweige denn sein Ding zum Stehen.

»Das arme Mädchen, Tanja, hat sich bemüht und bemüht«, erzählt Kostja weiter. »Lass sein, *tau*, aber energisch, wie sie war, hat sie nicht aufgegeben. Verstehst du?«

Der Riese schämte sich nicht wegen seines schlaffen Penis, sondern weil die Hure so tat, als verstünde sie nicht. Dass er auch in dieser Situation nicht preisgeben wollte, dass er ein Mari ist. Das hatte etwas unendlich Trauriges und zugleich etwas Weltmaschineriehaftes. Der grüne Vorhang und das nackte, nichtsnutzige Mädchen, mit nichts als Stiefeln bekleidet. Kostja drückt dem Mädel die Hand auf den Mund und denkt, was für blöde russische Stiefeletten. Die Knöchel in rote Schäfte gezwängt, nicht in gestickte Gamaschen gewickelt, so, wie es schön gewesen wäre.

»Da lag ich und hörte zu, wie Muksa mit seinem Pummelchen umging. Das richtige Russentum ist dort irgendwo, und ich bibbere hier, ein ewiger Außenseiter. Mir war zum Heulen. So sehr hasste ich in diesem Augenblick Elna und mein Heimatdorf.«

Kostja bückt sich und wirft mich so leicht wie ein kleines Mädchen auf den Rücken der Stute. Die Behaarung seiner Arme ist von der Sonne gebleicht. Mein Venushügel drückt sich fest gegen die Kruppe, meine Schenkel umklammern die warme Flanke der Stute. Zum ersten Mal sitze ich hoch zu Ross. Gleicht Rimma Kostja nicht darin, dass sie nichts weiß von ihrer Kraft? Vorsichtig klopfe ich der Schimmelstute den Hals. »Hält sie mich aus?«

Kostja lacht. »Wenn sie will. Wenn sie gut zu Fuß ist.«

Kostja ergreift das Halfter und führt uns in Richtung der nach Luft schnappenden Zahnfelsen. Von weitem schallen Gesprächsfetzen aus dem Dorf herüber. Ich sehe mich um, kurz bevor der Wald uns verschluckt. Die Männer unten auf dem Feld freuen sich ausgelassen über ihre physischen Qualitäten, die Frau am Pflug hat sich bei der Arbeit den Knöchel verrenkt. Hunderte von Ascheschmetterlingen steigen über dem frischen Schwendland auf. Dann waten wir durch einen Bach, und die Stimmen bleiben zurück. Als wir über eine kleine Anhöhe wandern, ist mir, als würden wir in einen Kreis des Waldes eingeschlossen, zu dem niemand sonst Zutritt hat. Lichtstrahlen brechen für einen Augenblick alles zu einem bezaubernd geheimnisvollen Grün. Langsam wandern wir im Schritt über eine Felswiese mit gelben Ranunkeln, vorbei an einem schulterblattförmigen weißen Felsen, durch einen saftigen Ulmenwald.

»Dort hinter dem großen, pferdekopfförmigen Stein beginnt der Pfad, der zur Opferquelle führt. Den findet nur derjenige, der weiß, dass es dort eine Quelle gibt. Die Nährmutter hat immer sorgfältig darauf geachtet, dass wir beim Verlassen des Hains einen anderen Weg nahmen als den, auf dem wir gekommen waren.«

Ich nicke.

Als wir im Hain ankommen, senkt sich Stille herab. Die Ameisen drehen sich um nach uns, an den Baumstämmen läuft Harz herab. Weiße Tücher wallen als Gebete in den Zweigen. Dann werden die Farben matter. Wir sind am Tor des Opferhains. An Rimmas schweißgrau gewordener Flanke bleibt eine Spur zurück, als ich zu Boden gleite. Kostja schirrt das greise Pferd ab und schickt es mit einem klatschenden Schlag fort. Die Stute lacht auf und macht sich auf den Weg zu den Sauerkleestellen.

»Rimma sollte seinerzeit hier sterben, aber es kam anders.«

Ursprünglich war Rimma als Opferfohlen verkauft worden. Aber sie bestand die Prüfung nicht. Nach den alten Glaubensregeln musste ein Opferpferd sich schütteln, wenn es mit Wasser übergossen wurde. Der *kart* hätte des Pferd trotzdem geopfert, aber Elna verhinderte das. Ihrer Ansicht nach war Rimma ein besonderes Pferd. Kein Kosakengaul. Die breiten Schultern und der winterdicke Pelz. Oden hatte es heimlich mit einer Nadel gestochen, aber die Stute hatte nicht gemuckst.

»Vielleicht hat sie geschlafen«, überlegt Kostja. »Pferde schlafen im Stehen. Nährmütterchen Elna wusste solche Sachen immer am besten. Und Oden gehorchte.«

Ich versuche, mir den Anblick der Opferung eines Pferdes vorzustellen und wie das strömende Tierblut wohl riechen mag. Ob sich das Opfer im Augenblick des Todes fürchtet? Ob in den Betenden Leidenschaft oder Inbrunst aufkommt?

Wir stehen am hölzernen, bemoosten Tor des Hains, und Kostja zögert.

»Hast du mal so eine Opferung gesehen?«

Kostja zuckt die Achseln. *Konjéschno*, natürlich.

Das Opferfohlen wurde mit silbernem Zaumzeug an einen Baum gebunden, bevor ihm die Kehle durchschnitten wurde. Die ganze Zeit sprach der Priester beruhigende Worte zu ihm. Es tat nicht weh. Der *kart* schnitt der weißen *kobýlka* die Kehle durch.

»Und ich glaube«, überlegt Kostja, »dass das Tier es im Augenblick des Todes fast wollte.«

Der Riese wendet sich von dem Hain ab und zeigt auf den mit Flechte bewachsenen Felsen zwischen den Linden: »*Dawáj*, es ist besser, wir gehen etwas weiter weg. Dort ist der Gnadenfels. Zieh die Schuhe aus.«

»*Potschemú*, warum?«

»*Ja chotschú wídet twoí nógi*. Ich will deine Füße sehen.«

Kostjas Stimme bittet nicht. Der Riese sieht zu, plötzlich gespannt, als ich meine Schnürschuhe ausziehe. Meine Fußknöchel sind voller Kratzer von Farnen und Reisern, der blaue Nagellack ist abgeblättert. Ich fühle mich nackt, und schüchtern kralle ich die Zehen ins Moos. Kostja fordert mich auf, ihm zu folgen. Barfuß gehe ich hinter ihm her Richtung Felsen. Das Gras unter meinen Füßen gibt nach, eine Bülte schmatzt warm und angenehm wie Honig. Am Fuß des Felsens streift mein Fuß eine Brennnessel, der Schmerz lässt mich aufschreien. Kostja ergreift mich und nimmt mich auf die Arme. In der Ferne hinter den Feldern zeichnet sich der Wasserturm ab, dunkle Wolken ziehen am Horizont auf. Aber um uns schlingt sich die Luft gelb und weich.

»Der Hain ist heilig. Dahin kann ich dich jetzt nicht bringen.«

Kostja beugt sich über mich und drückt seinen Kopf in meine Halsgrube. Er atmet tief, saugt meinen Duft ein, flüstert: »*Niktó nje wídit*. Niemand sieht uns. Niemand kommt hierher. Die Sonnenmutter geht jetzt schlafen, die Mondmutter ist noch nicht erwacht. Nur

Kugu Jumo, der Allmächtige, sieht uns. Erzürnen wir ihn nicht.«

Kostja nimmt meine Füße, schnüffelt daran. Gute Füße, schöne Füße. Die verschwitzte Birke spielt mit dem Licht des Sonnenuntergangs, als ich in den dichter werdenden Schatten falle, halb gegen den Stamm einer umgestürzten Birke.

»Würdest du jetzt mit mir schlafen?«

Kostja antwortet mit rauer Stimme. »Risku-Frau. Bitte mich nicht. Befiehl!«

Ich schüttle den Kopf. Kann weder bitten noch befehlen. Ich umklammere Kostjas Handgelenke, drücke die Nägel in sein Fleisch.

»Lass los«, haucht er leicht gegen meine Stirn.

Lass los. Alles ist gut.

Die Hingabe geschieht so überraschend, dass ich gar nicht dazu komme zu zögern. Kostja dreht mich mit dem Rücken zu sich, schiebt mein Kleid hoch und drückt den Mund zwischen meine Beine. Meine Wange presst sich gegen Birkenrinde, Barthaare kitzeln meine Schenkel nur einen Augenblick. Der Riese war noch nie mit einer guten Frau zusammen. Aber doch mit einer Frau, eindeutig. Seine Griffe sind dieselben, wie als er die Stute hielt, seine Stimme gedehnt und ruhig, als er fragt: »Möchtest du wirklich? *Ty uwérena?*«

Ich wimmere. Ein warmer Mund schiebt sich gegen meinen und küsst mich. Das ist mir schon lange nicht mehr geschehen, nicht, nachdem ich in Helsinki vom Krankenhaus Meilahti zur Schwimmhalle Yrjönkatu ging. Ich schwor damals, nie wieder etwas oder jemanden zu begehren.

Plötzlich sehne ich mich danach, in jemandes Armen zu liegen. Nicht so wie Rainer: »Das Glück ist wie eine räudige Hündin. Man muss sie schlagen und auspeitschen, damit sie lernt zu gehorchen!« Kostja hält immer noch das Halfter in der Hand.

»Könntest du mich fesseln«, wage ich zu flüstern. »Mich in Sicherheit bringen.«

Einen Moment lang fürchte ich, eine Grenze überschritten zu haben, dass der Riese mich nicht versteht. Dass ich mich bedingungslos hingeben können muss. Ich muss gefesselt und gezwungen werden, sonst bin ich hässlich, frivol und geschmacklos. Der starke Mann über mir sieht mich einen Augenblick aufmerksam an, ich starre zurück, ich bitte.

»Darf ich?« Kostja nimmt den Ledergürtel und dreht mir die Arme auf den Rücken. Er summt einen Choral, der alt klingt. *»ER reitet mit silbernen Zügeln.«*

Ich lasse alles geschehen. Mit langsamen Bewegungen ergreift der Mann meine Handgelenke, fasst sie zusammen, bindet sie mit einem rauen Bastseil. Zähmt mein momentanes Verlangen, mich zu wehren, mit Worten, die ich nicht verstehe. Er fesselt mir Fußknöchel und Handgelenke, hebt meine Hüften so, wie das Ruder eine Seerose aus dem Wasser. An den Haaren zieht er meinen Kopf zu sich heran. Ich atme gegen Kostjas Hals, zu einem sicheren Paket geschnürt, ohne Möglichkeit, mich zu bewegen.

»*Jebi menja*, komm in mich.«

»Schsch, still«, murmelt der Mann und wickelt seinen Ärmel um meinen Mund. Der Stoff drückt sich mir in die Mundwinkel wie Zaumzeug, an dem ich geführt werde.

Kostja öffnet seine Hose, lehnt mich gegen den Baum wie ein Kind. Dann, ohne noch etwas zu fragen, schiebt er sich langsam in mich. Seine gewaltigen Schenkel pressen sich gegen meine Flanken, sie lenken, schmiegen sich an mich, zuerst im Schritt, dann in langsamem Trab. Ich drücke den Mann in mich, sauge ihn ein in meine Enge. Zwei fremde Wesen verschmelzen zu einer einzigen Bewegung. Mein Saft mischt sich mit dem Saft der Erde, die Feuerspuren fliehen irgendwo vor der untergehenden Sonne, die vom Abend geborenen Eidechsen reiben ihre pergamentdünnen Bäuche gegeneinander, der frisch geschlüpfte Feuerfalter öffnet seine Flügel und schiebt seinen schwanenweißen Rüssel zum ersten Mal in das trichterartige Innere der Glockenblume.

Die Grillen zirpen, die gefiederten Samenfallschirme schweben durch die Luft, die tiefen Gewölbe der Blaubeersträucher, die durchsichtigen Waldgeister, die sich an den Baumstämmen reiben. Im Schatten der Augentrost starrt uns ernst an, aber ich kümmere mich nicht um seine Blicke. Kraft durchströmt mich. Mein tonloser Orgasmus weht die Waldvögel in die Flucht. Lange pulsiere ich gegen den Mann, lange und jubelnd. Ich habe ein Recht darauf.

Kostja befreit meine Arme von den Fesseln und massiert mir vorsichtig Blut in die Handgelenke.

»*Moj ljubímyj*, mein Geliebter«, flüstere ich und bin selbst überrascht davon.

Wir liegen nackt auf dem bemoosten Felsen neben dem Opferhain, wo das wilde Gras Schutz vor den unten auf dem Feld Umhergehenden bietet. Kostjas Brustkorb hebt und senkt sich vor dem flammenden Horizont, so dass ich vom Schatten ins Licht komme und zurück in die Dunkelheit sinke.

Dorf Lawra, 2015

Verna

»Erzähl mir eine Geschichte.«
Der Riese stupst mich mit dem Kopf in die Seite, als überlegte er.

»Na, hör zu. Ich gebe Gorbatschow persönlich die Schuld daran, dass ich nie ein Moped gekriegt hab.«

Ich streichle Kostja die Brust. »Red ernsthaft mit mir. Mach keine Witze.«

Ich recke mich, um den Riesen aus der Nähe zu betrachten, so dass ich den Duft der Sommersprossen und seinen warmen Atem auf meiner Wange spüre. Da lacht Kostja: »Glaub mir, ich sag dir die Wahrheit! Der Genosse Michail Sergejewitsch Fleckenkopf Gorbatschow hat auch diesen Traum zerstört.«

An einem Januartag im Jahr einundneunzig, in dem letzten Winter, als es noch die Sowjetunion und in der Welt noch etwas Vernunft gab, verbrachte Kostja seinen Winterurlaub in Nischnij Nowgorod. Er stiefelte zum Konsumladen des Dorfes um nachzusehen, ob es dort etwas zu kaufen gab. Den ganzen Monat war Kostja hinter Elna hergetrottet und hatte nur um eines gebettelt: ein rotes Lenin-231-Moped. Ein Foto davon hatte er aus der Komsomol-Zeitung ausgeschnitten, und ein Exemplar davon wartete im Schuppen des Dorf-*natschálniks* Gennadij Popow.

Kostja stapft zum Konsum und sieht, dass die Leute sich um die Wandzeitung versammelt haben. Ihm schwant nichts Gutes. Und da ist sie. Die rote Schlagzeile, wie sie nur beim Tod eines Staatsführers verwendet wird. Jetzt steht da: Genosse Michail Gorbatschow hat beschlossen, sämtliche Rubelscheine im Wert von hundert und fünfzig Rubeln für ungültig zu erklären. Die Bankkonten werden so eingefroren, dass die Menschen nur fünfhundert Rubel im Monat abheben können.

»Geld weg von den Spekulanten des Schwarzmarkts!«, wird in der Wandzeitung gelobt.

Das gewöhnliche Volk hat keine Eile, die Geldscheine können innerhalb von drei Tagen in neue umgetauscht werden.

Was für eine lächerliche, gemeine Lüge!

»Ich hab sofort kapiert, dass meine Träume *uleteli w trubu*, sich in Luft aufgelöst hatten. Die Busse verkehrten nicht, denn die Treibstoffkontingente waren verbraucht, und zu Fuß zur Bank nach Joškar-Ola zu gehen, das war nicht zu schaffen.

All die glatten Geldscheine, die Kostja sich mit der Reparatur der Kolchostraktoren, mit dem Beschlagen der Pferde und dem Rupfen von Gänsen verdient hatte. Kostja schnaubt. Natürlich ist es fraglich, ob der Genosse Popow ihm sein Moped überhaupt gegeben hätte. Als waschechter Sowjetbürger witterte Igors Vater Kostjas Sehnsucht nach der Materie und nutzte sie schamlos aus, indem er ihn wochenlang einen Lajka-Traktor aus dem Jahr 1948 reparieren ließ, aus dem er selbst die Kurbelwelle gestohlen und dagegen Eier eingetauscht hatte.

»Am Genossen Popow habe ich mich gerächt und ihm danach alles verziehen, macht sich doch dieser Wodkarüssel regelmäßig in die Hosen, wenn er mich und Muksa sieht. Aber dem Genossen Gorbatschow habe ich ganz und gar nicht verziehen, und manchmal denke ich, ohne seinen Trick hätte aus mir ein anständiger Mensch werden können.«

Ich versuche zu verstehen, wie das Leben im Dorf zu sowjetischer Zeit aussah. An allem herrschte Mangel, und Mangel herrschte überall, das ist uns im Westen ja bekannt. Aber was bedeutete das? Dass es für Valentina Tschereschnikowas Sohn keine Medikamente gab, als er Keuchhusten hatte, dass in der Kantine des Kolchos ein Bügeleisen fehlte, dass Oden Schlangenzunge eine Axt gebraucht hätte. Es mangelte an Handtüchern, Schlössern, Staubsaugern, Pulten, Zahnpasta, Matten und Apfelsinen. Nur Mütterchen Elna Michailowna schien merkwürdig befriedigt, so als wäre sie über alles erhaben und vermisste nichts. Aber auch das war nicht gut, überlegt Kostja.

»So was macht die Leute nervös. Einmal versuchte ich ihr zu erklären: Wenn jedem etwas fehlt, herrscht Gleichgewicht. Die Menschen helfen einander, sie haben zwei Wirtschaften, eine offizielle und eine richtige. Wenn alle hinter einer Maske leben, herrscht Sicherheit, weil die Masken selbstverständlich sind und unsichtbar werden. Wenn aber ein einzelner Mensch nichts möchte und folglich keine Maske braucht, gibt es *problemy.* Wenn auch nur eine einzige Person keine Maske benutzt, dann werden die Masken der anderen sichtbar.«

Mich beeindruckt, dass der Hüne mit mir wie mit seinesgleichen spricht.

»Ich verstehe«, sage ich, obwohl ich keineswegs verstehe.

»Das Fehlen von Begehren ist *stranno, njenormálno.*«

»Als ich in die Militärschule kam, rate mal, was ich da im Holzrahmen mit Pferdeleim bekam?«

Vielfach war es üblich, dass Mutter oder Großmutter dem jungen Mann ihr eigenes gerahmtes Foto mitgaben. Nicht so Elna.

Kostja bekam einen knittrigen Zeitungsausschnitt mit.

Darauf war das Foto einer völlig fremden Frau, Genossin Kláwdija Plótnikowa. Die letzte Kamassin, die schon seit den fünfziger Jahren niemanden mehr hatte, mit dem sie sich in ihrer eigenen Sprache hätte unterhalten können.

»Damit du dich daran erinnerst, dass es die Sprach-Pottasche ist, die den Menschen an seinen Wurzeln hält.«

Aber gerade diese Wurzeln wollte Kostja vergessen.

»Schande zu beschreiben ist schwierig.«

Wirre Gedanken wirbeln in meiner weichen Hirnschale durcheinander wie Falter, die zufällig in das Licht einer Straßenlaterne geraten. Mir kommt ein Gedanke, und ich folge ihm träge, als finge ich eine Schneeflocke mit der Zunge. Muksa und Kostja wollen, dass die Dorfbewohner ihren Grund und Boden verkaufen, damit dort der Staudamm von Tscheboksary entstehen kann. Aber in Vaters Briefen habe ich gelesen, dass ein solcher Staudamm schon vor ungefähr zwanzig Jahren gebaut worden ist. Damals wurde ein Fünftel von Mariland überflutet. Laut denke ich weiter: »Wenn das Staudammprojekt nicht die eigentliche Aufgabe ist, warum ist Muksa dann so wütend?«

Kostja hebt die Hand schräg vor die Sonne und spreizt die Finger so, dass ihm die Schatten auf das Gesicht fallen.

»Muksa ist neidisch.«

»Warum?«

»Weil man mir einen Sonderauftrag erteilt hat, von ganz oben.«

Aus Kostjas Stimme ist sowohl Stolz als auch Verlegenheit herauszuhören. Er rollt sich auf die Seite, und ich sehe, dass er schon lange mit jemandem darüber sprechen wollte. Eine Aufgabe aus dem Innersten Moskaus, aus dem Hauptquartier des FSB, der Lubjánka. Für das kleine Mäuschen, wie Muksa Kostja gern herabwürdigt.

Diese Konstellation wurmt Muksa natürlich, er steht kurz vor dem Explodieren – aus blankem Neid.

»Von wem kam der Befehl?«, frage ich und halte den

Atem an. »Dass du hierherkommen musst, um den Boden einzufordern.«

»Zuerst dachte ich, von irgendeinem Offizier des National Security Service, der in Rente gegangen ist.«

»Was ist das, eine Organisation?«

»Ein fast aufgelöster Aufklärungsflügel des FSB, sie betreiben nur noch verdeckte Aktivitäten in unfertigen Geschichten, die 1991 begonnen wurden. Aber in Wirklichkeit war es der ›Pathologe‹. Der Boss der Nachthunde.«

Kostja zeigt mit einem Grashalm irgendwohin in das tiefer gelegene Land, will offensichtlich das Thema wechseln.

»Da ist dein Vater hingegangen. Und kam von hier. An jenem Abend.«

Ich starre auf den Waldrand hinter dem Wasserturm. Was hat Vater dort gesucht? Und wieso kennt Kostja seine Wege?

»Genau das war es doch. Ich sollte ein Gerät suchen. Das kann mit ausländischen Interessen zusammenhängen, mit Bodenschätzen oder einer Ölpipeline.«

Wir werden von einem Wiehern und einem darauffolgenden Fluch unterbrochen.

»Weg da, du alte Schindmähre, wirst du wohl mein Kleid in Ruhe lassen!«

Ich krieche vor, um einen Blick unter den Felsvorsprung zu werfen. Im Gegenlicht hätte ich die weißhaarige Gestalt fast nicht erkannt. Dann begreife ich: natürlich! Am Ackerrain hockt Elna und gräbt, abgehackt ächzend, mit dem Pilzmesser eine knollige Wurzel aus. Die weißen Blüten der umgefallenen Pflanze sind noch geschlossen, aber für mich sieht sie aus wie großer Kerbel. Ein Favorit des Tagpfauenauges, *Anthriscus sylvestris.* Kostja springt über die Mädesüßstauden und ruft, das Gesicht hochrot: »*Poro wady*, guten Abend. Was machst du da, Nährmutter?«

Die Alte erschrickt, sie steckt die Wurzeln in ihren Spankorb.

»Ich heize die Sauna. Brauche was für die Badequaste.«

»Hättest du mir nur Bescheid gesagt, dann hätte ich Zweige mitgebracht, als alter Mensch brauchst du doch nicht durch die Büsche zu stolpern.«

»So gebrechlich bin ich noch nicht. Geh da weg, Waldjunge!«

Elna wirft einen mürrisch-wissenden Blick auf uns. Wir sehen zu, wie sie aufgebracht davontrippelt. Kostja schüttelt den Kopf, kratzt sich. In dem Spankorb war kein Zubehör für Badequaste.

Was dann?

Kostja reibt sich das Kinn.

»Tollkirsche vom vergangenen Jahr, so eine schwarze Rosine. Solche hat eines der Dorfgören mal jungen Katzen und Kälbern zu fressen gegeben, die sind alle erst verrückt geworden und dann krepiert.«

Kostja stößt mit der Stiefelspitze gegen eine Riesenpflanze: »Und das hier ist Wasserschierling.«

Kostja streicht sich zerstreut über die Schenkel.

»Weißt du, bei uns in der Militärschule brachte man uns vierzehn verschiedene Arten bei, wie der Mensch sein Lügen verschleiert. Und irgendwie schien es mir, als hätte mein Nährmütterchen Elna sie munter allesamt benutzt.«

Ich umfasse Kostjas Nacken und ziehe seinen Kopf herab, um ihn zu küssen. Lächerliche, unnatürliche Gedanken blubbern auf der öligen Fläche meiner Psyche. Was hatte doch Kostja über den Spezialauftrag gesagt, den er bekommen hatte? Was hatte Kostja eigentlich beim Wasserturm gemacht? Warum ist er meinem Vater Henrik gefolgt? Vater, warum bist du nicht hier, um mir zu sagen, was ich suchen soll?

Und dann die Nachfreude über die gerade geschehene Liebesarbeit.

Gerade bin ich im Wald gefesselt und genommen worden von einem fast fremden Mann.

Das bereue ich nicht.

Nach langer Zeit bereue ich es nicht.

Wir brechen auf und steigen den dunkelnden Pfad hinab, den aufflammenden Lichtern des Dorfes entgegen. Ein Gewitter kündigt grollend sein Kommen an. Morgen werde ich ernstlich überlegen, ob ich dem Mann verfallen bin, der meinen Vater getötet hat.

Workuta, 1937

Irga

Ich erwachte von einem Grauen, das die Brust einengte und nach Sulfat stank. Es hat eine *Schlagwetterexplosion* gegeben. *Ich sitze in der Falle.* Ich wusste, dass man wegen des Alarms die Stollen schließen und niemanden herauslassen würde, solange die Gefahr nicht vorüber war. Ich versuchte, aus der engen Stelle herauszukommen, aber bei einem neuerlichen Erdstoß regnete ein Haufen Kohle auf mich herab, und ich konnte nicht mehr erkennen, welche Richtung zur Erdoberfläche und welche ins Reich der Toten führte. Ich lag Hals über Kopf, die Beine irgendwie schlaff Richtung Erdmittelpunkt hängend, versuchte, den Mund zu einem Hilfeschrei zu öffnen, aber ihm entrang sich nur ein dünnes Pfeifen. Am Gaumen sammelte sich Kohlenstaub. Panik übermannte mich. Ich war lebendig begraben. Nein, nicht das, nicht das! Ein Alptraum, an dem ich von klein auf gelitten hatte, war Wirklichkeit geworden. Im Alter von acht Jahren wurde ich am Jungfernberg von einer Schneelawine verschüttet. Ich erinnere mich, dass ich einem Skoltjungen gefolgt war, der einen langen Fellmantel trug, und dass wir beide unter dem Schnee begraben wurden. Wir lagen unter einer zwei Meter dicken Schneeschicht. Wir atmeten dieselbe Luft. Ich starrte dem Jungen in das gefrierende Gesicht und schnappte nach der Luft, die immer langsamer in meinen Lungen kreiste. Es dauerte vier Stunden, ehe mein Vater, der Weiße General, mit seinem Hundegespann mich holen kam. Ein Hund fing dort an zu jaulen, wo ich lag, und so konnte der Suchtrupp an der richtigen Stelle graben.

»Hab keine Angst, Irga, hier ist Vater.«

Der Weiße General trug mich auf seinen Armen nach Hause und flüsterte mir zu, er werde niemals zulassen, dass mir so etwas noch einmal passiert. Aber das zweite Kind, das neben mir in der kleinen Luftblase geatmet hatte, wurde nicht gefunden. Es war ein Geist gewesen, der mich in die Irre geführt hatte, und das habe ich nie jemandem erzählt.

Ach, wo bist du jetzt, Vater? Ich verspreche dir, nie wieder gegen deinen Willen zu handeln. Ich werde meinem Fleisch die Lüsternheit austreiben, ich gehe ins Kloster, wenn du mich nur hier wegholst.

Aber Vater kommt nicht.

Das Gewicht der Gesteinsmassen drückt mir aufs Brustbein, aber dank eines Gnadenerweises ist mein Leib nicht zerquetscht worden. Ein Rat meines Vaters fiel mir damals ein: Wenn man unter einer Lawine nicht mehr weiß, wo oben und unten ist, muss man versuchen zu spucken und aus der Fließrichtung der Spucke schließen, wie man liegt. Ebenso wie man in der Gefahr, zu ertrinken, den Luftblasen an die Oberfläche folgen muss. Mit großer Mühe bekam ich zwei klebrige Tropfen Spucke aus dem Mund. Sie rinnen mir die rechte Wange herab. Ich liege also auf der rechten Seite. Was tun? Beim letzten Mal grub mich der allmächtige Weiße General aus dem Schnee aus.

Vorsichtig bewegte ich eine Schulter. Zu meiner Verwunderung konnte ich auch den Arm so bewegen, dass ich einiges Gestein von mir hinuntergeschoben bekam. Das war zum Glück leichter Schiefer. Ich wiederholte dieselbe Bewegung, immer wieder und wieder. Schieben. Ausruhen. Schieben. Ausruhen. Dabei achtete ich ständig auf meinen Bauch, damit nicht noch mehr Gestein darauf fiel.

Es dauerte bestimmt viele Stunden, bis ich endlich unter dem Kohlehaufen hervorkriechen konnte, der mich unter sich begraben hatte. Auch diese kleine Freiheit verschaffte mir Erleichterung, aber ringsum herrschte immer noch Finsternis. Ich leckte an meinem Finger und versuchte, so einen Luftstrom zu erspüren, aber die Schwärze hielt mich fest umwickelt. Plötzlich fiel mir ein, dass Elna mir bei unserer ersten Begegnung beigebracht hatte, wie man Feuer macht. Mit zitternden Händen zupfte ich Fasern aus meiner Wattejacke und formte daraus einen Ball. Dann ertastete ich einen Kohleklumpen und versuchte, damit Funken zu schlagen. Das gelang nicht. Ich kramte in meiner Jackentasche und fand tatsächlich ein Stückchen Süßholz, das ich zur Zahnreinigung verwendet hatte. Ich rieb es eine Ewigkeit lang an meinem Jackenstoff, bevor ein winzig kleiner Funke absprang. Meine Freude war sicherlich unmäßig und verfrüht. Wahrscheinlich würde der Funke erlöschen und ich wieder in der Dunkelheit versinken. Aber es geschah ein Wunder. Ich schob die brennende Watte an den Docht meiner Lederlampe und hielt den Atem an. Er fing Feuer, die Lampe brannte!

Jetzt sah ich die Richtung, in die ich gehen musste.

Ich schleppte mich, meinen Bauch haltend, einen schmalen Stollen entlang, von dem ich annahm, dass er sich am alten Ende der fünften Sohle befand. Ich schaute in den Schacht hinunter. Grauer Pestdampf schwebte wie ein schwerer Teppich am Grund des Stollens, aber nach oben steigen konnte er nicht, denn der Luftstrom dort riss von der Wolke Fetzen ab wie von einem Zuckerwattebausch. Ich überlegte, ob in meinem eigenen Stollen noch Gas war, das explodieren konnte. Mein Bedürfnis nach Licht besiegte die Angst. Ich spürte, dass sich eine neue Wehe ankündigte.

Da hörte ich etwas. Ein Geheul, ein menschliches Stöhnen. Instinktiv ging ich auf die Stimme zu, eher in der Hoffnung, gerettet zu werden, als selbst zu retten. Großer Gott, mein Kind wollte auf die Welt kommen! Ich durfte doch hier nicht allein bleiben!

Inmitten von Staub und eingeknickten Stempeln unterschied ich eine Gestalt, eine zweite. Ich schlich näher heran. Das erste, einigermaßen verschont gebliebene Opfer lebte. Ein zwergenhafter Tapergreis, sein knöchernes Brustbein hob und senkte sich unter Geröchel. Neben ihm lag schlaff ein junges Mädchen, dessen Unterleib von herabgestürzten Deckenbalken und Steinblöcken zermalmt worden war. Selten habe ich einen Menschen in so erbärmlichem Zustand gesehen. Da war nichts mehr zu machen. Der hässliche Alte neben ihr heulte in einer Sprache, die mir irgendwie bekannt vorkam.

»Lass Opa Tiite nicht allein, ich sterbe!«

Ich war überrascht. Finnisch, wenn auch mit merkwürdigem Akzent. Es war das erste Mal, dass ich, nachdem ich meine Heimat verlassen hatte, die Sprache meines Volkes hörte. Dort, in den Tiefen der Finsternis, erschien mir das wie eine Fügung. Eine neue Wehe machte, dass sich mein Körper vor Schmerz zusammenkrümmte. Mein Verstand sagte mir, ich müsse die beiden zurücklassen und versuchen, mich selbst zu retten. Aber die Kraft der eigenen Sprache ist so groß, dass ich es nicht übers Herz brachte, den gebrechlichen alten Mann seinem Schicksal zu überlassen, zumal er so einen Wichtelnamen hatte, Opa Tiite. Außerdem konnte ein anderes Lebewesen mich in diesem Höllenschacht vielleicht trösten, falls wir den Weg hinaus nicht finden würden. Und wenn ich bei der Geburt sterben sollte, könnte das Wichtelmännchen vielleicht das Kind retten. Oder falls der Alte stürbe, könnte ich vielleicht von ihm ein paar zähe Fleischstücke abbeißen, um am Leben zu bleiben. Solche Gedanken wirbelten mir durch den Kopf.

Ich half dem Erdgeist auf. Er konnte sich aus eigener Kraft bewegen, wenn auch mühsam.

»Was jetzt?«

Ich wollte umkehren und in die Richtung gehen, aus der ich gekommen war, denn die Strecke vor uns war anscheinend verschüttet. Tiite war jedoch anderer Meinung. Dort lang, dort lang müssen wir gehen, deutete er hartnäckig in die Dunkelheit und zwirbelte das Ende seines Bartes.

»Dort geht es hinaus. Der verlassene Bergwerksschacht am Ende der vierten Sohle.«

Ich zögerte. Vielleicht war die Zipfelmütze noch verwirrter als ich. Trotzdem machte ich mich auf den Weg in die Richtung, die Tiite gewiesen hatte.

Schließlich kamen wir in einen von Laternen beleuchteten Stollen, in dessen Ende eine Erweiterung für das Wenden der Hunte geschlagen worden war. Die Flamme in meiner Lederlaterne begann zu flackern und zog sich in eine bestimmte Richtung. Könnte es wahr sein? Mit klopfendem Herzen leuchtete ich die Wand ab. Zuerst sah ich eine rostige, verbogene Leiter, dann die Mündung eines Lüftungsschachts. Ich kletterte die Sprossen hinan, ohne noch abwarten zu können, ob der Alte hinter mir die Kraft hatte, mir zu folgen. Ich musste hinaus und in die Krankenbaracke! Mit zitternden Beinen kletterte ich auf die nächste Sohle, blieb stehen, hob die Laterne. Die Flamme flackerte weiterhin und zeigte einen Luftstrom an. Überall war es still und gespenstisch, ich befand mich in einem aufgelassenen Teil des Bergwerks. Dann waren von ferne, vom Ende des Stollens her, Stimmen zu hören. In deren Richtung kroch ich los, während ich Tränen der Dankbarkeit und Erleichterung vergoss.

Workuta, 1937

Irga

Ich versuchte, vorsichtig vorwärtszukriechen, obwohl ich Kontraktionen hatte. In immer kürzeren Abständen traten die Wehen ein und ließen für einen Moment wieder nach. Auf dem Weg zum Wald hatte Elna mir erzählt, das bedeute, dass das Kind seinen Kopf vorschiebe. *Ach, meine Herzensschwester!* Wie habe ich mich doch nach deinem sanften Griff, deinen Ratschlägen gesehnt! Nach dem beruhigenden Bad, das du mir versprochen hattest, nach deinen Gebeten, den Liedern, die du summtest. Ich versuchte, durch den Mund zu atmen, wie Elna es mir geraten hatte, und erinnerte mich auch daran, dass es gut wäre, rote Blumen wie die Kuckuckslichtnelke und die Heidenelke zu bekommen zum Schutz des Kindes gegen Anämie und Blutkrankheiten. Faulbaumwasser gegen Geburtsschmerzen. Aber woher sollte ich jetzt Blumen nehmen? Nirgendwoher! Ich erinnerte mich auch noch an andere gutgemeinte Ratschläge: »Bei uns sagt man, die Mari-Frau ist so fleißig, dass in der Zeit, wo eine Tungusin oder Mordwinin mal im Gebüsch verschwindet, die Mari-Frau inzwischen schon ihr Kind geboren und gewindelt hat und wieder an den Pflug zurückgekehrt ist! Du bist von demselben Schlag, Schwester, du schaffst das!«

Die nächste Wehe schüttelte meinen Körper. Wie will

die Schwester das alles wissen, sie hat nie geboren und phantasiert sich das alles zusammen. Du schaffst das! Der Schmerz ist nichts als ein Gemütszustand. In mir stieg Ärger hoch. Komm doch selbst hierher an den Pflugsterz und spann alle Kräfte an, du Rentierkuh ohne Kalb, verdammte dumme Pute! Die von meinem Geschimpfe erzeugte Wut bewirkte, dass ich die wenigen Schritte bis zum Ziel durchhielt, obwohl ich mich gleich für meine hässlichen Worte schämte. Verzeih mir, Elna, wenn du doch hier wärst! Ich warf einen Blick zurück, aber Opa Tiite war nicht zu sehen. Ich konnte nicht mehr auf ihn warten.

Das Stimmengewirr wurde deutlicher, ich konnte schon einzelne Schimpfworte heraushören. An der Decke der Höhle, die sich vor mir öffnete, tanzten Schatten, jemand brach in das grölende Lachen eines Stockbesoffenen aus, es roch nach Bärenklauschnaps und Machorka. Menschen! Die Rettung! Vielleicht war ich, ohne es zu merken, in eine andere Wirklichkeit außerhalb des Lagers geraten, wo eine Schar fröhlicher und gesunder russischer Bauern wartete ohne eine Ahnung von den im Erdinneren wütenden Schrecken. Instinktiv ging ich jedoch beklommen weiter. Waren gar nicht alle Stollen versperrt? Würde ich Schwierigkeiten bekommen, weil ich mich hier befand, obwohl das Bergwerk versiegelt war? Eine Ziehharmonika spielte, eine slawische Geige klagte. Die Musik drang mir unter die Haut, mich schauderte. Dennoch ließ mich das zögern. Was war das hier für eine Veranstaltung?

Im letzten Moment blieb ich stehen und versteckte mich hinter einem Felsbrocken, um mir ein Bild von der Lage zu machen. In der hohen, durch Abbau entstandenen Höhle mit Wänden wie aus Knochen lärmte eine Horde von Häftlingen und Wachleuten. Der Raum war etwa so groß wie die Kirche von Liinahamari. An den Wänden unterhalb der Entlüftungskanäle waren primitive Feuerherde gemauert worden, die gespenstische Schatten an die Wände warfen. Rentierfelle und Decken waren über die Sitze der unterschiedlichen Gruppen gebreitet. Es stank nach Tran, Branntwein und Schweiß. Ich erkannte die Lagerkommandanten: den kleinwüchsigen Maksimowitsch und den gewaltigen Minimow. Dort hockten sie friedlich beisammen und steckten sich mit der Messerspitze Konservenfleisch in den Mund, das sie wer weiß wo gestohlen hatten. Tätowierte Kriminelle, einige gewöhnliche Taugenichtse und schrille Mädchen für alles, die sich im Rahmen der Möglichkeiten des Lagers geschminkt hatten. Orientalische ausdruckslose Maurer und neuangekommene Bangbüxen, die vermutlich gewaltsam hierher geschleppt worden waren, um ausgenommen zu werden. Dort machte sich Blumenkohlohr zu schaffen, an den Füßen meine guten Stiefel. Neben ihm auf einem mit Samt bezogenen, vielleicht während der Revolution aus einem Adelspalais gestohlenen Thron ein Magnat mit schwellendem Fleisch, der sich die Goldzähne mit einem Knochenstäbchen reinigte. Auf seinem Schädel saß lose ein Rosshaartoupet. Im Meer der geschorenen Köpfe stach es wie eine putzsüchtige, frivole Bülte hervor. Dort thronte zurückgelehnt ganz eindeutig der Herrscher über diese Leute, ZAR. Als Handlanger der Zeremonie wuselten der leicht erkennbare Rotkopf und der wiehernde Gaul. Jetzt warf Zar angewidert seine Konservendose aus der Hand: »Warum gibt es hier kein anständiges Essen?«

Der Herrscher klagte, sein Magen leide unter der verfaulten Sowjetpampe. Froschlaich! Dreckschlamm!

Gaul eilte herzu und kredenzte grusinischen Wein aus einem leckenden Fässchen.

»Kann mir jemand sagen, was hier am Arsch der Götter wächst?«, verlangte Zar zu wissen. »Jemand, der von hier stammt?«

Gaul zerrte einen bibbernden Spitzbart, einen Politischen, hervor. Er erklärte, dieser Luftikus stamme nicht eigentlich aus der Gegend hier, sei aber eine Art Agronom und Ingenieur aus Kasan. Er sollte erzählen, was hier, nördlich des Polarkreises, eigentlich wuchs.

»Ka-kartoffeln vielleicht«, flüsterte der arme Ingenieur.

Falsch! Der Fürst hob seine Pistole und schoss den Mann ins Bein. Der klappte zusammen und fiel wimmernd zu Boden.

Zar warf die Flasche aus der Hand und brüllte: »Pieps da nicht rum, du Stinkmarder, oder ich schneid dir den Kopf ab. Was wird hier gegessen, wenn nicht Kartoffeln?«

»I-ich weiß es nicht.«

Ein neuerlicher Schuss ließ das Blut aus der rechten Flanke des Mannes hervorsprudeln.

»Ein Königreich für den, der eine des Fürsten würdige Mahlzeit erdenkt.«

Ein armer Nenze, der gerade sein Messer eingebüßt hatte, öffnete den Mund zu einer zahnlosen Erkenntnis: »Rentier!«

Zar breitete die Arme aus. Vortrefflich!

»*Sdórowo!* Rentier! Wir müssen hier was Ordentliches zu beißen kriegen.«

Der Nenze wurde von der feiernden, johlenden Menge auf die Schultern gehoben, und Musik erschallte.

Endlich verstand ich, wohin ich geraten war. Die unterirdische Stube. Die Höhle. Ein bestens geeigneter Schützengraben für Glücksspiel, Erpressung und Menschenhandel, funktionierende Entlüftung und alles. Ein seit den Anfangszeiten des Lagers erhaltenes, aufgelassenes Bergwerk, jetzt die Spielwiese der Kriminellen, der *Blatnój*. Pritschen als Tische und Stühle, am Kartentisch der Platz des Gebers, hergerichtet aus einem ehemaligen Pilotensitz. Auf einem Steinblock Logbücher, eine Kerze und ein Schachbrett. Am Rand ein grinsender Totenschädel. Im Mittelpunkt des Ganzen der Thron, auf dem Zar

Hof hielt. Anscheinend verfügte er über ein beachtliches Reich. Mir fielen Olgas Worte ein: »Von der Höhle, da haltet ihr euch fern. Da werden solche kleinen Backfische als Vorspeise verschluckt und die Gräten direkt in die Hölle gespuckt.«

Die Welt des Glücksspiels, wo um alles gewettet wurde. Offenbar war gerade ein Würfelspiel im Gang gewesen, dessen Gewinner einen an den Stuhl gefesselten gelbgesichtigen Tataren mit dem Messer ins Bein stechen durfte. Der stöhnende Mann hatte anscheinend schon drei blutige Wunden an verschiedenen Stellen des Körpers.

Zar sah man sofort an, dass er ein Psychopath war. Die anderen waren sicherlich erst im Lager so geworden, aber bei Zar konnte man sich vorstellen, dass er von Anfang an so gewesen und hier so richtig in seinem Element war. Ein selbstgefälliger Macker, ein Schmarotzer. Mir fiel ein, was die Genossin Olga über den Boss der *Blatnój* und die Höhle erzählt hatte: »Dort wird nicht nur unter dem Einfluss von Wodka, sondern auch von Morphin und Äther gespielt. Und mit Kodein, einem neuen Medikament, das den Menschen binnen kurzem zum Tier werden lässt.«

Von einem Medikament konnte jeder abhängig werden. Vor allem wurde Kodein eingesetzt, um Patienten mit Knochenbrüchen schnell arbeitsfähig zu machen. Da hinkten sie selig in die Bergwerke und kamen ein paar Tage später mit noch kaputteren Knochen zurück.

Noch aufgedrehter, verschwitzter.

Bereit, für eine neue Spritze alles nur Erdenkliche zu tun.

»Na und, die Genossin Olga Semjonowa erledigt das. Mit Sowjetstolz!«

Dann aber müssen die armen Würstchen schon um ein paar Tscherwonzen willen ihr Glück in der Höhle versuchen. Und verlieren alles und sind zu allem bereit.

Je abscheulicher die Herausforderung, desto besser.

Ich überlegte. Durch die Stollen konnte ich nicht zurückkehren. Ich war erschöpft, außerdem verrieten die in immer kürzeren Abständen auftretenden Wehen, dass die Geburt begann. *Wo bist du, meine Schwester Elna?*

Workuta, 1937

Irga

»Hilfe! *Hjälppiä!*«

Ich hatte die Hoffnung schon fast aufgegeben, dass Tiite es über die Leiter bis auf diese Sohle schaffen würde. Jetzt mümmelte der alte Bergmann neben mir mit seinem zahnlosen Mund: »Wir überleben das. Opa Tiite macht das schon!«

Und noch einmal, ehe ich ihn daran hindern konnte: »Hilfe! *Hjälppiä!*«

Natürlich wurden wir entdeckt. Sie zerrten uns aus unserem Versteck hervor. Tiite wurde gegen einen Steinblock geschleudert, so dass er das Bewusstsein verlor, sein Schädel krachte beängstigend. Die Ziehharmonika verstummte, und den abgewrackten Huren verschlug es endlich einmal die Sprache. Dann johlte mein alter Freund, der Genosse Kapustnikow: »He, die da kenn ich! Die wollte mir mit einer Schachfigur das Brot abluchsen!«

»Soso, mit einer Schachfigur!«

Zar winkte mich näher heran. »Komm her, *djéwuschka*, und sag, wie du heißt.«

»Sie kann nicht sprechen, sie hat keine Zunge«, erklärte Blumenkohl eifrig.

»Also ein stummer kleiner Vogel? Er kann nicht davonfliegen und jemandem etwas auszwitschern?«

Tja, ich würde nichts petzen können. Ich stellte fest, dass die Kunst des Schreibens auch weiterhin nicht als wesentliche Bedrohung galt. Außerdem hatte ich schon bemerkt, dass Stummheit etwas hat, was Unterdrücker begeistert. Eine Frau! Mit der man machen kann, was man will, ohne dass sie um Hilfe rufen würde.

Tätowierte Hände fesselten mich mit Aufzugseilen an einen geschwärzten Stempel.

»Worum spielen wir also?« Zars Frage erschallte über den still gewordenen Männern. »Und mit welchem Spiel?«

Mir klangen Olgas Worte im Ohr: »Dort wird um alles und jedes gespielt. Je grausamer ein Zug, umso mehr Spaß haben die Spieler.«

Die Männer überlegten.

»Probiert es mit diesem Spiel, diesem Schach.« Blumenkohl fühlte sich stark.

Zar rümpfte die narbige Nase. »Ja, Schach ist das Spiel des Lebens. Will jemand gegen MICH spielen?«

Auch diesen Worten folgte ein Stimmengebraus. Schließlich wurde geknobelt.

»Und was ist der Einsatz?«, fragte Zar dann.

Die Männer musterten mich abschätzend. Opa Tiite sah ich nicht. Ich überlegte, ob er wohl noch am Leben war. Schlich er sich irgendwohin, um Hilfe zu holen?

»Spielen wir darum, wer diese Frau bespringen darf.«

Dem Lagerleiter Minimow kamen Zweifel. »Aber doch wohl keine Schwangere. Die da … will doch wohl keiner?«

Die Augenpaare richteten sich auf mich und begutachteten mein ramponiertes Äußeres. Die Lagerschicksen rümpften die mit Madenmehl gepuderten Nasen. Wer würde es denn mit einem kurz vor dem Zerreißen stehenden, zum Skelett abgemagerten Mädchen treiben wollen? Einem hilflosen, stummen, bis zum Äußersten angespannten Wesen. Abscheu verzog die Gesichter der

Männer, und einen Augenblick lang glaubte ich, gerettet zu sein.

Da hatte Blumenkohl eine Idee. »Nein, lasst uns darum spielen, wer verliert! Darum, wer vor aller Augen mit der da zusammen sein *muss.*«

Das Schrumpelohr wies mit den gekrümmten Spitzen seiner Schuhe auf mich. Mit meinen Stiefeln.

»Na gut. So soll es sein«, entschied Zar. »An der hätte man ja auch keine wahre Freude mehr.«

Das vorige Opfer wurde zur Seite gestoßen, wo es stöhnend liegen blieb. Die halbtot gestochene Uniform gehörte offenbar einem Wachmann, denn er wurde instruiert: »Nächstes Mal überleg es dir, wessen Arbeitsleistung du ausspionierst!«

Letzten Endes ist das, was mir von dem beginnenden Kampf in Erinnerung geblieben ist, nur ein wachsendes Grauen und das Gefühl, dass, wenn ich nicht bald in die Krankenbaracke käme, wir beide sterben würden, ich und das Kind. Meine Schließmuskeln versagten, und ein warmer Strom floss mir die Schenkel hinab. Trotz meiner Angst erinnere ich mich daran, dass ich hoffte, der Verlierer möge Zar sein. Der würde vielleicht eher von mir genug haben.

»Du darfst anfangen«, erklärte Zar bereitwillig.

Das Spielbrett wurde von dem samtbedeckten Tisch genommen, auf dem Fischreste, Brotkanten, vertrocknete Wildrosen und der Schädel lagen.

Voller Entsetzen beobachtete ich, wie der planlose Blumenkohl mit hervorquellenden Augen das Spiel eröffnete. Schon nach wenigen Zügen hatte ich den Eindruck, dass er in der Schachtaktik nicht sonderlich erfahren war. Bereits nach kaum zehn Minuten beging Blumenkohl einen schwerwiegenden Fehler. Zar schob seinen Turm nach f3. Weiß war gezwungen, seinen König von c3 nach c2 zu ziehen, weil die anderen Felder bedroht waren. Schwarz setzte seinen Läufer nach f5, wobei er sowohl dem weißen König Schach bot als auch den Turm bedrohte. Schon vier Züge zuvor hatte ich gesehen, dass Blumenkohl die Partie verlieren würde. Der Mann selbst wusste das allerdings noch nicht, sondern freute sich in kindischer Weise darüber, dass er so viele wertvolle Figuren geschlagen hatte. Mit Entsetzen sah ich das Ende nahen. Zusätzlich zu seiner zahlenmäßigen Übermacht konnte Zar leicht seinen Bauern in eine Dame umwandeln, wonach sein Sieg besiegelt wäre. Blumenkohls Niederlage.

Jetzt sollte der *Blatnój* seine Aufgabe ausführen. Niemand hinderte ihn daran, niemand rührte auch nur den kleinen Finger. Nicht die Frauen, von denen einige bestimmt ebenso jung waren wie ich, andere wiederum Töchter in meinem Alter hatten. Ehemalige Familienväter taten nichts, um meine Ehre zu verteidigen. Politische Gefangene, ehemalige Universitätsprofessoren, Ingenieure, Biologen, Dichter mit hohen Idealen. Hat auch nur einer von ihnen aufgeheult? Im Gegenteil. Ich konnte die in der Luft vibrierende Erregung spüren. Jemand band mich von dem Stempel los und schleuderte mich zu Boden. Mit blutenden Knien und zerrissenem Kleid kauerte ich da, und jemand hatte mir einen Lappen über das Gesicht geworfen. Ich vernahm das ungläubige Ohrenspitzen der Menschen um mich herum, ihr gespanntes Schlucken, und erinnerte mich an Olgas Warnung: »Das Lager macht den Menschen zum Tier.«

Auch diejenigen wieherten, die sich noch vor einem Monat nicht hätten vorstellen können, einem solchen Vorgang beizuwohnen. Der Mann, der hinter mich getreten war, öffnete mit ausholenden Bewegungen seinen Gürtel.

Das Einzige, was ich sah, war der aus Leder geflochtene Riemen, der wie eine lose zusammengerollte Schlange war mit einer eisernen Zunge im Maul. Ich roch Blumenkohls nach Sumpfgraben stinkenden Atem und die ungewaschene, talgige Haut, dann berührten Schamhaare mit Herpes meine Wange, und sein geädertes, halsstarriges Organ schob sich in meinen Mundwinkel. Ich biss die Zähne zusammen und betete. Nicht das, nicht das hier! Hilf mir, VATER!

Der Kriminelle zischte: »Ich hab dir doch befohlen, mir aus dem Weg zu gehen, du kleine Schlampe. Lutsch ihn!«

Die eiserne Zunge der Schlange klirrte. Als der erste Schlag mich traf, erzitterte ich vor Schmerz.

Aber noch einmal mischte sich das Schicksal in die Ereignisse ein. Die Erde bebte.

Wieder heulten über uns die Sirenen los. Das erzeugte eine panische Reaktion: Die gnadenlos ausgenommenen Politischen ohne Schuhe und einige Huren drängten in die Mündung des Stollens. Noch einmal erwachte die Hoffnung in mir. Eine irrationale, exzentrisch hervorblubbernde Hoffnung. Würde ich mich retten können? Ich hatte ja schon den Einsturz des Bergwerks überlebt. Blumenkohl trat fluchend beiseite und murmelte: »Wir sprechen uns noch.«

Die Schlange schlüpfte zurück in ihr Versteck.

Ein Knall ertönte, und Pulverdampf schwebte durch die Luft. Der Fürst der *Blatnój* hatte seine silberne Luger abgefeuert. Von seiner Festivität entfernte man sich nicht ohne Erlaubnis.

»Wartet mal.« Zar hob seine derbe, mit Ringen geschmückte Hand. »Es ist doch ein Jammer, so eine gute Sause abzubrechen.«

Unsicher blieben die Kriminellen stehen. Tatsächlich, der Einsturz und die Gasexplosion waren wahrscheinlich weit entfernt in dem neuen Gebiet erfolgt. Die dorthin führende Tür war abgesperrt. Aus dieser Höhle führte ein eigener Ausgang nach oben, so dass für uns nicht die Gefahr bestand, in eine Falle zu geraten. Und dann war da dieses nackte, hilflose Wesen, über dessen Schicksal bald entschieden würde. Zar entschied: »Niemand weiß, dass dieses Mädchen hier ist.«

»Aber wenn sie niederkommt?«

Ich sank zu Boden. Die Schlange schlug ihre Zähne in meinen Rücken, Leuchtkäfer vor meinen Augen führten mich in einen wirbelnden Abgrund. Das Letzte, was ich sah, war der grinsende Schädel neben dem Spielbrett. Ich wünschte ihm ein gutes Leben, mein Schicksal war es jetzt wohl, zu sterben.

Wówa

»PROSCHTSCHAJTJE, LEBT WOHL«.

Das Klappen der mit Eichenholz getäfelten Tür verschließt das Allerheiligste des Kremls, und dort bleibt auch der Briefzettel, den ich auf dem Tisch zurückgelassen habe. Hinter mir beeilt sich der tüchtige Adjutant Worosinow, in seinem elektronischen Kalender Notizen zu machen. Mit weicher Stimme frage ich, während ich an dem Gardisten der Leibwache vorbeigehe, der sein Gähnen zu verbergen sucht: »Hat sich der Bleistift wieder angefunden?«

»Njet.« In der Stimme des Jungen schwingt Angst mit. »Gesucht haben wir.«

Ich nicke und setze meinen Weg durch die rotsamtenen Gänge fort.

An sich ist die Sache belanglos. Aber auf jeden Fall ist vom Schreibtisch meiner KLAUSE ein grünlackierter Bleistift verschwunden.

»Was befehlen Sie, Zar?«

»Ölen Sie die Scharniere der KLAUSE.«

Worosinow schnappt vor Schreck nach Luft. Tatsächlich hat die Tür beim Schließen geknarrt.

»Ich werde sofort befehlen, einen Fachmann zu holen!«

Ich mache eine beruhigende Geste. Jederzeit sonst wäre die Folge einer solchen Schlamperei Galle und saure Sahne gewesen, jedoch nicht jetzt und nicht wegen dieser Tür. Niemandes Kopf fällt wegen dieses Knarrens. Die Eichentür, durch die ich gerade gekommen bin, gehörte seinerzeit Iwan Grosnyj, dem ersten Zaren Russlands, im Westen bekannt als der Schreckliche. Dem Pfähler. Eine solche Tür kann es sich leisten, von der Qual der Zeit zu quietschen. Im Jahr 2001, gleich zu Beginn meiner ersten Amtszeit, ließ ich als Erstes diese Tür aus einem in der Nähe gelegenen Moskauer Palast in meine KLAUSE bringen. Sie hatte dort jahrhundertelang unter Kälte und bohrenden Hautflüglerlarven gelitten und im Feuer Blasen geworfen. Ich habe sie jedoch nicht abschleifen und streichen, geschweige denn restaurieren lassen. Ich will jedes Mal, wenn ich die KLAUSE betrete, den schwächer werdenden Teergeruch spüren, mit den Fingerspitzen die Säbelhiebe und die mit Blut befleckte, abschuppende Ölfarbe befühlen.

Doch jetzt haben wir es eilig.

Adjutant Worosinow quasselt ins Funkgerät, während wir zum Privatlift der siebten Etage eilen. Dessen Code kennen nur wenige Erwählte. Während ich meinen Finger auf das Laserfenster des Sensors drücke, denke ich an den jungen Iwan und daran, wie er im Notfall agierte. Das ist die Lieblingsgeschichte meines Großvaters. Djéduschka arbeitete als Stalins Koch, erzählte dem Genossen Dschugaschwili eine Geschichte, und man stelle sich vor, später hat der Genosse Dschugaschwili die Lehren aus dieser Geschichte tatsächlich zur Stabilisierung seiner Macht genutzt.

Wir steigen in den Lift. Ich nehme mir vor, es so zu machen wie Iwan IV. im Jahr 1564.

Damals stand Iwans Macht auf Messers Schneide. Niemand achtete den jungen Zaren, nicht die Bojaren, nicht die Priesterschaft. Liebte ihn das Volk? Wer wusste das schon? Iwan verfügte nicht über das notwendige Netzwerk von Spitzeln. Ein Teil der Bojaren hatte sich nach Westen abgesetzt und trotzte von dort aus, von Osten drohten die Tataren. Chaos, sogar ein Bürgerkrieg konnte bevorstehen. In dieser Situation konnte die Unterstützung durch das Volk nützlich sein, denn eine eigene Armee besaß Iwan nicht. Was tat er? Er verkündete, er werde Moskau und seine Einwohner ihrem Schicksal überlassen. Und auf das Zepter verzichten, weil er seinen Bojaren nicht vertrauen konnte. Die hilflosen Stadtbewohner sahen zu, wie Hunderte von kleinen Schlitten die Schätze und das Rüstzeug von überall aus dem Zarenhof abholten und Pferdeschlitten sie zu den Moskauer Toren hinausschafften. Der Zar zog sich in einen winzigen Palast zurück. Dort verweigerte er jegliche Antwort auf Einladungen, er möge zurückkehren und seine Aufgaben wieder übernehmen. Schließlich erschien eine Abordnung von Bojaren, Kaufleuten und Menschen aus dem Volk, um ihn anzuflehen, er möge die bedingungslose Alleinherrschaft übernehmen. Das war ein schlauer Trick: Indem Iwan sich zurückzog, machte er sich zu dem Ersehnten, verzweifelt Benötigten. Das Volk flehte ihn geradezu an, sich zum Tyrannen aufzuschwingen.

Der Fahrstuhl hält mit kaum spürbarem Ruck, und ich betrete die eiserne Brücke, die aufs Dach führt.

Ich glaube, ich genieße eine ebensolche Alleinherrschaft wie Iwan der Schreckliche.

Ich habe auf allen Gebieten meine Gegner besiegt, die Oligarchen fressen mir aus der Hand, dank der Ölpipeline wird auch der Westen bald auf den Knien liegen. Dennoch verspüre ich eine wachsende Unruhe, ich könnte irgendetwas übersehen haben. Vielleicht eine belanglose, unbedeutende Kleinigkeit. Wie dieser verschwundene Bleistift, ein Detail, das kaum jemand anders beachten würde. Aber genau das beschäftigt mich. Ich kann die Art der Gefahr nicht erkennen. Der alte Haudegen, KGB-Oberst Aleksei Ignatenko, ist verschwunden.

Vorhin habe ich mir seine KGB-Akte bringen lassen. Ich

stellte mir dieselben Fragen wie bei allen anderen Leuten, denen ich begegne. Was weiß ich über den alten Haudegen? Was ist seine Schwachstelle? Anscheinend hat er keine. Keine Familie, keine Verwandten. Keine Schulden oder Laster, abgesehen von gelegentlichem Schachspiel und Würfeln. Eine solche Sauberkeit ist ungewöhnlich. Nachgerade unmöglich. Meine Hand tastete auf der Ecke des Tischs nach einem Bleistift, auf dem ich herumkauen könnte. Es fand sich keiner.

Mir dröhnt der Schädel, ich brauche Tabletten. Urlaub. Worosinow flüstert, jetzt sei nicht der Augenblick, sich zu entfernen. Für den Morgen ist das Sicherheitskomitee einberufen worden.

»Inflation.«

Ich müsste mich zur Ukraine und den Grünen Männern äußern. Die müssen jetzt einen Moment warten. Aleksei Ignatenko und das Rätsel der Nachrichten, die er mir gebracht hat, quälen mich in einem Maße, dass ich beschließe, die Überlegungen einzustellen. Das ist typisch für mich. Ich bin Tigerbändiger und Kranichmeister. Auch die Natur gehorcht mir.

Ich habe Aleksei »Pathologe« Smirnow angerufen und ihm befohlen, die Sache durch das Räumkommando von Nischnij Nowgorod erledigen zu lassen.

Bald ist mein Problem vom Tisch, und mir wird leichter zumute sein.

Der Hubschrauber wartet auf dem Dach. Seine Rotorblätter schneiden träge den Nebel wie ein Maschinenblatt die Zuckerwatte in einem verlassenen sowjetischen Vergnügungspark. Dieses Mal ist die Maschine eine RA-27016, die erste, in die ich ein Maschinengewehr montiert habe. Vor dem im Nebellicht badenden Spasski-Turm huscht ein kleiner Schatten. Die Öffentlichkeits-Rührig-Tatjana-Worosinowa schiebt ihre rosafarbene, lächerliche Kunststoffhandtasche an den Sicherheitsleuten vorbei und bibbert auf dem

Dach in ihrem kurzen Röckchen von Prada, wer weiß, wo sie das hat mitgehen lassen. In mir verspüre ich eine warme Regung. Meine kleine Kleptomanin ist eingetroffen. Ich lasse sie beim Heckausleger ihre Nervosität auskosten, so dass ihr die Zähne klappern. Das arme Ding. Sie kann ihre Begeisterung kaum herausflüstern. »Kak krassíwo wsjo. Wie schön alles ist.«

Gut, das gefällt mir. Bei der Macht geht es um Spiel und Begehren, sowohl in Bezug auf Frauen als auch auf Völker.

Ich steige in die mit alabasterhellem Leder ausgekleidete Kabine. Der Pilot winkt Tanja mit einer leichten Handbewegung herein. Für uns sind Kaviar, smetána, Gürkchen und anderer Zubeiß bereitgestellt. Der Prosciutto-Aufschnitt ist direkt aus Palermo herbeigeschafft, aber achtlos neben ein paar weiße Chrysanthemen platziert worden. Quasi aus Versehen schaut der Steward unter die Bank und findet dort eine Flasche eiskalten Laurent-Perrier-Champagner, Qualitätsklasse Grand Cru. Auch Kristallgläser finden sich, und Tanja seufzt, während ich in Gedanken meinem Adjutanten Worosinow einen Dank abstatte. Alles wirkt genauso mühelos, wie es dem Handeln eines wirklichen Herrschers zukommt. Ich weiß, dass ich mich um solche Dinge nicht zu kümmern brauche, aber Details entzücken mich. Wenn man die Details kennt, beherrscht man das große Ganze. Das gilt für Waffen, die Kunst und japanische Teezeremonien. Für die Frauen. Und den alten Haudegen.

Adjutant Worosinow hilft uns, die Kopfhörer und Mikrofone aufzusetzen, und zieht sich ungeschickt aufs Dach zurück. Stößt dann das Startzeichen in die Luft. Brüllend springt der Hubmotor an, die Rotorblätter, ein immer schneller werdender Wirbel, zerfetzen die Luft. Ich empfinde prickelnde Freude, als wir senkrecht in die Luft aufsteigen und Tanja sich, Schutz suchend, in meinen Arm schmiegt. Unter dem Nebel bleiben die Uspenski-Kathedrale, die rotziegelige Kremlmauer und der Spasski-Turm zu-

rück. Zunächst halten wir auf den Oberlauf der Moskwa zu und fliegen dann über den Palast, in den der junge Iwan IV. sich zurückgezogen hatte, um seine Machtintrigen zu spinnen.

Ich lasse den Korken der Champagnerflasche knallen. Tanja schreit entzückt auf, und ich stelle fest, dass sie bereits einige Erfrischungen genossen hat. Vielleicht Kokain? Nach Angaben der Informanten verwendet sie nur die teuersten Drogen. Ich schiebe die Frau beiseite, obwohl mir angenehmer Fotzenduft in die Nase steigt. Später. Stattdessen konzentriere ich mich darauf, die Landschaft unten zu studieren. Ich versuche, mir über meine Empfindungen klarzuwerden. Kann es Melancholie sein? Oder Enttäuschung darüber, dass ich wieder einen Verräter gefunden habe? Aleksei Ignatenko, dieser unausstehliche, Pfeife rauchende Oberst, der mich als Erster auf den Gedanken gebracht hat, dass ich und kein anderer der neue Zar Russlands werden muss.

»Der Sklave ist nicht dankbar, wenn er seine Ketten verliert. Er verachtet seinen Herrn und tötet ihn. Deshalb kann die Demokratie niemals nach Russland gebracht werden.«

Ja, wann geschah das?

Die Steuerrotoren des Hubschraubers bringen uns nach Norden. Während wir einen plangleichen Bahnübergang überfliegen, betrachte ich zerstreut die nach Westen rollenden Lkw-Schlangen. Tanja kichert und hat schon einen ganz hübschen Schwips.

»Möchtest du etwas zu knabbern?«, frage ich höflich.

Ich reiche ihr ein Häppchen mit Kaviar.

Das Mädchen wird ganz still vor Verwunderung, stammelt dann ein Dankeschön. Ich habe wahrscheinlich noch nie gefragt, was sie möchte. Vielleicht mag ich dieses Flittchen gerade deshalb, weil man sein Begehren, seine Sehnsucht und seine Bedürfnisse geradezu riechen kann. Teures, Teures. In der kleinen Tatjana gähnt ein gewaltiger leerer

Abgrund, der sich mit keinerlei gestohlenem Plunder füllen lässt.

Zu Beginn des neuen Jahrtausends, als ich gerade an die Macht gekommen war, erkundigte ich mich einmal bei meiner damaligen hochschwangeren Frau Tamara, einer ehemaligen Stewardess, die ich bei einem Flug von Dresden nach Moskau kennengelernt hatte: »Was wünschst du dir vom Leben?«

Ich meinte die Frage im weitesten Sinne ihrer Bedeutung, in was für einer Welt möchte sie leben? In der unsere Töchter Marussja und Katjuscha aufwachsen würden.

»Was hast du dir vom Leben gewünscht, als du jung warst?«

Hat sie von Reisen an die Riviera, von schicken Markenkleidern, einer luxuriösen Datscha geträumt? Was war ihr wildester Traum? Tamara griff sich an die schon damals dehnbare Halshaut, spritzte sich Rosenwasser ins Gesicht und dachte kaum einen Augenblick nach, ehe sie antwortete: »Eine Waschmaschine.«

Mir kam eine Erkenntnis. Dort schlürfte die Gattin des mächtigsten Mannes von Russland grusinischen Rotwein aus einem Kristallkelch. Und was hatte sie sich einst gewünscht? Eine Waschmaschine. Denn die wollen diese Menschen. Zigaretten, westliche Jeans, und die alten Frauen Zucker zum Einkochen von Beeren. Mir wurde klar, dass ich mich auch dieses weiblichen Monstrums niedriger Gesinnung entledigen musste. Am liebsten hätte ich sie, geradeheraus gesagt, vom Turm der Uspenski-Kathedrale werfen lassen. Ich bekenne, dass es mich befriedigt hätte, dieses phantasielose Rindvieh aufs Pflaster klatschen zu sehen. Aber natürlich habe ich mich mit einer Ehescheidung zu erträglichen Bedingungen begnügt.

Ich ärgere mich über meine Gedanken. Der Nachteil direkter, öffentlicher Gewalt ist es, dass sie in der Bevölkerung Abscheu erzeugt. Darüber ist manch ein Generalissimus gestürzt. Sich der Macht zu verweigern ist dagegen der raf-

finierteste aller Tricks. Mit anderen Worten: Iwan IV. hat dasselbe gemacht wie das, was ich diese Nacht tun werde: fortgehen und Russland sich selbst überlassen. So wie der junge Iwan IV. sein Volk den blutgierigen Bojaren überließ. Von morgen an hat das Volk niemanden, auf den es sich verlassen kann. Das erzeugt Unsicherheit. Angst. Sehnsucht. Ich seufze tief, so kindisch bin ich: Ich will, dass mein Volk mich herbeisehnt.

Dann schaue ich auf das Flittchen, das neben mir Häppchen aufspießt.

Falls Tanja meinen Bleistift gestohlen hat, bekomme ich das innerhalb der nächsten vierundzwanzig Stunden heraus.

Dorf Lawra, 2015

Verna

»Woher deine glühenden Wangen, *djéwuschka*?«
Die flackernden Flammen gewahre ich schon von draußen, als ich die Haustür öffne. Aus den von den Deckenbalken herabhängenden Kräuterbündeln erwachsen an den Wänden tanzende Schatten. Elna rührt in einem dicken Gebräu auf dem Herd, das Katzenviech streicht um meine Beine. Seine Pfoten haben auf dem weißen Dielenboden kleine schwarze Spuren hinterlassen, wahrscheinlich hat es sich im Ofen herumgetrieben. Ich bemerke, dass aus der Kellerluke wieder Wasser austritt.

»Man riecht den Beischlaf bis hierher. Das Leihkleid zerknittert.«

Um sie zu erfreuen, hatte ich der Alten erzählen wollen, dass ich eine Biene gesehen hatte. Nun sage ich nichts.

Elna spricht lauter. »Oden, morgen heizt du die Sauna. Hörst du?«

Aber Oden sitzt hoch aufgerichtet in seinem Schaukelstuhl und redet monoton zu irgendjemandem, zu den Wänden, zum Fernseher. Ich werfe einen Blick ins Wohnzimmer. Und sieh an, da sitzt derselbe bleiche kleine Bengel in Pionierkluft auf der Ofenbank. Wer ist dieser kleine Junge, und wieso lungert er hier im Haus herum? Ich komme nicht dazu, danach zu fragen, und ehrlich gesagt wage ich es auch gar nicht, als Elna mir ein nach Wicken duftendes Handtuch zuwirft und kommandiert: »Nun wasch dir mal die untere Etage, du Früchtchen.«

Stolpernd verziehe ich mich in die Waschnische. Elna bramarbasiert irgendwas von dickärschigen Flittchen, die bei einer ehrlichen alten Frau unterkriechen und ihr Revier markieren, und schöpft wütend ihre Brühe. Schnell greife ich nach dem Wasserhahn und drehe ihn auf. Erst jetzt wundere ich mich, woher das Wasser kommt, wenn der Wasserturm nicht funktioniert. Die verrostete Wasseranlage ist rührend, ein Versuch von Luxus inmitten der Armut. Aus einem alten Spülbecken des Kolchos ist eine Wanne geworden. Das aus dem Brunnen herbeigeschleppte Wasser wird in eine erhöht stehende, halbierte Tonne gegossen, durch den Hahn ins Becken gelassen und läuft von dort in den Schmutzwasserkübel. Ich lasse mir Wasser in die Hand laufen und will es mir schon zwischen die Beine werfen. Aber dann traue ich mich doch nicht, den ganzen Fußboden vollzuspritzen. Stattdessen mache ich einen Lappen nass und schiebe ihn mir unter den Rock. Da fühlt es sich empfindlich an, berührt und auf gute Weise wundgescheuert.

»Hast du dir deine Zwille gewaschen?«, fragt Elna resolut vom Herd her. Aus dem Topf steigt dichter, berauschender Duft. Ich will niemandem etwas erklären und schon gar nicht dieser keifenden Alten.

»Mit nacktem *schópa* neben dem heiligen Hain. *Posor*, eine Schande!«

Die grimmige Alte schiebt mir ein Schälchen aus Birkenrinde in die Hand, deutet auf meinen Kleidersaum und murmelt: »Dickmilch. Das tut man auf die Stuten, wenn die Hengste es allzu wild mit ihnen getrieben haben.«

Ich flüchte aus der Küche in die spitzendämmrige Schlafkammer, sinke aufs Bett, lege den Haken vor die

Tür. Mein Gesicht glüht, die Scham überflutet mich als wohlbekannte Welle. Ich würde mir gern eine Zigarette anzünden, Lungenzüge machen und mir den Glutkopf gegen das Handgelenk drücken. Dann denke ich: Von solchen Spuren gibt es nun schon genug an mir. Wenn ich mich nur daran erinnere, wie ich mich habe fesseln, gegen die Birkenrinde drücken und ohne Widerstand nehmen lassen und wie ich diese Lust genossen habe. So ist es seit ewigen Zeiten nicht mehr gewesen, nicht nachdem. Ja, nicht nachdem. Ich mag den Gedanken nicht weiterverfolgen, sondern ziehe meinen Koffer unter dem Bett hervor. Die Schnürschuhe sind verdorben, und ich klaube zwischen meinen Sachen die in Zeitungspapier gewickelten Sandalen hervor. Ich finde die Ringelblumensalbe und bestreiche damit die blauen Flecke auf Schenkeln und Brüsten. Das Fleisch zwischen den Beinen glüht. Dann, mit leichten Schamgefühlen, nehme ich mit dem Zeigefinger etwas von der kühlen Paste und trage sie zwischen den Schenkeln auf. Und seufze. Wahrhaftig, das alte Volk kennt die Bedürfnisse der Stuten.

Ich bin schwach gewesen. Egoistisch. Seit vielen Stunden habe ich nicht mehr um meinen Vater Henrik getrauert.

Gerade will ich mich in die Papiere vertiefen, die ich in Vater Henriks Schuhen gefunden habe, als mir eine Schlagzeile der Boulevardzeitung ins Auge springt, die im April erschienen ist. Auf einem Foto fährt der Herrscher Russlands in einer dreirädrigen Motorkarre in einer Parade mit, deren übrige Teilnehmer in Leder gekleidete Mitglieder einer Gang sind. Neben ihm fährt ein hochaufgeschossener Kerl mit einem Tuch um den Kopf, in dessen Arm genauso eine brennende Rose eintätowiert ist wie in Kostjas. Laut Zeitungsstory ist die Motorradgang Nachthunde das russische Pendant der Hells Angels, das jedoch mit der Staatsführung fraternisiert. In Parolen werden Stalin und der gegenwärtige Herrscher verglichen, russische Fahnen und rotschwarze Stammeswimpel flattern.

Mir kommt der Gedanke, dass nur in Russland eine Motorradgang auf der Seite des Staates stehen kann.

Wieder einmal hole ich mein Mobiltelefon aus der Handtasche hervor. Kein Empfang. Wie schmerzlich ich dich doch jetzt vermisse, Gerri Wright, deine freundlichen Eulenaugen und dein Guardian-Gehirn. Ich überlege, ob es irgendeinen Weg gibt, dir eine Nachricht zu senden, aber mir fällt keiner ein. Ein Brief ist eine Woche unterwegs, hat mein Riese gesagt.

Ich streichle das graue Papier in meiner Hand. Vater Henriks Geburtsurkunde. Dann lese ich noch einmal den Brief, den Irga Vater Henrik, in die Windel eingewickelt, mitgegeben hat. Irgendwie finde ich es tröstlich, dass Großmutter ihrem Kind immerhin ein Andenken an sich selbst mitgeben wollte. Eine stumme, couragierte Frau, die so fern von zu Hause gestorben ist.

Die schnörkelige, altmodische Handschrift erstreckt sich von Rand zu Rand über das Papier. Der an das Neugeborene gerichtete Brief beweist, dass Elna und Irga im Lager Workuta sich kannten. Die scheinheilige Alte hat mich also belogen. Auf wie viele verschiedene Weisen bin ich also angeschmiert worden? Plötzlich fällt mir ein, dass Vater Henriks letzter Brief noch in der Seitentasche meines Koffers steckt. Seit meiner Abreise aus Finnland habe ihn nicht wieder lesen mögen, so deprimierend paranoid und verrückt ist er. Widerwillig hole ich ihn hervor und vertiefe mich in die mit weichem Bleistift dichtbeschriebenen, an vielen Stellen fleckigen Bögen. Es sind insgesamt knapp zehn Seiten. Darin konzentriert Vater sich darauf, sein trostloses Schicksal zu beklagen, und gibt bald diesem, bald jenem die Schuld an seinem Elend. Ich seufze und versuche, mich zu konzentrieren:

In der Nacht Brieftasche und Medikamente verloren. USB-Stick gestohlen. Auf den Straßen tut sich Seltsames, aus Wänden wachsen Augen und Ohren. Männer von der Bergwerksgesellschaft und vielleicht der FSB verfolgen mich. Es regnet die dritte Woche, na und? Soll es regnen. Hässlich ist es hier. Joškar-Ola. Das bedeutet in der Mari-Sprache rote Stadt. Aber hier wachsen die Farben nicht. Die Straßen sind zu breit, der Schatten reicht nicht bis zum Straßenrand. Niemand von der Universität reagiert auf meine Bitte um Rückruf. In den neuen Häusern des Zentrums Tote. Menschen trifft man nur, wenn man am geschlossenen Nationaltheater vorbei zum Bahnhof und über die Brücke geht, eine von Gasröhren durchstochene Ansammlung von Baracken. Dort sitzen sie schweigend, die Gesichter aus slawischem Stein gemeißelt, scheren sich nicht um mich. Aber wie merkwürdig: Ich werde durchsichtig. Das ist wahr. In meinem Kopf ist in der vergangenen Woche ein Loch erschienen, hauptsächlich in der Wange, und dort bläst der Wind herein.

Hier ist es immer windig. Hilf mir, meine Tochter!

Und so fort. Ich lese weiter bis zur letzten Seite, bis ich finde, was ich suche:

Alles begann mit dem Besuch. Dorf Lawra, was wohl Schlamm bedeutet. Endlich Beweise! Meine Feldforschung war nicht vergeblich. Ich fand eine Frau namens Jelena Michailowna (die Daten aus dem Häftlingsverzeichnis der Organisation Memorial in Syktywkar). Sie war mit meiner Mutter im selben Lager! Vielleicht auch am Aufstand der Häftlinge beteiligt, bestimmt weiß sie etwas vom Motyljók. Die Sache ist jedoch delikat, ich will die Ureinwohner nicht verschrecken. Deshalb bin ich inkognito unterwegs. Leider ist die Alte eine ungebildete Landfrau, versteht kaum Russisch. Hab sie auf die stalinschen Verfolgungen und die Bestrafung der Kriminellen angesprochen, aber nein. Dennoch kann ich nicht aufgeben. Bin zu nahe an Mutters Schicksal dran. Die Studie wird eine Sensation!

An dieser Stelle wandelt sich der Text in eine Art Geheimsprache oder einen Zahlencode. Nur der traurig-dramatische Satz am Ende ist verständlich:

Mein Kind, komm bald. Ich kann beweisen, dass der Lagerdespot Motyljók Deine Großmutter umgebracht hat!

Auf dem Nachttisch steht das Mikroskop, unter dem der Nachtfalter aus Henriks Hals liegt. *Motyljók*, bedeutet das nicht Nachtfalter? Oder war es *notschnája bábotschka*? Die Insekten der Nacht haben immer etwas Unheilverkündendes, finde ich.

Da klopft es ans Fenster.

»Risku-Frau, mach die Tür auf«, höre ich Kostja flüstern.

Ich stürze zum Fenster, und dort steht der Koloss unbeholfen knietief in Stauden und Schnittlauch, irgendwie verlegen, und hält mir einen Strauß Wiesenblumen hin, den er gepflückt hat. Die Geste ist so slawisch-sentimental, dass ich lachen muss. Gleichzeitig treibt mir die Erleichterung Tränen in die Augen. Du bist zurückgekommen! Ich lasse den Mann ein und drücke mich in seine Arme, und allmählich lässt die Anspannung meines Körpers nach.

»Mich hat die Sehnsucht gepackt.« Der Mann räuspert sich.

Er lässt sich ohne weiteres aufs Bett fallen und klopft auf den Platz neben sich. Als ich zögere, umfasst Kostja mich mit den Armen und zieht mich zu sich hinab: »Rat mal, was vorhin passiert ist?«

»Na was denn?«, frage ich, obwohl ich es noch weiß. Du warst in mir. Und jetzt bist du da.

Ich versuche, mein aufschäumendes Blut zu mäßigen. Dort auf dem Hügel, dem Gnadenfels. Ich rolle mich auf den Rücken, um die an die Decke geklebten Papiersterne zu sehen. Im Licht der Sommernacht schimmern sie matt. Die leichten Körper der Nachtfalter stoßen jenseits des Fensters gegen das Glas der Laterne. Kostja reckt sich vor und flüstert mir zu: »Endlich bin ich mit einer guten Frau zusammen gewesen.«

Ich seufze. Mein Verlangen setzt die Säfte in Bewegung. Am liebsten würde ich die Hand des Mannes jetzt gleich an die Pforte führen. Aber wie könnte ich das wagen? Im Nebenzimmer braut ihr Gift die bucklige Elna, die mein beflecktes Kleid gesehen hat, und hat da nicht auch wieder der kleine Junge auf der Ofenbank gesessen? Zügle deine Begierde, Hure! Frag nach den Briefen. Überleg dir, wie du Kontakt zur Außenwelt bekommen kannst. Aber das Weibchen, das so lange in mir geschlummert hat, will sich, nachdem es einmal von seiner Trense freigekommen ist, nicht zurückhalten. Es widersetzt sich. Mit belegter Stimme frage ich: »Hör mal, warum lügt Elna, über das Lager und anderes?«

Kostja schnauft abschätzig wie über eine dumme Frage. »Hier will sich niemand erinnern. Russland ist ein Land, wo das Vergessen eine Volkstradition und das Verheimlichen die größte Tugend des Lebens ist.«

»Aber wozu lügen? Jelena Michailowna wird in dem Brief erwähnt, den mein Vater von seiner Mutter bekommen hat. Mehrmals.«

»Denk nicht so viel nach, Risku-Frau. Machen wir lieber einen kleinen Galopp«, brummt Kostja und fasst nach mir.

Ich spüre den Duft des Mannes. Meine Schenkel tragen noch die Spuren von Kostjas Händen, meine Pobacken die Abdrücke seiner Zähne. Ich gebe nach. Die Geschichte kann ich auch später noch untersuchen. Ich hebe die Schenkel über das warme Männerfleisch, Kostja umfasst mich, und ich gleite an meinen Platz. Nebenan kocht Jelena Michailowna ihre Salbe, Oden plaudert mit dem Monitor des Fernsehers, seiner Katze oder wer weiß welchen Toten aus dem Dorf. Die Scham zerfließt vor der Begierde, und ich springe wollüstig in den Sattel.

Workuta 1937

Irga

»*PORO ER!* Guten Morgen!«

Meine Schwester, deine Vogelstimme rief mich zurück aus meinen höllenschlammigen, schlangenköpfigen Alpträumen.

Lange Zeit wusste ich nicht, wo ich mich befand. Bündel von Sonnenstrahlen schlängelten sich durch die bremsenfleckigen kleinen Fenster und fielen auf das löcherige Mulltuch, in das ich eingewickelt worden war wie in ein Spinnennetz. Durch das Netz hindurch spürte ich die harten Teile des Eisenbetts. Es roch nach Chlorsäure und einem entfernt bekannten Kraut. Vorsichtig machte Elna sich daran, meine Hüllen aufzuschneiden.

»Als du hierherkamst, warst du in so schlimmer Verfassung, dass wir dich in die Tücher gewickelt haben. Dein Gesicht war ziemlich zermatscht, wir haben dich an der Nummer erkannt.«

Du kamst neben mich gekrochen als ein warmes Bündel.

Das Kind? Was ist mit dem Kind? Qual und Schmerz wichen von mir. War das Kind tot? Warum sagst du es mir nicht, Schwester?

Aber Elna tat ihre Arbeit, leerte den Nachttopf des Nachbarbettes in den Kübel und gab dem in dem Bett liegenden, unsauberen alten Mann Wasser zu trinken. Wandte sich dann mir zu und plauderte allerlei Belangloses: »Du hast aber eine lange Ruhepause gehabt. Aber wer zählt hier schon die Tage. Welchen Monat wir wohl haben, wahrscheinlich den Mäh-Monat der Mari, das ist es, aber welchen Tag? Ein SCHWARZER TAG, *schórnyj djen*, ist es jedenfalls nicht.«

Sie stellte mir rote Blumen in einem Blechbecher ans Bett.

»Die Hundszunge hab ich von der Tundra geholt, damit die Blutkrankheit abklingt. Gebetet habe ich, zur *Ketše Awa*, der Sonnenmutter. Zur Mondmutter, zur Windmutter.«

Ich versuchte, Erinnerungen hervorzuzwingen, aber alles war schwarze und blutige Gestaltlosigkeit, und es war mir unmöglich, in diese Schwärze Licht zu bringen. Wenn der Sommer schon im Mäh-Monat stand, hatte ich viele Wochen lang geschlafen. Plötzlich erkannte ich den Kräutergeruch. Es war derselbe Duft, den ich im *parma*, in Petjes Lager, gespürt hatte. Eine Mischung von Belladonna und Schierling. *Sabwénije*. Vergessenssalbe. Elna erriet, wie auch später so oft, was ich dachte.

»Keine Angst, die letzte Salbe hab ich gestern aufgetragen. Bald ist sie ganz aus deinem Kopf verflogen.«

Als ich gefunden wurde, war ich in so schlechtem Zustand, so verwirrt und schwach von der Geburt, dass man sich etwas ausdenken musste. Und in der Krankenbaracke gab es diesmal weder Äther noch Morphin, die man für die Kranken hätte verschwenden können. Es galt, meine Seele sich eine Weile ausruhen zu lassen, damit der Körper zu Kräften kam und ich überlebte.

»Du hast mir einen ganz schönen Schrecken eingejagt, Schwester.« Mit Tränen in der Stimme beugte Elna sich zu mir herab und umarmte mich.

Elna erzählte, wie sie mich gefunden hatte. »Meine Schicht war gerade zu Ende. Ich hatte mir eben meine Essensration aus der Kantine geholt, als die Sirenen heulten und die Nachricht kam. Die schlimmste je da gewesene

Explosion. Sterbende und Verstümmelte zu Hunderten. Alle Bergleute in Schacht fünf erstickten in den Stollen. Niemand versteht, wie du mit dem Kind hast überleben können. Ihr habt neben dem alten Lüftungsschacht im Weidengebüsch gelegen.«

Elna hatte zu ihren Göttern gebetet und am Türpfosten des Depots einen Knoten aus Pferdehaar befestigt zum Zeichen dafür, dass sie in der Zukunft für meine Rettung ein Huhn oder einen Truthahn opfern würde. Zwei Wochen lang war ich über fremde Wasser geschifft und hatte im Fieber phantasiert.

»Der da wurde gleichzeitig gefunden.« Elna deutete auf den alten Mann.

Mühsam wandte ich den Kopf. Der neben mir liegende Alte kam mir bekannt vor. Ich kramte in meinem Gedächtnis. Ein freundlicher Sumpfgeist, direkt aus meinem Alptraum. Ich erinnerte mich dunkel an den Schacht und die Flucht. Der Mann war der finnische Grubenarbeiter, Tiite, der sich ebenso wie ich in die Höhle geschleppt hatte. Eine Welle der Scham überflutete mich, und das zeichnete sich wohl auf meinem Gesicht ab, denn Elna versicherte: »Denk daran, niemand kann auf deiner Seele herumtrampeln. Im Schlaf fliegt das *ört* sowieso frei herum.«

Liebevoll kochte Elna mir über dem Bunsenbrenner eine Suppe aus Rentierknochen vom Schwarzmarkt.

»Es hätte dir noch schlimmer ergehen können. Zum Glück war dein *tšon* damals gerade nicht unterwegs.«

Ich verstand nicht, wovon meine dickbeinige Schwester sprach, aber ich verschlang gierig die Suppe. Jede Faser meines Körpers schmerzte, mein Kopf war schwer, alles zog mich hinunter. Aber der Hunger war zurückgekehrt.

»Die alten Leute glauben, der Mensch habe drei Seelen oder dass die Seele aus drei Teilen besteht. *Tšon* ist derjenige Teil, der sich ständig durch den Körper bewegt und gar keinen festen Aufenthaltsort besitzt.

Wenn man sich zum Beispiel den Arm bricht«, und Elna betastete meinen Arm, »dann überlebt der Mensch in dem Fall, wenn der *tšon* gerade nicht in dieser Richtung unterwegs ist.«

Dann senkte Elna die Stimme zu einem Flüstern.

»Der da überlebt nicht. Sein *tšon* hat ihn schon lange verlassen.«

Ich fand, der Opi wirkte recht energisch. Wo ist das Kind?

»Du siehst schrecklich aus. Man kann dich dem Kind noch nicht vorstellen.«

Elna reichte mir einen gesprungenen Spiegel und forderte mich auf hineinzuschauen. Ich brach in Tränen aus, so entstellt war mein Gesicht. Seit der Ankunft im Lager hatte ich mich nicht mehr gesehen und war nun erschüttert. Aus dem Spiegel starrte mich eine skelettartige Maske an. Hatte ich früher fünfzig Kilo gewogen, so hatte ich mich mit kaum mehr als vierzig Kilo in ein ebensolches Gespenst verwandelt wie die anderen Lagerinsassen. Ich nahm einen Bleistift und kritzelte auf die weißgekalkte Wand: »*Gdje maltschik*? Wo ist der Junge?« Aus irgendeinem Grund wusste ich, dass es ein männlicher Welpe sein musste.

Elna machte ein verlegenes Gesicht. »Komm du erst mal zu Kräften. Alles zu seiner Zeit.«

Es dauerte noch fast eine Woche, ehe ich erfuhr, dass mein Nachkomme lebte und sich am anderen Ende der Krankenbaracke befand, wo ein Lagerraum mit Hilfe eines Kamins und einer Schädlingsbekämpfungsaktion in einen Raum für Neugeborene verwandelt worden war. Mich ließ man nicht in das Zimmer, aber ich durfte, gestützt von Elna, zusehen, wie eine Udmurtin, die ihr Kind verloren hatte, den Jungen stillte. Ich nannte ihn sofort Henrik nach meinem Vater. Dort lebte also der kleine Hemmi.

Ein wenig Freude hatte ich im Krankenhaus auch

durch den alten Bergmann, den ich aus dem Schacht gerettet hatte. Und der wahrscheinlich auch mich gerettet hatte, weil wir alle drei irgendwie an die Erdoberfläche gelangt waren. Aber wenn Tiite sich auch an irgendwelche Vorkommnisse in der Höhle erinnerte, so gab er das doch nicht zu.

»Der Kopf spielt mir Streiche«, versicherte er, und ich wollte ihm glauben.

Mir war der Gedanke unerträglich, dass dieser alte Wichtelmann bei Bewusstsein gewesen sein und meine Schändung mit angesehen haben könnte. Stattdessen führten wir einen langen Briefwechsel auf der Mörtelwand hinter dem Kopfende meines Bettes. Wir erfuhren dies und das voneinander, empfanden die uralte Geistesverwandtschaft der Sklaven und Bedeutungslosen, denn wie Tiite zu sagen pflegte: Finne zu sein ist hier keine Sünde, aber es ist eine große Schande.

Tiite war der erste Finne, der mir nach meinem Überlaufen in die Sowjetunion begegnete. Er war eine seltsam kindliche Seele und immer voller Hoffnung. In kurzen Sätzen kritzelte ich ihm meine Geschichte an die Wand, und Tiite seinerseits neckte und foppte mich ständig, was meiner Psyche sicherlich guttat.

»Warum musstest du auch in die Sowjetunion, Tochter eines weißen Offiziers!«

Von meiner eigenen Dummheit sprechen zu hören machte es mir irgendwie leichter, sie zu glauben. Tiites unglaublich positive Lebenseinstellung faszinierte mich.

»Mich werden sie bald abholen«, flüsterte Tiite. »Aus Finnland ist eine Bitte um Auslieferung eingegangen.«

Ich bekam eine Gänsehaut. Wie war das möglich? War es überhaupt wahr?

Tiite schwor und versicherte es.

»Was bist du auch fortgegangen, weißes Mädel, jaa. Obwohl, ich bin ja auch selbst fortgegangen, sogar aus Amerika.«

Tiites Geschichte war abenteuerlich. Geboren war der Sumpfgeist in Finnland in der Provinz Kainuu. Er war ein so verstockter Kommunist gewesen, dass er bei jedem Waldbesitzer auf die schwarze Liste geriet – was ihm die Arbeit in nahezu allen Tätigkeiten verwehrte, die auch nur ein wenig mehr Verantwortung mit sich brachten als der Schmuggel mit Machorka. So war Tiite zunächst nach Amerika gegangen, auch wohlhabend geworden, hatte sich aber trotzdem entschieden, auf seine alten Tage in die Sowjetunion zu gehen, um seinen ideologischen Traum zu verwirklichen.

Energisch und unternehmungslustig, wie er war, reiste Tiite nach Amerika, nach Minnesota, und arbeitete eifrig in den Betriebsorganisationen und Komitees der Arbeiterbewegung mit, bis das FBI vor der Tür stand. Nach vierzig Jahren als Bergmann hatte er genug von den Verfolgungen der Unionisten durch die Regierung der USA.

»Aber Bildung habe ich dort, abgesehen von einer Polioimpfung, nicht bekommen.«

Er überlegte: Eine Frau habe ich nicht, aber Eigentum habe ich angehäuft. Da gehe ich doch in die Sowjetunion, um dort die Heimstatt der Völker zu bauen. Tiite versicherte, dass es solche wie ihn zu Hunderten, ja zu Tausenden gebe.

In den zwanziger Jahren waren die Amerika-Finnen begehrt wegen ihres *nouhaus* und ihres Fleißes. Tatsächlich bekam Tiite von der Partei die Auswanderungserlaubnis und ließ sich in Karelien in einem genossenschaftlichen Landgut nieder.

»Ich kaufte hundert Rinder von einer alten finnischen Rasse. Und dachte, dort als Stalljunge den Rest meines Lebens zu verbringen.«

Aber irgendein Neider vergiftete den für die Kühe bestimmten Kalk mit Arsenik. Sie alle krepierten, und Tiite wurde der Tat beschuldigt.

»Als hätte ich meine eigenen Kühe getötet! Aber hier ist es gut, seine Streiche zu bereuen.«

Es kam der Ausweisungsbeschluss. Für ihn, den finnischen Staatsangehörigen. Jetzt sollte das finnische Außenministerium die Papiere schicken und Tiite endlich seine alte Heimat wiedersehen können.

»Aber hier wird einfach so weitergemacht. Durch Grimassenschneiden wird das Dasein nicht besser.«

»Pass auf, Schwester, dass du ihn nicht zu lieb gewinnst. Er stirbt noch vor Tagesanbruch«, flüsterte Elna mir zu.

Tiite starb noch in der Nacht an einem heftigen Krankheitsanfall, dessen Ursache niemand zu klären wünschte.

Der Vorfall wurde dadurch zu einer traurigen Groteske, dass an demselben Tag, da Tiite in irgendein namenloses Massengrab geworfen wurde, am Zeh nichts als eine Reihe von Zahlen, die Post einen Brief aus Moskau brachte, der acht Monate zuvor datiert worden war. Tiites Freilassungsbrief war tatsächlich angekommen.

»Hör mal, du tust mir leid, Stummchen«, sagte Olga Semjonowa. »Und ich ahne allmählich, dass du keine ganz gewöhnliche Durchschnittsgefangene bist. Ich gehöre zum Adel der Lügner und erkenne sehr wohl, wenn ich es mit jemandem zu tun habe, der mir ebenbürtig ist. Komm als Bettwärmerin zu mir.«

Schüchtern kroch ich ins Bett der Genossin Olga, und die schlang sich dankbar um mich wie eine zähe, hundertjährige Liane. Am Morgen erklärte sie mir kurz und bündig: »Stummchen, du brauchst mir keine Ehefrau zu sein, wenn du das nicht willst.«

Und wenn ich nicht unbedingt schleunigst wieder ins Bergwerk wollte, dann gäbe es da in der Krankenbaracke die Stelle der Wasserverantwortlichen. Falls ich die haben wollte. Ich nickte, wortlos vor Dankbarkeit.

»Aber dein Leiden hat keine Bedeutung. Es ist psychischer Natur.«

Dann erzählte die Genossin Olga: »Wusstest du, dass das Fehlen der Zunge die Sprache nicht beeinträchtigt? Wir hatten hier einen Ukrainer mit halber Zunge, der bei der Versenkung des Schiffes Potjomkin von den Bolschewiken gefangen genommen wurde. Er war an Land geschwommen und erwischt worden. Kam in ein Kriegsgefangenenlager. Versuchte mehrmals zu fliehen, wurde jedes Mal erwischt und verprügelt. Bekehrte sich zum Kommunismus, nahm an den Kämpfen von Odessa teil und bekam eine Ehrenmedaille. Durfte zu seiner Familie zurück. Dann wurde er zu Vernehmungen vorgeladen. Er kam ins Lager. Wisst ihr, was ich gemacht habe?«

»Du hast ihn geheilt?« Elnas Stimme war voller Hoffnung.

Olga überlegte einen Moment. »Nein, ich habe ihn in der Nacht vergiftet. Wir brauchen hier keine Faschisten. Aber du darfst sprechen lernen.«

Nach Opa Tiites Tod war mir noch ein anderer Gedanke gekommen. Tot ist tot, wozu trauern. Betrauern wir die Lebenden, die sich zu Tode fürchten. Es gab ein Freilassungsschreiben, es gab für jemanden die Chance, nach Finnland heimzukehren. Das konnte nicht ich sein, wegen meines Geschlechts. Und wenn nun nach Moskau und von dort nach Finnland anstelle von Tiite der kleine Hemmi fuhr?

»Na gut, ich schicke deinen Spross nach Moskau, aber du verstehst ja wohl, dass er die Reise nicht überleben wird. Der Winter steht vor der Tür, Stummchen.«

Ich lernte allmählich wieder sprechen. Es dauerte jedoch noch zehn Jahre, bevor ich Aleksei kennenlernte und mein Leben eine Wendung nahm. Zur selben Zeit erschien im Lager Motyljók.

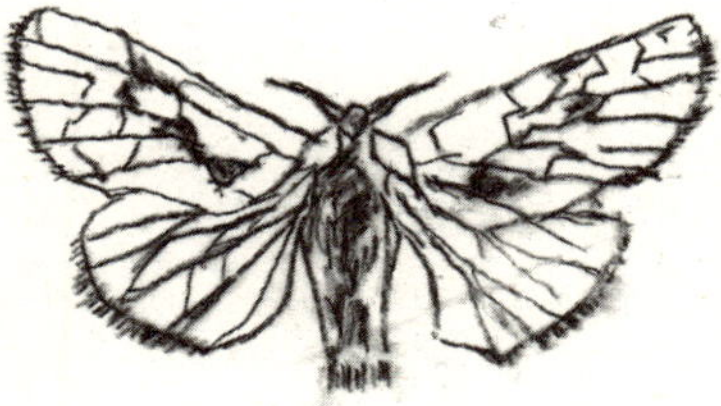

TEIL III

Nicht von gleicher Treue wie die Vorgenannten ist das ört, *das oft auch während der Lebenszeit des Menschen seine Wohnung verlässt. Schon von einem Bewusstlosen sagt der Tscheremisse:* örtšõ lektõn *(»sein* ört *ist fort«). Ebenso sagt er, wenn jemand ihn heftig erschreckt:* örtem luktat *(»du vertreibst mein* ört*«). Wenn der Tscheremisse von der Stadt träumt, ist er dessen versichert, dass sein* ört *in der Nacht dort gewandelt ist. »Wenn mein* ört *nicht dort wandelte«, so folgert er, »wie könnte ich dann die Stadt sehen gerade so, wie sie ist?« Das Träumen wird auch »Wandeln des* ört*« genannt (*örtšõ koštеš*). Wenn der Mensch erwacht, kehrt* ört *in den Körper zurück. Auch die Ursache einiger Krankheiten ist, dass* ört *seine Wohnung verlassen hat. Wenn* ört *nie mehr zurückkehrt, ist der Tod die Folge.*

Die Religion der Tscheremissen (1926)
von Uno Holmberg

Workuta, 1947

Irga

Ich habe niemals zuvor eine so gewaltige Erschütterung meines Innersten erlebt wie damals, als Aleksei, mein kleiner Spatz, ins Lager kam. Zu jener Zeit gab es in unserem Marktlager über tausend Häftlinge. Als er in die Krankenbaracke kam, war von ihm nur die Nummer bekannt, und er plapperte ständig Deutsch, was natürlich Verdacht erregte. Nach dem Großen Vaterländischen Krieg wimmelten alle Lager von Nazis, die unentwegt Erzlügen absonderten.

Der Tag hatte mit einem gefährlich gelben Nebelschein und anderen schlimmen Vorzeichen begonnen, der Wind hatte gedreht und stieß schräg gegen das Firmament, und Elna hatte den ganzen Sommer lang in der Tundra keine einzige heilige Biene gesehen. Wahrscheinlich war es Ende August, denn Elna wohnte bei Petje, während der auf der Durchreise war. Sie hatte sich zum Zeichen, dass sie in einer Lagerehe lebte, einen aus dem Süden mitgebrachten Fliederzweig hinter das Ohr neben ihr Stoppelhaar gesteckt.

Niemand sonst bemerkte, dass Nastja in die Krankenbaracke gebracht wurde. Ich hatte sie schon mal in der Suppenschlange gesehen und erinnerte mich, dass Nastja damals die kleine Schnute der Ukrainerin, gelbe Zöpfe und eine helle Stimme gehabt hatte. Jetzt nicht mehr. So wie viele tüchtige, ins Lager gekommene Frauen hatte sie zuerst eine Beziehung mit Kommandant Minimow gehabt und gebratenes Schweinefleisch mit Kartoffeln zu essen bekommen – gegen Bezahlung. Nachdem Minimow seiner Konkubine überdrüssig geworden war, wurde sie an den kleineren Herrscher Maksimowitsch weitergereicht, der nur noch Kartoffeln für sie übrighatte. Zuletzt wurde Nastja als Kuhmagd abkommandiert. Ins Lager waren mongolische Milchkühe geschickt worden, Haut und Knochen, angeblich, um für das Wohlergehen der Häftlinge zu sorgen, aber den Nutzen aus den Eutern saugten Parasiten und Wachleute. Von Maksimowitschs klumpfüßiger Kebse konnte man jedoch gegen Bezahlung ein Glas Milch bekommen.

Eine Kuh war um ein Vielfaches wertvoller als ein Häftling, und als Maksimowitschs bösartige Alte von Nastja genug hatte und sie hinauswarf, endete sie als *schalaschówka*, als Lagerhure und Untergebene von Gaul, und zuletzt in der Höhle. Was geschah dann? Na, Nastja hielt sich nicht an die Vorschriften, sondern gab sich aus purer Wollust, ohne Bezahlung, am Zaun einem Polen hin.

Zar beschloss, an dem Mädchen ein abschreckendes Beispiel zu statuieren.

Blumenkohl zerrte Nastja auf die Treppe zur Krankenbaracke, spuckte auf sie und stiefelte in seinen Angeberstiefeln – meinen Stiefeln – davon. Ich sah das vom Fenster aus, aber ich hatte natürlich nicht vor, Blumenkohl zu denunzieren. Nastjas Mundwinkel waren aufgeschnitten bis zu den Ohren, im Lagerslang hieß das *kirgisisches Lächeln*. Außerdem war sie an mehreren anderen Stellen geschnitten worden, so dass sie nicht mehr viel Hoffnung hatte, noch irgendjemandes Bettwärmerin zu werden. Wir holten die geschundene Frau herein, nähten sie nach besten Kräften zusammen, und damit wäre die Sache erledigt gewesen, wenn nicht der winzige

Lagerkommandant Maksimowitsch angewackelt gekommen wäre und verlangt hätte, diejenige zu sprechen, die gesehen hatte, wie das junge Ding gebracht worden war. Genossin Olga Semjonowa winkte in meine Richtung, ich meldete gehorsam meine Strafe und die Häftlingsnummer. Maksimowitsch zog mich beiseite. »Genossin *medsestrá*, helfen Sie dieser armen Frau! Sie sehen ja, wie man sie zugerichtet hat. Wenn Sie mir jetzt den Namen nennen von dem, der sie hierhergebracht hat, dann passiert nichts, aber wir würden diese Leute dann endlich loswerden.«

Mag sein, dass der Genosse Maksimowitsch einem Anfall von Zärtlichkeit unterlag und für seine ehemalige Geliebte Gerechtigkeit wollte. Viel wahrscheinlicher war jedoch, dass er in der Höhle bei Blumenkohl gerade bis über beide Ohren verschuldet war und Ruhe vor ihm haben wollte. Da war natürlich noch anderes. Auch die Wachleute hatten allmählich Zars Gemeinheiten gründlich satt. Die grausamen Vergewaltigungen, die Verstümmelungen, die Messerstechereien, die wilden Gerüchte. Es wurde sogar behauptet, dass aus dem Fleisch eines an Syphilis verstorbenen tschetschenischen Spielers die Suppenrationen für das Lager Nummer zwölf geschnitten worden seien, was nicht stimmte, denn ich selbst hatte die Leiche ins Massengrab gekarrt. Dennoch, die Ehrenwerten Männer, wie die *Blatnój* sich selbst nannten, beherrschten mit eiserner Hand das System des Schwarzmarkts. Und jetzt, wo es bald Hoffnung auf Rentierfleisch gab, war die Lage besonders angespannt. Gleichzeitig versuchten die im Lager nistenden *Suki*, die Hündinnen, die Macht der *Blatnój* ins Wanken zu bringen.

Ich weiß nicht, was in mich fuhr. Sicherlich die Erinnerung an meinen eigenen Besuch in der Höhle. Die nagende Verbitterung und Ohnmacht, das verlorene Leben des jungen Mädchens. Die Narben in meinem Gesicht, die mich bei jedem Blick in den Spiegel an das

Geschehene erinnerten. Oder vielleicht nichts so Dramatisches. Vielleicht nur meine Stiefel aus Rentierleder, die ich am ersten Tag im Lager eingebüßt hatte und in denen der Genosse Kapustnikow weiterhin angeberisch herumstolzierte. Jedenfalls entschlüpfte meinem Mund der Name dieses Feindes, Blumenkohl. Maksimowitsch ging seiner Wege, ich wandte mich wieder meiner Arbeit zu und verfluchte meine wiedererlangte Sprechfähigkeit. Was konnte das alles für Folgen haben!

»Nicht unbedingt«, tröstete mich Elna, als ich ihr davon erzählte, während wir Nastjas Verbände wechselten. »Nur eine Lagerhure. Niemand weiß, dass gerade *du* den Mann verpfiffen hast.«

Da hörten wir Olga Semjonowa rufen und unterbrachen unsere Arbeit. In die Krankenbaracke war ein übel zusammengeschlagener, zum Skelett abgemagerter junger Mann gebracht worden, nachdem er eine wochenlange Stalinkur hinter sich hatte, 300 g Wassersuppe und sonst nichts. Hatte über eine Woche im Karzer, der Strafzelle des Lagers, gesessen.

Olga flößte dem Jungen durch die aufgesprungenen Lippen Wasser ein, in dem sie Salz und Milchpulver aufgelöst hatte. Der Häftling ächzte: »Ich hab eine Nachricht.«

»Für wen?«

»Für die Person, die sie versteht.«

Der Geschundene erzählte, dass in dem Moment, wo er aus dem Karzer freikam, ein *Blatnój* in Eisen hereingeschleift wurde. Der wollte unbedingt eine Botschaft an die Krankenbaracke übermitteln.

»Was für ein Mann?«

»Ich weiß nicht, er hatte komische Ohren.«

Mir blieb fast das Herz stehen, als das Gerippe fortfuhr: »Ich soll ausrichten, in der Höhle gebe es ein Wiedersehen. Und diesmal werde die Besucherin nicht lebend davonkommen.«

Mit zitternden Händen flößte ich dem Mann noch mehr von der Brühe ein.

»*Kiitos*. Danke!«

Es dauerte eine Weile, ehe mir bewusst wurde, dass der Mann Finnisch sprach, wenn auch mit so speziellem Akzent, dass ich seine Rede gerade eben noch als meine Muttersprache erkannte. Ich konnte es kaum glauben. Sprach dieser Häftling tatsächlich meine Heimatsprache? Mich durchfuhr eine glühende *Tunguska*.

»Ich heiße Irga«, stammelte ich.

Meine ersten muttersprachlichen Worte, nachdem mir die Zunge abgeschnitten worden war.

»Aleksei, schön, dich kennenzulernen.«

Mein Herz begann zu singen. Es war das erste Mal nach Opa Tiite, dass ich Finnisch sprechen hörte, damals konnte ich ja noch nicht selbst antworten. Das war fast zehn Jahre her. Ich wusste, dass in den Lagern ab und zu Finnen auftauchten, aber ich hatte noch mit keinem von ihnen sprechen können. Hier aber war nun einer, der zumindest in meiner Heimat gewesen war. Mir stieg das Wasser der Sehnsucht nach der Kindheit in die Augen.

Aber es kam noch besser. Es war nämlich eine Ironie des Schicksals, dass meine Schwester den Ankömmling erkannte. Die Petrischale glitt ihr aus der Hand, und die Spritzen fielen klirrend zu Boden.

»Aleksei, bist du es?«

Das war eine jener merkwürdigen Begegnungen, wie man sie nur ein- oder zweimal im Leben hat. Die Kinder aus demselben Dorf umarmten einander und wechselten in ihre eigene Vogelsprache. Dabei hatte ich das Gefühl, hoffnungslos Außenseiter zu sein.

»Schwester, liebe Schwester mein«, flüsterte Aleksei Ignatenko und hob Elna auf seine sehnig zitternden Arme.

»Bruder, wie hab ich mich doch nach dir gesehnt!«

Ungläubig fragte ich, ob dies wirklich derselbe Aleksei sei, den Elna tot geglaubt hatte. »Ja«, Elna weinte vor

Freude. Da ist der Bruder nun, verlorengegangen und wiedergekehrt, obwohl auch Petje, der *Ńojti*, ihn gesucht hatte, damals auf dem Marsch durch den Wald, weißt du noch? Ich nickte und musste daran denken, wie es Petje und Elna nun ergehen würde. *Aber Schwester, deine Augen waren heiter:* »*Mir tjéßen*. Die Welt ist klein.«

Über das, was im Krieg gewesen war, sprach Aleksei nicht viel. Und ich platzte natürlich fast vor Neugier und Nachrichtenhunger.

»Erzähl uns doch, woher du jetzt kommst?«

»Woher soll man schon kommen? Aus der Welt.«

Ich bat und bettelte, aber Aleksei war nicht bereit preiszugeben, in welcher Gegend Finnlands er während des Krieges gewesen war. Im weiten Lappland, so viel konnte ich seinem Akzent entnehmen. Aber hatte er meinen Vater, den Weißen General, gekannt? Hatte er dieselben Fjorde gesehen, an denen ich aufgewachsen war? Erinnerte er sich an das Flüstern des türkisgrünen Meeres, an die Wellen von Pummanki, die sich bis zur Raserei steigern konnten? Das Heimweh überfiel mich nach Jahren wie eine unerträgliche Sturzsee.

»Hör zu, Wildvogel, lass Aleksei in Ruhe. Man muss nicht jeden Stein umwenden«, riet Elna mir.

Auf jeden Fall war er mit demselben Transport deutscher Kriegsgefangener gekommen. Ich bin mir nicht sicher, ob Aleksei überhaupt verstand, welche Sprache jeweils gesprochen wurde. Ich nutzte jede Gelegenheit, mit ihm Finnisch zu sprechen, und verspürte eine vage Unruhe, wenn Aleksei und Elna miteinander tuschelten. Sobald meine Schwester irgendwohin ging, wurde Aleksei ängstlich.

»Wo ist die Schwester?«

»Wahrscheinlich trifft sie sich mit Petje in Liebesangelegenheiten«, konnte ich mir nicht verkneifen zu sagen.

Überrascht wandte Aleksei den Kopf. Dann zuckte er die Achseln.

»Die Schwester hat einen Bräutigam? Na gut. Ich verdanke Elna mein Leben.«

Schwester, du warst die Schönheit selbst, ein echtes Naturkind. Ich beneidete dich darum, wie ungekünstelt du das Leben zu nehmen verstandst. Mir versichertest du, dass du nicht in Aleksei verliebt seist, er sei dir ein Bruder. Du hast von Petje geträllert. *»Gut ist's bei dem Liebenden, wenn er gleich 'nen Klumpfuß hätt.«*

Elna schürte das Feuer im Kamin der Krankenbaracke, sie wollte Spritzen sterilisieren. Sie warf einen prüfenden Blick auf mich. »Aber dich interessiert er offenbar. Das freut mich, aber erhoff dir nicht zu viel. Das *ört* dieser weißen Krähe kann sich entfernt haben. Und sein *tšon* kann ziemlich verwahrlost sein. Der Krieg verändert den Menschen.«

Von nun an sorgte ich dafür, dass Aleksei die besten Fleischstücke der wässrigen Krankenhaussuppe bekam. Das war wirklich eine erbärmliche Kräuterplörre, denn Lagerkommandant Minimows Bande zwang die ausländischen Häftlinge, für ein Stück Schweinespeck auf ihre bisherige Staatsangehörigkeit zu verzichten – sicherlich wurden sie dafür ordentlich belohnt, bekamen also einmal den Bauch richtig voll. Viele willigten in diesen Handel ein.

Aleksei wurde schwächer und schwächer.

»Gib es auf, Wildvogel«, heulte Elna, als Aleksei auf dem Weg zum Kübel umkippte. »Vielleicht solltest du doch auf deine Staatsangehörigkeit verzichten. Dann bekämen wir Fleisch. Und den Bruder wieder auf die Beine.«

Aber ich konnte nicht einwilligen. Noch konnte ich mir, auch nach all diesen Jahren, nicht vorstellen, dass ich meine Heimat niemals wiedersehen sollte, und ich hatte auch noch nicht völlig die Hoffnung verloren, dass mein Vater, der Weiße General, kommen und mich holen würde. Ich weiß, das war verrückt. Aber im Traum kam er Nacht für Nacht zu mir angesprengt, manchmal mit amerikanischen Truppen, manchmal ritt er auf einem Totenhund, aber immer erwachte ich, und mein Kissen war nass von Freudentränen. Ich glaubte, er würde mich irgendwie retten. So ergeht es dem Menschen im Lager, er klammert sich an den letzten Strohhalm, um sich seine Träume zu bewahren.

Ich konnte also Elnas Bitte nicht erfüllen. Ich würde einfach durchhalten müssen. Ich gab alles, was ich von meiner Ration entbehren konnte, meinem Spatz. Ich selbst lutschte an Schwartenstücken und anderen Fleischkrümeln nur einen Augenblick lang und ließ sie dann wie eine Vogelmutter aus dem Mund fallen, damit mein Halbverhungerter sie schluckte. Eine Zeitlang hatte es den Anschein, als würde Aleksei Ignatenko wieder zu Kräften kommen. Ich frohlockte, aber Elna wirkte ständig besorgt. Wir sorgten dafür, dass Aleksei kräftiger wurde, aber nicht zu sehr. Zu jener Zeit wurde bei denen, die die Krankenbaracke verließen, der Pobackentest gemacht. Die Häftlinge wurden in einer Reihe aufgestellt und ihre Pobacken mit einer Eisenzange zusammengepresst. Diejenigen, von deren Hinterteil etwas Fleisch in der Zange hängen blieb, wurden ins Bergwerk abkommandiert, zu schweren allgemeinen Arbeiten.

Während meiner ganzen Lagerzeit hatte ich auch nicht den kleinsten Moment von Liebe erlebt. Immerhin kletterte ich manchmal zu Olga Semjonowa ins Bett, aber nur, um einen Augenblick der Berührung und die Körperwärme eines anderen Menschen zu spüren. Nach Alekseis Ankunft erwachte ich gleichsam aus meiner Erstarrung, und dünnes Monatsblut befleckte zum ersten Mal seit zehn Jahren meinen Schlüpfer. Zum ersten Mal begannen die Samen, die in mir geschlummert hatten, zu keimen. Während die anderen in Alekseis Charakter anscheinend nur sympathische, rührende Wesenszüge fanden, sah ich in ihm etwas, was mir bisher noch nicht begegnet war: einen Ebenbürtigen. Einen klugen, aufmerksamen Überlebenskünstler. Wie kann es plötzlich so schwierig sein, den anderen zu berühren. Laut seinen Papieren achtunddreißig Jahre alt, in Wirklichkeit kaum zwanzig. Kriegsteilnehmer lassen sich schwer beurteilen. Ein kleiner Spatz, in dem ein weiser Adler wohnte. Manchmal hatte mein Spatz den Gesichtsausdruck eines hundertjährigen Greises. Die anderen fanden, er sehe aus wie ein Spaßvogel, wie einer, der die Frauen anzieht. Alle neckten ihn, und besonders Nastja mit dem Narbengesicht hob ihren Rock und fragte: »Weißt du, Jungchen, was das hier ist?«

Und Aleksei wurde tiefrot und verjüngte sich zu einem zehnjährigen Küken. Manchmal wurde Nastja richtig zudringlich: »Steck den Finger rein!«

»Nein.«

»Mach mal, mach mal, da ist eine Überraschung.«

»Was denn?«

»Dort wohnt ein kleiner Vogel. Probier es aus, es fühlt sich gut an.«

Aleksei drehte den Kopf zur Wand. Nastja lachte hässlich, ging den Korridor der Station entlang und ließ ihren vielgeleckten Arsch wackeln. Manchmal, wenn ich an Nastja dachte, schien mir, ich hätte genauso werden können wie sie. Oder aus Nastja hätte unter anderen Umständen eine tüchtige Bäuerin werden können, aber etwas in ihrem Wesen war in der Höhle irreparabel zerbrochen. Sie war fingerfertig, und da sie auch keine Scheu vor Muschimenschen hatte, erwog Olga Semjonowa, sie als Wäscherin der Mullbinden und für Näharbeiten in Dienst zu nehmen.

»Für dich stellt sie keine Gefahr dar, Schwester«, tröstete Elna mich. »Aleksei begehrt dieses Narbengesicht nicht wirklich.«

Olga Semjonowa wiederum sog an ihrer Papirossa und sinnierte laut: »Stummchen, du solltest nicht zu direkt sein. Das mögen die Männer nicht, und glaub mir, darüber weiß auch ich so einiges. Nimm dir ein Beispiel am Wald. Die geraden Bäume werden gefällt, die krummen dürfen weiterleben.«

Ich hatte also Mitleid mit Nastja. Nobel versuchte ich zu denken, dass dieses flittchenhafte Verhalten nicht ihre eigene Schuld gewesen war. Aber wie sie mit meinem kleinen Spatz Aleksei herumkokettierte, das kam mich hart an. Besonders das eine Mal, als alle anderen zum Kursus Einführung in den Sozialismus abkommandiert worden waren. Nastja war in der Baracke zurückgeblieben, sie sollte die gewaschenen Mullbinden aufrollen.

In der Krankenbaracke steht der einzige gemauerte Ofen des Lagers. Ich pflegte in das Feuerloch zu kriechen, weil sich die Wärme dort am längsten hielt und ich in Ruhe meine schmerzenden Organe aufwärmen konnte. Dieses Mittel hatte Elna mir geflüstert, weil sie es während der Tage oft schwer hatte. Jetzt aber sah ich aus meinem Versteck, wie Nastja zu Aleksei ging: »Spielen wir ein bisschen, kleiner Spatz?«

»*Njet*, wir spielen nicht.«

Da nahm diese gemeine Person von Olga Semjonowas Schachbrett eine Figur, einen Bauern, und schob sie sich unter den Rock. Eine nie gekannte Wut packte mich, so stark, dass ich selbst darüber staunte. Am liebsten wäre ich aufgesprungen und hätte sie mit dem Bleuel verdroschen, aber ich konnte meine Arme nicht bewegen, und das Rauschen des Universums erfüllte meinen Kopf. Diese schamlose Jedermannselster! Als sie die Hand wieder unter dem Rock hervorzog, konnte ich den Frauengeruch bis in mein Versteck spüren.

»Weißt du, was das ist?«

»Hmm … eine Schachfigur.«

»Lutsch daran.«

»Was?«

»Steck sie in den Mund.«

Der kleine Spatz steckte die Schachfigur gehorsam in den Mund und lutschte daran, das Gesicht gerötet.

»Jetzt hast du eine Frau geschmeckt.«

Dann ging Nastja lachend ihrer Wege. Als Olga Semjonowa und die anderen zurückkehrten, lagen alle Mullbinden zerrissen am Fußboden des Depots verstreut. Olga Semjonowa war so wütend, dass sie das Mädchen sofort zu *kátorga* abkommandieren wollte. Elna überlegte laut: »Dann bekäme sie, was sie verdient hat, die kleine Hure.«

Aber ich war über meine eigene Heftigkeit erschrocken und riet davon ab. »Lass sie trotzdem hier arbeiten. Dann lernt sie besseres Benehmen.«

»Danke«, flüsterte Nastja mir später zu, als wir an der mit einer dünnen Eisschicht überzogenen Wassertonne Nachttöpfe auswuschen. Warum ich das getan hatte? Schwer zu sagen. Hatte ich geahnt, dass Nastja mir noch nützlich sein würde? Dass ich ihr mein Leben verdanken würde? Wohl kaum. Vielleicht erinnerte mich Nastja an den Teil meiner selbst, den ich fürchtete. Auch Olga Semjonowa hatte das Mädchen liebgewonnen, was ihre Aufmerksamkeit von mir und ihrer möglichen Mordlust gegenüber Aleksei ablenkte. Außerdem hatte ich angefangen, über das Wesen der Macht und darüber nachzudenken, dass Dankesschuld ein vortreffliches Mittel ist, einen Gegner im Zaum zu halten. Auch hatte ich gelernt, dass es sinnlos war, sich allzu sehr in die Angelegenheiten der Männer einzumischen – sie handelten sehr oft getrieben von ihren niederen Instinkten. Ich musste also diese Wünsche für meine Zwecke nutzen. Ich schmiedete Pläne, versuchte, den geeigneten Augenblick zu erspüren. Ja, in Aleksei gab es das Verlangen nach einer Frau, in den Frauen das nach meinem Spatz. Aber ich besaß einiges mehr: Klugheit, Zähigkeit, eine Kraft sammelnde Welle des Willens, die in mir darauf wartete, sich zu entfalten. Solche Gedanken bewegten mich, während ich an einem langen, verregneten Abend Alekseis gebeugte Gestalt anstarrte. Früher oder später musste Aleksei mich wahrnehmen. Und nicht nur mich wahrnehmen. Nein, dieser Mann musste sich in mich verlieben, so verrückt nach mir werden, dass er mir die Fersen leckte, meinen Namen zum Nordlicht und zum Mond hinaufheulte. So musste es sein. Und ich würde dafür sorgen, dass das geschah.

»Aleksei kann nicht lieben. Nicht jetzt. Er hat einen Knacks in der Seele«, warnte mich Elna.

Ständig zählte ich die restlichen Tage meines Lebens, die mir noch bitterer erschienen jetzt, da ich meinen Spatz gefunden hatte. Jeden Morgen kerbte ich mit dem Messer einen neuen Strich in das gekalkte Bein des Büroschranks, und jedes Mal entsetzte ich mich darüber, wie viele es schon waren. Vielleicht würde es gar keine Rache geben? Aber der *Blatnój*-Mann würde niemals vergessen. In manchen Augenblicken betete ich heftig, Blumenkohl möge im Karzer umkommen, aber im Innersten glaubte ich nicht daran. Anders als die anderen war die linke Hand von Zar mit Rentierfleisch und gelegentlichen Leckerhappen aus den Lagerpaketen wohlgenährt. Dieser Erzteufel würde selbst den siebten Abgrund der Hölle überleben, um mich zu bestrafen.

»Die Kriminellen bezahlen immer ihre Schulden«, wie Gaul sich ausdrückte.

Gaul war von Zars Männern der roheste und durch Drogen am meisten heruntergekommene. Er lungerte ständig in der Krankenbaracke herum, injizierte sich die Reste aus den Spritzen zwischen die Zehen oder wo immer er noch eine jungfräuliche Stelle für die Nadel fand. Selten, wenn überhaupt je, bin ich einem Menschen begegnet, dessen Persönlichkeit so extremen Schwankungen unterlag. In dem einen Augenblick konnte er ein brüllender Rohling sein, im nächsten kichern und selig sein wie ein Junge, der zum ersten Mal mit seinem Kescher auf die Schmetterlingswiese darf. Ich weiß nicht, woher er seinen Lagernamen Gaul hatte, aber auf seinem Arm war mit Tinte und Nadel ein primitives Seepferdchen eintätowiert. Trotz seiner sich ständig verschlimmernden Drogenabhängigkeit schaffte es Gaul, die Aufgaben zwischen Krankenstation und Höhle auszuführen, die Zar ihm übertragen hatte.

Im Lager grassierten Fleckfieber und eine Choleraepidemie, und wir hatten alle Hände voll zu tun, um die Kranken von den noch Lebenden, die gegen die Krankheit ankämpften, zu isolieren. Die Salzlösung war alle und Not am Mann, zumal Elna mit der Pflege ihrer Beziehung zu Petje beschäftigt war und sie uns deshalb nicht helfen konnte.

Mein Spatz Aleksei siechte dahin, er hörte auf zu essen und zu sprechen. Ich fürchtete, er könnte seinen Lebenswillen ganz verlieren.

»Nun vergiss mal nicht, zu sprechen. Wir werden die schlimmen Zeiten schon überleben«, lockte ich.

Ich versuchte, ihm Suppe mit Mehlklößen aufzunötigen, aber er rollte sich zu einem Knäuel zusammen.

Ich war bereit, meine Staatsangehörigkeit an Minimows Armee abzugeben und mich selbst in den Dunghaufen hinter den Ställen zu verkaufen. Überhaupt zu allem, wenn nur mein Spatz wieder gesund wurde.

Schließlich konnte Elna es nicht mehr mit ansehen, und sie befahl mir, unseren skelettartigen Patienten in die Schubkarre zu legen. »Alekseis *ört* ist aus seinem Körper verschwunden. Und *tšon* treibt sich wer weiß wo herum. Er fällt in Finsternis und stirbt.«

Elna machte sich daran, uns eine Erlaubnis für einen Aufenthalt außerhalb des Lagers zu beschaffen.

»Wir bringen Aleksei zu Petje, soll der ihn behandeln.«

Workuta, 1947

Irga

Wir müssen vorsichtig sein, gestern war totale Mondfinsternis. Möglicherweise geht es Petje schlecht.«

Elna führte uns durch ein hinter den Stallungen gelegenes, für das Vieh bestimmte Tor im Stacheldrahtzaun hinaus in die herbstlich gelb und rot leuchtende Taiga. Zur Wache war an diesem Abend Ersja Fernstrafe eingeteilt, eine *bábuschka* aus einem mit den Finnen verwandten Volk, deren Sprache niemand mehr sprach, die aber für solche Aufgaben als tauglich galt, weil sie nachweislich imstande war, tagelang in ihren Stiefeln, die im gefrorenen Mist steckten, dazustehen, ohne zu weinen, bis jemand kam, um sie mit einer Stange herauszubrechen.

»Brigadier Genossin Jelena Michailowna. Ich bewundere Sie.«

Ja, als Brigadierin und Schwarzmarkthändlerin hattest du, Schwester, nun Sonderrechte. Nur wir durften dich weiterhin mit dem Vornamen anreden.

Aleksei, mein kleiner Spatz, lag in der Schubkarre und keuchte mühsam, er war so leicht, dass ich selbst nicht einmal schwitzte. Ersja Fernstrafe öffnete das Stacheldrahttor hinter den Kuhställen, und ehe ich es gewahr wurde, befand ich mich zum ersten Mal außerhalb der Umzäunung. Seit zehn Jahren! Ich blieb stehen, um die Luft der Freiheit einzuatmen. Der Gestank von

Steinkohle und brennendem Peroxid mischte sich mit der Grabesstille der Herbstnacht. Hier ragte der ewig qualmende Ziegelschornstein des Bergwerks auf, dort gegen den noch hellen Westhimmel der Turm der Aufbereitungsanlage. Wir befanden uns hundertsechzig Kilometer nördlich des Polarkreises, zweihundert Kilometer von hier brandete das Eismeer. Unter den Filzstiefeln der Dauerfrostboden, die harte Erdkruste. Die Kälte drang durch die von der Arbeit hart gewordene Haut, die Tundra bereitete sich auf den Winter vor. Das hinter den hohen, mit ewigem Schnee bedeckten Gipfeln des Urals auflodernde Nordlicht wird an das nördlich finstere Himmelsgewölbe geschleudert, und dieses Feuer faucht und braust in einer Weise, dass ich erschauere.

Meiner Schwester Elna war all dies vertraut. Sie war schon seit drei Jahren Leiterin der Wasserbrigade der Krankenbaracke. Das Wasser wurde mühsam Eimer für Eimer aus einem Brunnen geschöpft, der zwischen zwei Lagereinheiten lag. Elna war also ein *Zonenparasit* und zeigte das, indem sie statt der schwarzen und grauen Lagerkleidung blaue trug und manchmal, an Filmabenden, an ihren Beingamaschen rote Bänder. Sie bewegte sich frei und ohne Bewacher.

»Trotzdem könnte man von hier nicht fliehen«, bemerkte Elna. »Die Wölfe fressen einen, falls der Bär einen nicht tötet.«

Für mich, die ich nach Artikel 58 verurteilt bin und ein Viertel, das heißt fünfundzwanzig Jahre, absaß, war das nicht möglich. Jedenfalls bisher. Ich sog die Luft der Freiheit in die Lungen und konnte nicht umhin, einen gewissen Neid zu verspüren. Dann erstickte ich ihn. Elna hatte mich ja schon vor der *tufta* bewahrt und auch aus mir einen drallen Parasiten gemacht trotz der ausdrücklichen Anweisung aus Moskau: »Politische nur zu allgemeinen Arbeiten!«

Wir setzten unseren Weg fort, während die toten

Grashalme an unseren Beinen zerbrachen. Auf der dem Lager und dem 29. Bergwerk gegenüberliegenden Seite des Flusses befand sich Jur-Šor, das Dorf der »Freigelassenen«, also der Leute, die nicht mehr im Lager zu wohnen brauchten, die aber auch nicht das Recht hatten, sich woanders anzusiedeln.

»*Tupizy i idioty.* Schwachköpfe und Idioten«, sagte Elna voller Verachtung.

Theoretisch bekamen sie Lohn für ihre Arbeit, ungefähr 300 Rubel im Monat. Aber da davon die Kosten für Wohnen, Werkzeuge und Essen abgezogen wurden und die ehemaligen Häftlinge selbst für ihre Kleidung und die Gesundheitskosten aufkommen mussten, hatte nachweislich noch niemand Geld gesehen. In vielerlei Hinsicht waren also die Verhältnisse noch elender. Ein positiver Aspekt war die Möglichkeit, wenigstens überhaupt irgendeine Familie zu gründen. Aus den Hütten drang der Gestank von verbrannter Wolle und wiederverwerteten Essensresten. Petjes Herbst- und Frühjahrskote lag am Oberlauf des Flusses, ein gutes Stück Wegs vom Dorfzentrum entfernt, erklärte Elna stolz. »An einer raffinierten Stelle.«

Lieber in einer Erdgrube als dort in dem Wanzennest.

Petjes Rentierkollektiv, dem Syrjänen und drei Nenzen mit gewaltigen Riechkolben und dunklen Brauen angehörten, zog jedes Frühjahr und jeden Herbst mit seinen Tieren am Lager vorbei. Dann wohnten Elna und Petje zusammen und liebten sich. Jedes Mal endeten einige Dutzend Rentiere im Schwarzmarkthandel und bei den Gelagen der Kriminellen.

»Schlechtkastrierte und einäugige Tiere«, pries Elna die Geschäftstüchtigkeit ihres Bräutigams.

Die Kote, oder der Tschum, wie Petje ihn nannte, wurde aus gewaltigen knöchernen Stoßzähnen gebaut und mit Fellen ausgekleidet. Angebunden an eine Krüppelbirke grunzten drei Elchkälber, als wir den Tschum betraten. Es roch urtümlich nach Ledertran, Fellen und Sumpfkräutern. Der *Ńojti* selbst hatte das Rentiergehörn vom Kopf genommen und rührte in einem Gebräu, das über dem Feuer brodelte.

»Wie geht's, mein Zauberer?« Elna ergriff fürsorglich sein hartknochiges Handgelenk.

Petjes Augen glühten tief in ihren Höhlen, er schüttelte den Kopf.

»*Tjaschelo.* Schwer.«

Ich kippte Aleksei aus der Schubkarre auf den Fußboden der Kote und winselte mit Mausestimme. »Kannst du Aleksei helfen? Wir sind gekommen …«

»Es ist doch klar, von welcher Angelegenheit ich hier überzeugt werden soll«, brummte der Schamane.

Elna hatte von Petjes schwieriger Stellung erzählt. »Jemand, der Visionen hat, ist kein Volksdiener und keine Radiosendung.«

Oftmals war es so, dass ein Schamane der Interpret für etwas anderes ist, für den Angriff fremder Geister, und nur sie sieht. Denn der *Ńojti* konnte seinen Weg nicht selbst wählen. Nahein, wenn Petje selbst hätte entscheiden können, wäre er Ranger geworden für all die Volkskundler und Schädelvermesser, die aus dem Ausland hier angetrabt kamen. Aber ihn hatten seit seiner Kindheit Tagträume geplagt. Als Fünfjähriger war er hoch oben auf einem Berg angetroffen worden, wie er zu unsichtbaren Vögeln sprach, und zum Entsetzen der Stammesältesten antworteten ihm die Vögel. Petjes Krämpfe und Verrenkungen hatten sich mit dem Stimmbruch verschlimmert, und das häufige Träumen, die Wutanfälle und Ohnmachten bestätigten, dass er aus einer Sippe nenzischer Schamanen stammte. Das hatte aber auch sein Gutes. Im Sommer konnte er vor den Schwärmen blutsaugender Insekten auf den Grund des Flusses flüchten, um dort zu verschnaufen, und ertrank nicht dabei. Wenn er andererseits sehr böse gehandelt hatte, kam manchmal Wasser aus seiner Lunge hervorgesprudelt, obwohl es weit und breit keinen Fluss gab. Und dann war da natürlich *kukúschka*, das aus dem Hinterkopf quasselnde uralte Gespenst, das fratzenhafte Wesen, das ich mehr fürchtete als alles andere. Ich konnte nicht verstehen, wie Elna nachts neben ihm schlafen konnte.

Jetzt sprach Petje mit gesenktem Kopf. »Ich hatte eine böse Vision, das verheißt nichts Gutes.«

»Vielleicht hat ja der Traum keine Bedeutung«, warf Elna rasch ein.

Petje schüttelte den Kopf. Er hatte oft Träume, die realistischer waren als der Wachzustand.

»Na gut. Man müsste ihm Gnadenhonig einflößen.«

Wir müssten das ewige Eis, das sich während der Kriegsjahre in unserem seltsamen Vogel eingenistet hatte, zum Schmelzen bringen.

Elna klagte. »Daraus wird nichts. Es gibt keine Bienen. Nichts, aus dem man den Honig herausfließen lassen könnte.«

Petje sprach zu mir, während seine Augen in Elnas Richtung blitzten. »Du, kleine Tschuchná, willst diesen Schwächling retten?«

Ich nickte.

»Gut. Ich werde dir, Irga Wildvogel, sagen, was zu tun ist. Aber zuerst musst du dich reinigen.«

Workuta, 1947

Irga

Jetzt ist es an Wildvogel, ihr Bestes zu tun.«
Wir saßen hochrot, mit dampfender Haut am Steilhang des Flusses, ich, Elna und Petje. Die vor Kälte starren Blätter des wilden Rhabarbers kitzelten uns die Beine, der Abend streute Sterne auf die Oberfläche des Eisweihers. Wir hatten in der Wärme der bis zur Feuerglut erhitzten Flusssteine gebadet. Petje hatte uns mit Harzwasser übergossen, jedem von uns eine Silbermünze gegen die Stirn gedrückt und, begleitet von der sechseckigen Trommel, Gebete gesprochen. Ich hatte aus einem riesigen Stoßzahn, den der Uferhang des Wjatka-Flusses freigegeben hatte, ein aus Heidekrautblüten bereitetes Getränk genossen. Während des Rituals erklärte Petje, wie man in einen sterbenden Körper das Leben zurückbringt.

Vom sternklaren Nachthimmel fielen Schneekristalle und schmolzen zischend auf unserer Haut. Von Zeit zu Zeit zuckten im schwarzen Weltraum feurige Nordlichtfackeln auf, die loderten und sich ausbreiteten, vibrierten und schwebten wie gewaltige Gespenster und dann wieder in der Dunkelheit verschwanden. Die an den Baum gebundenen Elchkälber drängten sich blökend aneinander. Der Schamane schnauzte in ihre Richtung.

»Von der Partei ist ein Befehl gekommen. Ich soll die

da zu Reittieren zähmen. Und sie melken«, knurrte Petje. »Elche als Milchkühe. Seht sie euch an. Sie weinen so sehr, dass ihr Fell nach Tränen riecht.«

»Sag mir, was ich tun muss«, bettelte ich.

Aber der große Geweihkopf des Waldes ließ sich nicht drängen. Ich schwieg und wartete ab.

Petje beugte sich vor und knabberte seine Zehennägel ab, so dass die Muskeln unter der Haut seines sonst so hageren Rückens sich strafften. Ein Schamane spuckt die Nagelstückchen nicht aus, wie man es von einem vernünftigen Menschen erwarten würde, sondern sammelt sie sorgfältig in einem Lederbeutel, den er um den Hals trägt. Alle Haare und Nägel müssen aufgehoben und neben den Toten ins Grab gelegt werden. Elna hatte Petje versprochen, ihm diesen lebenslangen Dienst zu erweisen. Ob ich bereit war, dasselbe für Aleksei zu tun?

Ich nickte.

»Gut. Sonst sammelt der Teufel die Nägel ein und baut daraus ein knöchernes Boot, mit dem er über den kochenden Fluss gerudert kommt, um den Leichnam zu holen.«

Elna unterstützte Petje. »*Pihk-potiin*, in den großen Harzkessel.«

Auch nach all den Jahren noch irritierte mich der Aberglaube dieser beiden. Der energische Petje, der mit den Eckzähnen seine Nägel abkaute, hatte etwas bezaubernd Urtümliches, so als wäre ein ausgestorbenes Tier für einen Moment zum Leben erwacht und ließe sich streicheln. Außerdem war ich um meines Spatzen willen zu allem bereit.

»Nun geh mal und sieh nach deinem armen Kranken. Tu, was zu tun ist.«

Wieder nickte Elna.

Ich hob das Fell, das die Tür verhängte, und schlüpfte in den Tschum. Das Feuer war erloschen, nur die flackernde Lederlaterne beleuchtete den ovalen Raum, die Schatten tanzten an den Wänden. Viel passte hier nicht rein, und viel führt der Rentiernomade nicht mit sich. Eine hölzerne Reisetruhe mit Bronzebeschlägen, Lederschläuche, Behälter mit Kräutern, ein Messer mit Knochengriff und Lassos aus Pferdehaar. Elnas Frauensachen, Duftsalben, Zopfbänder, ein Knochenkamm, zum Trocknen aufgehängte Filzstiefel.

Aleksei lag, nach Luft ringend, auf den Fellen, sein Atem ging pfeifend.

»Durst, Schwester.«

Mit zitternden Händen reichte ich ihm in einer Holztasse kaltes Wasser. Plötzlich fühlte ich mich schüchtern und unfähig. *Du musst leben, mein Liebster!* Der kleine Spatz schlürfte und flüsterte plötzlich heftig, mit einer vom Leiden am Dasein angespannten Stimme: »Wie könnte man hier leben?«

Mir sank der Mut, die Hoffnung verschwand im ewigen Frost, und ich spürte die klammen Scharniere des Himmels als Spannung in meinen Schultern. Aber wie hätte ich das diesem entkräfteten Wesen sagen können? Ich antwortete ihm wahrheitsgemäß. »Hier kann man auch nicht leben.«

Aber man überlebt hier. Man bleibt am Leben.

Weil man muss. Weil das die Rache des Lebens ist.

Ein Weilchen stand ich ratlos neben der Pritsche. Wie jugendleicht war doch mit Wolfszahn alles gewesen. In der Heuscheune brauchte ich einfach nur die Knie zu seinen Ohren zu heben, und schon ackerte er sich an mir ab wie ein im Frühjahr geborenes Trolljunges. Aber mein kleines Spätzchen, in ihm strömten die Säfte nicht in meine Richtung. Und doch hatte Petje mir aufgetragen, den Brand seines Bluts für mich zu entfachen. Auf diese Weise könnte der Strom des Lebens in Aleksei wiedererweckt werden. Vielleicht. Falls ich es schaffen sollte. Falls es noch nicht zu spät war.

»Hör mal, ich weiß, was dir fehlt«, flüsterte ich. »Und ich kann das heilen. Nicht Nastja. Niemand sonst.«

Ich zog das Kleid aus grobem Wollstoff aus und schlüpfte neben Aleksei unter die Felle. Dessen Körper strahlte gleichzeitig Hitze und Kälte ab, er duftete nach frischgerösteten Kastanien. Steif und abweisend wie die Ruinen einer tausendjährigen Festung. Ihn sollte ich so streicheln, dass er anschmiegsam wurde, sollte ihn aus dem ihn umgebenden ewigen Frost herausschmelzen. Ich versuchte, mein durch das Lagerleben heruntergekommenes Äußeres, die Narben in meinem Gesicht zu vergessen. Hatte ich doch glatte Schenkel, ein gebärfreudiges Becken und vor allem mein Verlangen, das man mir in der Höhle nicht hatte austreiben können und das man mir auch nirgends sonst würde austreiben können. Das wusste ich jetzt. Ich umfasste meine Brüste, die kaum fjällapfelgroß waren, und rief: »Komm, leck sie!«

Aleksei rollte sich zögernd näher heran und schnupperte an den Kräutern, mit denen ich mir die Haut eingerieben hatte. Einen Augenblick lang fürchtete ich, er würde nicht wollen. Dann begann mein kleines Spätzchen zu lecken wie ein blindes Kätzchen. Erst den Bogen der Brüste, dann den Warzenhof. Schließlich tastete er nach der knochenharten Brustwarze. Der Junge zuckte, das Lecken wurde anders. Er nahm die Spitze zwischen die Zähne und hielt sie fest. Aleksei wälzte sich halb auf mich, er atmete heftig, seine Augen waren weit aufgerissen. Fast glaubte ich schon, ich würde es schaffen. Aber dann war mein Spatz mit seinen Kräften am Ende, er ließ mich los und rollte sich auf den Rücken.

»Wo tut es weh?«, fragte ich.

Jetzt musste ich ihn mit Honig locken.

»Mir ist schwindlig.«

Aleksei lag ein Weilchen mit geschlossenen Augen da und wiegte den Kopf. »In den Schultern braust es, aus dem Rücken schwindet die Kraft, es pocht in Schläfen und Fingerspitzen. Was passiert da, *sestrá*?«

»Nenn mich nicht Schwester.«

Deine Schwester sitzt dort draußen mit einem Fell über den Schultern im Arm ihres syrjänischen Zauberers und schlürft mit blauen Lippen Chaga-Tee. Ich dagegen bin heiß über dir, mein ganzer Körper und mein Geist sind offen für dich. Mein mageres Fleisch schmilzt dahin vor Zärtlichkeit, die Hitze meines Blutes, meine Ecken und Kanten geben sich deiner Berührung hin. Ich bin deine Schwester nicht mehr. Ich bin das fehlende Teil, das du brauchst, um zu leben.

Ich führte Alekseis schmale Hand an meinen Venushügel.

»Wie fühlt sich das an?«

»Weich.«

Ich schluckte und stieg mit gespreizten Schenkeln auf Aleksei, so dass seine Halsschlagadern gegen die Innenseite meiner Schenkel pulsierten: »Schau mal hierher.«

Aleksei reckte den Hals und starrte, verzaubert wie ein Kind von einem flaumigen Schmetterling. Ich flüsterte: »*Zelúj*, küss sie.«

Innen ist sie glitschig.

»Kann man das tun?«

Eigentlich wusste ich es nicht. Ich wusste nur, dass ich Aleksei den honigsüßesten Met der Urquellen zu trinken geben musste, der unter diesen Lagerbedingungen zu haben war.

»*Poprobuj*. Probier es.«

Ich nahm Alekseis Kopf und drückte ihn zwischen meine Schenkel. Er begann zu lecken, zuerst vorsichtig und zögernd, dann kräftig saugend, so dass der gewisse Zipfel in mir Feuer fing.

»Jetzt leg dich auf den Rücken.«

Mit gespreizten Schenkeln setzte ich mich auf die schmalen Hüften und spürte, dass die Wurzel des Mannes die richtige Stelle traf. Sie drückte sich in mich hinein und passte wie das Messer in die Scheide. Aleksei schrie auf, aber ich presste ihm die Hand auf den Mund.

»Schsch, ganz ruhig.«

Und jetzt geschah auch mit mir etwas. Mein Saft begann zu fließen, und während Aleksei sich in mir bewegte und ich mich an ihm rieb, verschmolzen wir gleichsam miteinander. Über uns wölbten sich die knöchernen Stoßzähne, die Schatten der Träume tanzten auf den Wandfellen, ein im Weltraum vergessener feuriger Fuchs heulte in seiner Brunst. Aber ich war nicht allein, ich schmolz und verschmolz, verwandelte mich von einem Einzelwesen in eine Zweiheit, ich warf den Kopf zurück und ließ meine Hüfte sich biegen. Ich genoss es. Zum ersten Mal seit meiner Ankunft im Lager genoss ich. Ich genoss und weinte, weinte und genoss und kam.

Danach wusste ich, dass ich meinen Spatz immer lieben würde, wenn er auch nur ein wenig zärtlich zu mir war.

Das alles dauerte sicherlich nur so lange wie ein paar Flügelschläge der Nachteule, aber es beendete die Einsamkeit vieler Jahre. Es war für meinen Spatz mit Sicherheit das erste Mal, so verwirrt saß er auf der Ecke der schmalen Pritsche, gehorsam, als ich ihm die Zehennägel schnitt und sie in einen kleinen Lederbeutel tat, wie Petje es mich geheißen hatte.

»Und wenn nun Kinder kommen?«

»Es kommen keine«, versprach ich ihm.

Das war ziemlich ausgeschlossen. Aus meinem im Lager verkümmerten Körper floss nicht oft Monatsblut. Und doch hoffte ich insgeheim, der Samen möge zu keimen beginnen, dass wir durch ein Wunder eins würden. So sind die Tiere. Sie wollen neues Leben schaffen, obwohl auch das eigene am seidenen Faden hängt. Zwar bemühten sich viele besser ernährte Neuparasiten und alle möglichen Jedermannsfrauen im Lager, schwanger zu werden, denn es war eine Verordnung gekommen, dass Schwangere entlassen werden müssen. Das betraf nur die Kriminellen. Mir würde man mein Kind wegnehmen, und ich würde meine Tage im Salzbergwerk beschließen – so hatte ich es gehört. Aber was spielte das schon für eine Rolle, war ich doch von einem *Blatnój* markiert.

»Kommst du bald wieder, mich pflegen?«

»Nein«, sagte ich, und unwillkürlich musste ich weinen.

»Wein nicht, Wildvogel. Deine schönen Augen werden eitern.«

Wie gern hätte ich mich doch bis in alle Ewigkeit mit meinem Spatz vergnügt, aber meine Zeit lief allmählich ab. Ich erzählte Aleksei von Blumenkohl und den Regeln der Ehrenwerten Bruderschaft. Und bald auch von allem anderen. Von Anfang an. Von meiner Flucht auf Skiern, von den Verhören, von der Bahnfahrt und dem Marsch durch den Wald. Von Elna, die mir bei allem geholfen hatte und die für mich wie eine Schwester geworden war. Sogar von meinen verlorenen Stiefeln erzählte ich. Von der Höhle wollte ich nicht erzählen, aber auch davon rutschte etwas mit hinein, und obwohl ich die demütigendsten Einzelheiten verschwieg, sah ich doch, wie Alekseis Gesicht uralt wurde, und wusste, dass er es ahnte. Als alles heraus und mein Herz nackt und bloß war, lächelte Aleksei gesünder, so wie noch niemals zuvor im Lager. Unsere Körper sind jetzt eins, unser Naturell ist eins. Spürst du das? Ich nickte. Die Himmelsfeuer in ihrer großen Erhabenheit erlebten einen stillen Augenblick der Freude, und Alekseis Worte fielen zischend in mich wie flüssiges Blei in ein dünn mit Eis bedecktes Moor.

»Jetzt vertraue ich dir. Vertrau du mir.«

Aber meine Gedanken verfinsterten sich. Was für eine Bedeutung hatte dieses plötzliche Glück, wenn ich doch bald sterben würde? Aleksei überlegte lange und flüsterte mir dann ins Ohr: »Und wenn es nun die *Blatnój* nicht gäbe?«

Plötzlich fiel mir eine Redensart meines Vaters, des

Weißen Generals, ein, die er benutzte, wenn er die Arglist der Skolten verwünschte: Einem Tier, das an den Rand einer Schlucht gedrängt worden ist, stehen plötzlich alle Mittel zur Verfügung.

Ja, was, wenn es die *Blatnój* nicht gäbe?

Workuta, 1947

Irga

Der Winter stieß hinter dem Uralgebirge hervor mit wirbelnden, wütenden Schneestürmen, bald würde der Erdboden unter einer siebenmonatigen Schneedecke verschwinden. In der Kote war ein die Haut verbrennender, den Sinn versengender Lebenshunger in mir entflammt. Ich wollte leben. Ich musste am Leben bleiben. Was aber noch wichtiger war: Das musste auch mein Spatz. Aleksei ging es von Tag zu Tag besser. Sorgen bereitete mir jedoch der Gedanke, wie es meinem kleinen Spatz ergehen würde, falls ich nicht durchhielt. In dem feuchtkalten Bergwerk oder in der Gruppe der Maurer, wo die Arbeit die Lunge auftrieb, würde er kaum eine Woche überleben.

»Schau mal«, sagte ich, als wir Scheite in den gemauerten Ofen der Krankenbaracke schoben und auf das Klagen des Windes im Rauchfang horchten. »Was haben die hier gemeinsam?«

Die Ärztin Olga Semjonowa, der Glasermeister Popowitz, der sich ins Bein geschnitten hatte, die vor Bauchschmerzen schreiende Köchin Groß-Drusja, die Lenins Köchin gewesen und der verziehen worden war, dass sie zu viel Pfeffer in seine Suppe getan hatte. Walja, die neunfingrige Harmonikaspielerin. Und dort spuckte eine Verrückte, die Nonne Anna Korosinnowa, kleine Steine aus. Was hatten sie gemeinsam? Sie alle waren vor zehn Jahren ins Lager gekommen. Niemand von ihnen liegt im Massengrab. Wieso nicht?

Aleksei hob die Schultern. Ich fasste ihn am Ohr. »*Tufta*, Spätzchen, *tufta* musst du lernen.«

So hatte es uns die Genossin Olga Semjonowa, diese finstere Buckellesbe, schon an unserem ersten Tag hier geraten. Anstatt allgemeine Arbeiten zu tun, sollten wir uns bemühen, *Parasiten* zu werden. Dafür gab es Chancen, wenn man Fachmann auf einem Spezialgebiet war, Arzt, Ingenieur oder Elektriker. Barbier, Glasermeister, Blechschmied. Bäcker, Automechaniker, Harmonikaspieler – all solche Leute überlebten.

Das Leben war ein Spiel. Ein Zufall, ein Würfelwurf, das Ziehen von Steinen auf dem Spielbrett. Von was für Kleinigkeiten doch alles abhing, wie ich doch um ein Haar im Stolýpin-Waggon Madenwasser geschlürft und der Cholera zum Opfer gefallen, in der Tundra gestrauchelt, im Sumpf versunken wäre. Im Bergwerk verschüttet oder an den Verletzungen, die ich in der Höhle davongetragen hatte, gestorben wäre. Ich weiß nicht, ob es gut oder schlecht war, dass die *Blatnój* es nicht geschafft hatten, mich vom Leben zum Tode zu befördern, und dass Elna mich rechtzeitig gerettet hatte. Beim Gambling des Lagers siegten die Rücksichtslosen. Die erste und wichtigste Runde wurde gleich am Ankunftstag auf dem Marktplatz gespielt. Niemand hatte Diplome oder Zeugnispapiere dabei. Deshalb konnte jeder bei der Ankunft im Lager sein Glück versuchen. Mit einer Lüge, die listig genug war, konnte man sich sogar ziemlich angenehme Bedingungen erkaufen, und wenn auch nicht geradezu vergnügliche Zeiten, so doch die Hoffnung, zu überleben. Was konnte Aleksei?

»In einem Gefangenenlager in Finnland. Da war ich Gehilfe einer *medsestrá*«, erklärte Aleksei zögernd.

Ich seufzte. Feldschere und Knochensäger hatten wir

zur Genüge. Und auch anderes. Genossin Olga Semjonowa, die mehr und mehr in ihrer eigenen, morphingesättigten Welt lebte, war sowieso unberechenbar, stellte aber für all diejenigen, die sie verdächtigte, Nazis zu sein, eine tödliche Gefahr dar. Oft hatte sie morgens das Bett genässt und zeigte seltsame Erinnerungslücken. Jetzt aber war es Zeit zu handeln. Tagelang schon hatte der Schneesturm gewütet, so dass man nicht zur Tür hinauskam, um den *paráscha*-Kübel zu leeren. Im Handbuch der Partei wurde angeordnet, die Türangeln so anzubringen, dass die Tür sich nach außen öffnete und nicht nach innen, wie bei den Nordvölkern üblich. Wir waren unter einer Schneedecke versunken, das Lager war in weißem Dunst verschwunden.

»Ah, Sowjetunion, weites Land der Freiheit!«

Genossin Olga Semjonowa deklamierte und schaute durchs Fenster auf ihr Thermometer. Es zeigte –45 Grad.

»Es sieht so aus, als würden wir hier ein Weilchen im eigenen Saft schmoren. Ach ja, diese Niedergeschlagenheit. Kann hier jemand Schach spielen?«

Das hatte ich erwartet. Ich meldete mich. Ich wusste vom Schach das eine und andere, hatte ich mir doch vom zehnten Lebensjahr an Kleidergeld verdient damit, dass ich dem nach Kognak riechenden, von den Übungen der Heimschutztruppen heimgekehrten Weißen General Paroli bot. Schwieriger war es gewesen, meinen Vater Henrik zu besiegen, wenn er nüchtern war: »Als würde ein Kommunist mir zusetzen«, lachte Vater damals.

»Ach Stummchen. In diesem Spiel muss man wissen, worauf es zu achten gilt, *kak nabljudat.*«

Aha, mit so einem Jämmerling wie mir zu spielen würde Olga sich nicht herablassen. Ich zeigte also auf Aleksei: »Dieser Sanitäter hier!«

»Ach, ein Feldscher?« Olga Semjonowa reckte neugierig ihren Kranichhals. »Ist das ein Nazi?«

Ich versicherte, er sei kein Nazi, habe im Gegenteil

Nazis umgebracht, ihnen mit bloßen Händen die Halsschlagadern aufgerissen.

Na gut. Jetzt musste Aleksei nur noch verlieren. Aber ich hatte Angst. Tief im Innersten glaubte ich nicht, dass mein kleiner Spatz genügend Falschheit besaß oder auch nur fähig wäre zu taktieren. Wenn ein Bettler es in den Sattel schafft, reitet er das Pferd zuschanden. Olga Semjonowa in ihrem Drogenrausch zu besiegen, wäre für Aleksei keine besondere Herausforderung.

Ich drückte den Spatz an meine Brust.

»Vergiss nicht, nichts ist angenehmer, als den Gegner so auszutricksen, dass er verliert«, ich machte eine kleine Pause, »oder gewinnt.«

Olga Semjonowa eröffnete mit einem Bauern nach e4, Aleksei antwortete mit der sizilianischen Verteidigung. Das konnte ich kaum mit ansehen! Ich biss mir auf die Handknöchel und verfolgte das Spiel eher durch Zuhören als durch Zusehen. Aleksei sprach tollkühn und Olga Semjonowa lispelnd. Von Anfang an war klar, dass mein Spatz die Oberhand hatte. Vor Spannung hielt ich die Luft an und betete im Stillen, mein Liebster möge begreifen, dass er um sein Leben spielte. Zuletzt hatte Olga Semjonowa noch den König, einen Turm und eine Schar langsamer Nachzügler. Nur ein ungewöhnlicher Zug, eine Kraftanstrengung des Verstands konnte sie vor der Niederlage retten. In einer solchen Situation muss man sich in die Gemütsverfassung des Gegners versetzen, in seine Haut schlüpfen. Aber dazu war die Genossin Semjonowa kaum in der Lage.

Olga begann zu dozieren. Dass ein Spiel unzählige Chancen biete und vielerlei Künste erforderlich seien. Irreführungen erkenne man daran, wie der Gegner sich die Nase reibe, die Augenbrauen hebe, sich zusammennehme, aufrichte. Dann machte die Ärztin, Genossin Olga Semjonowa, aus Alekseis Sicht den besten Zug: Sie stand auf, öffnete den Arzneimittelschrank und goss gluckernd

Sprit in ein kleines Glasröhrchen. Wenn ich etwas wusste, dann, dass Alkohol und Schachspiel nicht sonderlich gut zusammenpassten. Olga leerte ihr Glas, schenkte nach und sagte: »Schach ist das Spiel des Lebens, und das Betrügen gehört zu seinem Wesen. Für Dummköpfe besteht das Problem darin, dass alles offen und Schummeln scheinbar unmöglich ist. Oh nein! In meinem früheren Leben kannte ich die Tricks Tausender von Wandlingen, und so sah ich, wie ein ungewollt ausgesprochenes Wort das Schicksal des großen Gorki besiegelte. Ein verqueres Wort zu dem großen Gutalin, ein einziges!« Olga schwenkte den Zeigefinger in der Luft und schwankte ein wenig auf ihrem Stuhl.

»In diesem Spiel muss man manchmal einen Kämpfer opfern, um eine bessere Position zu erlangen. Es geht um Macht und darum, wer sie ausübt.« Olga nahm einen Schluck aus ihrem Glasröhrchen. »Das nennt man Gambit. Angriff ist die beste Verteidigung, und die Überraschung erzeugt beim Gegenüber Verwirrung. Ein Springer am Rand, der bewirkt nichts«, verhöhnte sie Alekseis Zug.

Zu meinem Erstaunen begann Aleksei unmerklich und geschickt Olga Semjonowa zum Sieg zu führen. Das gelang, sie bekam einen Bauern auf die schwarze Seite und wandelte ihn in eine Dame um. Nachdem sie einen Läufer und die schwarze Dame kassiert hatte, schnaufte Olga Semjonowa buchstäblich dem Sieg entgegen. Aleksei verlor das Spiel, sah mich an und zwinkerte mir zu. Ich seufzte vor Erleichterung. Mein Spatz hatte die ganze Zeit seine Niederlage geplant und obendrein seine Gegnerin dazu gebracht, sich als Genie zu fühlen.

»Hör mal, wie gern möchtest du ins Bergwerk zurück?«

»Nicht besonders gern.«

»Wenn ich dir nun eine Stelle als Feldscher besorge?«

Von da an bat Olga Semjonowa Aleksei jeden Tag, mit

ihr Schach zu spielen. Und Aleksei verlor gehorsam zwei von drei Spielen. Fünf Unterschriften und der Stempel der Lagerverwaltung. Elna brachte Aleksei einen weißen Kittel und zeigte ihm einen Platz im Medikamentendepot. Er wurde als Mitarbeiter der Krankenbaracke eingetragen. Er konnte ein wenig Latein und verstand von der Medizin so viel, wie auch ich in der Volksschule gelernt hatte. Vor Pulvern, Mixturen, Umschlägen und Gläsern fürchtete er sich offenbar nicht, aber die Spritzen waren ihm zuwider.

»Darin schiebt man sich dem Menschen unter die Schale.«

So etwas hat mein Spatz zur Genüge in den Lagern der Nazis gesehen.

Ich betrachtete dieses Wesen mit dem sensiblen Mund, das zugleich so lauter und vom Leben verbogen war, und mir kam in den Sinn: Dieser Mensch ist so tief verletzt, dass er zu allem bereit ist.

Ich hatte damals nur noch eine knappe Woche zu leben.

Workuta, 1947

Irga

Der erste Plan entstand aus Versehen. Wir saßen im Depot auf grüngestrichenen Holzkisten, und ich brachte Aleksei verschiedene Methoden bei, wie man im Schachspiel unmerklich verliert. Wie sehr ich auch bettelte, Aleksei war nicht bereit, mich gegen das Regal des Medikamentendepots zu nehmen.

»Das ist zu gefährlich, Wildvogel. Später.«

Aleksei hatte recht. Gegenüber Lagerehen wurde kein Auge mehr zugedrückt, vielmehr konnte man dafür verlegt oder ausgepeitscht werden. Darum scherte ich mich nicht. Ich tröstete mich mit dem Gedanken, dass ein über die Gulaschkanone der Kantine oder beim Morgenappell geworfener Blick ein größerer Liebesbeweis sein konnte als ein schmutziger Akt im Depot. Natürlich war das Selbstbetrug. Ich rieb mich an der Kiste und begehrte dieses neben mir sitzende, drahtige Wesen, ich sehnte mich danach, die Wurzel des Mannes in mir zu spüren – oh, wie sehr mich danach verlangte! Unter meinem Rock war ein pulsierender Lavasee entstanden, ein Vulkan, der sich entladen wollte.

Noch aber war die Zeit dafür nicht gekommen, versicherte mir Aleksei.

Der Wind klagte in den Ecken, und der Fußboden strahlte Kälte ab, obwohl wir uns in eine riesige Decke gehüllt hatten. Ich spürte Alekseis schmalen Körper an meinem. Die von der Decke herabhängende Sturmlaterne verlockte die letzten Nachtfalter des Jahres, ihren Leib zu opfern. Nur um einen Augenblick des Leuchtens willen. Ebenso wäre ich bereit gewesen, mich für Aleksei zu opfern.

»Was, wenn es die *Blatnój* nicht gäbe«, überlegte Aleksei wieder und verschob den weißen Turm.

»Überleg mal, Wildvogel!«

Ein gewöhnlicher Soldat im Krieg kann nie wissen, woher die Befehle kommen. Er muss einfach darauf vertrauen, dass irgendwo ein Klügerer sitzt, der so wie der allwissende Gott alles im Blick hat. Jemand, der will, dass du lebendig wieder nach Hause kommst.

»Was, wenn ein guter Kamerad, ein Verbündeter, im Lager die Befehle gäbe?«

Von diesem Gerede verstand ich kein Wort. Wir hatten keine Verbündeten und auch kaum Kameraden. Überraschend heftig ergriff Aleksei meine Hand, und ich hatte Lust, sie zwischen meine Beine zu legen. Komm, komm, Junge, komm, komm, komm und besorg's mir ordentlich, so dass ich es spüre. Aber Aleksei hatte etwas anderes im Sinn.

»Hör mal, Irga, da im Karzer ist was Merkwürdiges passiert. In der Strafzelle, direkt in der Mitte, ist eine Eisenstange, da muss man sich hinhocken, wenn man es da irgendwie aushalten will. Nach einem Tag waren Rückgrat und Glieder ein zitterndes Mus. Das Nervensystem hat so versagt, dass man gegen die Tür treten musste, um überhaupt irgendeinen Impuls in seine Haxen zu kriegen.

So viel dazu. Aber hör zu: In der linken Zelle führte ein Verrückter Selbstgespräche, die ganze Woche, flüsterte Codes und Namen, trommelte dauernd gegen die Tür. Was soll man davon halten? *Schto dumat*? Wieder einer, der im Krieg den Verstand verloren hat, nicht wahr? Erst am vierten Tag sah ich durch ein Astloch, dass der Irre gar nicht allein vor sich hin brabbelte. Vielmehr sprach er durch die Luke mit einem Wachmann. Also ein Denunziant, ein Spitzel.«

Ich sah Aleksei forschend an und überlegte, ob ich ihn dazu bewegen könnte, mich von hinten zu nehmen, wenn ich am Fußboden auf alle viere ginge. Ich versuchte, mich zu konzentrieren. »Ja. Aber warum im Karzer?«

Ich versuchte, Alekseis Hand zu meinem Rock zu führen.

»*Nje snaju*. Und das ist auch nicht wichtig.« Ungeduldig entzog Aleksei mir seine Hand. »Aber der Mensch stellt sich immer den Ursprung einer Nachricht vor.«

»Wie?«

»Konzentrier dich mal! Der Bürger X, du oder ich, glaubt immer, dass irgendwo jemand die Befehle erteilt und der Chef ist, ein Höhergestellter.« Aleksei tippte mit dem Finger auf den König, dann auf die Dame.

»Und wenn es nun gar keinen Herrscher gäbe, sondern der Überbringer der Nachricht hinter allem steckte? Dann wäre der Läufer derjenige, der in Wirklichkeit die Macht ausübt.«

Beide starrten wir den schwarzen Läufer an, den Aleksei gerade gezogen hatte und der nun dem König Schach bot. Ich bemühte mich, mein Verlangen zu unterdrücken. Endlich hatte ich begriffen, dass es um etwas Wichtiges ging.

»Das ist so eine Scheinkunst, eine Illusion.«

»Was?«

»Alles. *Kommunikázija*. Die Glaubensvorstellungen. Nebelhering, so nennen wir das.«

Nebelhering – ein Name, der albern genug ist, um, falls er durchsickern sollte, keine Ermittlungen auszulösen.

Mein Spätzchen erklärte, und meine Verwunderung wuchs, während ich ihm zuhörte.

Es stellte sich heraus, dass Aleksei nicht nur gut

schweigen konnte, sondern auch viel besser lernte als ich. Die Köchin Groß-Drusja hatte im Suff preisgegeben, dass sie in der Terrorgruppe Volkswille unter Lenin tätig gewesen war. »Seht ihr? Kleine Kreise, die durch einen Blutschwur gebunden sind, sind viel effizienter als eine ganze Kohorte.«

Groß-Drusja besaß auch eine alte Ausgabe der Zeitung *Krasnyj terror*, Roter Terror, aus der sie in den frühen Morgenstunden laut schreiend Auszüge vorlas: »Die Justiz darf den Terror nicht beseitigen – ein solches Versprechen wäre Selbstbetrug oder Betrug –, sondern ihn prinzipiell, klar, ohne Täuschung und unerschrocken begründen und legalisieren. So schreibt Lenin. Ein Eid ist der Pfropfen und die Sollbruchstelle des Geheimnisses.«

Drusja schlug die Hände vor das Gesicht und heulte: »Ich habe niemals meinen Eid gebrochen, und sieh dir an, wohin ich geraten bin!«

Aleksei, der kleine Spatz, ist darauf gekommen. Wir brauchten eine Sollbruchstelle. Jemanden, dessen Bedürfnis größer wäre als sein Eid. Wer könnte das sein?

Ich schüttelte verwundert den Kopf.

»Denk mal über Gaul nach.«

Gaul mit dem ewigen Glimmstängel in der Hand. Am ersten Morgen beim Schlangestehen. Zitternd, totenbleich. Ich versuchte, mit Alekseis Gedanken Schritt zu halten.

»Überleg mal, was Gaul braucht.«

Olga Semjonowa hatte dafür gesorgt, dass Gaul immer tiefer in die Drogenabhängigkeit geriet. Kodein, Äther, Morphin. Coniin. Pervitin, jenes Motoröl der Großen Vaterländischen Kriegsmaschinerie und das Teufelsspiel, das sie in Gang hielt.

»Was nützt uns Gaul?«

Aleksei zuckte die Achseln und bemerkte frotzelnd: »Das hängt davon ab, ob du genug Schneid hast.«

Ich starrte auf die um die Öllampe schwirrenden

Insekten. Die einen waren dickköpfig und plump, andere hatten zierliche, geäderte Flügel und in der Luft schwebende Glieder. Ebenso vom Wind herbeigeweht und vom Schicksal hierher gezerrt wie die Menschen in diesem Lager. Wovon träumten sie, wenn sie denn träumten? Von Gegenden voller berauschender Düfte, von fremdartigen Tieren und Geschichten? Oder war es ihr einziger Wunsch, das Licht zu berühren, auch wenn das Verbrennen und Tod bedeutete?

»Auch du, Wildvogel. Was hält dich zurück? Du bist gedemütigt worden. Geschlagen. Erniedrigt. Dir hat man mit dem Messer die Menschlichkeit herausgerissen und an deren Stelle Teufelspisse gekippt. Wofür halten dich diese Männer, diese *Blatnój*? Für eine Nisse, für erbärmlicher als einen Parasiten. Sie werden dich umlegen, wenn sie dich das nächste Mal erwischen. Wenn du es dazu kommen lässt.

In dir glimmt unter der Oberfläche ein Feuer, Wildvogel. Fachen wir es an, damit es lodert.« Alekseis Augen glühten fiebrig. »In diesem Lager herrschen die Wölfe. Sie belagern die ängstliche Beute, zerfleischen sie, genießen das.«

Später dachte ich, dass ich genau in diesem Augenblick im Lager neu geboren wurde. Was hätte ich zu verlieren gehabt?

»Der Furchtlose wird gefürchtet, der Gefürchtete geschätzt.«

Ich war berauscht. Dieser Mensch sah das Feuer in mir. Er sah das zornige und das lebensglühende arme Mädchen, das lieber auf seinen Skiern über das Eis in die Sowjetunion lief, als sich von den Vasallen des Weißen Generals demütigen zu lassen. Die Worte rutschten mir so heraus. »Ich liebe dich. *Mi tõjõm jöratem.*«

Aleksei nickte zerstreut, schnappte sich dann einen silberflügligen Nachtfalter zwischen Daumen und Zeigefinger. Der zappelte ängstlich in der Falle. *Motyljók*,

Nachtfalter. Ein Wesen, das im Dunkel geboren wird, im Dunkel lebt, aber bereit ist, sich die Flügel zu verbrennen, um näher ans Licht der Laterne heranzukommen.

»*Motyljók*. Ein guter Name«, überlegte Aleksei. »Darin ist alles und nichts enthalten.«

Er ließ das zarte Wesen fliegen, aber eines seiner Glieder blieb zitternd am Nagel meines Zeigefingers hängen. Das Folgende musste ich einfach fragen: »Nehmen wir Elna mit?«

Schwester, ich wollte dich nicht außen vor lassen, aber Aleksei sagte: »Nein. In einem so unschuldigen Menschen gibt es nicht genug Raum für Arglist.«

Langsam nickte ich. Im Lager hatte ich nichts ohne die Billigung meiner Schwester gemacht. Jetzt dachte ich mit Schrecken und Freude an das, was kommen würde. Du warst eine unschuldige Naturjungfrau. Wir waren hier zu zweit, Aleksei und ich.

»Wie viele Tage hattest du doch noch zu leben? Es wird eilig.«

Dann begann Aleksei mit nie gekannter Kraft in der Stimme seine OPERATION NEBELHERING zu erläutern. Als die Nacht vorbei war und Lichtstrahlen die Wolken durchstießen wie das Wort Gottes, begriff ich, dass es tatsächlich möglich war.

Workuta, 1947

Irga

Im Grunde war es leicht. Leicht, weil es unmöglich sein sollte. So wie Aleksei es erklärte, würde es in erster Linie um Worte und Vorstellungen gehen. Respektiere niemals deinen Gegner, aber glaube auch nicht, er sei schwach. Wie mein Spatz es formulierte: »Wer findet, Rache sei unbegründet? Diejenigen, die keine Möglichkeit dazu haben.«

Niemand würde je uns, die jämmerliche Tschuchná und den unauffälligen Kriegsgefangenen, verdächtigen. Niemand würde uns Macht geben, geschweige denn uns gehorchen. Es musste also eine Gestalt geschaffen werden, die niemand je zu sehen bekäme, die jedoch von allen respektiert würde. Der Plan war so kühn und verzweifelt, wie niemand es sich je träumen lassen würde.

Gelegen kam uns, dass die Ehrenwerte Bruderschaft der *Blatnój*, die schon seit der Zarenzeit in den Gefangenenlagern gewirkt hatte, sich in Schwierigkeiten befand. Meistens ließen die Sprachcodes, die Tätowierungen und spätestens die Herkunftsgegend erkennen, wer zu welchem Klan gehörte. Jetzt jedoch hatte die Sowjetunion mit ihren massiven Umsiedlungsaktionen, ihrem Völkermord und ihren Häftlingsströmen die Ordnung durcheinandergebracht. Bei der Ankunft im Lager konnte die eigene Stellung sehr unklar sein. Außerdem funktionierten die Nachrichtenverbindungen zwischen den Etappen und den Bergwerken mitunter nur gelegentlich. Alle hatten Lagernamen, alle verbargen ihre Vergangenheit.

»Zum Beispiel. Was wissen wir eigentlich über Zar? Gehört er zur alten Ehrenwerten Bruderschaft? Oder zur neuen? Zumindest sind ihm während der Haftjahre zwei gekreuzte Messer als Zeichen des Nowgoroder Klans in den Hals tätowiert worden. Trotzdem wusste wahrscheinlich niemand mit Sicherheit, aus welcher Gegend Zar stammt.«

Gaul und Blumenkohl waren diejenigen Männer, die Zar am nächsten standen. Der eine saß im Karzer, der andere war drogenabhängig geworden.

Eine gewisse Unruhe war schon seit Wochen zu spüren gewesen. Die Transportwachleute hatten keine Häftlinge mehr abgeholt, die Maschinengewehrschützen blieben in ihren Türmen oder schauten aus den Fenstern der Wachhäuschen.

Blatnój und *Suki*, die Hündinnen, bekämpften einander.

Jetzt war der denkbar günstigste Augenblick.

Ich bekam die Aufgabe, Kontakt zu dem immer dicker werdenden Minimow, diesem ehrlosen und bestechlichen Lagerkommissar, aufzunehmen. Ich sandte ihm mit der neunfingrigen Walja eine Nachricht, dass ich meine Staatsangehörigkeit aufgeben wolle und dass ich eine wichtige Nachricht aus dem Straflager Nr. 10 direkt für Kommandant Minimow habe. Der Riese antwortete mir umgehend. Schon lange hatte es Gerüchte gegeben, dass die Frage der Staatsangehörigkeit für den Kommandanten nicht nur eine Zwangsvorstellung, sondern auch eine Sache von Leben und Tod geworden sei. Es konnte geschehen, dass man auch ihn der Sabotage und konterrevolutionärer Umtriebe beschuldigte, falls er nicht bald Ergebnisse vorzuweisen hätte.

Wir trafen uns am Lagertor, wo mir der Kommandant,

dessen Hand mit einer Mullbinde umwickelt war, sofort ein Papier zum Unterschreiben hinhielt. Ich schüttelte den Kopf. Und überreichte ihm einen Zettel der *Blatnój*, auf dem nur e2–e4 stand. Das war die gewöhnliche Eröffnung eines Schachspiels, aber das verstand Minimow natürlich nicht. Alekseis Idee war es, in dem Kommissar Angst und Unsicherheit zu wecken, aber auch die Möglichkeit auszuschließen, dass Minimow die Überbringerin der Nachricht umbrachte.

Jetzt musterte der Kommandant mein bleiches Äußeres, meine abgerissenen Filzstiefel. Einen Moment lang fürchtete ich schon, er würde auf den Köder nicht anbeißen. Dann knurrte der Koloss, winkte, und der Wachmann ließ uns gehen.

Minimow schlurfte vor mir zum Wachturm. Das Herz flatterte mir, während ich die Stufen hinaufkletterte. Worauf hatte ich mich nur eingelassen? Oben angekommen, konnte ich jedoch nicht anders, als den Atem anzuhalten angesichts der Weite der Landschaft. Zum ersten Mal sah ich das ungeheure Ausmaß, in dem sich das Netz der Lager über das von der Kohle verschmutzte weite Land erstreckte. Ich betrachtete das Land der Komi und Nenzen, dem man diese Gewalt angetan hatte, und dachte: Dieser Welt hat man Lied und Freude geraubt, sie verhext die Kinder so, dass sie schon im Mutterleib rasend werden, und sie lässt selbst ein fröhliches Lebewesen apathisch werden.

In welcher Ferne lag die wahre Realität, der Ort, wo das Gesetz herrschte und der Mensch ein Recht auf Körper und Gemüt hatte? Gab es so einen Ort überhaupt noch? So weit jedenfalls reichte mein Blick nicht. Dort die bereiften Berge, dort der Fluss mit der bleiernen Oberfläche, überall sonst erstreckten sich die Schreckensherrschaft von Schnee und Eis und die Massengräber, dazwischen die wie Ameisen sich bewegenden Häftlinge. Über allem die rostige, knarrende Sonnenkugel. Aber alles hat irgendwann ein Ende, dachte ich, früher oder später würde auch auf dieser Stadt der Verlorenen nur noch der Wind spielen.

»Es wird einen Aufstand unter den *Blatnój* geben. Da wird ein Informant gebraucht.«

Minimow musterte mich misstrauisch.

»Warum sollte ich dir glauben? Du bist doch eine der Politischen, die sich weigern, die Staatsangehörigkeit zu wechseln?«

Ich hatte gehofft, der Aufstand würde ihn seine Absicht vergessen lassen. Aber wahrscheinlich gehörten die Unterschriften unter die Verzichtserklärungen tatsächlich zu den Dingen, die den Kommandanten seinen Kopf kosten konnten, wenn er dabei keine Erfolge vorzuweisen hatte.

»Was hindert dich, auf das Erbe deines faschistischen Heimatlands zu verzichten und dem Bund der Sowjetvölker beizutreten?«

Ungeschickt zündete sich der Kommandant mit seiner in Mullbinden gewickelten Hand eine Papirossa an und blies mir den Rauch ins Gesicht. Ich wedelte den Rauch beiseite, das war für mich belanglos. Natürlich könnte ich meinen Namen hinkrakeln, nachdem wir über die wichtigeren Dinge verhandelt hatten.

»Unterschreib, dann glaube ich dir.«

Ich saß zwischen Baum und Borke. Wenn ich nicht unterschriebe, würde ich wie eine Verräterin wirken. Andererseits, was konnte eine einzige Unterschrift für Folgen haben? Falls wir erfolgreich waren, würde ich bestimmt jemanden bestechen können, damit er das Papier verbrannte, bevor es nach Moskau geschickt werden konnte. Sollten wir aber scheitern, wäre ich sowieso des Todes.

»Na gut, wenn Ihnen mein Name so gut gefällt, Genosse Minimow.«

Der Kommandant nickte, sah mich aber weiterhin

zweifelnd an, während die Papirossa qualmte. Eine Revolution im Lager? Konnte das wahr sein? Warum sollte so eine unbedeutende Parasitin ausgesandt werden, um den Lagerkommandanten davon zu unterrichten?

»Sagen wir mal, der Anführer hat sich in mich verguckt.«

Und in gewisser Weise stimmte das ja auch. Motyljók mochte mich wirklich, und ich ihn. Seine Larve hatte sich in mir zu einer Puppe entwickelt. In meiner Vorstellung schlüpfte aus dem Motyljók gerade eine Gestalt, die meine Lebenskraft saugen, sich häuten und durch mich geboren werden würde.

Der Kommandant bückte sich und roch an mir. Der schauderhafte Gestank der Höhle drang mir in die Nase. Ob er sich an mich erinnerte? Aber das war viele Jahre her, und bestimmt waren danach Hunderte von Frauen in die Höhle gekommen, einige davon sicherlich auch dort gestorben. Ich spürte den instinktiven Wunsch, mich zurückzuziehen, in die Schatten zu flüchten, mich zu übergeben. Misstrauisch roch Minimow an meinem Hals und an meinem Schritt.

»Von dir geht ein Weibchengeruch aus. Es wäre gut, Zar loszuwerden.«

Er warf den Zigarettenstummel weg und grinste. Erst jetzt erkannte ich, dass an seiner in Mullbinden gewickelten Hand der Ringfinger fehlte. Minimow war also wegen seiner Spiele in der Höhle und wegen der Frauen bis über beide Ohren verschuldet.

»Also gut. Aber was hab ich davon?«

»Du kriegst einen zuverlässigen *stukatsch*, einen Zuträger.«

Und außerdem einen Teil der Beute. Eine besonders große Scheibe Speck.

Minimow nickte, ergriff seine Mütze und wies in die Richtung des Dorfes der Freigelassenen Jur-Šor. »Weißt du, Genossin, dass auch ich eine Familie dort habe, zwei

Mädchen und einen Jungen? Das jüngste Kind hat letzte Woche seine ersten Gehversuche gemacht.«

Ich beendete das Feilschen. Das Wichtigste war es, das Geheimnis zu wahren, und dafür schworen wir einen Eid: Niemand durfte erfahren, wer Motyljók war. Was Motyljók beschloss, würde durch die Lautsprecher des Lagers verkündet oder durch zuverlässige Barackensouffleure bekanntgemacht werden.

»Gut. Aber eine Sache ist da noch«, sagte der Kommandant.

»Es ist Zeit, dass du auf die Staatsangehörigkeit des Faschistenlandes verzichtest. Welches auch immer es sein mag. Bist du Finnin?«

Ich nickte.

Ich müsste mir später das Papier nur wiederbeschaffen.

Workuta, 1947

Irga

Niemand durfte mich und Aleksei mit den kommenden Ereignissen in Verbindung bringen. Deshalb war es meine nächste Aufgabe, die Schmerzgeplagte zu spielen. Ich sackte aufs Krankenbett und jammerte.

»Elna, meine Herzensschwester. Du wirst mir doch erzählen, was im Lager so passiert?«

Das versprach Elna mir bereitwillig. Es vergingen einige Tage. Jedes Mal, wenn sie hereinkam, fragte ich, ob sie etwas Besonderes gesehen habe.

»Nichts Neues.«

Allmählich machte ich mir Sorgen. War unser Plan doch fehlgeschlagen? Steckte Gaul doch nicht so tief in der Drogenklemme, wie wir angenommen hatten?

Dann geschah es.

Die Hütte der Kriminellen lag fast gegenüber der Krankenbaracke, und wenn ich beim Wasserholen auch alle möglichen Umwege machte, begegnete ich doch ab und zu jemandem von diesem Räuberpack. Elna war an der von der Wintersonne gewärmten Wand der Krankenbaracke stehengeblieben, um sich eine Papirossa anzuzünden. Der Morgenhimmel war wie ein über die Ränder der Welt ausgespanntes, glänzendes Robbenfell, und die Luft ragte senkrecht auf. Als Zar gegen elf Uhr aus der Baracke gestolpert kam, um sich die Blase zu erleichtern, war der Schnee vor der Tür nicht geräumt und mit Sand bestreut wie sonst. Was war das? Gehorsamsverweigerung? Zar blieb stehen, kratzte sich sein Rosshaartoupet, stieß in die Frostluft kirgisische Verwünschungen aus und ließ seine Hose aus grobem Wollstoff herunter. Der *Blatnój* wollte den jungfräulichen Schnee gerade mit seinem befriedigenden gelben Revierzeichen markieren, als etwas aufblitzte.

Elna kam in die Krankenbaracke gestürzt.

»Zar ist getötet worden! Ermordet!«

Elna sprang entsetzt und verzaubert zugleich herum. Alle unterbrachen ihre Arbeit und ihr Kranksein und versammelten sich, um zu hören. Es bedurfte eines Bechers Tee und eines Stücks Brustzucker aus Olga Semjonowas Schrank, bevor Elna erzählen konnte: Kaum hatte Zar die Hose heruntergelassen, als Gaul unter wütendem Geschrei hinter der Ecke des Hauses hervorgestürzt kam und ihn angriff. Einige Messerstiche, ein geschicktes Schwingen der tätowierten Arme, und Zar war tot. Das Blut war meterweit gespritzt, der gleißende Frühjahrsschnee hatte sich in eine Bühne des Schlachtens verwandelt. Das Rosshaartoupet hatte Gaul wie einen Skalp als Zeichen des Sieges hochgehalten und ein Siegesgeheul angestimmt. Die Häftlinge schwärmten aus über den Marktplatz und entlang der Wände ihrer Baracken, aber zu hören war nichts außer dem Geräusch des fleischzerreißenden Messers. Alle schwiegen, bis Gaul seine Arbeit abgeschlossen hatte und Zars Todeskrämpfe nachließen.

In der Krankenbaracke herrschte unsicheres Schweigen. Elnas Geschichte war jedoch noch nicht zu Ende: Während das Blut immer noch aus Zars Halsschlagadern sprudelte, stürzten seine Leibwächter sich ihrerseits auf Gaul und schlitzten ihm von Ohr zu Ohr den Mund auf – die Rache für eine ehrlose Tat. Danach verprügelten sie ihn und tobten sich wie rasend an ihm aus, dann trennten sie ihm die Gliedmaßen ab und rissen ihm die Eingeweide aus dem Leib.

Da begann die Feuerglocke zu läuten. Wir alle stürzten hinaus.

Die *Blatnój* waren so konzentriert, dass sie gar nicht bemerkten, dass aus den Fenstern ihrer Baracke Rauch drang. Während wir zusahen, zersprang ein Fenster, Flammen schlugen heraus, und die Polen begannen zu schreien: »Feuer! Feuer!«

Auch das gehörte zur Operation Nebelhering. Die Wachleute standen da im Feuerschein und glotzten, als verstünden sie nicht, was da gerade geschehen war. Niemand rief die Löschkette, und niemand versuchte, die Schätze zu retten, die in der Baracke der *Blatnój* aufbewahrt wurden. Der größte Teil war freilich in Sicherheit gebracht worden, denn Minimow hatte einigen Männern gegenüber angedeutet, dass es sinnvoll wäre, dass sie die Beute schleunigst verlagerten.

Auch in den Baracken der anderen brach Panik aus. Auf die benachbarten Dächer wurde Schnee geschaufelt, aber einen Augenblick lang bestand die Gefahr, dass das ganze Lager in Flammen aufging, und ich sah Aleksei an. Wenn die Tore verschlossen würden, könnte niemand fliehen. Waren wir zu weit gegangen?

»Wenn wir die Aktion abbrechen, dann sind wir geliefert«, zischte er.

Aleksei riss mit den Zähnen einen Fetzen von dem Stück Trockenfleisch ab, das er in der Hand hielt, und zum ersten Mal bemerkte ich, wie scharf seine Eckzähne waren. Einen Moment lang bildete ich mir ein, Alekseis Aussehen verändere sich und der untreue Wolfszahn stehe vor mir, aber dann verschwand die Vision, und es war wieder mein liebes Spätzchen und niemand sonst.

Den ganzen Abend wachte Aleksei am Fenster und starrte konzentriert, den Kopf zur Seite geneigt, auf die Ereignisse, als liefe ein ganz besonders anspruchsvolles

Spiel ab. Die Flammen loderten. Zum Glück wurde es gegen Abend milder, und die Brände erloschen im Schneefall. Das war von magischer Schönheit.

Workuta, 1947

Irga

Der entscheidende, riskante Zug musste noch getan werden. Blumenkohl war der direkte Befehlshaber des Lagers geworden. Sobald er aus dem Karzer freigekommen war, begann er, sich dickezutun und den Boss zu mimen. Zum Glück lenkten die neuen Aufgaben seine Aufmerksamkeit von der Rache an mir ab. Aber sie blieb natürlich nur eine Frage der Zeit.

»Ich bin der neue Statthalter«, verkündete er lautstark. Immer hemmungsloser blähte er sich auf. Verlangte größere Rationen und trat den Hund, wenn der Wachmann ihn zur Arbeit scheuchen wollte. Einem Polen verbrannte er mit der Zigarette ein Auge, weil der ihn angeblich schief angesehen hatte. Eines Abends, ungefähr zehn Tage nach Zars Tod, erschien Blumenkohl mit roten Ohren in der Krankenbaracke und verlangte Morphin. Er knallte seinen Lapplandstiefel mit den hochgezogenen Spitzen auf die Bank und brüllte: »Hier bestimme jetzt ich!«

Draußen hatten sich lange Kerle von den *Blatnój* auf dem Marktplatz versammelt und lungerten dort bedrohlich herum. Genossin Olga Semjonowa gab nach und sagte nachdenklich mit der Gelassenheit, die die erste Morphingabe des Abends ihr verlieh: »Nehmen Sie nur, was Sie brauchen, Genosse Kapustnikow, das macht nichts.«

Unglücklicherweise schob ich genau in diesem Moment die Wasserkanne in den Raum.

»Du da! *Suka-bljad!* Hündinnen-Hure!«

Blumenkohl wusste, dass er den Aufenthalt im Karzer mir zu verdanken hatte. Er fuhr sich mit dem Finger über die Kehle, um mir meinen Tod anzukündigen.

»Morgen nach dem Abendappell auf dem Marktplatz!«

Das Grauen packte mich mit eiserner Faust an der Kehle, die Karre stürzte um.

»Mach dir keine Sorgen«, ermutigte mich Aleksei.

Aber wie hätte ich mir keine Sorgen machen sollen? In der Nacht lag ich im Bett, warf mich hin und her und weinte vor Einsamkeit, und mein Spatz kam nicht, um neben mir zu schlafen. Mied er mich um seiner eigenen Sicherheit willen?

Am nächsten Morgen hörte ich, Blumenkohl sei verschwunden.

»Besser, du fragst gar nicht erst«, sagte Aleksei und verband sich eine Schnittwunde, die auf seiner Stirn erschienen war. Ich ging Essig holen, um die Wunde zu reinigen, und habe nie erfahren, wie es Blumenkohl ergangen war.

Der neue Lagerleiter erschien nicht. Olga Semjonowa hörte von einem Zirrhose-Patienten: »Er hat einen eigentümlichen Namen: *Motyljók*, Nachtfalter.«

Die *Suki* schlichen im Lager herum wie brünstige Katzen, schnüffelten, schwirrten durch die Gegend, beobachteten. Niemand konnte jetzt sagen, wem man gehorchen sollte. Dann kam Groß-Drusja, Lenins ehemalige Köchin, türenknallend in die Krankenbaracke und lachte schallend: »Ihr werdet mir nie im Leben glauben, was passiert ist. Ich hab dort in der Kantine vor mich hin gekocht, wie es sich gehört, nicht wahr, Genossen. Kohlsuppe und darin ein paar Streifen Schwarte und

Schweinedarm. Ich und die Küchenhelfer haben die Suppe für die Baracke der *Blatnój* abgemessen, wohin der lange Buc sie bringen wollte. Er nimmt den Kessel, geht, schön und gut. Kommt aber gleich wieder zurück, ganz blass, und übergibt sich in den Kartoffeltopf. Stellt euch das mal vor!«

Groß-Drusja erklärte es uns, und dabei wackelte ihr Bauch vor röhrendem Gelächter.

»Im Suppentopf der *Blatnój* fand sich das gewaltige Ohr des Genossen Kapustnikow.«

Sowohl die Patienten der Krankenbaracke als auch die Feldschere begannen sofort die Botschaft dieser Nachricht zu erörtern, und gemeinsam gelangten sie zu dem folgenden Schluss: »Dies ist das Zeichen des neuen Fürsten. Dass die anderen Ehrbaren Männer sich seinem Willen unterordnen müssen, oder es ergeht ihnen schlecht.«

Motyljók war jetzt der unangefochtene Herrscher des Lagers.

Aleksei und ich schrubbten Messer am Zinkbecken. Wir sahen uns nicht an. Aber wenn unsere Finger sich berührten, durchfuhr mich ein Stromschlag, der sagte: Wir haben es geschafft.

Am Morgen stand vor der Luke der Krankenbaracke Nastja, deren Gesicht die *Blatnój*-Männer so grausam zugerichtet hatten. »Ich soll die hier abgeben.«

Nastja reichte mir ein Paar Stiefel. Dieselben, jetzt abgelatschten Stiefel, die Blumenkohl mir am ersten Tag abgenommen hatte. Ich verbarg meine Gefühlswallung und dankte ihr. Wenn Nastja sich die Mühe gemacht hätte, über eine so auffällige und zugleich unbedeutende Sache nachzudenken, wären wir aufgeflogen. Aber Nastja war mir zu Dank verpflichtet, und wen sonst hätte die Schuhsituation einer kleinen Lagersklavin interessiert? Nur Elna musterte mich nachdenklich, als ich die Stiefel anzog, während meine Tränen auf den mit Reinigungskalk behandelten Fußboden tropften.

»Weint meine Schwester Wildvogel vor Trauer oder vor Freude?«

Ich schüttelte den Kopf, denn plötzlich wusste ich das selber nicht. Eigentlich hätte ich mich freuen müssen. Ich war endlos geschändet, gedemütigt, tyrannisiert worden, hatte in den Nächten dagelegen, mein Körper flammend vor Zorn, hatte auf meine Zeit gewartet und meine klaffenden Wunden geleckt. Und jetzt würden meine Blutschnitte sich endlich schließen, meine Narben verblassen und mein Schorf abfallen. Mit Hilfe von Aleksei Ignatenko hatte ich mich gerächt, es würde Recht geschehen. Keiner dieser Männer würde das Lager lebend verlassen. Hier hatte Zar nicht überlebt, der alles hatte geschehen lassen. Dann musste Blumenkohl gehen, und von ihm wurde erzählt, dass er noch am Leben war, als man ihm das Ohr abschnitt. Niemand durfte überleben. Niemand, der in der Höhle gewesen war und nichts getan hatte, als diese Unmenschen mich schändeten. Trotzdem klammerte ich mich an diesem Abend so fest an Aleksei, dass er aufheulte. »Wildvogel. Kümmere dich nicht darum. Das waren Tiere, nicht Menschen wie du oder ich.«

Mich aber ergriff eine visionäre Bangigkeit. Draußen sprühte der Wind, der Himmel klagte in seinen Scharnieren. Immer noch lag das Blut des *Blatnój* auf dem mondlosen Schnee. Ich fürchtete, wir könnten einen Pfad beschritten haben, von dem es kein Zurück gab, und die Finsternis der Tundra würde uns noch zermalmen.

Workuta, 1948

Irga

Nach einem Umsturz erhebt sich natürlich die Frage: Was tun mit der Macht? Wie sie erhalten? Ehrlich gesagt, hatte ich diese Phase des Kampfes nicht bedacht, aber Aleksei hatte die nächsten Schachzüge vorbereitet. Mit einer Mischung aus Entsetzen und Respekt beobachtete ich, mit welcher Zielstrebigkeit er unsere Angelegenheiten ordnete. Der junge Rotschopf Buc, ein *Blatnój*, wurde zum Boten und bald darauf zur rechten Hand von Motyljók erkoren.

Ich genoss unsere neuen Privilegien: Dank Motyljók bekamen Aleksei und ich im hinteren Teil der Krankenbaracke ein eigenes Zimmer, und auf dem Schwarzmarkt kauften wir ein Rentierfell, Pelzmützen und die Marseiller Seife, die ich so vermisst hatte. Die Arbeitslast verringerte sich auf ein erträgliches Maß, und wir brauchten nicht mehr an den Subbotniks, den samstäglichen freiwilligen Gemeinschaftsarbeiten, teilzunehmen. Die Essensrationen wurden größer, da wir Essenmarken in jeder Menge bekommen konnten. Die warme Pelzmütze schützte angenehm vor den Obszönitäten der Wachleute.

Die anderen Lagerinsassen hielten für merkwürdig nur die Tatsache, dass der neue Chef sich nicht sehen ließ. Wochen vergingen, aber niemand konnte zu dem Thema etwas Gesichertes sagen. Allerlei wilde Gerüchte wurden in die Krankenbaracke getragen. Es wurde gemunkelt, Motyljók sei eine Art Geistwesen, vielleicht ein mordgieriger Rächer aus dem Jenseits. Streng, aber fair. Wenn Zar es gewollt hätte, dann hätte er sein Leben behalten können. Elna raunte: »Angeblich hat er eine Warnung bekommen. Eine blutige Schachfigur.«

Ich gebe zu, dass dies mein eigener, kindischer Beitrag zum Verlauf des Spiels gewesen war, aber er hatte funktioniert. Die unerklärliche Symbolik hatte in den ungebildeten Kriminellen eine Angst erzeugt, die mit dem Willen, sich zu unterwerfen, vermischt gewesen war. Das Lager hatte einen Herrscher. Aber wer das war, das konnte niemand sagen. Viele ließen alles Mögliche durchblicken. Die Kirgisen behaupteten prahlerisch, der Boss sei ein kirgisischer Blechschmied. Die Ukrainer wiederum versicherten, er sei der von Koliken geplagte Bankert eines mächtigen Kosaken. Uns ließen diese Gerüchte gleichgültig. Sie mochten sein, wie sie wollten, Hauptsache, das Ergebnis blieb dasselbe: ein mit Rosenbalsam gesalbter Fürst.

Das Komischste war, dass, obwohl niemand den Boss gesehen hatte, die Leute sich wie auf Verabredung Eigenschaften für ihn ausdachten. Die Huren versicherten um die Wette, sie hätten mit Motyljók geschlafen, sie priesen seine Künste und seine Manneskraft und breiteten auf dem Marktplatz die Arme aus, um auf Anglerlatein das Maß auszudrücken. »Der hat ’nen größeren Bolzen als jeder Kosakenhengst.«

Mechaniker, Elektriker und alle möglichen Straßenkünstler, sie alle waren taugliche Quellen für die unersättliche Neugier der Menschen. Immer erfand jemand weitere Einzelheiten. Bald war bekannt, dass an Motyljóks Handgelenk außer den Messern, dem Kreuz und dem doppelköpfigen Adler der Ehrenwerten Bruderschaft auch eine brennende Rose als Zeichen einer unmöglichen Liebe eintätowiert war. Die leichten Mädchen seufzten um die Wette. Es hieß, Motyljók berappe für gute Liebesdienste stattliche Honorare. Und Hunderte von Tscherwonzen auch den besten Geschichtenerzählern, denn lesen konnte Motyljók angeblich nicht. Trotzdem umgab ihn die unerschütterliche Atmosphäre der Macht. In den Adern des Fürsten pulste stärkstes Nowgoroder Blut, und die herrschaftliche Delle in seinem Brustbein verriet, dass er von den frühen Warägern abstammte. Am besten war er an dem Bild an seinem Hals zu erkennen.

»In seiner linken Nebensehne ist ein Nachtfalter eintätowiert, ein *motyljók*«, verkündete lauthals eine Wäscherin mit mächtigem Hinterteil und hängenden Lidern aus dem Lager Nummer neun allen, die es hören wollten.

Ist je im Lager jemand so eingehend beschrieben worden? An dem Ort, wo alle logen und niemand seinen wahren Namen preisgab, war über kurz oder lang auch Motyljóks Lieblingsessen bekannt: Pfannkuchen aus Rentierblut. Man wusste, dass er streng, aber fair war, so wie die ursprünglichen Ehrenwerten Männer: »Motyljók ist einer, der sein Wort hält.«

Unter den Frauen verbreitete sich sogar eine seltsame Art von Ekstase, in der Motyljók in die Position einer Art von Apostel überhöht wurde.

Aleksei und ich lachten über all das Tränen, abends in unserem kleinen Nest.

»Der Mensch ist ein seltsames Wesen.«

Ich lag in den Armen meines Spatzes und dachte: Mit dir ist es so leicht zu lachen. Mit dir ist es gut, in der freundlich-schweißigen Dunkelheit zu hocken, während dein Duft sich mit meiner Haut mischt und umgekehrt. Mein kuscheliger Kosekater, mein allerschönster Schnuffelschatz. Ich bin der Resonanzkörper für deine Saiten. Du bist das Beste, was es an mir gibt.

Nach Petjes Anweisungen schnitt ich weiterhin Alekseis Zehennägel und tat sie in den kleinen Lederbeutel, den ich um den Hals trug. Auch wenn etwas in mir gegen diese herbe heidnische Sitte rebellierte, konnte ich mich doch damit trösten, dass ich das Wesen und die Lebenskraft meines Liebsten davor bewahrte, im künftigen Leben ins Verderben des Tuonela zu stürzen.

»Jedes Stückchen Nagel musst du einsammeln«, hatte mich Petje, der mit viel Kraft gesegnete Schamane, beschworen. »Darin steckt Macht.«

Warum nicht, dachte ich, probieren wir auch dieses Zaubermittel aus. Und Zehennägel tun nicht weh. Kein Vorsprung von Alekseis Körper stach in mein junges Fleisch, nicht sein Schwanz, nicht die harten, gierigen Hände, nicht die Rippen und auch nicht die scharfen Ränder der Zehen. Wir waren zusammen, ein Fell am Boden, ein Fell an der Wand, eines über den Beinen, Gott um uns herum, unsere Seelen eins. Erst später kamen Kummer und Schmerz.

Workuta, 1948

Irga

Als ich Aleksei zum ersten Mal mit einer fremden Frau antraf, damals, als er im Depot eine dickärschige Mordwinin gegen das Regal mit den Filzstiefeln rammelte, konnte ich die Sache nicht auf sich beruhen lassen. Ich ließ den Spatz sich ächzend auf die Schenkel der Frau entladen, wartete geduldig, bis die Nutte sich Rock und Kopftuch zurechtgezogen hatte und ihres Weges getrippelt war. Ich ging dem unverwandten Blick meines Liebsten entgegen. Sollte er sich geschämt haben, so war das jedenfalls nicht erkennbar. Ich konnte mir die Frage nicht verkneifen. »Wie war es?«

»Anders.«

»Auf gute Weise anders?«

Aleksei zündete sich eine plattköpfige Papirossa an, blies einen Rauchring und stieß mit der Glutspitze hinein. Der Ring zerfiel wie ein Tropfen im Regen.

»Anders.«

Ein Teil von mir wollte auf dem Absatz kehrtmachen und eine Leere mit meinen Umrissen in der nach Fischmilch stinkenden Luft des Depotraums hinterlassen. Aber ein noch größerer Teil wollte bleiben und so rasend lieben, dass mein Spatz keine anderen Frauen brauchte und sich vollkommen wohl und befriedigt fühlte.

So gestaltete sich das Leben. Durch Motyljók und die

Liebe waren wir fest miteinander verbunden. Manchmal versprach Aleksei, seine Streiche zu unterlassen, aber dann siegte doch die Natur. Und das konnte ich ihm nicht vorwerfen. In der Abscheulichkeit des Lagers, die die Sinne abstumpfen ließ, wurde auch die kleinste Erleichterung benötigt. Von den Frauen versuchte ich so zu denken, wie Elna mir riet: »Mach dir nichts daraus. Eine Hündin kann sich ihre Brunst nicht aussuchen.«

Wenn ich Aleksei behalten wollte, musste ich ihm seine Freiheit lassen.

Zuletzt befolgte ich das uralte Gesetz und ließ meinen Liebsten seine Lust ausleben. Und davon hatte er reichlich. Ich sah es an den immer neuen Gesichtern, mal am Lächeln der neunfingrigen Harmonikaspielerin Walja, mal am Lächeln einer neu ins Lager gekommenen Honigschnute, an den Gesichtern derjenigen, deren Körper noch einige Weiblichkeit aufwiesen, deren Haar noch nicht geschoren war und die noch Monatsblutungen hatten. Ich lernte, den Betrug an ausweichenden Blicken oder schamlosem Verhalten zu erkennen.

Aleksei flehte ich an, er möge Verhütungsmittel aus Schweinedarm benutzen, denn im Lager grassierte die Syphilis in nie gekanntem Ausmaß. In der Krankenbaracke kamen fast täglich solche Bedauernswerten zu uns. Wenn ein junges Lamm es geschafft hatte, unter den unerträglichen Bedingungen des Lagers einen Teil seiner Schönheit zu bewahren, dann nahmen ihr doch der eiternde Schorf der Syphilis und die die Glieder krümmenden Nervenkrämpfe die letzten Reste ihres Liebreizes. Eine Behandlung mit Quecksilber gab es nur für wenige, und das Wundermittel Penicillin wurde nicht für gewöhnliche Häftlinge vergeudet.

»Mach dir nichts draus. Das liegt in der Natur des Männchens«, tröstete mich Elna, spaltete eine Steckrübe und bot mir die Hälfte davon an. »Selbst wenn das Männchen so ein Knochenwicht ist.«

So warst du, Schwesterherz. Du hast mich beraten und getröstet, so dass ich letztlich nicht einmal Eifersucht empfand. Wenn nur mein Spatz am Ende des Tages sich neben mir schlafen legte und ich keine eiternden Wunden zwischen den Beinen bekam.

Ach Elna, meine Schwester. Der einzige Mensch, dem ich voll vertrauen konnte. Mir ist nie klargeworden, wie viel du von Alekseis und meinem Treiben wusstest. Oftmals gewahrte ich Trauer in deinen Augen und fürchtete mich, aber du hast nie etwas gefragt. Dein Wesen war wie das einer drallen Stute, die sich gegen die Scheußlichkeit des Lagers aufbäumt und die Schreckensfröste der Tundra ertrug, indem sie ihre Mähne schüttelte.

Um deinetwillen schämte ich mich, weil ich die Obszönitäten, die geschahen, nicht verhindern konnte. Oft erwachte ich aus meinen Alpträumen schwitzend und schreiend.

»Was habe ich nur für eine schreckliche Sünde begangen, dass die Geilheit so von mir Besitz ergriffen hat?«

»Ach, Wildvogel«, seufzte Elna. »Du bist eine schlechte Herrscherin, eine Frau von Welt, ein Liebling der Götter.«

Die Geschichte des Motyljók hätte im Jahr 1948 beinahe ein Ende gefunden. Nach einer Massenvergewaltigung von neuen Häftlingen auf dem Marktplatz wurden Männer und Frauen endgültig getrennt und auf verschiedene Lager verteilt. Teilweise aus Gründen der Sittlichkeit sowie deshalb, weil die Sträflinge vom Leben auch das wenige, was möglich war, nicht genießen sollten. Aber meistens war der Grund gerade die bereits erwähnte venerische Krankheit, die sich zum Ärger der Partei weiterhin lebenskräftig verbreitete, obwohl sie, ebenso wie die Malaria, schon im Fünfjahresplan von 1946 als besiegt bezeichnet worden war.

Wegen der Trennung erhob sich ein großes Weinen und Wehklagen.

Das Lager wurde durch einen Stacheldrahtzaun geteilt, und die heulenden Frauen wurden von ihren Gatten getrennt. Aleksei und ich berieten uns lange und überlegten, wie es dem Motyljók ergehen würde.

Tatsächlich jedoch gereichte uns die Sache zu unerwartetem Nutzen. Als alle anderen Kommunikationskanäle blockiert waren, blieben das Krankenhaus und der gemeinsame Brunnen als Kommunikationswege erhalten. Es wurde leichter als vorher, den Menschen weiszumachen, dass die Befehle von irgendwo außerhalb kamen. Alle gewöhnten sich bald an den Gedanken vom Motyljók, der beide Lager beherrschte.

Dann, im Jahr 1951, geschah etwas Unerwartetes. Lange Zeit hatte ich nicht geglaubt, dass es wahr werden könnte. Eines Morgens bemerkte ich, dass ich da unter dem Frühlingshimmel stand und mich wunderte. Ich wollte Ton und Kalk essen, das Weizenkorn hatte gekeimt, und endlich, am vorherigen Abend, hatte ich es gespürt: eine Regung in mir. Die Hochspannungsleitungen surrten, bekannte und unbekannte Gestalten wanderten über den Marktplatz, die einen zur Arbeit, die anderen zum Stehlen.

Es konnte nicht wahr sein. Und doch war es das.

Meine Beine trugen mich wie von selbst zur Krankenbaracke und dort zur Genossin Olga Semjonowa.

»Ich bin schwanger.«

Was für einen Freudenausbruch ich auch erwartet haben mochte – er kam nicht.

»*Opjat?* Schon wieder?«, schnaubte Olga Semjonowa.

»Das war deutlich.«

»Die Wahrheit tut weh. Man kann eine Hure sein, auch wenn man nur einen Einzigen ranlässt.«

Ich war tief gekränkt, denn ich war doch keine *schalaschówka*. Viele Huren mit dickerem Hintern bemühten sich absichtlich, trächtig zu werden, um die *tufta* zu vermeiden. Sie bekamen fünf, ja sechs Kinder und schickten sie gern in die Stadt der Kinder und von dort zur Umerziehung in ein Kinderheim. Tatsächlich explodierte die Geburtenrate geradezu, nachdem Männer und Frauen in verschiedene Lager gesteckt worden waren. Dafür finden sich immer Mittel und Wege. Manche kopulierten frech durch den Stacheldrahtzaun. Auch Olympiaden wurden weiterhin veranstaltet. An den Besuchen von Kulturbrigaden der Männer in den Frauenlagern und den gemeinsamen Versammlungen der Aktivisten wurde mit Zähnen und Klauen festgehalten.

»Lass das Kind abtreiben«, schlug Genossin Olga Semjonowa vor.

Ich blieb stehen und überlegte. Im Lager wurden ständig Abtreibungen vorgenommen.

»Wir brühen aus Sulfa und Weidentee eine Tinktur, die dich dieser Sorge enthebt. Am Morgen ist alles *choroschó.*«

Olga Semjonowa tippte mit dem Fingernagel gegen meinen noch flachen Bauch.

»Warum sollte irgendein Kind leben dürfen? Der Spatz hat noch andere Kinder.«

Das wusste ich. Aber dieses Kind war Alekseis und meines und würde unser Fleisch untrennbar vereinen.

»Hör zu, Stummchen. Ihr beide, du und Aleksei, betreibt in diesen Lagern seltsame Spielchen. Niemand wird mir glauben, wenn ich das erzähle. Aber ich weiß Bescheid. Man sollte nicht mit dem Feuer spielen, wenn man dessen Eigenschaften nicht kennt. Und ich habe wirklich nicht vor, euch zu helfen.«

Ich entfernte mich mit zurückgeworfenem Kopf. Eine verliebte Frau ist wie ein gespaltener Apfelbaum, treibt Schösslinge, vervielfältigt sich, blüht wie enthemmt, bis der Blitz in ihn einschlägt und der Tod ihn trennt. Olga Semjonowa rief mir nach: »Vertrau nicht dem Genossen Ignatenko!«

Dorf Lawra, 2015

Verna

Mich schwindelt. Ich schwanke auf der maunzenden, verrosteten Leiter des Wasserturms in etwa dreizehn Meter Höhe. Mit der linken Hand drücke ich die belaufenen, kühlen Leitersprossen und versuche mit der rechten, Empfang für mein Handy zu erhaschen. Vergeblich, das Telefon bleibt stumm. Die Überlandleitungen, die Kirschbäume. Der Weiher – ich stelle mir vor, dass seine Oberfläche atmet. Die verrosteten Sprossen biegen sich unter meinen Gummistiefeln, die Beine zittern. Über allem der blaue Abgrund des Himmels.

Ach Kostja, Sohn des Waldes. Gereizt überlege ich, was du vor zehn Minuten gesagt hast. »Fang hier nicht an zu randalieren, Risku-Frau. Du bist hier Gast. Die Landschaft könnte dich ablehnen.«

Du hattest recht.

Die Signalbalken des Handys bleiben unten. Ich drücke die Wange gegen die abblätternde weiße Wand. So als wäre der ganze Turm ein lebendes Wesen, in dem das schwarze Wasser atmet.

Ich schaue hinunter. In meinem Kopf dreht sich alles.

Die Horizontlinie, konzentrier dich auf die Horizontlinie. Von hier oben sieht man das blendende Brausen des Sommers, die Verschlingung des Menschenlebens mit dem Erdboden. Dort der Hain mit seinen uralten

Bäumen. Mitten darin ein gewaltiger Krater. Ich weiß noch, was Kostja darüber erzählt hat: Eine ausländische Bergwerksgesellschaft hat dort experimentiert.

Über dem Hain, tief und lauernd, rattert ein Hubschrauber.

Dort weidet die Stute Rimma allein, Larissa Morkowas misslaunige Schweine jagen die Gänse und Elnas Hund Piku. Hinter dem Kolchos die Kühe des Dorfes, dort knattern die Knaben mit ihren Mopeds herum, die Frauen tratschen am Brunnen, die Männer vor dem Konsumladen in schäbigen Hemden rauchen ihre Pfeife. Der Wind kommt mit Verzögerung hinter den nördlichen Zahnfelsen hervor, wo der Hubschrauber verschwunden ist. Die Kiefern neigen sich, und Apfelblüten stieben durch die Luft. Die Grasfläche wogt, als würde sie von riesigen Fingern geschwenkt, einen Augenblick lang ist die Landschaft heilig von Bewegung. Nur ein einziges Lebewesen steht an seinem Platz wie ein aus dem Strom ragender, vom Wasser nicht polierter Stein. Jelena Michailowna scheint auf dem Saunapfad erstarrt zu sein.

Wie boshaft sie doch mit mir gesprochen hat. Scham überflutet mich. Nein, ich muss hier weg, und zwar schnell!

Erst vor wenigen Augenblicken lagen mein Riese und ich auf dem Bett, die Glieder ineinander verschränkt, meine schmalen Schenkel um Kostjas Föhren geschlungen. In den Händen drehte und wendete ich den Brief, der meinem Vater Henrik mitgegeben worden war.

»Stell dir vor, ich halte hier ein Papier in Händen, das im Jahr achtunddreißig beschrieben wurde.«

Kostja nickte gehorsam, konnte sich aber nicht begeistern: »Vorbei ist vorbei. Ich kann mich nicht mal an meine eigene Kindheit erinnern.«

Oder du wolltest dich nicht erinnern. Ich strich mit dem Finger über die brennende Rose, die Tätowierung auf Kostjas Handgelenk. Das Symbol unmöglicher Liebe. Ein Zögling des Windes erkennt seinesgleichen.

»Hast du überhaupt eine Mutter gehabt?«

Kostja zuckte die Achseln. Wer hätte das nicht. Sie war da, lebte, konnte ihren Platz nicht finden. Der Schnaps hat sie dahingerafft oder der Zorn. Ein Prosit ihrem Angedenken, der Spaten ins Grab, die Gebete: Sucht euch Freunde unter euresgleichen, kehrt nicht unter die Lebenden zurück.

»Meine Nährmutter Elna ist der Mensch, der am meisten für mich getan hat.«

Anscheinend hatten die Kinder diese mürrische Alte sehr gern. Ich hatte nicht mal das, eine *bábuschka* oder *kuwawai*. Mutter hatte genug von mir, als ich fünf war, und auch die übrige Familie konnte mich nicht ausstehen. Ungewollt war ich gereizt: »Wer ist der schwachsinnige kleine Junge, der sich hier herumtreibt?«

Kostja zuckte zusammen. »Welcher Junge? Hier laufen ja wohl keine Gören rum?«

Ich packte Kostja beim Bart und riss daran. »Mach mir nichts vor. Ich meine den, der da ständig auf der Ofenbank hockt. Mit Pionierhalstuch und Kniehosen. Hat der kein eigenes Zuhause?«

Kostja überlegte einen Moment. »Ach der, das ist Miklai. Aber die Nährmutter hat es nicht gern, dass über ihn gesprochen wird.«

Wieder Geheimnisse. Dieses Volk öffnet und verschließt sich mir völlig willkürlich. Abgelehnt und verachtet, immer mussten die Menschen über ihrem wahren Ich den Mantel der Schande tragen. Traktoren gestohlen, Kühe getötet, die vom Klebstoffschnüffeln bedusselten Bengels randalieren im leeren Kolchos. Wer würde die schon beneiden? Und doch haben sie einander, so dass sie im selben Rhythmus atmen können. Das Papier in meiner Hand verschwamm. Eine unerwartete Träne der Einsamkeit und des Selbstmitleids wollte mir über die

Wange kullern. Nun ist es aber gut, du bist erwachsen, befahl ich mir selbst.

Ich konzentrierte mich darauf, die Geburtsurkunde von Irga Malinens Kind anzustarren, damit Kostja nichts bemerkte. In diesem Papier lagen, weit hinter den Worten verborgen, meine Vergangenheit und meine Wurzeln.

Das Datum war unter dem Stempel verschmiert. Ich prüfte auch das Verzeichnis der Ausstattung auf der Rückseite der Bescheinigung. Was waren das für Sachen? Im Lager benötigte Gegenstände: Filzstiefel, Picken, ein Gaskocher. Eine Kuh. Wer hat wohl vor Jahrzehnten deren kostbare Hervorbringung hinuntergluckern dürfen? Bestimmt nicht meine Großmutter. Zahlen, Mengen. Reale oder eingebildete? Dann verstand ich ein Wort, das mir bekannt vorkam. Ich buchstabierte: »Kalaschnikow, das erkenne sogar ich.«

Kostja gähnte. »Na, aber dann ist das Papier nicht vom Ende der dreißiger Jahre.«

Gespannt richtete ich mich auf.

»Wieso?«

»Na ja. Wenn bei mir etwas hängengeblieben ist, dann, dass Kalaschnikows nicht vor 1947 oder 49 benutzt wurden.«

»*Ty uwérena?* Bist du sicher?«

»Ziemlich sicher. Sonst war die Ausbildung vergeblich. In Waffengeschichte hatte ich die volle Punktzahl. Ich bin ja nun auch nicht völlig blöd, Risku.«

Der Hüne wollte meine Taille umklammern und mich aufs Bett ziehen, aber ich entwand mich ihm. Ich starrte auf das Verzeichnis. Dort stand ganz deutlich Kalaschnikow, 200 Stück, für die Wachleute. Die Jahreszahl war immer noch nicht zu entziffern, aber wenn Kostja recht hatte, dann konnte dies auf keinen Fall ein Brief sein, der Vater Henrik mitgegeben worden war und auch keine Geburtsurkunde. Das hatte offenbar noch weniger Sinn und Verstand als irgendetwas Früheres. Die Mutter ist jedoch Irga Malinen, das stand dort eindeutig zu lesen, wenn auch in kyrillischen Buchstaben:

Gebärende Malinen, Irga Henrikowna, geb. 28. 01. 1922 in Petsamo, Finnland, übergelaufen 1937, wohnhaft Petrosawodsk, Karelische ASSR, und Stadt Leningrad, Strafe gemäß 58-I-6 fünfundzwanzig Jahre ab 11. 8. 1937. Vater: unbekannt. Registriert: UdSSR, Komi ASSR, Workuta, Marktlager. Unterschrift des Arztes: Olga Semjonowa.

Plötzlich war ich wütend auf Kostja. Wollte er mir auch die letzte Verbindung zu meinem eigenen Fleisch und Blut nehmen? Wenn Irga Malinen gar nicht die Mutter meines Vaters Henrik ist, wo ist dann der Sinn und Verstand des Ganzen? Was habe ich dann hier am Arm der Welt zu suchen, wo ich zum Narren gehalten und getäuscht werde?

»Hör mal, Risku-Frau. Was diesen Jungen anlangt. Ich hab nicht gewusst, dass auch jemand anders den sehen kann außer uns, also ich und die Nährmutter und Oden und wohl auch einige Dorfbewohner.«

Ich hatte nicht die Ruhe, mir Kostjas Geschwafel anzuhören. Die Jenseitigen interessierten mich nicht mehr. Nein, ich musste telefonieren. Jetzt sofort! Der Gedanke schwelte in mir. Ich musste einige Details klären. Aber wie?

»Gibt es hier irgendeine Stelle, wo man Empfang haben könnte?«

»Vielleicht auf dem Wasserturm«, knurrte Kostja. »Aber du, Risku-Frau, hast nicht genug Schneid, um da hinaufzuklettern.«

Jetzt verstehe ich, dass Kostja recht hatte. Das Dorf stürzt um, die Wälder schließen den Horizont zu einem Kreis. Der Rost schmilzt in den Händen zu roten Streifen. Es singt die Nachtigall, und dreimal verkündet der Kuckuck den Tod. Irgendwo dort ragt Joškar-Ola auf, die rote Hauptstadt des Mari-Volks.

Noch einmal will ich versuchen, ob ich hier Empfang

habe. Ich befinde mich fast an der Spitze des Wasserturms. Dort läuft um die Wand herum ein etwa zwanzig Zentimeter breiter Stahlrand, der mit Bolzen an der Wand befestigt ist.

Ein Fenster. Einer plötzlichen Eingebung folgend spähe ich hinein, obwohl ich das eigentlich nicht will. Aber ich muss dem Waldburschen beweisen, dass ich kein Feigling bin! Von innen starrt mich Dunkelheit an. Dann fällt mir ein, dass ich an meinem Mobiltelefon eine kleine Taschenlampe habe.

Mit dieser Funzel beleuchte ich die dunkle Oberfläche des Wassers.

Als hätte sich dort etwas bewegt. Ist dort ein Tier geschwommen? Oder schlagen mir die Müdigkeit und der Nikotinmangel ein Schnippchen? Schon seit Ewigkeiten hatte ich keinen solchen Jieper mehr auf Nikotin. Ich recke mich, um mit dem Licht weiter in die Dunkelheit hineinzuleuchten.

Und da sehe ich es. Ein rotes Pioniertuch. Das Bein eines Kindes, wie in meinen Alpträumen. Die weit aufgerissenen Augen starren mich direkt an. Meinem Mund entringt sich ein Aufkreischen, dann ein Urschrei.

Ich klettere die Leiter hinunter und falle über die letzten Sprossen hinab, das Knie tut mir weh, die Hand rutscht in den Steinschatten, der Rollfarn beschmutzt mir das Kleid, aber darum kümmere ich mich nicht. Ich muss Hilfe holen!

»*Pomogitje!* Hilfe!«

Ich stürme den Hang hinunter ins Dorf, zum Konsumladen.

Ich suche nach den richtigen Worten, keuche. Der Dorfkommissar Popow und dessen hohe Trinkrunde starren mich ausdruckslos an, jemand faucht mit zahnlos singender Stimme, Popow schüttelt den Kopf. Die Männer setzen ihr Dominospiel fort.

»Ein ertrunkener Junge. Helft mir«, flüstere ich.

Niemand rührt sich, um aufzustehen oder Hilfsmaßnahmen zu ergreifen. Ich spüre, wie das Dorf und die Gesichter sich vor mir verschließen. Die Zeit fühlt sich klebrig an, ein aufziehendes Gewitter liegt mir schwer auf den Schultern, und ich spüre es als Schmerz in den Fingerspitzen, während ich weiterlaufe.

Ich presche durch das mit Pferden verzierte Tor genau in dem Moment, da Kostja heraustritt.

»Im Turm!« Ich beuge mich vor, um zu verschnaufen, und der Riese bleibt stehen.

»Ertrunken!«

»So?«

Kostjas Reaktion ist nicht so, wie ich es erwartet habe. Den massigen Kopf zur Seite geneigt, sieht er mich starr an und streicht mir verschwitzte Haarsträhnen aus dem Gesicht.

»Du hattest einen Wachtraum.«

Das kleine Fräulein sollte sich ordentlich ausruhen. Auch zieht ein Gewitter auf.

»Warum hilft mir niemand? Kostja?«

»Das musst du die Nährmutter fragen.«

Ich finde Elna, neben dem blauen Zaun stehend, mit verrutschtem Kopftuch, einen Korb voller Morcheln im Arm. Reglos steht Elna auf dem Pfad zum Kuhstall.

»Kuwawai«, sage ich jetzt schon verzweifelt. »Im Wasserturm ist ein Kind ertrunken.«

»Ach, wer kommt denn da?«

Am Herumirren ihrer Augen sehe ich, dass die Glucke mich tatsächlich nicht erkennt.

»Was fehlt Elna Michailowna?«, frage ich Kostja.

»Der Nährmutter fehlt nie irgendwas.«

Kostjas Stimme ist gekränkt.

»Ist alles in Ordnung?«

Langsam kommt Leben in das runzlige Gesicht. Elna schaut zum Haus hinüber und zum Kuhstall, als kennte sie ihre Pfade nicht. Sie zögert. Die Gössel zu ihren Füßen schlagen mit den Flügeln und schnattern aus purer Lebenslust, aber Elna Michailowna bemerkt sie nicht. Dann lässt sie den Pilzkorb aus den Händen fallen und geht mit schwachen Trippelschritten Richtung Sauna, die für mich bedeuten, dass die Frau ein Urwassergeist sein muss. Vielleicht die tausend Jahre alte Urmutter aller Finno-Ugrier. Die Urgebärerin der Wolga.

»Der Saunaofen singt gar nicht? Ich hatte gedacht …«

Die zähe Alte streicht mit ihren gebrechlichen Fingern über ihr Kleid. Zum ersten Mal wirkt sie hilflos.

»Die Sauna hatten wir doch gestern erst. *Wujdõmo pormo*, wird Oden sagen. Der eine Junge war in letzter Zeit *wujdõmo pormo*. Eine verrückte, kopflose Bremse.«

Ich verstehe nicht, wovon die Frau spricht, aber so etwas habe ich schon mal erlebt. Vaters Großvater, den sie den Weißen General nannten, bildete sich gegen Ende seines Lebens ein, ein endloses Schachspiel zu spielen, in dem statt der Schachfiguren die Fliegenleichen, die sich zwischen den Fenstern gefunden hatten, und tote Spitzmäuse gegeneinander kämpften. Aber sein Gedächtnis war doch so gut, dass er meinen Vater Henrik bis zum Schluss als Balg einer Russenhure bezeichnete.

»Kostjas Freund, hat der sich sehen lassen?«

Ich schüttle den Kopf. Zum Abschluss seiner Sauftour ist Muksa fortgegangen und hat sich den ganzen Tag nicht gezeigt. Vielleicht ist er endgültig verschwunden, denke ich hoffnungsvoll.

»Der kommt zurück.« Die alte Frau hat meine Gedanken erraten.

»Woher wissen Sie das?«

»Von der Windrichtung. Bald wird etwas Schlimmes passieren.«

Auf der Treppe wird Elna plötzlich lebhaft und klatscht in die Hände. In der Sauna schmelzen ja die Sorgen.

»Hör mal, *djéwuschka*, machen wir Frauen jetzt unter uns ordentliche Aufgüsse?«

Wówa

Um zwölf Uhr dreißig erreichen wir die Taiga. Nach diesem Gefühl hatte ich mich gesehnt: der Vater seines Volkes zu sein, das riesige Auge Gottes, das nachts kontrollierend über seinem Reich kreist. Mein geliebtes Russland erstreckt sich unter uns in seiner ganzen jahrhundertalten Sowjetkrüppligkeit. Einer Krüppligkeit, die ich in seinen früheren, verdienten Glanz zu verkehren gedenke.

Tanja schlürft aus einem Kristallkelch Champagner, in dem Blasen der richtigen Größe perlen, ich ziehe sie an mich und spüre den Moschusduft meines Lieblingsparfums – ich habe ihr befohlen, dieses und nur dieses zu benutzen. Ich schaue hinunter: All dies ist mein. Meine Brust ist erfüllt von brennender, heftiger Zuneigung, die ich niemals meiner ersten Frau Tamara gegenüber zu empfinden vermochte. Sie nannte mich auch Väterchen Frost. Ich glaubte, keine einzige Frau könne dieses Gefühl in mir erzeugen, und vielleicht ist es wirklich so, aber Tanja ist zumindest ein Teil dieser Ekstase, in der freilich die Rolle der Hauptgeliebten von Mütterchen Russland gespielt wird.

Tanja schmiegt sich an mich und schnurrt. Ich fasse nach ihrem jugendlich schmalen Knie, an dem immer noch ein blauer Fleck von unserem letzten Zusammentreffen prangt. Die silbernen Vogelohrringe streifen meine Wange. Genau solche verschwanden von Tamaras Nachttisch, als Tanja mich auf der Datsche besuchte. Ist so diese Frau an meiner Seite, eine kleine Kleptomanin? Sie könnte von mir so viel bekommen, dass ihre Augen für immer in verschiedene Richtungen sehen, aber sie stibitzt trotzdem. Mir ist das völlig egal, und wenn sie Tamara den Kopf von den Schultern stehlen würde.

»Aus meiner KLAUSE ist etwas verschwunden.«

»Was?« Tanja zittert.

Ich antworte nicht.

Nach unserer letzten Hotelnacht fragte Tanja, während sie ihre Seidenstrümpfe an den Strumpfhaltern befestigte, ob ich ihrem Exverlobten Nico eine Stelle in der Öffentlichkeitsarbeit verschaffen könnte. Schüchtern, und strich dabei mit ihren künstlichen Nägeln über meinen Arm.

»Natürlich«, antwortete ich. »Ich kann alles aus ihm machen. Sogar das hier.« Vom Tablett schnappte ich mir einen Krebs und brach laut knackend eine Schere ab. Ich schlürfte den Inhalt heraus, dass mir die rötliche Flüssigkeit aus dem Mundwinkel lief.

Die Erkenntnis kam dem Gehirn des kleinen Dummchens mit Verzögerung. Oh nein – sie schüttelte ihren kupferroten Schopf –, Nico ist harmlos, ein bisschen Idiot. Ein gehorsamer Komsomolze, er hat sofort auf sein Mädchen verzichtet, als er hörte, dass der Befehl aus dem Kreml kam, flüsterte Tanja, aber ich spürte unter dem Schrecken ein erregtes Grundschnurren. »Du bist ein richtiger Zar. Du kannst vernichten, wen du willst.«

In den Eingeweiden verspürte ich eine heftige Regung. Ich befahl Tanja, ihre Strumpfbänder und das andere abzulegen, alles außer den roten Stiefeln, und sich die Lippen rot zu schminken. Dann zwang ich das Mädchen auf den Fußboden in Kriechstellung. Ich packte Tanja beim Nacken und sah noch die genussvolle Hilflosigkeit und den Anflug von Angst auf ihrem Gesicht, bevor ich ihr den kleinen Iwan in den Mund stopfte. Tanja entwickelt sich allmählich zu einer hingebungsvollen Lutscherin, aber diesmal wollte ich etwas anderes. Ich wollte so tief wie möglich in sie eindringen, bis an den Grund des Schlundes, und die Atmung blockieren, die Mieze mit meinem Spieß ersticken. Ich hielt ihre Nackenhaare ganz fest, während ich schob, stampfte und drückte, dass der schmächtige Mädchenkörper auf dem Parkettboden hin und her geschleift wurde. Der Mieze quoll Schleim aus den Mundwinkeln, und sie versuchte, Luft zu schnappen, aber ich wusste, dass ich ihr die

Luftröhre verstopfte. Tränen liefen ihr aus den Augen, in denen die Verzweiflung einer Gepfählten stand, aber sie wagte nicht, sich zu widersetzen. Nur Geröchel und Geblubber waren zu hören. Fast musste ich lachen, als mir der Schnack des »Pathologen« einfiel: Ein Mann verwendet keinen Lippenstift außer am Schaft seines Schwanzes.

Als ich mich entlud, hatte ich das Gefühl, diese immer bereite Möse einschließlich jeder einzelnen Zelle bis hin zum letzten Winkel mit meinem Sperma zu füllen.

Ich ging mich waschen. Tanja blieb am Boden liegen, nach Luft schnappend, sich übergebend, die Knie blutig gescheuert.

Ich drehte den goldenen Hahn des Waschbeckens auf und ließ das Wasser laufen.

»Und der Bleistift?«

Die Nebelfetzen über uns verziehen sich, als wir in die Republik Komi kommen. Wir jagen über die Schornsteine der Kohlefabrik hinweg wie ein gewaltiges nächtliches Raubtier. Im Osten hinter dem Uralgebirge geht die arktische Sonne auf. Sechs Stunden sind vergangen, seit wir vom Dach des Kremls aufstiegen und die Reise begann. Ich vermute, dass meine Abreise schon bemerkt worden ist. In der PR-Abteilung wird an den Schnurrbarthaaren gezupft und fiebrig überlegt, ob die Sache durchsickern darf. Weiß jemand etwas, oder denken wir uns eine Lüge aus? Eine geheime diplomatische Reise, eine Liebesauszeit. Vielleicht Bettruhe wegen einer belanglosen Erkrankung. Zum Glück ist Adjutant Worosinow mit allen Wassern gewaschen und hat die Zügel fest in der Hand. Ach, ihr Menschen Russlands, was für einen Marsch mögen eure Füße nun wohl treten? Welche Hymne wünscht sich eure Kehle? Versucht nur herauszufinden, ob ich trickse. Verfolgt, was geschieht. Ein Angriff des Westens? Die Ukraine? Die tschetschenischen Terroristen? Ein neuer, grausamerer Herrscher? Die totale Vernichtung?

Der Pilot schreit ins Mikrofon, seine Stimme knastert in den Kopfhörern.

»Schto, was?«, muss ich mehrmals brüllen.

»Der Sender ist geortet.« Endlich bekommt der Pilot seine Nachricht an den Adressaten.

Der »Pathologe« von den Nachthunden hat unseren alten Freund, den Haudegen, gefunden. Wir wenden die Schnauze des Zerstörer-Hubschraubers und fliegen in Richtung Wolgaknie.

Wir schweben über dem anbrechenden Tag, eine riesenhafte Libelle, ein tödlich gefährliches Raubtier. Das Maschinengewehr ist in Stellung gebracht worden. Ich spüre dieselbe Erregung wie damals, als ich zum ersten Mal vom Hubschrauber aus Wölfe schoss. Ich habe immer davon geträumt, auf dieselbe Weise Menschen zu töten.

Wo bist du, NACHTFALTER?

Dorf Lawra, 2015

Elna

»*Dawáj, pojdjom w banju*, gehen wir in die Sauna.« Ich bücke mich schwerfällig und krieche zum Fenster. Zwischendurch hole ich Luft. Die Knie tun mir weh. Sanft schwebt über uns der Wasserdampf. Die Tschuchná-Frau folgt mir, ihre jugendlich schlanken Glieder zeichnen sich weich gegen das durch das Fenster streuende Licht ab. Ihre Haut ist voller Sommersprossen, die kupferfarbenen, nassen Haarsträhnen bleiben ihr wie Tangzotteln an Rücken und Schultern hängen. Wenn sie sich auf den Knien aufrichtet und aus dem Kübel mit Harzwasser übergießt, sehe ich an ihrem Bauch eine wild verwachsene Narbe. Ich weiß, woher eine solche Narbe stammt. Dieses Mädchen hat eine Notoperation hinter sich.

»Soll ich einen Aufguss machen?«, fragt sie höflich.

Ich schüttle den Kopf und lege mich auf die unterste Pritsche. »Wenn die Sauna zu heiß ist, friert man auch zu Mittsommer.«

Die sanfte Hitze liebkost jeden Winkel des Körpers. Das langsam brennende Espenholz hilft gegen Brustschmerzen und Atemnot. Ich spüre, wie die nagende Unruhe allmählich nachlässt. *Montša Kuwa*, der Saunageist, ist heute gut aufgelegt.

Ich seufze vor Wohlbehagen. Für mich ist die Sauna immer ein Ort des Trostes gewesen. Dort kann man mit den kleineren Göttern in Verbindung treten, mit jenen, die nicht im Hain oder in einer Quelle wohnen. Und was das Wichtigste ist, hier hat Keremet nichts zu suchen. So stelle ich mir die Kirchen der Christen vor.

Die Tschuchná-Frau lehnt sich gegen die harzige Wand, die Arme um die Knie geschlungen. An ihren Wimpern hat sich eine Kruste gebildet. Ich verstehe schon, dass Kožla, der Waldjunge, mit ihr balzen will. Sie ist ja nicht schlecht, nur aus einer anderen Welt. Und heute ist der Vater des armen Mädchens zur Obduktion nach Joškar-Ola gebracht worden. Daran, wie der Kadaver aussah, als er da auf dem Tisch in der Schule lag, wie übel seine Füße zugerichtet waren, und warum. Daran will ich nicht denken, nicht jetzt und niemals mehr.

»Kostja ist ein guter Mann. Unbeholfen, aber gut.«

Ich möchte, dass die Tschuchná-Frau versteht, dass sie nicht einfach so unbekümmert, lebenslustig und die Schläuche voller Säfte hierherkommen und meinem Lieblingskind den Kopf verdrehen kann, einfach so zum Spaß. Das Herz meines Waldkindes war immer in Gefahr, erdrückt zu werden. Ein Riese, in dessen Herzfasern das Weinen eines Kindes dümpelt.

»So sind wir hier. Die Illusionen hat man uns genommen. Oje, Genosse Gorbatschow, was hast du angerichtet.«

Das Mädchen begießt mich mit Wacholderaufgusswasser, schlägt mich behutsam mit dem Badequast aus Eichenlaub. Die besten Quaste würden sich an feuchten, schattigen Stellen finden, aber dorthin gehe ich selten, denn dort lauern auch solche Wesen wie Lichtauge.

»Könntest du mir die Nägel schneiden?«

Gehorsam holt die Tschuchná-Frau aus dem Vorraum eine kleine Schere, beugt sich vor und schneidet. Ihre Hände sind ungeübt, aber behutsam. Sie massiert mir die Ballen, regt meinen Kreislauf an.

Wieder muss ich an diesen dahergelaufenen finnischen Professor denken. Er erklärte, das Schnippeln der Haare und Nägel sei eine den finno-ugrischen, den sogenannten *Wasservogelvölkern*, eigene Sitte.

Wie grotesk, dass der Leichnam, als man ihn fand, überhaupt keine Zehen hatte. Wer macht denn so was? Keremet? *Denk jetzt nicht daran.* Plötzlich empfinde ich die Saunahitze als beklemmend. Deshalb frage ich: »Springen wir ins Wasser?«

Vorsichtig stehe ich auf, das Mädel legt mir ein Handtuch um und folgt mir irgendwie widerwillig.

Barfuß und untergehakt tapsen wir durch den Sommerabend, ich, die Uralte, und die da neben mir, eine, deren Äußeres sich noch nicht gänzlich von Jugendlichkeit zur Würde einer reifen Frau gewandelt hat.

Der Steg ist trocken und warm.

»Komm, springen wir«, schlage ich vor.

Kaum versucht die Tschuchná-Frau mich zurückzuhalten, als ich auch schon mein Handtuch fallen lasse, einen Schritt vom Stegrand mache und in das kühle Wasser des Weihers plumpse. Beim Auftauchen sehe ich die nackten Beine des Mädchens immer noch auf dem Steg.

»Dawáj!«

»Ich trau mich nicht.«

Sie wird doch wohl schwimmen können? Es gibt doch nichts Herrlicheres, als im Wasser zu liegen, während der Himmel einem die Augen spült. Als junges Ding traute man sich, splitternackt vom Steg in den Weiher zu gleiten, sich im Tau abzukühlen.

Das Wasser liebkost jede Stelle meines Körpers. Weit öffne ich die Beine und lasse mich auch dort von der grünen Hand streicheln. Der gestrige Abend, als ich Aleksei zu mir rief. Von da an hat mein Körper mir keine Ruhe gelassen. Das, was jahrzehntelang geschlummert hat, vertrocknet und geschrumpft ist, strömt jetzt wieder. Der Saft fließt meine altersschwachen Schenkel in einer Weise hinab, dass ich lachen muss. Und ich spüre, dass ich mich in eine blumenprächtige Frühlingsmaid verwandle und meine Haltung sich strafft, so als könnte noch einmal ein neuer Frühling kommen. Die Bienen kehren zurück. Und obwohl ich weiß, dass das unmöglich ist, möchte ich anderes glauben. Ich will dies. Ich brauche dies. Und der große Hund der Leidenschaft bemächtigt sich meiner so stark, dass ich unter der kühlen Oberfläche des Weihers verschwinden muss.

Wenn nur der *Kugu Jumo* mich ihn behalten lässt. Wenn meine Seele noch nicht entflohen ist.

»Komm jetzt«, fordere ich die Tschuchná-Frau auf.

»Ich kann nicht.«

»Warum nicht?«

»Ich kann nicht mehr schwimmen.«

»Bestimmt kannst du das«, tröste ich sie.

Vorsichtig steigt das Mädchen ins Wasser. Ich stütze sie unter dem Bauch, sie braucht keine Angst zu haben. Nach kurzem Zögern lässt die Tschuchná-Frau los. Ich halte den mageren Körper an der Oberfläche und spüre die kalten Erhebungen ihrer Haut unter dem glatten Schlamm. Der Steg gibt nach, als ich das Mädchen vorwärts schiebe.

Dann, als sie sich schon fast entspannt hat, versteift sich der Körper der Tschuchná-Frau von neuem. Sie schreit auf und paddelt Richtung Ufer.

»Es zieht mich in die Tiefe!«, schreit sie.

Das ist wahr. Ich empfinde dasselbe. Das Wasser hat sich in ein saugendes Morastloch verwandelt. Ich fühle, wie unsichtbare Hände meine Fußknöchel ergreifen und mich nach unten ziehen. Ich packe den Steg und schiebe das Mädchen vor mir aus dem Wasser.

Keuchend sitzen wir Seite an Seite auf dem Steg.

»Alles ist gut.« Ich drücke die schmalen Schultern und zügle das vom Himmel kommende Weinen. Arm in Arm gehen wir zurück zur Sauna. Irgendetwas Urbekanntes liegt in dieser vogeljungenhaften Hilflosigkeit. Ich plaudere über Belangloses. Wir kommen zu der Rundholzsauna und setzen uns in den Schwitzraum.

»Hast du Heimweh?«, frage ich.

In dem weichen Dämmerlicht sehe ich, dass etwas sie bedrückt. Als wollte sie gar nicht in ihr Land zurückkehren. Sie hat den Polizisten nicht mal gefragt, wohin der Leichnam ihres Vaters in Joškar-Ola gebracht wird. Hat nur schicksalsergeben die Papiere unterschrieben. Und findet angeblich nirgends ein Telefon. Was für ein Quatsch ist das denn nun?

»Heimweh nach Finnland? Eigentlich nicht.« Die Tschuchná-Frau zuckt die Achseln.

»Was magst du denn gern, *djéwuschka*?«

Die Tschuchná-Frau überlegt einen Moment und nickt dann zum Weiher hinüber. »Schwimmen. Früher bin ich gern geschwommen.«

Ihre Hand trifft auf die verwachsene Narbe an ihrem Bauch. Ich bemühe mich, nicht hinzusehen.

»Hast du Kinder?«, frage ich, obwohl ich mir die Antwort schon denken kann.

»Nein. Und ich werde auch keine haben.«

Dann fängt sie an zu erzählen. Vor fünf Wochen war sie an einem Dienstag im April mit angehaltenem Atem aus tiefem Alptraum erwacht. Sie hatte gefühlt, dass etwas nicht stimmte.

»Ich horchte. Es war zu still. Dann verstand ich, dass die Stille in mir war.«

Die Tschuchná-Frau war seit Wochen müde und von schwachen Kräften gewesen. Die Ärzte hatten sie vor gestiegenem Blutdruck gewarnt, im Oberbauch hatte sie einen schneidenden Schmerz gespürt, und Glühwürmchen hatten ihr vor den Augen getanzt. Die Ultraschalluntersuchung bestätigte, was sie schon wusste: Es war die Gebärmutter. Ihr Bewohner war tot.

Dann folgte eine schwere Schwangerschaftstetanie,

und die Tschuchná-Frau wurde eiligst in die Entbindungsstation gebracht. Ihr wurde der Bauch aufgeschnitten, während die Neonlampen sie mit ihrem grausamen Licht kratzten. Eine durch Sauerstoffmangel bedingte Asphyxie. Nabelschnurkomplikationen.

Nach der Operation war die Krankenschwester mit einem Bündel im Arm an ihr Bett getreten.

»Nimm es in den Arm.«

Nach der Geburt sollen die Eltern sich von ihrem Kind verabschieden, heißt es. Aber das konnte die Tschuchná-Frau nicht. Anscheinend erwartete man von ihr, dass sie weinte. Dass sie trauerte. Aber wie soll man etwas betrauern, das es noch gar nicht gegeben hat? Gestorben ist, noch ehe das Leben begonnen hatte?

Ich würde gern etwas sagen, egal was, aber mir fällt nichts ein.

»Du wirst darüber hinwegkommen.«

Ich würde ihr gern erzählen, dass ich weiß, wovon sie spricht. Die neben mir kauernde nackte Frau gehört zu denjenigen, die die anderen Weibchen um eine bestimmte Abnutzung des Schlüsselbeins beneiden, um dessen stolze, von der Last der Mutterschaft zeugende Asymmetrie. Diese Ascheseele hat erfahren müssen, wie gefährlich das Tauchen ist. Diese Ascheseele versteht die Gefahr der leckenden Fußbodenluke. Auch sie möchte schwimmen.

»Das Schwimmen im Wasser. Das ist gut. Du wirst es wieder lernen, *üder.*«

Zum ersten Mal spreche ich das Mädchen in der Mari-Sprache an.

Wir gehen hinaus, um uns abzukühlen. Am Horizont grummelt es, aber noch ist nicht die Zeit für ein Gewitter. Das Gras duftet, aus den Apfelblüten fallen leichte Tropfen auf uns herab, die Blütenblätter der Kamille bleiben uns an den Knöcheln hängen. Die zapfengefügte Bank knarrt unter unserem Gewicht, hält jedoch stand, die getreue. Wir hocken auf der höckerigen Bank, die Mücken als Schleier um die Schultern. Ich schlage mit dem Ellbogen gegen den Flaschenboden und biete der Tschuchná-Frau einen Schluck an. Sie bemüht sich, nicht das Gesicht zu verziehen. Odens Selbstgebrannter schmeckt nach Pferdehaut, Eicheln und getrockneten Moosbeeren. Wir haben halbvolle Gläser, die Kerzen am Fenster sind erst zur Hälfte heruntergebrannt. Die Tschuchná-Frau holt mit dem großen Zeh aus dem Gras einen uralten, eiförmigen Stein hervor. Die Asseln darunter flüchten entsetzt in alle Richtungen.

»Ein guter Augenblick«, sagt *üder* plötzlich.

»Besser als manch ein anderer.«

»Aleksei und du. Ihr seid ein Liebespaar.«

Die Freude schießt mir als Blutandrang ins Gesicht. Sie ist so groß, so erstaunlich, dass ich nicht anders kann als den Göttern danken, dass ich so etwas noch erlebe. Ob das nun das Verdienst des *Chaga Chaga*-Tees ist oder nicht, interessiert mich nicht. So funktioniert die Natur. Nach langer Zeit hab ich es heute auf der Wiese gesehen. Wie in einer saftigen, honigtriefenden Glockenblume eine Biene sie mit dem Rüssel liebte. Das ist ein gutes Omen. Die trockenen und nackten Gräser müssen sich mit der Umarmung des Windes begnügen, so ist das. Aber ich bin kein nackter Halm mehr. Aleksei hat mich berührt. Ich wende mich schon dem Mädchen zu, das sich die Beine kratzt, um von meiner Freude zu erzählen, aber im letzten Moment zaudere ich. In alldem hier steckt eine Gefahr. Meine Gedanken sind nicht klar – ja, wie lange schon? Seit der Ankunft des vom Teufel gebissenen und ausgespuckten Professors?

»*Dyrjáwaja golowá*, ein Kopf wie ein Sieb, wie Oden mich vor langer Zeit nannte.«

Ein jegliches hat seine Zeit, sagte der Bock, als man ihm den Kopf abschnitt. Warum überkommt mich der Trübsinn gerade jetzt? Nein, ich will noch nicht untergehen. Noch so manches ist zu erledigen, vieles bleibt ungetan. Ich richte meinen Blick zu dem tiefgrünen Sommerhimmel, an dem gerade der Vollmond aufsteigt wie eine riesige Glücksmünze. Wenn ich mir jetzt etwas wünschen dürfte. Wenn ich trotz all meiner bösen Taten um eines bitten darf. Die Bitte quillt so starkhaarig aus meinem Inneren, dass ich selbst erschrecke: Lieber *Kugu Jumo*, teure *Ketše Awa*, lasst mich noch diesen Augenblick erleben!

Wówa

Als wir über dem Wolgaknie ankommen, sehen wir einen Zug, der über eine Brücke fährt.

»Grüße aus Moskau!«

Tanja fragt, woher ich wisse, dass der Zug gerade aus Moskau kommt. Zärtlich ergreife ich das wohlgepflegte Händchen der Intrigantin. Wie bezaubernd kindlich sie doch ist. Was für entzückend runde Augen sie machte, als wir mit der nur für die Staatsführung bestimmten Metro M2 zum Stützpunkt fuhren. Und selbst nachdem sie das alles gesehen hat, versteht sie nicht, wie dieses Land geführt wird, geführt worden ist seit Zarenzeiten. Ursprünglich war das Zentrieren die Idee des größten der Zaren, Iwans des Schrecklichen, und noch heute gehen deshalb die Eisenbahnlinien von Moskau aus und verzweigen sich über das Land wie die Beine einer riesigen Spinne. Nichts jedoch verbindet diese fernen Punkte miteinander. Alles geht von Moskau aus und kehrt nach Moskau zurück. Teile und herrsche, die alte Weisheit, die Aleksei Ignatenko mir eingebleut hat mit dem Kopf seiner Wurzelknollenpfeife.

Demokratie ist die Diktatur des Gesetzes. Das hat Aleksei Ignatenko mir schon in den 1980er Jahren beigebracht, als das ganze lächerliche Glasnost-Getue anfing. Die Sowjetunion scheiterte nicht an der Aufrüstung oder an der Hyperinflation, sondern daran, dass man dem gewöhnlichen, nichts begreifenden Volk erlaubte, sich im Zeichen seiner sinnlosen Schwärmereien zu versammeln und sich einzubilden, dass man sie über ihre eigenen Angelegenheiten selbst entscheiden lassen sollte. Diese bärtigen Oppositionellen mit ihren schmuddeligen, nach Motten riechenden Pullovern, ihren Samisdat-Publikationen und dem qualmenden Glimmstängel zwischen den Lippen, die die Macht Russlands verachteten.

Mir öffneten sich die Augen.

Anfang der neunziger Jahre schmuggelte Aleksei Ignatenko mich in eine Versammlung von »Reformern« ein. Er nahm mich mit zu einer Veranstaltung der Übergeschnappten in der Kasaner Kathedrale, dem größten Gebäude am Newski-Prospekt, der Hauptstraße der Stadt. Ich hätte dort das Feuer eröffnen lassen, aber irgend so ein ärgerlicher Pflaumenheinrich, ein Handlanger von Boris Nikolajewitsch Jelzin, hatte Anweisung erteilt, anders vorzugehen.

»Moment mal, kleiner Wówa«, sagte Aleksei Ignatenko ruhig. »Erzähl mir mal, warum du so außer dir bist.«

»Warum ich so wütend bin? Das siehst du doch selbst. Das sind Hooligans, Volksverhetzer«, sagte ich gereizt.

»Das werden wir sehen. Es hat selten Sinn, die Contenance zu verlieren.«

Wie schon Sunzi, der alte Meister der Kriegskunst, erklärte, darf ein Herrscher die Armee nicht in Bewegung setzen, wenn er in Rage ist, und ein General darf nicht in den Kampf ziehen, wenn er verzweifelt ist.

Aleksei Ignatenko las aus dem Staub des Fußbodens eine Zitrone auf und schleuderte sie direkt auf den Volkshelden, der am Rednerpult salbaderte. Er rief dazwischen: »Schachmeister Kasparow, die Miliz dankt Ihnen für die Informationen über das Ereignis!«

Nach diesem Schlag verstummte das Volk. Dann entstand ein gewaltiger Radau, als alle einander überschreien wollten. Dieser Volksheld ein Verräter, ein Betrüger? Das große Schachgenie blieb verdutzt auf der Bühne stehen, als wir den Ort verließen.

»Arbeitet Kasparow tatsächlich für uns?«, fragte ich, als wir wieder unter uns waren und Ruhe hatten.

Aleksei Ignatenko ließ eines seiner seltenen Lächeln aufscheinen, schüttelte geruhsam den Kopf und sagte heiter: »Es gibt viele Tricks, sagte die Alte, als sie im Stehen pinkelte.«

Daraus entnahm ich, worum es bei der Beherrschung von Information und Menschen ging: Nimm den Hooligans die Chance, ihre Stimme einzusetzen, verschmiere die Farben, ersticke die Dissonanzen. Lenke ab. Richte Schaden an. Mach deinen Gegner lächerlich. Fülle die Welt mit anderem Lärm, mit fröhlichem Gerede. »Das Leben wird immer fröhlicher, das Leben wird immer besser«, wie ein Slogan in der Sowjetunion lautete. Denn die Menschen wollen keine großen Ideen und verstehen keine komplizierten Reden. Das Volk will einen Messias, einen Zaren. So einfach ist das.«

Vertraue niemandem. Jeder, dem ich das Schießen beigebracht habe, hat letztlich mich als Zielscheibe benutzt.

Workuta, 1952

Irga

Hilf uns«, flehte ich Petje an.
Ich hatte einen lebenden Jungen geboren.

Die Wände des Tschum waren hart von Eisbrocken. Es duftete nach Salbe aus *jatryschniki*, Kuckucksblumen, die in der Johannisnacht gepflückt worden waren. Schon vier Monate waren vergangen, seitdem ich die Blumen gesammelt hatte. Eine knöcherne Windharfe klimperte leise. Der Fußboden war mit Federn von Eiderenten und mit Torfmoos bedeckt, der Spucknapf schamhaft in den Schatten des Trankochers geschoben worden. Matt gab das Kind auf meinem Arm leise Töne von sich.

»Wieso soll gerade dieses gerettet werden?«, fragte der Schamane.

Ich wusste, was Petje meinte. Warum sollte mein Kind überleben, während Elna eine Fehlgeburt nach der anderen erlitt. Petje wünschte sich für sein Rentierkollektiv einen Nachkommen. Aus demselben Grund fiel es Elna schwer, das Neugeborene von ganzem Herzen zu lieben.

»Ein Kuckuckskind, ein Teufel.«

Aber all das spielte keine Rolle, nicht Elnas Trauer, nicht Petjes Argwohn. Dieses Kind war die Rache des Lebens für die Schrecklichkeit des Lagers. Ich suchte nach einem Wort: »Rache. *Wosmesdije*. Revanche.«

Die Rache des Lebens. Weil alles Gute in diesem Lager abgetötet, das Glück zerstört, die Hoffnung erstickt und wie ein syphilitisches Rentier zuckend am Rand des Sumpfes zurückgelassen wird. Weil mir das erste Kind vor zehn Jahren weggenommen worden war und ich nie erfahren hatte, wie es ihm ergangen war. Bestimmt ist es gestorben. So wie Petje prophezeit hatte, »der Wolf hat den Proviant gefressen«. Also war etwas geschehen und mein Kind in fremdem Frostboden begraben worden. Manchmal sah ich in meinen Alpträumen, wie mein kleiner Hemmi mit weit geöffneten Augen, das Gesicht nach oben gewandt, in der Erde lag. Myzel wand sich um seine kleinen Arme, die Wurzeln drangen in seinen Brustkorb ein, durchbohrten das Stirnbein. Nein, das durfte nicht noch einmal geschehen. Wenn dieses Kind am Leben bliebe, würden die Träume enden, und ich würde meinen Frieden finden.

Das Überleben ist in dieser Welt die beste Rache. Ich möchte diese elende Todesfalle kurz und klein schlagen und Leben schaffen. Aus jedem Loch dringt hier verzweifeltes Weinen. Wenn auch dieses Kind nicht überlebt, Alekseis und mein Kind. Eine Frucht der Liebe.

Aber anders als das Kuckuckskind besaß dieses anscheinend nicht die zum Überleben notwendige Energie. Mit Wasser, Rauch, Dampf und Feuer. Mit Galle, Wolfsblut und Kuhschelle. *Pivsan*, die Heilsauna, war geheizt. Wir hatten seine Schultern mit einem Heidekrautquast und mit Eberesche gewaschen und seine Glieder mit Petjes Schatz, einer grusinischen Silbermünze, massiert.

Petje hatte seine eigenen Götter befragt. *Jen*, der Schöpfer der Sonne, hatte geschwiegen, ebenso *Omõl*, der Schöpfer des Mondes. Die aus einem Entenei geschlüpften Zwillinge hatten abgewinkt.

»*Zarni An* hilft nicht«, sagte Petje.

»Wer?«

»*Zolotaja Baba*, die Goldene Frau«, verdolmetschte Elna.

»Warum betest du nicht zu deinen eigenen Göttern?«, fragte Elna. »Könnte nicht Jesus Christus mit seiner Macht helfen?« Aber ich konnte nicht beten, zu niemandem und zu nichts. So etwas hat mir niemand beigebracht. Meine Mutter pflegte angeblich bei Bäumen, die von den Skoltsami zur Erinnerung an besondere Anlässe markiert worden waren, und bei deren Opferstätten Gaben niederzulegen. Aber ich verstand mich nicht darauf, die alten Götter meiner Heimat anzurufen. Und auch nicht die des Christentums.

»So ein kleines, mickriges Jungchen, es wird wohl kaum den Morgen erleben, wenn es nicht genährt wird.«

Der Junge wollte nicht trinken. Ich hatte einfach keine Milch, obwohl Olga meine beiden Brustwarzen in den Mund nahm und lange und inbrünstig daran saugte, allzu genießerisch. Sie rauchte ihre Papirossa und wies meine Bitte zurück, noch ehe ich sie aussprechen konnte. »Nahein, diesmal nicht, 25-Jahre-Mädel. Jetzt herrschen andere Zeiten.«

Es war schon eine große Vergünstigung, dass ich nicht aus dem Frauenlager in die Stillstelle geschickt wurde. Darauf wäre ein Jahr in der Kinderstadt gefolgt, bevor das Kleine ins Kinderheim gekommen wäre. Olga Semjonowa lag im Ofen und zitierte Tschechow. »Ich habe mich in einen Zustand gebracht, in dem ich nackt auf dem blanken Erdboden liegen und Gras essen kann.«

Auch Olga Semjonowa glaubte jetzt an die Amnestie, an eine Art Wiederkunft des Herrn, eine Zwischenform von Messias und Motyljók.

»Und möge Gott jedermann ein solches Leben gewähren!«

Das Wurm lag in seinen Wickeln da und saugte nicht. Elna seufzte: »Der hat eine Entwicklungsstörung. Den müssen wir in ein Speziallager schicken.«

Das würde seinen nahezu sicheren Tod bedeuten, zumindest die Rückbildung seines Darms durch den Genuss von Rindenbrot und Flechte. Wieder ein so grausames Schicksal für eine neue Seele? Ich starrte durch die Tür der Jurte hinaus. Draußen tobte ein Schneesturm, obwohl erst Oktober war. Elna legte sich das Kind an die Brust.

»Er wird es nicht schaffen. Aber wir wollen ihm trotzdem einen Namen geben.«

»Wolódja, nach Lenin, das bringt Glück«, schlug Elna vor.

Petje nickte, ich ebenso. Was bedeutet schon ein Name für einen Sterbenden?

»*Schelannaja*, meine Ersehnte, soll ich Wildvogel helfen?«

»Es gibt natürlich ein Mittel«, sagte Elna langsam.

Es wurde still im Tschum. Mir wurde klar, dass über diese Sache schon ohne mein Wissen gesprochen worden war.

Aleksei schüttelte heftig den Kopf. »Red keinen Quatsch, Schwester.«

»Ein Bund mit Keremet.«

»Keremet?« Eine blinde Hoffnung erwachte in mir. Egal was, dachte ich und packte Elna und Petje am Arm. Petje schüttelte den Kopf.

»Keremet ist ein Gott der Unterirdischen.«

Aleksei, mein Spätzchen, lehnte blass gegen den Mittelpfahl der Jurte, der von einer verdorrten Kiefer stammte.

»Ich will wissen, wer dieser Keremet eigentlich ist.«

Aleksei erklärte es. Keremet Lichtauge kam irgendwann vor der Zeit der Goldenen Horde von Osten ins Mariland, als die Bewohner der Rus gegen die Mongolen kämpften. Das geschah vor vielen Hundert Jahren. Damals verriet das Volk der Bergmari die Wiesenmari und verbündete sich mit den Russen. Ursprünglich wurde Lichtauge als Sultan Keremet bezeichnet, und er war einer der Götter von Baschkirien. In den Gebieten Ufa, Birsk, Belebej, Menzelinsk und Perm, im Gebiet Wjatka und in den Kreisen Jelabuga und Sarapul war er ein Gott, anderswo der Teufel.

»Die schwarzen Tage gehören ihm.«

Anders als die Weißen Götter wohnt Keremet in struppigen, dunklen Fichtenhainen, und seine Augen starren aus den Quellen finsterer Einödwälder. Keremet liebt Blut, und anfangs ist er wie ein unschuldiges, blasses Kind. Aber anstatt in seinem Fichtenhain zu bleiben und zu wachsen, folgt er denen, die ihn verehren, in ihre Dörfer und Häuser. Manchmal nimmt er ganze Familien oder ein Dorf in Besitz. Man darf ihn weder erzürnen noch betrügen. Dann beginnt dunkles, bitteres Sumpfwasser aus den Quellen zu sprudeln und füllt die Erdgruben mit Schlamm, die Tierjungen erblinden, wenn sie von diesem Wasser trinken, und es wird früh dunkel, auch im Sommer.

In manchen Fällen konnte man ihn rufen. Dafür musste man ein schwarzes Opfer zelebrieren, und ich müsste Keremet treffen und ihn um Hilfe bitten.

»So machen wir es«, entschied ich, und Petje verließ den Tschum.

Als er zurückkam, hatte er einen schwarzen, schwanzlosen jungen Polarfuchs im Arm. Oder vielleicht war es ein Wolf. Das Wesen jaulte und zerfetzte mit seinen winzigen Rachenahlen Petjes entblößten Arm, und ich konnte es nicht mit ansehen, wie Petje ihn opferte und die Lebenskraft aus ihm herausfließen ließ. Mir wurde das Handgelenk aufgeschnitten und mein Blut in einem Kessel mit Wintergrün, Tollkirsche und Sumpfkräutern vermischt. Aus dem Kessel stieg der starke Geruch eines Zaubertranks auf. Das Flämmchen der Tranfunzel zitterte und flackerte nervös, während Petje das Gebräu umrührte und seine Beschwörungen murmelte. Das Feuer tobte unruhig, indem es bald zu großer Flamme aufloderte, bald nahezu erlosch. Dunkle Schattenbilder tobten und sprangen über die Wandfelle, indem sie sich mal versteckten, mal knatternd wieder hervorstürmten.

Aus dem Kessel hörte man ein klagendes Gewimmer und langes, wütendes Zischen, als kämpfte dort das junge Raubtier noch um sein Leben. Dann stieg plötzlich, wie vom Bösen gejagt, blasenartiges Geblubber auf, das unter befremdlichen Geräuschen zerplatzte.

»Trink!«

Aus einer Kelle schlürfte ich die zischende Brühe, von der ein berauschender Geruch ausging. Sie verbrannte mir das Innerste wie Höllenfeuer.

»Sieh mir in die Augen.«

Ich blickte in die schwarzen Pupillen des Schamanen und sah, dass sie die Welt und mich selbst auf dem Kopf stehend spiegelten. In dieser Spiegelung hockte ich zitternd, allein mit dem Kind im Arm, in der Jurte, obwohl ich wusste, dass die anderen sich in Wirklichkeit nur eine Elle von mir entfernt befanden. Die Dämpfe von Hundswurz, Sumpfporst und Mottenkraut verschlugen mir den Atem, während ich mich tiefer in die Augen des Zauberers hineinsaugte. Einen Augenblick noch stand ich allein und hatte zugleich das Gefühl, die ganze Tundra hätte sich geleert, die Lager wären verödet, alle Menschen wären fortgegangen, so dass nur noch die gähnende Leere der Himmelsschlucht übrig war. Dann nahm ich den Geruch von Verbranntem wahr, und das Kind begann zu weinen. Aus den Schatten hinter mir erhob sich eine Gestalt mit Lichtaugen. Ihr Fleisch wuchs um uns herum, ihre Arme wanden sich um meinen Körper wie schwarze Sumpfschlangen mit glänzenden Schuppen, Finsternis keuchte aus ihrem Atem, zog mich an, rief mich. Ich schrie und schloss vor diesem Anblick die Lider, schaff ihn fort, lass nicht zu, dass er uns holt. Die Beine versagten mir, der Torfboden öffnete sich, und ich begann zu versinken.

Als ich die Augen wieder aufschlug, hielt meine Schwester Elna mich aufrecht. Der elchgeweihköpfige Petje lächelte beruhigend.

»Bist du bereit weiterzumachen?«

Ich nickte.

Die Mischung aus Blut und Kräuterschlamm wurde über das Kind gegossen. Petje entblößte seinen Hinterkopf, und *kukúschka* sang mit Kehlstimme einige Schutzzauber. Normalerweise verabscheute und fürchtete ich dieses im Hinterkopf wohnende Monster. Das war eine urtümliche Magie, die mein Verständnis überstieg, dieselbe, die ich sah, wenn ich Petje in die Augen schaute. *kukúschka* wollte den frivolen Schnitt an meinem Handgelenk belecken, und ich erlaubte es.

»Soll ich ihm jetzt Milch geben?«, fragte ich nach dem Ritus, als ich erschöpft auf den Fellen lag.

»Nein, du kannst das Kind nicht stillen.«

Schwester, du nahmst mir den Kleinen ab. Legtest ihn an deine Brust. Und er begann zu saugen, er begann wahrhaftig zu saugen. Du lächeltest ein glückliches Mutterlächeln, und da begann die Nahrung für mein Kind zu fließen. Und es saugte. Ich verstehe immer noch nicht, wie das möglich war. Gab es zwischen uns eine so starke Bindung, dass, als ich geboren hatte, von dir die Milch für das Kind kam?

»Wie bekommen wir Wolódja aus dem Lager?«, fragte ich, als das Kind sich sattgetrunken und mir das Zuviel aufs Kleid gespuckt hatte.

Elna und Petje hatten sich das schon überlegt. Eine Kleinkriminelle, eine Mari, hatte auf ihr Kind verzichten müssen. Ihre Mutter hatte sich jedoch schon aus dem fernen Baschkirien hierher gequält, um den Säugling in Sicherheit zu bringen. Jetzt könnten wir ihr den kleinen Wówa mitgeben und dafür sorgen, dass er an einen guten Ort kam. An den besten von der Welt, ins Dorf Lawra. Dort, an dem fernen, idyllischen Ort, würde er verschwinden und ein gutes Leben führen.

»So soll es geschehen.«

An einer Sache hielt ich jedoch fest. Ich wollte dem

Kind eine Geburtsurkunde und einen Brief von mir in den Windeln mitgeben. Den Brief kritzelte ich in kyrillischen Schriftzeichen, aber in finnischer Sprache. Die Geburtsurkunde war, um Papier zu sparen, auf die Rückseite eines gebrauchten Verzeichnisses von Ausrüstungsgegenständen gedruckt worden. Ich flüsterte dem Kind zu: »Ich verspreche dir: Wenn ich jemals dieses Lager verlassen kann, dann hole ich dich zu mir.«

»Wenn du stromaufwärts gehst, dann nimm den Rückenwind zu Hilfe«, wünschte ihm Petje.

Aber Elna sinnierte: »*Búdjet bjedá*, dies wird ein schlimmes Ende nehmen.«

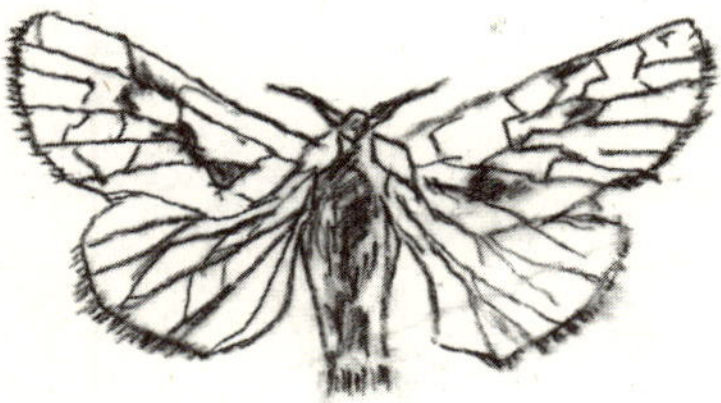

TEIL IV

Nach dem Tode vereint sich ört *nicht mehr völlig mit dem Körper; trotzdem steht es weiterhin in einem nahen Verhältnis zu ihm. ... Oftmals, besonders in der ersten Zeit nach dem Tode, schweift* ört, *den Hinterbliebenen entweder unsichtbar oder in der Gestalt des Toten erscheinend, im Dorfe umher. Bisweilen erscheint er als kleiner grauer Falter.*

Die Religion der Tscheremissen (1926)
von Uno Holmberg

KIRJOITTANUT
UNO HOLMBERG
WERNER SÖDERSTRÖM OSAKEYHTIÖ

Δ = Bergwerk
+ = *Massengrab*
+++ = *Bahnlinie*

Workuta, 1953

Irga

Die Nachricht von Stalins Tod erreichte das Lager am 6. März 1953. Das war wie ein Hohn des Schicksals. Es war kaum ein paar Monate her, dass die Sowjetführung von den Sauforgien der *Blatnój* genug gehabt und die Kriminellen aus ihren Baracken gezerrt hatte und dass unser treuer Bote Buc an die Schweine verfüttert und Kommandant Maksimow den Hunden zum Zerfleischen vorgeworfen worden war.

Weiche Schneeregenflocken fielen, als aus den Lautsprechern, weithin schallend, die Trauernachricht verkündet wurde. Die Feldschere hockten auf dem Hof der Krankenbaracke herum, ihre Papirossy wurden nass, die Häftlinge torkelten aus ihren Unterkünften heraus, manche nahmen Haltung an, und die Wachleute wussten nicht, in welche Richtung sie katzbuckeln sollten. Aus irgendeinem Grund fiel es uns allen, Politischen, Kriminellen und Wachleuten, schwer, zu glauben, dass den hässlich-knautschigen Gutalin, den Moskauer Knochensack und grausamen Pfeifenraucher, das Schicksal eines jeden Sterblichen ereilt hatte.

Viele konnten das Geschehene gar nicht fassen. Durch die Reihen ging ein Raunen.

»Wer ist gestorben?«, wisperte Elna.

»Der Teufel selbst«, antwortete jemand.

Am Ende der Reihe hörte ich jemanden flüstern: »*Slawa bogu!* Gott sei gepriesen!«

»Ruhe! Genossen Häftlinge, *towárischtschi*, verharren Sie fünf Minuten in Schweigen.«

Unser Lagerleiter Minimow neigte demütig den Kopf.

Fünf Minuten. Dann würde die Arbeit weitergehen wie zuvor. Eine so kurze Zeit nur ließ man uns um den großen FÜHRER trauern, für den wir unser ganzes Leben geopfert hatten. Ersja Fernstrafe warf ihre Picke zu Boden und rief: »Das genügt nicht! Wir machen zwei Stunden Pause! Zu Ehren Stalins!«

Minimow entschied: »Na gut, zwei Stunden!«

Man sollte meinen, der Tod des Diktators wäre eine ungeheure, befreiende Erfahrung. Wie ein gebrochener Damm, der in den Köpfen der Menschen eine Sturmflut auslöst. Es herrschte jedoch eine merkwürdige Ratlosigkeit. Aus den Lautsprechern ertönte der Trauermarsch, die Fahnen wehten auf Halbmast, und die Wachleute und einige Vertrauenshäftlinge hatten an ihren Ärmeln einen Trauerflor befestigt. Anlässlich des Todes des Genossen Jóssif Wissariónowitsch Dschugaschwíli wurden endlose Reden gehalten.

Zum ersten Mal wurden die Befehle des Motyljók nicht befolgt. Das wirkte unheilverkündend.

Am Abend versammelten wir Frauen uns in der Krankenbaracke. Die neunfingrige Harmonikaspielerin Walja, die verrückte Korosinnowa, die Trinkerin Alina, eine Nonne sowie Groß-Drusja, die Lenins Gulasch mit zu viel Pfeffer gewürzt hatte. Nastja, die sich jetzt als ukrainische Nationalistin entpuppt hatte, schwenkte halb offen eine ukrainische Fahne, die sie aus einem Laken genäht hatte, und summte die Nationalhymne. Wir waren dort sicherlich ein Haufen von zehn Personen. Ein ungewöhnliches Treffen, das unter einer vagen Nervosität stattfand und in Todesangst abgehalten wurde, obwohl Zusammenkünfte von mehr als drei

Personen im Lager verboten waren. Ukrainer, Balten, Tschetschenen und Kirgisen, Kriminelle und Politische, alle empfanden eine ähnliche, herzzerreißende Verunsicherung, aber andererseits auch aufkeimende Hoffnung.

Elna, meine Schwester, du warst die Einzige, die weinte. Dein Geschluchze machte die Genossin Olga Semjonowa, die irgendwo im aufsteigenden Drogenwahn herumabenteuerte, nervös, und sie schleuderte einen Medikamentenstößel nach dir, so dass dir die Lippe platzte. »Was heulst du da, halt endlich die Schnauze!«

Ich eilte zu dir und umarmte dich. Genossin Olga Semjonowa verstand nicht, dass du nicht Stalin beweintest. Sondern den Umstand, dass, wenn der Tyrann tot war, niemand mehr wusste, dass du unschuldig warst.

Das verstand ich. Du nicht und auch sonst niemand hier kapierte, warum und wie die Welt dermaßen verkehrt laufen konnte, dass wir hier verfaulten. Welcher irre, vom Satan besessene Saftsack dort an Hebeln und Kurbeln so hinterfotzig hantierte.

Am System selbst konnte es nicht liegen. Dies hier war schließlich das PARADIES DER WERKTÄTIGEN.

Menschen wie du fanden, es sei einfach ein gewaltiges Versehen passiert, und nach dem Tod des Genossen Gutalin gebe es auf der Welt niemanden, der am Morgen erwacht wäre und festgestellt hätte, dass die Angelegenheit der Genossin Jelena Michailowna noch offen war, und denkt, heute werde ich die Sache in Ordnung bringen. All die Jahre hast du darauf gewartet, dass Stalin aufwacht und Stellung bezieht, ganz bestimmt ist da ein Irrtum passiert, eine so anständige Genossin mit strammen Waden kann keine niederträchtige Volksverräterin sein. Ich zieh mir eben die Wollsocken an und bestelle dann ein Gespräch nach Workuta, dann ist die Sache erledigt. *Dawáj!* So kindlich und gutmütig warst du, meine liebe Schwester Elna.

»Jetzt lassen sie uns gehen«, sagte ich vorsichtig. »Jetzt oder nie.«

»Die lassen uns nicht gehen«, schluchztest du wieder.

Eine der unverbesserlich Verrückten schlug eifrig vor: »Machen wir es doch so wie die in Sokolsk, schneiden wir uns einen Finger oder einen Zeh ab, den verstecken wir dann zwischen den Baumstämmen oder in der Kohle, so schicken wir der Welt eine Nachricht.«

»Wir schicken der Welt eine Nachricht? Verstecken etwas zwischen den Baumstämmen?«, spottete Olga Semjonowa. »Wo wachsen hier Bäume?«

Eine der Politischen sah die Sache optimistischer. »Aber dort am anderen Ende, da sind Intellektuelle, Journalisten! Jetzt wenden sich die Blicke in unsere Richtung.«

»Du irrst dich.« Olga Semjonowa breitete die Hände aus. »Hier sind mehr Intellektuelle als irgendwo sonst auf der Welt. Die übrigen sind umgebracht worden.«

Genossin Olga Semjonowa ließ ihr Gesicht die streifige Fensterscheibe entlanggleiten. »Heute Abend könnte jedermann zum Tor hinausgehen. Wenn er sich nur traut. Aber natürlich siegt die kleinliche Todesangst, der jämmerliche Überlebensinstinkt.«

»Es wird sich schon jemand für uns interessieren«, widersprachst du, Schwester.

»Pff! Hört euch das an! Es wird erzählt, Gorki habe im Jahr 1928 einen Besuch auf den Solowezki-Inseln gemacht. Das war schon damals ein grauenhaftes Todeslager, wo die Dinge schlecht standen. Na, Stalins Liebling, der Dichter persönlich, will kommen, was also tun? Eiligst wurden die am Rande des Hungertodes stehenden Sklaven versteckt. Später hörte ich von dem dortigen Arzt, dass sie beinahe erwischt worden wären. Die Menschen lagen unter irgendwelchen Planen verborgen, nur ein einziger armer Hund beklagte sich, er wurde später getötet. Aber ich verrate euch ein Geheimnis: Gorki hat niemals seine Galoschen auf den Solowezki-Inseln beschmutzt, geschweige denn, dass er die Bauarbeiten für den Weißmeerkanal gesehen hätte.

Aber hat Gorki, dieses gesegnete Genie, sich um die Wahrheit geschert? Er hat unter dem Titel *Kanal ímeni Stálina* einen Band mit Texten von sechsunddreißig Speichelleckern zusammengestellt, allesamt Hohlköpfe der schlimmsten Sorte. Aber was half ihm die Arschkriecherei? Auch er wurde umgebracht. Und ich kam hierher. Die Poesie ist tot.«

»Genossin Olga Semjonowa, hören Sie mal zu.« Ich versuchte, der Frau ein Glas Tee aufzunötigen. »Die Poesie ist noch nicht tot.«

Olga Semjonowa lachte bitter auf. »Nahein. In Russland wird die Poesie sehr geschätzt – ihretwegen werden Menschen umgebracht.«

Wer aber hatte tatsächlich die Chance, von hier fortzukommen? Begnadigt zu werden? Wenn die Archive geöffnet und die Verurteilungen revidiert würden?

»Du könntest dich retten«, sagte Olga Semjonowa und deutete auf Elna. »Und du und du und du.«

Bei mir zog Genossin Olga Semjonowa den Finger zurück in die Faust. Mir wurde angst und bange.

Ich wusste, wie hoffnungslos meine Lage war. Auch die Genossin Olga Semjonowa wusste das. In all den Jahren hatte ich durch ihre Vermittlung an die finnische Botschaft geschrieben, immer wenn ich ein Stück Papier in die Hand bekommen und es geschafft hatte, dass jemand mir sein Recht abtrat, einen Brief zu versenden. Vor allem hatte ich mich darum bemüht, eine Abschiebung aus der Sowjetunion zu erwirken aufgrund der Tatsache, dass ich finnische Staatsangehörige war. Eine Antwort hatte ich nicht erhalten, nicht, bevor aus der Botschaft festgestellt wurde, dass die Person Irga Malinen sieben Jahre nach ihrem Verschwinden für tot erklärt worden war. Außerdem hatte ich auf meine Staatsangehörigkeit verzichtet, erinnerte mich Olga Semjonowa. Ich war überrascht. Das hatte ich nicht! Aber hatte ich ein Gesuch unterschrieben? Ich dachte, mir bleibt das Herz stehen. Auf dem Turm mit Kommandant Minimow, vor dem Motyljók. Aber ich hatte doch befohlen, die Postsendung zu vernichten, die meine Verzichtserklärung enthielt? Das hatte ich ganz gewiss!

»Das war doch nichts als ein Wisch«, beharrte ich. »Der ist niemals nach Moskau gelangt.«

War er doch. Olga Semjonowa hatte es schwarz auf weiß.

»Du wirst Finnland ebenso sicher sehen wie deine Ohren ohne Spiegel. Hier kann Motyljók euch nicht helfen.«

Für Elna, die als freiwillige Arbeitskraft ins Lager gekommen war, würde Olga Semjonowa Entlassungspapiere besorgen können. Sie könnte auch versuchen, für mich die Papiere einer verstorbenen, kurz vor der Entlassung stehenden Frau zu beschaffen, aber ob das wirklich klappen würde, war natürlich nicht sicher. Elna umarmte mich und schlug vor: »Wir könnten hierbleiben. Uns drei Freigängerpässe beschaffen und in der Stadt der Freigelassenen, in Jur-Šor, wohnen.«

Wir erschauerten, Elna aus Ekel vor dieser Wanzenbrutstätte, ich vor Verzweiflung.

»Oder keine Freigängerpässe, sondern einen Passierschein für das ganze Land. Über die Grenze!«

»Wie das?«

»Vielleicht lässt sich das organisieren.«

Der Gedanke erschien mir wie ein allzu schöner Traum. Ich hakte mich bei Elna ein. Wir saßen an dem einzigen gemauerten Ofen und träumten.

»Wohin würden wir gehen?«

Ich sagte: »Nach Finnland natürlich!«

»Nein, nicht nach Finnland. Sondern ins Mariland, ins Dorf Lawra!«

Wir wandten uns Olga Semjonowa zu, aber sie hatte sich schon den zweiten Schuss gesetzt und begann, von Maxim Gorkis Schicksal zu erzählen. »Er hätte auf Capri bleiben sollen, da führte er ein angenehmes Leben, empfing Gäste und feierte. Aber nein, er kehrte nach Russland zurück. Hofdichter musste er werden.«

Ich versuchte Olga Semjonowa zu erklären, dass wir uns jetzt Gedanken über die Zukunft machen müssten und nicht uns in der Vergangenheit vergraben.

Ich hatte noch aus einem anderen Grund Angst.

Nach Komplizen des Motyljók wurde jetzt auch im Frauenlager gesucht, und allen, die entlarvt wurden, drohte die Todesstrafe. Plötzlich erinnerte sich niemand mehr daran, dass er mit Motyljók auf gutem Fuß gestanden oder sich mit ihm unter den Decken getummelt hatte. Die Reden von einer *Amnestie und der Wiederkunft* waren verstummt.

Workuta, 1954

Irga

Wenn der Aufstand losbricht, müsst ihr diesem Lager die Fersen zeigen. Sonst ergeht es euch so wie dem Hahn in der Kohlsuppe.«

»Also schlecht«, erklärte Olga Semjonowa. »Das Lager wird von den *Blatnój* gesäubert. Die Legende vom Motyljók ist zu Ende.«

Morphium war der einzige Ort in der Welt, wo die alte Ärztin noch sein wollte, alles andere war ihr gleichgültig.

»Flucht«, schnaubte mein Spätzchen, als ich am anderen Ende der Krankenbaracke bei ihm angelaufen kam. »Eine Hundewahl.«

Die Ekstase der Rebellion hatte anscheinend auch ihn ergriffen.

»Besser ein lebender Hund als ein toter Löwe«, zitierte ich unwillkürlich die letzten Worte von Wolfszahn, die er an mich gerichtet hatte. Wie gründlich ich sie doch würde lernen müssen, aber das wusste ich damals noch nicht. Die Veränderungen machten mich so nervös, dass ich erleichtert war, als ich den Befehl bekam, mich um Kommandant Minimows griesgrämige Kuh und das übrige Vieh zu kümmern. Im Viehunterstand fühlte ich mich wenigstens ein bisschen geschützt vor den schlimmsten Sturmböen.

Ein Jahr nach Stalins Tod schien sich die Richtung

des Workuta-Flusses zu ändern. Bérija wurde vor Gericht gestellt, der Moskauer Oberstaatsanwalt erschoss sich in der Lubjanka. Die Ukrainer und besonders die Balten planten einen Aufstand. Diese Unruhe spürte man beim Schlangestehen vor der Essensausgabe des Lagers in jeder Körperzelle. Gerüchte von Brigadieren, die im Bergwerk getötet worden waren, und darüber, dass die Häftlinge des Männerlagers nicht mehr bereit waren, einander zu verpfeifen, machten die Runde. Die Wachleute vernachlässigten ihre Aufgaben, einige waren mitsamt ihren Familien geflohen. Die Nachrichten verbreiteten sich zwischen den Lagern von Mund zu Mund. Einmal brachte der Wind einen aus Zigarettenpapier zusammengebastelten Heißluftballon ins Lager, der vollgeschrieben war mit Forderungen, die ausländischen Häftlinge freizulassen und die Urteile zu revidieren. Aber war auch das ein abgekartetes Spiel zur Entlarvung der Aufständischen?

Auf der standardisierten Stalin-Statue aus Gips, die auf dem Marktplatz prunkte, erschienen jetzt allerlei höhnische Sprüche. Die Wachleute rangen die Hände und schlugen ein paar Unglückliche zusammen.

»Schämt euch, Frauen! Wir werden das MWD informieren«, wurde aus den Lautsprechern gedroht.

Die spinnerte Korosinnowa lachte schallend und kam ums Leben. Eines Morgens war der Kopf des Denkmals abgeschlagen und mit menschlichen Ausscheidungen gefüllt. »Ihr habt das Herz der Mutter der Sowjetunion besudelt.«

Dann kam die Mitteilung, dass eine pauschale Anzahl von Häftlingen in ein Lager mit verschärftem Regime geschickt und zehn Häftlinge hingerichtet werden sollten. Elna und ich standen Arm in Arm im eisigen Wind des Marktplatzes, als die Häftlingsnummern verlesen wurden. Zu unserem Entsetzen wurde auch die Nummer I-CH-301 erwähnt. Ich drehte mich um und schaute auf den Rücken von Elnas Overall, obwohl ich schon wusste, dass dort dieselbe Nummer stand. Wir sahen uns an. Das Urteil sollte in einer Woche vollstreckt werden, falls sich die an der Schändung von Stalins Statue Schuldige nicht meldete. Ich glaubte keinen Augenblick lang, dass das geschehen würde, obwohl die *Suki* ihre Razzien veranstalteten, die Baracken durchwühlt und die Frauen geschlagen und bedroht wurden. Die Frauen schwiegen, aber an den Abenden waren aus den Baracken der Baltinnen und der Ukrainerinnen schwermütige Volkslieder zu hören. Das Nationalgefühl Nastjas und vieler anderer war entflammt.

»Von Parasiten nehme ich keine Befehle entgegen. Ich kämpfe für eine selbständige Ukraine und lache über eure rote Ideologie!«

Die Worte klangen grotesk aus dem zu ewigem Lachen verzogenen Mund der Frau. Auch ich wurde unter Druck gesetzt, mich am Streik zu beteiligen: »Ein Aufstand braut sich zusammen. Schließ dich uns an, Stummchen!«

Die Wachleute nahmen aufs Geratewohl Häftlinge fest, die den Marktplatz überquerten, und versuchten, mit Drohungen und Schlägen herauszufinden, wer sich mit illegalen Absichten trug.

Am Abend kam Nastja zu mir in den Viehunterstand. Elna und ich hatten gerade die Tiere getränkt. Jetzt glitt meine Schwester gewandt auf die andere Seite des Verschlags in Sicherheit. Die Mistgabel in meiner Hand begann zu zittern, aber ich wollte meine Angst nicht zeigen.

»Schließ dich dem Aufstand an, Stummchen«, wiederholte die Kriminelle ihre Forderung. »Die Macht hat gewechselt.«

Ich schüttelte den Kopf und gabelte weiterhin Mist. Da packte mich die Kriminelle bei den Schultern. Eine von Minimow zusammengestellte Gruppe von Wachleuten hatte Nastja verhört.

»Sie verlangten von mir, ich solle die Kriminellen und

die führenden Köpfe des Aufstands der Agentur der Abteilung Aufklärung preisgeben. Sie zeigten mir ein Papier. Auch dein Name stand auf der Liste.«

Ich spürte, wie mir der Schweiß den Rücken hinunterrann. Minimow hatte mich als eine derjenigen benannt, die den Aufstand anzetteln wollten. Einen Augenblick lang maß Nastja mich mit Blicken, dann spuckte sie aus: »Ich hab gesagt, dass das nicht wahr ist. Aber ich kann es mir anders überlegen.«

Nastja würde nicht mehr für die Parasiten-Blutsauger arbeiten. Deshalb verriet sie niemanden.

»Ich lass euch am Leben bleiben. Weil du mir einmal geholfen hast und dein Spätzchen einen ukrainischen Namen hat«, sagte Nastja und befahl mir, die Stiefel auszuziehen.

Ich tat, wie mir geheißen, obwohl der Ärger mir die Halssehnen spannte.

»Hast du etwas einzuwenden?«, fragte Nastja, und zwei ihrer zwillenförmig erhobenen Finger beobachteten meine Augen wie eine aufgerichtete doppelköpfige Schlange.

»Nein, nichts.« Ich verbeugte mich, obwohl mir Tränen der Demütigung unter den Lidern brannten.

»Wenn du nicht auf unserer Seite bist, dann bist du gegen uns. Überleg es dir.«

Ich verneigte mich steif und ging Minimows klapprige Kuh tränken. Während ich die Gleitminen des Verschlags beseitigte, überlegte ich, wie vergänglich alles ist. Mit Rache kommt man weit. Ein anderes Mittel ist die Dankesschuld. In Nastjas Fall funktionierte das Letztgenannte, aber jetzt war auch dieses Spiel ausgespielt.

Motyljók hatte seine Macht verloren. Das war klar.

Minimow hatte mich nicht vergessen. Bald würde Elna ihr Leben verlieren. Schließlich hatte ich eine Idee. Ich sagte zu Elna, als sie sich aus ihrem Versteck hervorwagte: »Hör zu, ich habe nachgedacht. Erinnerst du dich an den aufgelassenen Bergwerksschacht, die Höhle? Aus der die *Blatnój* vertrieben wurden?«

Auf den wir einen großen Stein gewälzt hatten, damit von dort nichts Böses auferstand. Elnas Schultern erbebten, alle wussten von der Höhle, und immer noch fürchteten sie alle. »Was ist damit?«

»Ich hab in der Suppenschlange eine Geschichte gehört. Darin sollte der Bergwerksbrigadier von seiner Lagerfrau getrennt werden. Na, der Mann war nicht bereit, auf sie zu verzichten. Er fand einen verlassenen Bergwerksschacht und versteckte dort sein Mädchen. Konserven, ein gepolstertes Nest, eine Laterne und etwas Petroleum.«

»Und dann?«

»Wir könnten in der Höhle dasselbe tun.«

Von dem einen Ende führt ein Lüftungsschacht ins freie Feld, in das Gelände zwischen dem siebten und dem neunten Lager. Elna und ich, wir drückten einander. Die Freiheit schien am Ende von Ewigkeiten aufzuschimmern. Andererseits konnte sie, wie Elna sagte, hinter einer Tunnelbiegung warten als ein heller Schein. Darin lag unsere Chance.

Workuta, 1954

Irga

Muss das wirklich sein?«, flüsterte Elna, während sie in der Kammer der Krankenbaracke mit ihren kleinen Händchen ihre Siebensachen zusammensuchte. Ein Knochenkamm fiel zu Boden, ungeduldig hob ich ihn auf.

Ich drängte: »Schwester, morgen wird dir der Kopf abgebissen!«

Am Morgen des 29. Juli machten wir uns auf den Weg, so früh, weil wir Minimows Kuh melken mussten und unser Fortgehen deshalb keine Zweifel wecken würde. Am Rand des Marktplatzes war in der Nacht ein Plakat aufgestellt worden: *Genossen, hier gibt es keine Nationalitäten – nur eine einzige Nation – die Sklaven der Sowjetunion!* Das fand ich bösartig. Die Wachleute waren gereizt. Aus den Lautsprechern des Lagers war seit Wochen ununterbrochen und quäkend das pathetische Lied *Schiroká straná mojá rodnája* erklungen, und die Häftlinge waren mit grimmigem Spott eingefallen: »Denn es gibt kein andres Land auf Erden, wo das Herz so frei dem Menschen schlägt.« Schließlich hatte irgendein Zuträger auf den Spott in diesem Gegröle hingewiesen, und dann wurden nach dem Zufallsprinzip besonders Nonnen und Ukrainer auf dem Marktplatz verprügelt.

Alles nur Denkbare konnte passieren.

Es war gut, für ein Weilchen aus dem Lager zu verschwinden. Ersja Fernstrafe öffnete für die Brigadierin, die sie vergötterte, bereitwillig das Tor zur Weide.

Pferdeställe und magere Schafe blieben zurück, die unangenehm stachligen Himbeer- und anderen Sträucher wichen vor jemandem mit dem richtigen Tritt zurück. Raben flatterten am Himmel.

»Das bedeutet Tod«, murmelte Elna, und ich setzte energisch einen Fuß vor den anderen.

Die Unglückspropheten waren schon seit Tagen um das Lager herum zu den abgestorbenen Bäumen und auf die Stacheldrahtzäune getorkelt. Flaumige Butterblumensamen schwebten über der Wiese am Flussufer, es war gespenstisch still. Wir kamen zu dem von Brennnesseln und Weidenröschen überwucherten Einstieg des Bergwerks, von dem Petje den Verschlussblock, wie vereinbart, mit Hilfe seines Elchs hatte entfernen lassen. Ich hob den Blick zum Morgenhimmel und sog die Luft ein.

Wenn ich hätte wählen können, dann wäre es die Felsenhöhle gewesen, die ich gern vermieden hätte. Aber es musste sein.

Ich hob das durchnässte Stück Sperrholz von der Eingangsöffnung und leuchtete mit der Laterne in die Dunkelheit. Wir stiegen die Leiter hinab ins Feuchte. Ich führte die jammernde Elna ans Ende von Stollen vier. Sie folgte mir zögernd, klein und ängstlich, das in eine Decke gewickelte Bündel an die Brust drückend.

Schwester, ich drehte mich um, beleuchtete dein kindliches Gesicht und dachte wieder einmal, dass du zu der seltsamen Art von Menschen gehörst, aus denen das Lager eine Art Konserve macht. Du warst als ebensolcher Grünschnabel hierhergekommen wie ich, damals war auf deinem Gesicht noch nicht der Ausdruck einer Erwachsenen herangereift. Und auch später erschien er nicht, du hast dir immer dein glückseliges Kindergesicht bewahrt. Mein Gesicht dagegen wurde innerhalb von zwei Wochen hässlich und uralt, auch ohne die HÖHLE.

Du legtest die Decke in eine Ecke, stelltest deinen Birkenrindenkorb ab und presstest das Silberglöckchen, das du um den Hals trugst. Und beschworst mich: »Kommst du bald wieder?«

»*Konjéschno*, natürlich.«

»Du würdest mich doch niemals verraten?«

»Niemals.«

Es lief mir kalt den Rücken hinab, als ich dein verängstigtes Gesicht im Licht der Lederlaterne betrachtete. Da stand der einzige Mensch, der mich niemals kränken würde. Für den ich bereit war zu sterben.

Ich küsste dich auf die Stirn. Du umarmtest mich. »Du hast doch Petje getroffen? Petje kannst du vertrauen.«

Aber konnte man Petje wirklich vertrauen? Und dir, meine liebe Schwester?

Prüfend betrachtete ich dein unschuldiges Gesicht und fand darin keine Spur von Falschheit.

Also erzählte ich dir nicht, dass ich am Tag zuvor Petje am Stacheldrahtzaun getroffen hatte.

Ich muss zugeben: Ich war ein Feigling. Den ganzen Vormittag hatte ich mich im Viehstall des Lazaretts versteckt, um mich den konspirativen Forderungen, mich den Streikenden des Männerlagers anzuschließen, zu entziehen. Anfangs waren die Forderungen mäßig gewesen. Es ging nicht um Freiheit, sondern um bessere Lebensbedingungen. Eine Kommission aus Moskau sollte die Ungesetzlichkeiten der Lagerleitung untersuchen. Recht auf Briefwechsel. Die Gitter weg, die Türen auf, nieder mit dem Stacheldraht. Entlassung der schlimmsten Schläger unter den Wachleuten. Ein paar mehr Fleischstücke in die Suppe. Jetzt waren die Forderungen schärfer geworden.

Von dem Aufstand wurde auch das Vieh nervös.

Wieder kam Nastja, um mich unter Druck zu setzen.

»Entscheide dich für eine Seite, oder es ergeht dir schlecht.«

Wer nicht für uns ist, ist gegen uns.

Gerade war ich damit beschäftigt, Minimows hornloser Kuh das Euter zu fetten, als der Geweihköpfige am Stacheldrahtzaun erschien.

»Wo ist Elna?«

Ich zögerte eine Hundertstelsekunde: »Kann ich dir vertrauen?«

»*Konjéschno*, natürlich«, flüsterte der Geweihköpfige gekränkt. Und fügte dann hinzu: »Aber Keremet schleicht unter uns herum. Wer sich einmal mit Keremet eingelassen hat, der wird ihn nicht mehr los.«

Tränen hinterließen Streifen im Gesicht des Schamanen. Was meinte Petje?

»Ist etwas passiert?«

»Letzte Nacht war ich in tiefer Trance. Hatte eine Vision. Von Elna und Aleksei.«

Petjes Gesicht verzog sich vor Qual, seine Pupillen waren nadelspitz, es roch nach Tollkirschensalbe. Ich hoffte inständig, er möge nicht die in seinem Hinterkopf wohnende *kukúschka* zeigen.

»Sei unbesorgt, in dieser Sache hat eine Aufteilung stattgefunden. Elna gehört dir, der Spatz mir, mach dir keine Sorgen«, tröstete ich den Schamanen.

»Nein, es war eine starke Vision.«

Ich schüttelte den Kopf.

»Und da ist noch etwas«, murmelte der Geweihköpfige. »Du kommst nicht lebend von hier fort.«

Ich wurde blass.

»Vielleicht war das ja ein Lügentraum? Sollten wir ein Opfer bringen?«

Petje schüttelte den Kopf. Solcher Art Beschlüsse der Götter konnte man nicht abwenden, auf einem großen bemoosten Stein hatten die Worte mit Feuerbuchstaben geschrieben gestanden. Irga Malinen, alias Wildvogel, werde niemals als freie Frau durch dieses Tor gehen.

Doch *dir*, meine Schwester, zu helfen war Petje bereit, trotz allem.

So ist das Herz des Menschen, voller Hoffnung selbst noch an der Schwelle des Todes. Jetzt hatte der Schamane seine Sache erledigt.

»Ja, übrigens. Das Sammeln und Schneiden von Alekseis Zehennägeln.«

Todmüde deutete der Zauberer auf meinen Lederbeutel. »Den kannst du wegwerfen. Das funktioniert nur, wenn diejenige, die die Nägel schneidet, die Natur einer Auerhenne hat.«

»Aber warum zum Teufel …?«

Petje lächelte. »Manchmal darf auch ein *Ńojti* seinen Spaß haben.«

Solch ein Blödsinn wird manchmal den Wissenschaftlern und Schädelvermessern erzählt. Ich spürte, wie mir die Röte der Demütigung ins Gesicht stieg. So ein grindgrämiger, schleimschlabberiger Pestwurz! Scheinschamane! Ich riss mir den Lederbeutel vom Hals, warf ihn auf den Misthaufen und rannte zurück ins Lager. Jemand hatte auf einem Dach mit zwei Meter langen Buchstaben den Frieden proklamiert: MIR!

Zum Glück verlief das Verschwinden von Elna planmäßig. Am nächsten Tag verlas Minimow beim Zählappell die Nummern geflohener Häftlinge. Auch Elnas Nummer stand auf der Liste. Jetzt brauchten wir nur noch auf die Freigängerpässe zu warten, die Olga Semjonowa uns versprochen hatte.

Aleksei und ich vereinbarten, dass wir zusammen zum Bergwerk gehen würden und dann zu dritt zu Petjes Lager, der am Unterlauf auf uns warten würde. Woher würde ich wissen, dass es so weit war?

»Ich schicke dir eine Nachricht auf der Rückseite einer ärztlichen Verordnung.«

Aleksei würde den Weg geklärt haben, wenn der Zettel die Zeichnung einer weißen Dame zeigte. Ein schwarzer Turm wiederum würde bedeuten, dass wir noch abwarten mussten. Meine Aufgabe war es, mich um die Freilassungsverfügungen und die Pässe zu kümmern. Ich umarmte Aleksei und spürte, dass die Zukunft wie eine Gewitterfront auf uns zu stürzte. Vor mir stand aus Fleisch und Blut der Mensch, der mit den Banden der Liebe und des Vertrauens mit mir verbunden war, und irgendwo dort zeichnete sich unsere gemeinsame Zukunft mit unserem Sohn ab.

Im Lager bewegte ich mich auf Zehenspitzen und verspürte gegenüber den Kriminellen eine Mischung aus Angst und Respekt. Was aber ging da eigentlich vor? Ein Aufstand ohne die Chance zu siegen endet in einem Blutbad.

»Es hat überhaupt keinen Sinn«, schnaubte Genossin Olga Semjonowa und flüchtete in ihre eigene Welt.

Die anfänglichen Forderungen der Rebellion nach Wiederaufnahme der Verfahren und Vergrößerung der Lebensmittelrationen hatten sich geändert. Jetzt wurde die Freilassung der politischen Gefangenen und für die Ausländer die Möglichkeit einer Rückkehr in ihr Heimatland gefordert.

»Leider betrifft dich das nicht mehr«, bemerkte Olga Semjonowa.

Es verbreitete sich das Gerücht, dass die Wachtürme mit Frauen besetzt würden, aber ein Spitzel hatte den Plan verraten, und jetzt schrie Minimow, während ihm der Schweiß an den Schläfen hervorbrach, die Wachen sollten sich hinter die Schutzwälle in die Tundra zurückziehen. Aus den Nonnen war eine Gebetsgruppe gebildet worden, die mit zitternden Stimmen einen Choral sang und Gott zum Zeugen rief. Das machte mir Angst. Es gab kein Auge eines Unbeteiligten und keinen Chronisten der Geschichte, der den Beginn des Blutbads verhindert hätte.

Wir standen auf den Stufen der Krankenbaracke, rauchten und betrachteten den Marktplatz, der sich vor

Spannung verzog. Der Horizont loderte rot, jemand behauptete, das sei das Lager Nummer zwei. Da kam die hinter dem Drahtzaun verlaufenden Bahnschienen entlang ein Kohlezug angerattert. Aber anstatt dass die Lokomotive beleuchtet und die Waggons mit Kohle beladen wären, war er gespenstisch leer. Aleksei und ich umarmten uns und starrten verzaubert die leeren Kohlewaggons an, als er an uns vorbeirollte. Auf seine Flanke hatte jemand gemalt: »Zur Hölle mit eurer Kohle, wir fordern Freiheit!« Mir lief es kalt den Rücken hinunter. Trotz allem flammte die Hoffnung in meiner Brust auf. Freiheit oder Tod!

Könnten die Kriminellen doch noch siegen? Würde für uns endlich die Freiheit anbrechen?

Wówa

Lieber Wówa,

sei sanftmütig zu Deinem Volk. Es liebt Dich jetzt, aber denk an die alte Redensart! Wenn Du den Muschík, den russischen Bauern, trittst, verzeiht er das. Wenn Du dem Volk schmeichelst, will es keine Falschheit sehen. Wenn Du aber den Menschen geringschätzt und verachtest, wird er Dich früher oder später hassen.

Du bist ein richtiger Zar: sprichst von Wandel, veränderst wenig. In der Sowjetunion lebten die Menschen in Finsternis. Im heutigen Russland sterben sie im Licht der Neonröhren des Kremls.

Weißt Du noch, wie in Moskau die Wohnhäuser gesprengt wurden? Natürlich weißt Du das noch. Du hast die tschetschenischen Terroristen dieser Taten beschuldigt, aber ich habe nachgedacht. Ja, und das taten auch viele andere. Ob es sich nicht doch um ein düsteres Ergebnis Deines kalkulatorischen Hirns handelte. Denn wie Du weißt, je schamloser die Lüge, desto eher glaubt sie das Volk.

Aber woher kommst Du eigentlich? Niemand weiß etwas über Dein Leben vor Deinem neunten Lebensjahr. Was verheimlichst Du? Den offiziellen Angaben zufolge ist Dein Vater ein Soldat, der im Großen Vaterländischen Krieg zum Invaliden wurde, und Deine Mutter eine Arbeiterin, die in den Kämpfen um Leningrad fast verhungerte. Angeblich bist Du 1952 geboren, aber warum gibt es von Dir keine Angaben im Bevölkerungsregister? Auch Dein Ziehbruder ist gestorben, ich wage gar keine Vermutungen anzustellen, woran. Du bist ein Unkraut, das in seinem Streben zum Licht alle anderen Pflanzen erstickt. Die erste offizielle Angabe über Dich ist, dass Du als Neunjähriger in die Schule Nr. 193 eingeschrieben wurdest.

Ach, kleiner Wówa, ich weiß, woher Du stammst. Ich bin einer von denjenigen, die Du nicht zum Schweigen bringen kannst, denn die Vergangenheit folgt uns wie ein Schatten, und manchmal zeigt das Gegenlicht, dass wir es sind, die als Schatten am Rand der Geschichte stehen.

Mit Liebe, Motyljók

Die aufgehende Sonne färbt Tanjas Hinterkopf blutrot. Ich beuge mich vor und strenge mich an, die unten vorbeiwimmelnden Dörfer und meine winzig kleinen Muschíks zu betrachten. Dann fällt mir wieder der verräterische Aleksei Ignatenko ein. Was weiß ich eigentlich von ihm? Lange Karriere, aufgestiegen vom Lagerhäftling an die Spitze des KGB. Einer der alten Kampfgefährten meines Vaters, bekam in der Breschnew-Zeit Zutritt zum inneren Kreis. Eine respektable Leistung von einem ehemaligen Zuträger. Er überwachte die Bauarbeiten an der geheimen Metro2-Linie von der Kommandozentrale in Ramenki zum Flughafen Wnúkowo und filterte aus der Partei chinesische Spione heraus, nachdem der Genosse Mao sich in den 1960er Jahren als Verräter erwiesen hatte.

Du hättest mir nicht an die Macht helfen sollen, alter Haudegen. Wie du weißt, sterben die Königsmacher oft vor den Königen.

Wir kurven zum tieferliegenden Ufer der Wolga hinab, zurück bleiben die steilen Hänge des westlichen Ufers und die daran hängenden verkommenen Dörfer. Tatjana ist begeistert, als die Pferde unter uns im Galopp fliehen und das Heu aufgewirbelt wird. Der Pilot teilt mit, dass wir das Ziel kurz nach Mittag erreichen werden. Pathologe hat gemeldet, dass auch mein bejahrter KGB-Offizier in dem Dorf geortet worden ist. Wo sind wir eigentlich? In der Nähe von Kasan, im Wolga-Knie. Eine momentane Melancholie wegen des alten Aleksei Ignatenko erfüllt mich. Wie mich doch dieser ewige Haudegen hereingelegt hat. Mein blinder Fleck, mein vertrauter Berater. Und die Leute im Dorf, sollte ich Mitleid mit ihnen haben? Dort wohnt schließlich das Volk meines teuren, edlen Landes. Dann verhärte ich mein Herz. Diese Menschen lieben Russland nicht und also auch mich nicht. Sie wollen ihre eigene Sprache sprechen, ihre fremden Götter verehren. Ich strenge mein Gedächtnis an. Gehören nicht gerade die Mari zu den Leuten, die Asylanträge an das Europäische Gericht für Menschenrechte schickten und noch irgendwohin, an einen Grenznachbarn, ja richtig, nach Finljandija? In solchen Dörfern schwelt die Rebellion.

Vorletzte Woche lagen Tatjana und ich in einer Suite im Hotel Metropol. Tatjana hatte in den Nachrichten gesehen, wie die von der Ukraine berauschten Volksmassen mir zujubelten. »Geben Sie uns Finnland! Geben Sie uns Polen!« Natürlich müsste auch Tatjana als PR-Frau verstehen, dass das Agitationsgruppen unseres Jugendverbands waren. Aber so wird die Meinung des Volkes geformt, werden Gedanken eingepflanzt. An der Wand der Suite hängt eine für mich gerahmte riesige Landkarte mit den Grenzen von 1914. Tatjana streckte das Bein aus und tippte mit dem großen Zeh, dessen Nagel rot lackiert war, auf das im

Nordwesten gelegene winzige Finljandija. Die da, ob ich diese renitente Provinz einnehmen könnte, einfach nur, weil Tatjana das gern möchte? Sie rollte sich zur Seite und schnappte sich eine Erdbeere zwischen die Lippen: »Könntest du das tun?«

Ich griff mir Tanjas Bein und nahm ihren großen Zeh in den Mund. Ich saugte an den kleinen Kölbchen und dachte nach. Konjéschno, warum nicht? Ich könnte den Strom- und Datenverkehr des Landes innerhalb von zwanzig Minuten lahmlegen, es physisch in ein paar Tagen erobern. Das würde keine Woche dauern. Dann gebe ich den Gedanken auf. Was hätte ich davon? Viel nutzlosen Lärm und Aufwand, nichts als Wald, keine interessanten Ölfelder, keine vielversprechenden Erdgasreserven. Ich lass es sein, jedenfalls so lange, bis sich neue Aspekte ergeben.

Wie Sunzi, der alte Meister der Kriegskunst, erklärte, darf ein Herrscher die Armee nicht in Bewegung setzen, wenn er in Rage ist, und ein General nicht in die Schlacht ziehen, wenn er verzweifelt ist.

Besonnenheit ist oft bemäntelte Feigheit und die Unfähigkeit, das Spiel zu beenden.

Wissen zu sammeln ist leicht, die Sammler des Wissens auszuwählen, schwierig. Die Drecksarbeit sollte man selbst tun. Gib einen Pistolenschuss ab und achte darauf, wer durch das Fenster flüchtet! Genau das werde ich tun.

Wo gehobelt wird, fallen Späne, Motyljók.

Dorf Lawra, 2015

Verna

Die Stube duftet nach Birkenscheiten, Harz und einer von Elna zubereiteten Salbe. Ich sitze am Fenster. Kostja ölt den Lauf seiner Pistole mit einem kleinen Putzstock, das Magazin liegt sicher auf dem Tisch. Die im dunkelnden Abend schwebenden Pappelflausche mischen sich mit dem Rauch aus Aleksei Ignatenkos Pfeife und dem Qualm der Außenlaterne.

Oden kratzt sich die Achselhöhlen. »Bekomme ich bald meine Salbe?«

Die Stimme des knorrigen Alten ist trotz der fehlenden Zähne heute Abend klarer denn je. Es rinnt kein Sabber mehr auf sein graukariertes Flanellhemd, und das frühere wackelige Tappen ist einem sicheren Getrippel gewichen.

Ich frage, wie es ihm gehe, und der Alte überlegt. »Ich fühle mich stabil. Aber ich müsste Salbe haben.«

»Nun mach dir mal keine Sorgen«, beruhigt ihn Elna und wirft einen Blick auf Aleksei. »Noch ein paar Tage. Pass du nur gut auf das Guckradio auf.«

Der Fernseher schmollt dunkel vor sich hin. Schlangenzunge lacht laut auf.

»Verrückte Bremse. Die Kiste ist seit vielen Jahren kaputt, wozu soll ich die anstarren?«

Mir fällt auf, dass Aleksei Ignatenko zusammenzuckt.

Die Sommernacht sirrt und duftet draußen vor dem Fenster. Auf dem Tisch stehen gestern zubereitete *podkogõljos*, die Elna heute in dicker Butter köstlich braun gebraten hat, und *karavez*, eine große Fleischpirogge.

Die Ränder der kleinen Piroggen sind schief und krumm geflochten, was Elna schon zu allerlei Verwünschungen veranlasst hat.

»Ich bin der schlechteste Faltenleger im Dorf«, flüstert Kostja. Er lässt die Sicherung der Waffe knallen und zieht am Zündbolzen.

Ich verberge mein Lächeln. Ich selbst habe niemals gelernt, die Ränder von karelischen Piroggen zu fälteln, und auch nicht, so zu schwimmen, wie es sich gehört. Bei meiner einzigen Begegnung mit dem Weißen General hat er mich deswegen getadelt, aber ich hatte ja keine Mutter, die es mir hätte beibringen können. So wie auch Vater keine hatte. Und nun habe ich so ein wollsockenwarmes Gefühl, wie ein volles Glas Milch im Haus der Großmutter. So sicher. Als wäre ich gar nicht unter fremden Menschen Tausende Kilometer entfernt von zu Hause. Dann denke ich: So haben sie hier auch an Vaters letztem Abend gesessen. Vielleicht hat Vater Henrik sich heimisch gefühlt. Vielleicht glaubte er, etwas Wichtiges gefunden zu haben, etwas, das er festhalten wollte.

Aber jetzt ist Vater tot.

Jemand dort draußen hat nur auf die Gelegenheit gewartet zu morden. Unwillkürlich erschauere ich. Wer war das? Oder was? Ich gehe zum Fenster und starre in die stumme Kohlenacht.

»Keremet, du leuchtender«, forme ich tonlos die Worte. »Wo verbirgst du dich?«

Im selben Augenblick schlägt etwas gegen das Fenster, eine kleine Fledermaus oder ein Nachtvogel. Vor Schreck fahre ich zusammen, und Kostja springt auf.

»Ruf nicht das Volk des Schwarzen Hains«, befiehlt mir Elna.

»Ich hab es nicht gerufen«, flüstere ich.

»Doch, ich hab es gehört. Und Keremet hört es auch.«

Irgendwo in der Dunkelheit leuchtet das Licht einer Taschenlampe auf. Einmal, zweimal, ein drittes Mal. Kostja ergreift seine Waffe und schiebt das Magazin hinein. Während er auf den Hof stiefelt, ruft er mir zu: »Weg vom Fenster, Risku-Frau!«

Außer meinem Riesen sieht mich noch jemand anders, so, wie ich hier sitze, wie auf diesem alten Gemälde oder Foto. Ich versuche, mir vorzustellen, wie wir, von außen betrachtet, aussehen. Was kann derjenige, der dort lauert, von uns wollen? Alles ist sauber und angenehm. Der Eichenholztisch ist eingeölt, so dass er glänzt. Wir könnten uns zu Beginn des Jahrhunderts in Finnland befinden. Ein Kronleuchter wie ein Karrenrad mit Kerzen beleuchtet den Raum. Vom Fotobrett blicken ernst und konzentriert Menschen aus vergangenen Jahrzehnten. Ein Strauß Fliederzweige duftet in der Vase. Elna stellt auf den Opferaltar über dem Fernseher eine Bienenwachskerze und ein Madonnenbild.

»Warum die Ikone?«, wage ich zu fragen und erwarte schon unwirsche Mundwinkel, aber Elna ist sanft gestimmt.

»Zur Sicherheit«, sagt sie nachdenklich. »Aus diesem Haus gerät man in keiner Weise ins Verderben.«

Der christliche Glaube ist für die Toten, die Naturreligion für die Lebenden.

Elna zündet die Kerze an, und zarter Honigduft schwebt mir in die Nase.

»Sieh mal, Tschuchná-Frau. Licht, das vor sechzig Jahren den Bienen gestohlen wurde. Oder das wir von ihnen bekommen haben.«

Das Wachs der Kerze ist von Bienen hergestellt worden, die ihr ganzes Leben in der Dunkelheit der Wabe verbringen. Sie sehen niemals das Licht, machen aber Wachs daraus. Der Mensch sammelt den gelben Stoff und gießt daraus eine Kerze. Wenn nun jemand die Kerze anzündet, wird das Licht, das von längst zu Erde gewordenen Bienen gesammelt wurde, freigesetzt. Darum geht es im Leben.

Ich nicke.

Wieder einmal überlege ich: »Was hat Vater da draußen gesehen?«

»Dort war Keremet Lichtauge«, antwortet Elna.

Was ich auch frage, immer wird mir dieser Unterweltgott der Mari angeboten. Oder dieser Tote, irgendwie wird mir sein Wesen nicht recht klar. Es ist sinnlos, gegen den Stachel zu löcken. Und die vertrocknete Uralte hat wirklich ein selektives Gehör. Heute Morgen wollte sie nichts von meinen Worten verstanden haben und kauderwelschte nur mit ihren gierig Insekten fressenden Gänsen herum.

»Wann ist Henrik ins Dorf gekommen? Wer war zu der Zeit hier?«

»Ja-a, wer könnte damals hier gewesen sein.« Elna tut, als erinnerte sie sich nicht. Ich wende den Blick der Stube zu. Wieder bemerke ich das Schachbrett im Regal. Irgendwie scheint es nicht in diese schäbige ländliche Idylle zu passen. Einer plötzlichen Eingebung folgend, schlage ich Elna eine Schachpartie vor.

»Warum nicht«, willigt sie zerstreut ein, während sie Odens Bewegungen beobachtet.

Ich hole das Schachbrett vom obersten Bord herunter. Fauchend ergreift die Katze, die danebengesessen hatte, mit einem Satz die Flucht, und eine schwarze Schachfigur, die neben dem Brett gestanden hat, fällt um. Elna will sie mir aus der Hand nehmen, aber ich weiche aus. Sie stammt eindeutig von einem anderen Spiel als die übrigen Figuren, die aus grobgeschnitztem Birkenholz bestehen. Nein, dieser schwarze Springer ist aus sehr feinem Walknochen, handgeschnitzt und verziert.

Er erinnert mich an ein Schachspiel, das ich an einem

anderen Ort, in einer anderen Welt gesehen habe. In Vaters Arbeitszimmer. Ein Familienerbstück. In jenem Schachspiel, das Vater Henrik gehörte, fehlte eine einzige Figur. Die anderen bekamen vom Weißen General Haus und Hof, Obligationen und prallgefüllte Bankkonten. Aber Vater Henrik bekam ein lumpiges Schachspiel, in dem noch dazu eine Figur fehlte. Das Spielbrett war ein Schanderbe, das an seine zu den Kommunisten übergelaufene Mutter erinnerte, an die Frau, die den schwarzen Springer mitgenommen hatte. Jetzt habe ich das Gefühl, die fehlende Figur in der Hand zu halten. Wie ist sie hierher an die Wolga gekommen?

Schwer vorstellbar, dass in diesem Haus irgendwelche Geheimnisse verborgen sein könnten. Die Beschlüsse und der Verlauf des Lebens dieser greisen Menschen sind schon vor langer Zeit festgelegt worden. So wie diese Wanduhr, deren Zeiger zuckend um sieben nach zwölf stehengeblieben sind.

Aber es gibt auch noch solche Menschen, die Zeit haben, den Pfad zu wechseln.

Wie ich, hier, jetzt.

Und mein Riese, der gerade hereingestiefelt kommt. Kostja sieht mich gar nicht an, sondern macht Feuer im Herd. Ich sehe seinem Treiben zu und überlege, was er wohl draußen zu erledigen hatte.

Ich stelle die hölzernen Kämpfer auf das karierte Spielbrett und schlage vor, Elna solle beginnen. Sie kann ja nicht spielen, wie Kostja gesagt hat. Aber gleich bei ihrem ersten Zug wird mir klar, dass die Greisin keineswegs ahnungslos ist. Sie arrangiert auf dem Brett eine königsindische Verteidigung. Ich erschrecke. So haben wir nicht gewettet. Ich versuche mich zu konzentrieren, aber Oden Schlangenzunge ist aus seinem Erstarrungszustand erwacht. »Ach, Elna, mein Mädchen«, krächzt er. »Du bist doch eine unvergleichliche Gaunerin.«

Er wendet sich mir zu und rät: »*Üder*, lass dich nicht von ihr täuschen.«

»Was faselt der da, halt den Mund!«, braust Elna auf und macht eine kurze Rochade.

»Jaa, eine richtige kleine Betrügerin ist unsere Jelena Michailowna.«

Ich habe dasselbe Empfinden wie mit Vater in der Kindheit. Alles ist scheinbar gut. Und dennoch das ewige Gefühl, dass etwas gründlich falsch ist, im Schatten verborgene Lügen, die Angst vor trüben Wassern.

Kleine Flammen zittern im Glas. Bis hierher spüre ich die von dem Pullover ausströmende Wärme und die durch deine Adern fließende Kraft. Die kleine Strickmütze bedeckt die schäumenden Locken, ich erinnere mich an das Kitzeln deines Bartes an den Innenseiten meiner Schenkel. Am Morgen flüstertest du: »Risku-Frau, willst du von jetzt an beim Fischen meine Gehilfin sein?«

Ich fing an zu weinen. Nach all dem Bösen finde ich keine kühle Einstellung gegenüber der Liebe. Rainer, der Tod in meinem Leib, die Schwimmhalle in der Yrjö-Straße. Das Wasser, das mich nicht mehr liebkost.

»Meine Trauer kannst du nicht tragen.«

»Nein, aber ich kann dich tragen.«

Musste ich wirklich hierher in dieses matschige, jämmerliche Dorf kommen, um einen würdigen Mann zu finden?

Mit halbem Ohr höre ich auf Oden Schlangenzunges Wortschwall: »Deine Geheimnisse kennen wir doch, Jelena Michailowna.«

Elna faucht etwas in der Mari-Sprache, Aleksei Ignatenko bewegt sich unruhig in seiner Pfeifenwolke.

»Er redet dummes Zeug«, sagt Elna, während sie den Läufer setzt.

Als ich aber Oden ansehe, wirkt dieser vernünftiger als bisher. Ich habe gehört, dass dies ein kurzer klarer Moment der Alzheimer- oder einer anderen Demenzkrankheit sein kann: ein scharfes Abbild des Augenblicks am Rande des Abgrunds vor dem totalen Absturz. Aber vielleicht ist dies etwas anderes.

Ich stehe auf und trete zum Fenster. Angestrengt spähe ich in die Dunkelheit. Das ist schwierig, das Licht der Deckenlampe spiegelt sich zu stark. Da kommen mir urplötzlich, wie oft bei wichtigen Dingen, gleichzeitig zwei Erkenntnisse. Beide erfüllen mich mit Grauen.

Die erste Erkenntnis betrifft nicht so sehr Oden als das Fenster selbst. Im dunkelnden Abend reflektiert es ein Bild vom Inneren des Raumes. Was mag Vater verstanden haben, als er die Spiegelung des Zimmers und der Menschen darin sah? In der Stube waren an jenem Abend zumindest Kostja, Elna und Oden anwesend. Larissa Morkowa und der Dorfkommissar Popow. Vaters Verfolger hat gar nicht draußen gelauert. Er hielt sich hier in dieser Stube auf.

»Reicht es allmählich? Es ist Schlafenszeit.«

Die alte Frau gähnt. Im Fenster sehe ich ihren rosafarbenen, weit geöffneten, zahnlosen Mund. Die zweite Erkenntnis überkommt mich wie ein Wirbelsturm. Als ich vorhin leise von Keremet Lichtauge sprach, geschah das nicht auf Russisch. Ich drehe mich um und sage auf Finnisch: »Du bist Irga Malinen.«

Das Schachbrett kracht zu Boden.

Am Fußboden schmatzt es faul.

»Und die Mutter von Henrik.«

»Von welchem Henrik?«

»Von meinem Vater Henrik Malinen.«

Dorf Lawra, 2015

Irga

Der Raum beginnt zu rotieren, die Schachfiguren purzeln lautlos auf den Fußboden wie Ahornblätter im Januar auf den Schnee.

Ach, Keremet Lichtauge, bist du endlich gekommen, um die Deinige zu holen? Alle Ängste und bösen Ahnungen der letzten Tage sind tausendfach wahr geworden. Die Vergangenheit hat mich endlich eingeholt.

»Verzeih mir«, flüstere ich und weiß zunächst nicht, zu wem.

Dann spüre ich das kühle Metall deines Geschenks zwischen den Brüsten und ahne. Schwester, liebe Schwester, ich bin schwach. Nach all diesen nach Papier und Tinte riechenden Jahrzehnten kann ich zugeben, dass ich schwach bin. Die großen Hunde der Trauer waren mir auf den Fersen.

Schwäche, ein hassenswertes Wort. Ebenso widerwärtig wie der Gestank von Mist im Kolchos oder eine Verstopfung im Samowar des Klubraums.

Nein, ich habe nie den Familiennamen des Tschuchná-Mannes gehört, oder es war ein anderer. Soweit ich mich erinnere, trat er als Professor auf, hat überhaupt jemand seinen Familiennamen erwähnt? Er wollte mit seinem Titel angesprochen werden. Ich verstand nicht, warum, aber jetzt kommt es mir vor wie eine Ironie des Schicksals.

Schwester, sie behaupten mir gegenüber schreckliche Dinge.

Ich schüttle den Kopf, es kann nicht wahr sein. Nein, es darf nicht wahr sein. Warum hat der Mann nicht seinen richtigen Namen genannt? Im Suff hat er herumkrakeelt, lauthals geprahlt, war grausam zu den Tieren und bedrohte mit einem Stock Morkowas Eber. Wischte sich den Hintern mit Laken ab, verprügelte Piku.

Haben wir den zusammen gemacht?

Schwester, liebe Schwester mein.

Der hat nicht erzählt, was er hier wollte, war nicht bereit, Volkslieder zu singen. Hat alle belästigt, ein aggressiver Inspektor. Wer sollte sich in dem auskennen? Verrückte Bremse. Hat Teufelszeug geredet und bei der Mondfinsternis auf dem Friedhof rumgewühlt. Ich überraschte ihn, wie er Tote ausbuddelte, angeblich brauchte er den Schädel eines Erhängten. Aber ich wusste, dass er das Chiffriergerät suchte. Ein Spitzel von der Partei, mit einer Zeitmaschine hierher geflogen, um eine Frau zu quälen. Irgendwelche Zaubermittel hat er ausprobiert, um die Bewohner des *šügarla* auszufragen. Außerdem wollte er ein noch zuckendes Schwalbenherz haben und ein vor Sonnenaufgang entnommenes Froschauge – so ein Humbug, Störung der Totenruhe.

Und jetzt wird behauptet, das sei mein eigen Fleisch und Blut.

»Aber das kann nicht sein. Hemmi ist auf der Fahrt nach Moskau gestorben.«

Ich drücke das Gesicht in die Hände, und Aleksei Ignatenko tröstet mich: »Das war damals.«

Stotternd beginne ich, mich blind in diese und jene Richtung zu verteidigen, obwohl in meinem Kopf der graue Waldrand und die von dort herüberspähenden weißen Wölfe unmerklich näher zu rücken scheinen. Oder sind das *Sûrnuk-pi*, die Wächter des Totenreichs Tuonela?

Ich umklammere die Hand des *üder*-Mädchens. Sie muss mir glauben! Dass ich das Jungchen überall gesucht, Briefe geschrieben, Nachforschungen angestellt habe. Der Prokurator der Partei, die Rehabilitationskommission, alle versicherten, er sei tot. Die Tschuchná-Frau redet jetzt Finnisch mit mir. Aber es ist so lange her, und die Sprache hat sich verändert, dass ich sie nicht verstehe, die Wörter sind in den Sümpfen der Vergangenheit untergegangen.

Ich wage es nicht, zu Kostja hinüberzusehen. Als seine Mutter sich zu Tode getrunken hatte, nahm ich den spillerigen Jungen zu mir ins Haus, damit er die Gänse hütete und ein Mensch wurde. Ich sah das Gute in ihm. Immer habe ich ihn ausgeschimpft, wenn er sich seiner Mari-Herkunft schämte. Und was war doch ich selbst für eine Betrügerin! Als der Waldjunge zur Armee ging, gab ich ihm einen gerahmten Zeitungsausschnitt mit. Darin ging es um die Genossin Klawdija Plotnikowa. Die letzte Kamassin, die seit den 1950er Jahren keinen einzigen Gesprächspartner in ihrer eigenen Sprache mehr hatte. Ich nörgelte und machte ihm Vorwürfe, wenn Kostja nicht seine Muttersprache sprechen wollte, aber tatsächlich war die Frau auf dem Zeitungsfoto ich selbst. Ich war die letzte Kamassin, aber anders als die Genossin Plotnikowa hatte ich mich selbst zum Stummsein verurteilt.

»Aber wie bist du hierhergekommen?« Die Tschuchná-Frau geht zum Russischen über.

Wozu soll ich es noch länger verheimlichen? Oden Schlangenzunges Erinnerung ist zurückgekehrt. Ein Eid ist der Pfropfen des Geheimnisses, Verrat seine Sollbruchstelle.

Appellierend sehe ich Aleksei Ignatenko an. Vor der *üder* will ich meine Hässlichkeit nicht enthüllen.

Aleksei Ignatenko ergreift meine Hand und nickt. »Deine Lüge tut niemandem mehr weh.«

Dorf Lawra, 1958

Irga

Es war Alekseis Idee. Dass wir nach Lawra gehen. Hatten wir doch Visa und alles. »Durch dich lebt Elna weiter.«

Ich habe tief um dich getrauert, Schwester.

Aber selbst, als ich von Trauer gebrochen war, musste ich doch insgeheim jubeln bei dem Gedanken, dass bald ein neues Leben, die Freiheit, beginnen würde. Petje brachte uns mit dem rumpeligen Rentierschlitten nach Kotlas. Dort sollten wir den Zug besteigen. Als Abschiedsgeschenk bekam Aleksei getrocknetes Schnepfenfleisch und ich ein Flüstern des *Ńojti*: »Du lebst noch, Wildvogel. Das war nicht der WILLE.«

Petje räusperte sich eine Tränenerbse aus dem Augenwinkel und murmelte, während er den Fahrriemen des Zugrens festband: »Gib acht, den Göttern kann man nicht ewig entkommen.«

Ich aber war satt von fetter Milch, meine Haare waren lockig nachgewachsen, und wieder einmal war ich dem Schicksal entwischt! Ich schnaubte in meine Dickmilch und schluckte die letzten Tropfen aus dem Holzbecher, aber insgeheim überlegte ich: Wie vielen Göttern war ich entkommen? Oder wie viele Höhere haben mir geholfen? Als ich in Petsamo meinen Verfolgern auf Skiern davonlief, als ich im *parma* von Elna neue Stiefel bekam? Als ich die Höhle überlebte, als ich mit Olga Schach spielte? Als ich meine Staatsangehörigkeit für ein Stück Fleisch verkaufte, damit Aleksei zu essen bekam? Als wir die Motyljók-Verwaltung gründeten? Keremet ist der Einzige, dem ich geopfert habe, aber damals für mein Kind. Das bereue ich nicht. Verdiene ich also nicht auch diese Hintertür, durch die ich in die letzte Freiheit huschen kann? Drei Jahre lang waren wir herumgeirrt, hatten die großen Städte gemieden, jetzt war es Zeit, den letzten Schritt in die *swobóda* zu nehmen. Ich zog die Stiefel aus und reichte sie dem Geweihträger.

»Danke fürs Leihen. Jetzt brauche ich sie nicht mehr.«

Sommerliche Abenddämmerung voll wilder Düfte, Pferde träumen auf dunstigem Feld. Seit Ostern waren wir etwa sieben Wochen unterwegs. Die ganze Zugfahrt von Workuta über Moskau nach Joškar-Ola hatte Aleksei mir die Hand gehalten und schließlich gefragt: Wie ist Elna ums Leben gekommen? Wie das Bergwerk bei unserer Flucht eingestürzt war. Ob Elna als letzte Worte Aleksei erwähnt, ihrem Spatz eine Nachricht gesandt hatte? Nein, alles war so schnell gegangen, die Decke war direkt zwischen uns eingestürzt, da war nichts zu machen, der Schacht begann sich mit Wasser zu füllen. Ich wollte nicht darüber sprechen, mich nicht an das Grauen auf Elnas Gesicht erinnern, als wir begriffen, dass die Schwester den Schacht nicht lebend verlassen würde. Das mussten wir jetzt der Vergangenheit anheimgeben und uns auf die Zukunft konzentrieren. Auf unsere gemeinsame Zukunft, die gelingen sollte. Die gelingen musste! Deshalb bemühte ich mich, so viele Einzelheiten wie irgend möglich über die Dorfbewohner, die Sitten, einfach alles zu lernen.

In einem Postwagen wurden wir über Wege voller Schlaglöcher in Richtung des Dorfes Lawra gerüttelt.

»Das ist mir der liebste Ort der Welt. Apfelbäume, Kirschen, Pferde, der Fliegende Weiher, der eines Morgens in dem feuchten Bruch hinter der Wiese erschienen war.«

Die anderen fürchteten anfangs das Wasser, aber nicht du, Schwester.

»Zum ersten Mal bemerkte ich Elna, als ich als kleiner Junge am Weiher Butterklatscher warf und plötzlich aus dem Wasser ein Mädchen wie eine Wassernymphe auftauchte, bauz, und sie kriegte einen Stein an den Kopf. Meine Schwester, die Taucherin, Forelle der heimischen Gewässer.«

Als Letztes im Leben musstest du tauchen.

Wieder kamen Aleksei die Tränen.

Fest drückte ich ihm den Arm: »Konzentrier dich. Erzähl mir von den GEHEIMEN Dingen.«

Und Aleksei enthüllte mir alles. Von den Opferfesten, den Bäumen, den Gebeten, und ich saugte das Wissen auf wie eine trockene Moosbülte, und jedes Mal wunderte ich mich, wie viel ich schon wusste. *Als wäre ein Teil deines Geistes Jahr um Jahr, Abend für Abend in mich eingegangen.*

Wir langten bei dem graugezimmerten Haus mit den Schnitzwerkfenstern genau in dem Moment an, als der bleiche Mond zwischen Dunstfetzen hervorschaute. Aus der Stube war bis auf den Weg maunzendes Freudenleben, Geklingel und Gesang, Trubel und das Klappern von Absätzen zu hören. Die Tür wurde von einem stattlichen Hirsch in grünem Parteihemd und in ausgelassener, angeheiterter Stimmung geöffnet. Auf dem Kopf trug er einen weißen Hut aus grober Wolle.

»*Poro ketše*! Ruhe den Toten, Friede den Lebenden!«, begann Aleksei und schrak dann zusammen. »Ach, Oden Schlangenzunge!«

Genosse Oden war gar nicht begeistert, Aleksei zu sehen. Als seine gespaltene Zunge herausfuhr, um den Mundwinkel zu befeuchten, wurde klar, warum er Schlangenzunge genannt wurde.

»Genosse Aleksei Ignatenko. Du bist also zurückgekehrt.«

»Was machst du in Iki-Miklais Haus?«

»Ich wohne und bin hier. Es wurde uns gegeben, als Iki-Miklai starb. Ich hab mir die Tochter genommen und geheiratet, und nun bin ich hier. Der Schwiegersohn!«

»Du hast dir also das stattlichste Haus des Dorfes unter den Nagel gerissen. Bist offenbar ein Parteimann«, zischte Aleksei und musterte die auf das Hemd aufgenähte rote Fahne. »Einen *kart*-Hut auf dem Kopf und derselbe Kopf im Topf. Du hast es weit gebracht!«

»An deiner Stelle würde ich kein großes Trara machen. Wessen Vater wurde wegen Landesverrats verurteilt? Wessen Vater wegen Kartoffeldiebstahls?«

Aleksei öffnete den Mund, schloss ihn aber wieder.

»Und wer ist diese tittige Tante?«, fragte Oden und warf den Blick eines Rüden auf mich.

Aleksei stellte mich vor. »Das ist Jelena Michailowna, die Schwester deiner Frau.«

Genau diesen Moment hatte ich gefürchtet. Meine schlimmsten Alpträume schienen sich zu erfüllen, Misstrauen breitete sich auf Odens Gesicht aus. Ich versuchte, die Gedanken zu lesen, die hinter der stattlichen Stirn kreisten. Der Mann musterte mein widersprüchliches Äußeres. Einerseits meine Hüften, die sich von Petjes Rentierspeck gerundet hatten, meine Brüste, die auf der Wanderung am Lagerfeuer, als wir Brühsuppe im Gesicht hatten, gehätschelt worden waren, mein mit Rentiermarkknochen kuriertes Handgelenk und andererseits die darin eintätowierte Zahlenreihe und die Höhlennarbe auf meiner Wange. Ich berührte die Stelle des Ärmels, unter der sich die Tätowierung verbarg. Zwar hatte ich das Lager verlassen, aber das Lager nicht mich.

Mit zitternden Fingern holte ich meinen Entlassungsschein und die Reisegenehmigung hervor und flüsterte: »Bester Genosse, dies ist das Heim meiner Kindheit.«

»Ach, Jelena Michailowna, Liebling von Iki-Miklai. Früher war Elna freilich niemand, der das Blut der Männer hätte stocken lassen: von der Sorte mit dickeren Gelenken. Aber jaa jaa, so verändern die Straflager die Menschen.«

Oden drehte sich um und schwenkte als Willkommensgruß die Hand: »Willkommen beim Fest zum Tag der Toten.«

Semyk. Wir hatten den *semyk* vergessen, der in der siebten Woche nach Ostern begangen wird.

Ach, wie ich dich damals vermisst habe, Schwester, genau in diesem Moment!

Laut begann die Musik zu spielen, als ich schüchtern eintrat. In der nach Schweißfreude riechenden Stube lärmten viele Menschen, kleine, hinter den Ohren noch nasse Gören am Rockzipfel ihrer Mütter, alte Leute, andächtig mit ihren Verstorbenen, tanzlustige Jugendliche, ein Harmonikaspieler, hochrote Bedienerinnen. Gänseeier, *tuara*, Sauerampfersuppe, dunkelrotes Hausbier in einem Birkenrindenbottich, gekochte Eierpiroggen, Hasenbraten in einer Holzschale mit Henkeln. Für die Toten waren eigene Teller aufgedeckt.

»Elna, hier ist auch dein Vater. Komm und begrüße Iki-Miklai.«

Oden winkte mich ans Ende des langen Tisches. Entsetzt starrte ich den leeren Teller an. Natürlich hatte ich von Elna gehört, dass die Toten zu der Bewirtung aus den Gräbern gerufen wurden, aber was sollte ich tun? Etwas sagen?

»Poro ketše«, flüsterte ich verwirrt.

Zum Glück schien niemand das zu beachten. Nur Oden ließ ein zischendes Gelächter hören. Aber anstatt mich an die anderen Gäste zu verraten, bot er mir von den Speisen an und hob sein Glas. *»Tatsa lijtsa!«*

Der Schwestermann stampfte mit dem Absatz auf den Boden und trat zum Grammophon. Er legte ein altes

Stück auf und rief: »He, Elna, erinnerst du dich noch an den Text?«

Er quälte mich, das war mir klar. Aus meinem Inneren stieg ein Gebet auf: »Ach, liebe *Ketše Awa*, immerwährende Mutter, wird dies denn niemals enden?«

Ich wusste schon, dass ich aufgeflogen war. Aber anstatt den Kommissar zu rufen, genoss der Gauner offenbar die Situation. Ich betrachtete Oden und dachte, wie anders er doch war als Aleksei. Stattlich, mit flinkem Mundwerk. Ein Mann der geschmeidigen Bewegungen, der im Dorf das einzige Grammophon besaß, mit dem man Schallplatten abspielen und die jungen Mädchen des Dorfes tanzen lassen konnte.

Während des Tanzes bemerkte ich Augenpaare, die unter dem Tisch hervorschauten. Zwei kleine Jungen, ein siebenjähriger und ein anderer, dessen Alter schwer zu schätzen war. Ich bekam Herzklopfen. Oden drängte sich neben mich. Zeigte auf den einen, seltsam schrägäugigen, sinnloses Zeug lallenden Älteren. »Der da ist Miklai. Er hat seine Mutter, mein Vögelchen, bei seiner Ankunft entzweigerissen.«

Oden stieß den Jungen mit der Spitze seines Bastschuhs an. »So ging meine Angetraute dahin, und wofür? Für so ein Windei.«

Ich aber bekam den Blick nicht los von dem anderen. Könnte es möglich sein?

»Und der da ist deinetwegen hier, Elna Michailowna. Du erinnerst dich bestimmt an das, was du geschrieben hast?«

Oden nickte zur Kommodenschublade hinüber. Ich erinnerte mich sehr wohl an den Begleitbrief, der zusammen mit der Geburtsurkunde auf die Reise gegangen war und in dem ich in Elnas Namen deren Schwester angefleht hatte, das Kind zu sich zu nehmen und wie das eigene großzuziehen.

Mein Brief war also angekommen. Elnas Schwester verstorben.

»*Tyge*, ja, ich erinnere mich«, antwortete ich leise und verspürte unendliche Dankbarkeit. Wenigstens das eine meiner Kinder war am Leben geblieben.

Ich drückte den kleinen Hosenmatz an mich, seine Haut duftete, die Tränen stürzten mir aus den Augen. Das drahtige kleine Wesen stand steif da und gab sich meiner Umarmung nicht hin. Seine Haut roch nach Bruchbude und säuerlich nach Kind und Kreidestaub und nach Pferdehaaren. Es lebte.

Oden beobachtete mich abschätzend, in der Stimme die Schläue eines Betrunkenen.

»Wie du weißt, Elna, muss ich nach altem Brauch die Schwester meiner Frau heiraten.«

»Was?« Ich konnte mich nicht losreißen von dem Jungen.

»Ich muss die Schwester heiraten. Das wäre was!«

Die Musik brach ab, für einen Augenblick wurde es still. Eine böse Ahnung überkam mich. Was für eine Teufelsreuse wurde hier schon wieder geflochten?

»Gehen wir mal vor die Tür. Oder willst du so reden, dass alle es mit anhören?«

Ich schüttelte den Kopf. Oden kurbelte das Grammophon an.

Die verzückt um die Linde tanzenden Kopftücher bemerkten uns nicht. Das gewaltige Festfeuer loderte am Rand der Wiese. Dreimal musste man darüberspringen, um ein vernünftiger Mensch zu bleiben und Erfolg zu haben. Das junge Festvolk tanzte lässig und lachte, Funken stoben in den Abend. Oden zerrte mich am Ohr hinter sich her und fauchte: »Du hast deinen Vater nicht erkannt. Ich bin der Schwestermann und merke sehr wohl, wenn man mich anschmieren will!«

Er zerrte mich zum Friedhofstor und warf eine Messingmünze in den Becher des Friedhofswärters.

»Na, gehen wir deine Schwester besuchen. Vielleicht erinnerst du dich ja besser an sie.«

Wir kamen zu dem Grab, in das ein Spaten gesteckt war, damit die Tote nicht zurückkehren und die Lebenden quälen konnte.

Oden goss Wodka auf das Grab und sagte: »*Šüžö*, möge es dich erreichen.«

»Jelena Michailowna, du hast mich schon einmal verlassen.«

»Was?«, stammelte ich.

»Du hast dich einmal in einer Sommernacht von mir umarmen lassen.«

Ich schüttelte mich. Das habe ich doch wohl nicht?

»Du sagtest, ein See nutze sich durch Rudern nicht ab.«

Das kam mir schon bekannter vor.

Iki-Miklais wunderbare Elna. Sie hatte ihren Schenkel aufschimmern lassen und ihn dann in den Sommerspeicher eingeladen. Oden als Spross eines halben Tataren hatte gejubelt. Endlich würden gute Zeiten anbrechen, die Verspottung seines Namens und das sonstige Gerede ein Ende haben. Aber bekam er feine Leinenlaken geschenkt? Wurde ihm ein Bräutigamstuch gebracht? Es wurde nicht gebracht und nicht festgestellt, was der Wahrheit entsprach: »Ich musste Jelena bekommen und ein Herr werden. Ein Herr sowohl der Partei als auch des Dorfes. Ich hätte ein *kart*, ein Opferpriester, sein können.«

Als Komsomolzin verließ Jelena das Dorf und fuhr ins Lager, so dass ihre Schwester und deren Bräutigam sich selbst überlassen blieben. Das war nicht leicht. Sie mussten mit dem auskommen, was sie hatten.

In der Sommernacht versagte dem Schwestermann die Stimme.

Jetzt war seine Frau tot. Der Sohn wurde schwachsinnig geboren. Und zu alldem wurde das Haus von dem aus dem Lager geschickten Teufelsbalg terrorisiert – von meinem Wolódja. In seiner Hand wurde die Milch sauer, die Ziegen wurden unfruchtbar, die Gänse krepierten vor lauter Erschütterung. Durch das Dach drangen Würmer ein, die Wände bekamen Augen und Ohren. Dennoch gelang es nicht, ihm den Lebensfaden abzuschneiden. Versucht hatte man es.

Ich aber hörte nicht zu, sondern ließ mein Herz singen wegen meines Sohnes. Er lebt, er lebt – wenigstens der eine!

»Danke. *Tau.* Wie kann ich das wiedergutmachen?«

»Komm.«

Oden führte mich in den Speicher. Dort raffte der Glatzkopf mich in seine Arme, wir fielen auf die Getreidesäcke. Ich erschrak: »Was jetzt?«

Der Mann musste lachen. »Ich bin ein Mann der geschmeidigen Bewegungen!«

Er packte mich bei den Schenkeln, drückte sie und flüsterte: »Ich hab es durchschaut, mich täuschst du nicht. Du bist ein Wandling.«

Mir fiel ein, dass Elna mir von den Wandlingen erzählt hatte. Solche hatte es gegeben, und es gab sie weiterhin, die Wesen mit tausend Gesichtern, die sich am Rand der Welt bewegen. Gefährliche Wesen, die von Dorf zu Dorf wandern und Kinder gegen Wechselbälger vertauschen.

Oden schöpfte Mäusekötel und Sägespäne und ließ sie durch seine Klauen rieseln. Er zwang meine Finger um seine Eichel herum, die aus dem Schlitz seiner groben Wollhose herausragte. Sie zappelte in meiner Hand wie eine Boje auf dem Flutwasser des Workuta-Flusses.

Ich schluckte die Tränen hinunter und überlegte, was mir für Alternativen blieben.

»Wenn du wirklich Jelena Michailowna wärst, würdest du jetzt bestimmt schreien.«

Wenn ich schreie, verrät Oden mich, und was dann?

Eine kleine Stimme in mir flüstert: Hier ist Provinz,

hier ist es sicher. Das Haus gehört eigentlich Miklais Tochter.

Wie gelähmt erlaubte ich Oden, mich aufs Bett zu legen und meinen Rock hochzuschlagen. Er keuchte an meinem Hals. »Ganz brav, Jelena *jöretem.* Ganz ruhig, dann passiert nichts Schlimmes.«

Oden Schlangenzunge schob sich rasch und ohne gewaltsamen Zwang in mich hinein. Ich wandte die Schläfe von seinen Küssen ab und bewegte das Becken ihm entgegen, so dass alles vorbei war, noch ehe ich es gewahr wurde.

Wir kehrten zu der Festgesellschaft zurück. Oden erklärte mir, er würde den Mund halten, wenn wir heirateten und Aleksei für alle Zeiten aus dem Dorf verschwände. Bei diesem Spiel würden alle profitieren: Oden bekäme eine Hausfrau, das Haus und einen vernünftigen Sohn, Miklai könnte im Speicher wohnen und sich um das Vieh kümmern. Ich könnte mein Geheimnis bewahren und dem Jungen nahe sein, an dem ich offenkundig hing. Auf Aleksei dagegen wartete eine glänzende Zukunft ganz woanders, egal wo. Mit einem Hundeblick schwor Oden: »Ich verspreche, dass ich gut zu dir sein werde.«

Aber Aleksei wollte er nicht mehr sehen.

»Ich werde euern Betrug nicht dem Parteisekretär von Joškar-Ola melden, solange du dich von Lawra fernhältst. Verschwinde!«

Er versprach, Aleksei eine Reisegenehmigung zu besorgen. Ich flehte Aleksei an: »Lass mich nicht allein mit diesem Mann! Wir wollten zusammen neu anfangen!«

»Wir können nichts machen. Aber du hast ja den Jungen.«

Ich verstand. Diese Lösung war die einzig mögliche und daher die beste. Ich konnte nichts dagegen tun, dass es mir die Brust zusammenpresste. Wieder einmal saß ich in der Patsche. Als Gefangene. Aber immerhin blieb mir der Junge.

Und es war gar nicht so schrecklich. Oden war ein energischer, verwirrend zwiespältiger Mensch. Ein übereifriger, nicht so sehr grausamer Dorfkommissar. Ich wurde mit wenig Aufwand empfangen, denn Jelena Michailownas sämtliche Verwandten waren gestorben. Es gab eine kleine Willkommenszeremonie, und am Gedenkstein für die gefallenen Soldaten im Opferhain wurden Blumen niedergelegt. Zu meiner Erleichterung stellte ich fest, dass ich die meisten der Dorfleute anhand ihres Namens und Elnas Beschreibungen erkannte. Niemandem fiel mein verändertes Aussehen auf. Eigentlich verstand ich das. Wenn man lange genug in Angst gelebt hat, wagt man seinen eigenen Augen nicht mehr zu trauen. Außerdem konnte es natürlich sein, dass ich ein ins Dorf eingeschleuster Parteispitzel war oder ein Wandling, den die Mari fürchteten. Beide reizte man besser nicht.

Oden gab bekannt, dass die Hochzeit in zwei Wochen gefeiert werden sollte.

»Was muss ich tun?«, fragte ich.

Normalerweise hätte ein Brautwerber beim Vater der Braut schüchtern um ihre Hand angehalten, Brot, Bier und Honigwein gebracht und gewählte Worte gesprochen. Oden hätte zum Zeichen des Ehevertrags ein Bräutigamstuch bekommen. Ich aber hatte ja schon in Oden Schlangenzunges Bett gelegen. Der entschied: »Du nähst mir ein Bräutigamstuch. Darin eingewickelt komme ich dann unter die Erde.«

Der Satz beeindruckte mich. Ich begann zu glauben, dass der Mann tatsächlich verrückt nach mir war. Frauen aus dem Dorf kamen zu mir, um die Aussteuer zusammenzustellen, sie behängten mich mit geliehenen Münzketten und setzten mir eine Soróka auf den Kopf. Honig, Gebäck, Bier. Die Harmonika spielte, Girlanden rankten sich um die offenen Fenster, Eisenhut und Rosen blühten, dickrüsselige Schweine liefen zwischen den Gästen herum. Nach altem Brauch warf Oden Münzen, die dann von den jungen Mädchen eingesammelt wurden. Damit kannte ich mich einigermaßen aus. Erstaunlicherweise konnte ich die richtigen Lieder und Gebete, meine Schwester Elna hatte sie mir in all den Jahren immer wieder vorgesungen: »In der Ferne grollt der Donner / ebenso dröhnt unsre Trommel …« Am Morgen nach der Hochzeit wäre es meine Pflicht gewesen, in bestimmter Weise Wasser vom Brunnen zu holen und die Quellmutter zu besänftigen – das hätte ich wissen müssen. In diesem Punkt habe ich versagt, ich holte das Wasser falsch herein. Larissa Morkowa, die nasige Nachbarin, sah es und tröstete mich. »Auf langer Reise vergisst man manches.«

Klugerweise brachte ich ihr eines der geschlüpften Gössel als Geschenk, und so wurde die Sache dem Vergessen anheimgegeben.

Durch Oden fand ich Bäume und Gebete. Bei Bedarf fungierte Oden als *kart*-Priester, wenn er das auch nicht gerade gut machte. Er zelebrierte kleine Opfer, weil er der einzige Mann war, der noch lebte, und die Frauen keine Priesterdienste verrichten durften. Die anderen Männer waren getötet oder verbannt worden. Aber dank Oden fand ich den Opferhain und die Quelle.

In ständiger Lüge zu leben war schwer. Schlaflose Nächte, immer die keuchende Angst im Nacken. Der dunkel herabhängende Himmel, aus dem ein strenges Auge zu starren schien. Niemand war da, mit dem ich über Vergangenes hätte sprechen können, überall lauerte Gefahr. Zum Glück konnte ich alles auf das Lager schieben. Oder auf die REISE, wie die Leute es schamhaft nannten. Und es gab vieles, was ich darauf schieben musste. Im Dorf war ich die Einzige, die die Ränder der Piroggen nicht flechten und nicht Wasser tragen konnte, und die Frauen sagten, daran sehe man, wie die REISE mich verdorben habe – besonders Larissa Morkowa sprach das Wort so aus, dass es nach einer Reise ans Schwarze Meer oder einem Luxusurlaub in Moskau klang. Mir waren die Piroggen immer wie abgebalgte, noch lebende Igeljunge vorgekommen, aber ich hielt den Mund und schluckte. Gerade für mich war es wichtig, die Traditionen zu pflegen.

Als die Bäume zum ersten Mal zu mir sprachen, weinte ich vor Freude.

Denn ich spürte deine Gegenwart, Schwester. Als die Bäume sprachen, glaubte ich endlich, dass dein Geist in mir war. Es war, als hätte ich mich aus meiner Natur herausgeschält und mir wäre stattdessen eine andere gewachsen. So war aus mir endlich du geworden.

Manchmal hatte ich Sehnsucht nach Irga, nach mir selbst. Nach ihrer Lebenslust, ihrem wütenden Überlebenstrieb. Aber diese Gestalt versank allmählich im Morast der Vergangenheit und ging darin unter. Ich musste Elna sein, flink und geschickt, die noble Jelena Michailowna, und im Schutz dieser Gestalt dümpelte ich in meinem geschützten Versteck. Bis zum heutigen Tag. Niemand beschuldigte mich, nicht einmal in den sechziger Jahren, als die Sache mit dem Wasserturm passierte und die Bienen fortflogen. Auch damals nicht direkt, ich erinnere mich nur an ein paar scheele Blicke. Niemals wollte ich mit Oden Kinder haben. Dafür sorgten zum Glück die Lösungsmittel, denen ich in der Waffenfabrik unweit von Joškar-Ola ausgesetzt war. Dorthin war ich abkommandiert worden ungefähr zu der Zeit, als das Gerücht ging, die Amerikaner seien auf dem Mond gelandet.

Alles wäre gutgegangen, wenn Keremet nicht zurückgekehrt wäre.

Irgendwie hatte er aus Sibirien den Weg zurück gefunden und erwartete mich eines Abends am Rande des Schwarzen Hains. Und von da an hat er mich verfolgt, mir aufgelauert und Forderungen gestellt. Falls ich ihm nicht opfere, werde er mir etwas Kostbares wegnehmen. Das hat er schon getan. Oden Schlangenzunge hat sein Gedächtnis wiedererlangt. Mein Sohn ist gestorben. Die Todeshunde schleichen weiß am Rand meiner Seele entlang und warten. Und nun flutet das Wasser in meinen Keller und wird bald das ganze Mariland untergehen lassen.

Dorf Lawra, 2015

Verna

Als ich erwache, steht die Sonne schon hoch am Himmel. Nach dem unruhigen Schlaf habe ich Kopfschmerzen. Die ganze Nacht hatte ich Alpträume von ertrunkenen Kindern, und irgendwann meinte ich, von Schüssen erwacht zu sein. Ich wollte aufstehen, konnte aber die Arme nicht bewegen, und wenn auch Gerri Wright den Zustand der Schlaflähmung mit Hirnmechanismen während des REM-Schlafs erklärt, verbrachte ich den Rest der Nacht in einem von unangenehmen Zuckungen begleiteten Erstarrungszustand.

Als ich mich in die Stube schleppe, ist alles friedlich, duftet nach Lavendelseife und Flieder. Die Sonne filtert Staubpartikel durch die Blätter der von der Decke herabhängenden Kräuterbüschel.

Elna steht in einem weißen Hemdblusenkleid vor dem Spiegel im Vorraum und gürtet sich vielfach mit einem rotweißen Leinenband. Auf dem Kopf hat sie einen reichverzierten, auf Birkenrinde genähten *šymakš*, wie ich sie auf Fotos bei den Skoltsami gesehen habe. Dann bindet sich die *kuwawai* ein mit alten Münzen und Hemdknöpfen aus Metall geschmücktes Tuch um die Stirn. Ähnlicher Zierrat klingelt an ihrem Rocksaum, außerdem allerlei Verzierungen aus Kunststoff. Die würden mich amüsieren, aber die uralte Frau wirkt so konzentriert, dass ich es nicht wage zu mucksen. Die Alte knurrt: »Tun dir die Strümpfe weh? Hilf mir mal.«

Ich trete näher, bleibe aber auf halbem Weg in der Küche stehen. Der Fußboden schwimmt. Schon wieder?

»Woher kommt eigentlich dieses Wasser?«

Elna wiegt zerstreut den Kopf, summt. Der Hund Piku wuselt unruhig um ihre Füße herum und winselt.

»Es steigt einfach, sickert überall hervor. Man muss die Lecks abdichten.«

Man müsste abdichten. So ist es in Mariland und in ganz Russland. Niemand weiß, woher das Wasser kommt und warum es steigt, bald aber überflutet es ganz Mariland. Man kann nichts tun, niemand teilt einem etwas mit. Immer nur Geheimnisse.

Dann fällt mir ein, was Elna mir gestern Abend erzählt hat. Der Junge, der sie im Dorf Lawra erwartet hatte. Ich habe ihn gesehen. Auf dem Foto, das aus dem Glaskasten verschwunden ist. Zeigte das Foto meinen Vater Henrik? Aber Elna wusste ja nicht, dass er es lebend nach Finnland geschafft hatte. Ich gehe zu der alten Frau und bitte sie: »*Kuwawai*, Großmütterchen. Kannst du mir nicht von dem Foto erzählen? Das du versteckt hast. Darauf war doch ein Junge. War das Vater Henrik?«

Elnas Nacken zuckt, dann fährt sie bleiruhig fort, sich anzukleiden.

»War mein Vater als Kind hier?«

Elna antwortet nicht, fährt fort, sich die Münzkette um den Hals zu winden, und trällert: *»Webte Gottes Tochter einst ihren Stoff bei Kerzenschein.«*

Sie bückt sich, um die Bastschuhe anzuziehen und wickelt sich um die Waden die perlenbestickten Beingamaschen, um und um, bis die Beine dick und stämmig sind.

»*Kuwawai*, Sie haben schöne Knöchel«, wage ich zu sagen. Finster starrt Elna mich an, als wäre sie schwer gekränkt.

Die Greisin beachtet mich nicht mehr, und während sie zur Tür hinausgeht, schreit sie: »An deiner Stelle würde ich nicht in den Keller gucken!«

»Die Nährmutter hat immer zu zierliche Beine gehabt. Die Mari schätzen dicke Waden.«

Der so denkt, ist Kostja, den ich erst jetzt in der Ecke des Zimmers bemerke. Er hat dort so unbeweglich gehockt, dass ich ihn für eine Standuhr gehalten habe. Aber in Mariland gibt es keine Standuhren, erkenne ich erst jetzt, und sie halten keine Pistole in der Hand. Ich trete näher, aber meine Strümpfe werden schon bei den ersten Schritten quatschnass.

»Woher kommt eigentlich dieses Wasser?«

Nichts in diesem Dorf stimmt. Niemand interessiert sich für kleine Jungen, die im Wasserturm ertrinken. Wenigstens über eine Sache muss ich Klarheit haben: »Komm und hilf mir, dann sehen wir weiter.«

Kostja schüttelt den Kopf: »Die Nährmutter hat mir verboten, unter den Fußboden zu schauen.«

»Das Abflussrohr kann geplatzt sein«, überlege ich laut, bevor mir einfällt, dass es hier nicht einmal Wasserleitungen gibt. Jedenfalls kann man den Fußboden nicht in diesem Zustand belassen. Er verschimmelt und verfault, schon jetzt spürt man den dumpfen Geruch. In der Wohnung in Helsinki, die Rainer beschafft hat, gab es in einer Nacht einen Wasserschaden durch einen kaputtgetretenen Kühlschrank, der dann abtaute. Folgen des Sachschadens seien dann Atembeschwerden und alles mögliche Brennen beim Wasserlassen, behauptete Rainer. Ich schiebe den Flickenteppich beiseite, so dass die schwalbenschwanzgefügte Kellerluke zum Vorschein kommt. Ich versuche, den Deckel anzuheben, aber ein Bein der Kommode steht darauf.

»Hilf mir bitte! *Pomogi!*«

Kostja denkt gar nicht daran, mir zu helfen, er starrt

über den Hof hinweg irgendwohin aufs Feld. Er dreht die Gratsch mit dem roten Griff hin und her, klopft mit dem Lauf Serien auf den Tisch und mit dem Finger auf eine Pappschachtel mit dem Aufdruck Browning, auf der Patronen abgebildet sind. Soll er doch seine Gangsterspielchen spielen, beschließe ich.

Ich versuche, die Kommode beiseitezurücken. Die Metallbasis des Kommodenbeins hat sich im Scharnier der Luke verkeilt, und als ich versuche, sie anzuheben, springt die Abdeckung eines Hohlraums auf.

Herausgerutscht kommen ein Foto und ein russischsprachiges Dokument. Ich lege das Papier in eine rostige Blechdose mit Lenin-Bild, die auf der Kommode steht, und betrachte den Abzug.

Ich erkenne das Bild sofort wieder. Es ist dieselbe schwarzweiße, mit einer Box gemachte Aufnahme, die zunächst Teil der Fotocollage gewesen und kurz vor Aleksei Ignatenkos Erscheinen verschwunden war. Die Frau in weißem Gewand, ein Silberglöckchen zwischen den Brüsten. Zwei Jungen, der eine davon schwachsinnig, mit hängenden Lidern. Der andere, wolfsgesichtige, starrt mich aus der Vergangenheit an, als könnte er mich gerade jetzt sehen.

Dies ist das verschwundene Foto!

Aber warum musste es versteckt werden?

Ich drehe es um, auf der Rückseite steht die Jahreszahl 1960. Das kann also auf keinen Fall mein Vater Henrik sein. Allerdings sieht der Junge ihm sehr ähnlich, hat dieselben schmalen Züge, ist vielleicht acht Jahre alt. Nur ist der Blick grausamer. Die Frau daneben in Weiß ist Elna, das lässt sich nicht leugnen. Oder Irga Malinen, wie ich jetzt weiß. Meine Großmutter. Es fällt mir schwer, mich an den Gedanken zu gewöhnen.

Ich zeige Kostja den zusammengerollten Pappabzug. Der sieht ihn sich widerstrebend an.

»Darüber wird bei uns nicht gern gesprochen. Über

den Jungen und all das. Der andere, der schwachsinnige, das ist Odens Klein-Miklai.«

Der seine Mutter tötete, als er auf die Welt kam, ein Liebling der Götter. Er verstand es nicht, erwachsen zu werden, und ist auch gar nicht dazu gekommen. Ist im Wasserturm ertrunken. Es wird behauptet, aus ihm sei ein Geist geworden, der die Menschen in die Irre führt.

Kostja dämpft die Stimme. »Aber Miklai hat niemandem was zuleide getan. Dagegen hat in dem anderen der Geist von Keremet Lichtauge gewohnt.«

»Mit dem kam wohl niemand zurecht«, überlegt Kostja. »Letztlich auch die Nährmutter nicht.«

Das alles hatte sich natürlich lange vor Kostjas Geburt abgespielt, aber die Geschichte wird den Kindern immer noch als abschreckendes Beispiel dafür erzählt, was passiert, wenn man sich mit den Göttern der Unterwelt einlässt. Diesem verfluchten Bengel konnte man von klein auf ansehen, dass der Teufel seine Seele geholt hatte. Schmetterlingen riss er die Flügel aus, ertränkte junge Katzen und rupfte einem Schwanenpaar, das den Weg zum Fliegenden Weiher gefunden hatte, die Federn aus. Die Dorfleute begannen ihn zu meiden, und Kommissar Popow schlug vor: Stecken wir ihn in eine Anstalt, dann sind wir ihn los. Aber das ließ Oden Schlangenzunge nicht zu. Ständig lief der Junge Elna hinterher, starrte sie in abgöttischer Verehrung an. Wahrscheinlich war Elna das einzige lebende Wesen, an dem dieses Keremet-Balg hing. Und dann war da der minderbegabte Miklai. Eigentlich war es wie ein tragikomisches Versteckspielen. Ich konnte es vor mir sehen. Vorneweg stapft in ihren Galoschen zum Kolchos Elna. Dann, in einigem Abstand, schleicht am Zaun entlang Wówa. Und als Letzter der den Grabengrund pflügende Miklai. Miklai vergötterte Wówa, Wówa verabscheute Miklai. Er schubste und zerrte ihn, tat ihm Nägel in den Brei und Glassplitter in die Milch.

Immer wurde Wówa bestraft, aber hat er damit aufgehört? Nein, hat er nicht. Elna, die Nährmutter, verteidigte ihn, ihren Einzigen, der überlebt hatte, kümmerte sich um ihn und untersagte es, ihn fortzubringen, aber dann passierte das Letzte: Er lockte Miklai in den Wasserturm. Niemand weiß genau, was geschah, aber eines Tages wurde Miklai mit zertrümmertem Schädel, im Turm treibend, gefunden. Da wurde dann beschlossen, die Ausgeburt, noch nicht einmal fünfzehn Jahre alt, in eine Anstalt zu stecken, da man ihn auch nicht mehr ins Kinderlager schicken durfte. Aber noch bevor man den Beschluss umsetzen konnte, erschien Aleksei Ignatenko und nahm den Jungen mit, angeblich nach Leningrad.

»Aber der kleine Miklai hat niemals Ruhe gefunden.«

Vermutlich ist aus ihm ein Targõltõš geworden, jedenfalls hat er niemals die Ruhe des Friedhofs gefunden, obwohl man einen Spaten in sein Grab gesteckt und die Besänftigungsworte gesprochen hatte. Der Geist des toten Kindes blieb im Dorf wohnen und quälte die Sensibelsten. Nur mit Oden Schlangenzunge plauderte er freundlich. Miklai, der kleine blasse Steppke, den ich gesehen habe. Auf der Ofenbank, im Licht der von Birkensaft triefenden Sommernacht, an der Tür der Schlafkammer mit offenem Mund, mit zerschmettertem Schädel im Wasserturm und im Keller. Er ist niemals erwachsen geworden. Irgendwie, nach allem, was ich erlebt habe, erscheint mir das keineswegs unmöglich. So ist dieses Land: im Grenzland zwischen Traum und Wachen.

Der Hund jault und umkreist die Luke mit angelegten Ohren und unruhig wedelndem Schwanz.

Irgendetwas ist dort im Keller. Was kann das sein?

»Eine tote Ratte, ein Bisam.«

Dann fällt mir mein Alptraum von letzter Nacht ein, in dem ein Junge mit Pionierhalstuch nicht im Wasserturm schwamm, sondern im Keller. Dort, unter der gluckernden Luke. War das der Junge von dem Foto oder jemand anders? Im Wasser wird doch wohl nicht etwas auf mich lauern? Plötzlich verspüre ich den Zwang, mich zu vergewissern. Mir selbst zu beweisen, dass ich nicht endgültig durchgedreht bin.

Widerwärtige Ahnungen zeigen sich in Form von Übelkeit.

Wieder rüttle ich an dem Kellerdeckel.

»Hilf mir doch«, bitte ich den Riesen.

Ich muss wissen, warum das Wasser steigt. Weswegen Piku um die Luke kreist und jault.

Kostja schüttelt den Kopf.

»Oden, hilf du mir doch«, rufe ich, aber das Scheusal antwortet nicht.

Ich spanne alle Kräfte an und reiße. Krachend fliegt die Kellerluke auf, und ich spähe in die Dunkelheit des Wassers.

Dorf Lawra, 2015

Verna

Mit den Worten meines Vaters Henrik: Der Mensch ist ein Tier, das wissen will. Wie in Platons *Staat*, als Leontios, Aglaions Sohn, an der Hinrichtungsstätte Leichen liegen sieht und sich abwenden will. Aber die Begierde gewinnt Gewalt über ihn, und er stürzt zu den Toten hin und wehklagt: »Verfluchte Augen, seht euch satt!«

Ich bleibe stehen und starre hin.

Der ganze Keller steht unter Wasser, aber es ist nicht vollkommen dunkel. Eine fahle Baustellenlampe flackert mit letzten Kräften, und mal liegen die Gläser in den unter Wasser stehenden Regalen im Licht, mal versinken sie im Dunkel. Es ist, als starrte man in die Kajüte einer untergegangenen Schiffsdisko. Licht. Dunkel. Licht. Dunkel. In unangenehm unregelmäßigem Takt. Und damit nicht genug. Das Wasser steht nicht still auf der Stelle. Es steigt und sinkt, es atmet. Es kommt mir so vor, als wäre das ganze Mariland unter mir ein lebendiges, langsam sterbendes Urwesen. Sein Atem weht mir ins Gesicht. Ich schließe die Augen, aber die Dunkelheit ist schon in den Tag eingedrungen. Nicht jetzt, bete ich. Ein ganz gewöhnlicher Keller, ein sicherer Zufluchtsort für Gläser mit Eingemachtem und andere Konserven.

Wieder flammt das Licht auf.

Etwas bewegt sich unter der Oberfläche.

Dann taucht das rote Pionierhalstuch meiner Alpträume auf. Ein Kinderfuß. Nur das nicht, das kann nicht wahr sein!

»Kostja, hilf mir!«

Kostjas Schritte platschen hinter mir, seine Faust packt mich am Nacken.

Dunkelheit.

»Da ist nichts. Komm da weg, Risku-Frau.«

Die dunkle Wasserfläche steht reglos da. Dann flammt das Licht wieder auf. Die Einmachgläser mit ihren geblümten Hüten, die Jutesäcke, der Haufen verkrümmter Mohrrüben vom Vorjahr. Irgendwas ist da! Ich reiße mich los aus Kostjas Griff.

Wie wild schöpfe ich Wasser. Im Keller dümpelt ein ertrunkenes Kind!

Das Wasser wird dunkler, ein Schatten huscht über den Grund.

Etwas mit verschwommenem Umriss steigt aus den Tiefen auf. Ich packe es bei dem graukarierten Flanellhemd. Seine Augen starren mich veilchenblau an.

Es ist kein Kind. Es ist Oden Schlangenzunge mit weit aufgerissenen Augen, als mausetoter Fischkadaver. Erstaunt, dass der Sensenmann endlich gekommen ist.

Unwillkürlich beginne ich zu schreien und lasse den Toten los.

Kostja packt mich bei den Hüften und schwingt mich hoch.

»Schsch, zur Seite!«

Ich trete zurück, und die dicke Katze faucht, als ich ihr auf den Schwanz trete. Dies ist kein Wachtraum und kein Trugbild. Die *kuwawai*, wie sie vor dem Spiegel trällert und sich die Münzketten um den Hals legt. Diese ganze Zeit über hat Oden mit herausgeschnittener Zunge unter dem Fußboden gelegen. Oden Schlangenzunge, der sich an seinem letzten Abend an die Vergangenheit erinnerte. Den meine Großmutter, alias Jelena Michailowna, vielleicht jahrzehntelang mit Medikamenten betäubt hat. In welcher Welt lebt die *kuwawai* selbst?

»Wir müssen ihn heraufholen!«

Kostja packt den Leichnam am Hemdkragen und zerrt ihn hoch. Wasser, das nach Sumpf riecht, rinnt auf den weißen Fußboden der Stube.

»Das ist eine *sametschánie*«, murmelt Kostja und dreht den Leichnam um.

»Was ist?«

»Muksa«, überlegt Kostja langsam. »Das ist Muksas letzte Warnung.«

Ich bezweifle, was der Riese da faselt. Dies ist nicht das Werk eines Hooligans.

Dies ist das Werk eines Irren, die Machenschaft eines Wahnsinnigen. Irga Malinens abgeschnittene Zunge, die Rache für Jahrzehnte des Schweigens. Für Missbrauch. Eine extreme Form der Alzheimer-Krankheit.

Kostja schüttelt den Kopf.

Ob ich mich an gestern Abend erinnere, als ein großes Nachtwesen gegen das Fenster prallte? Da habe der Sohn des Dorfkommissars, Igor, der Schnurrbart-Popow, uns warnen wollen. Etwas kündige sich an. Etwas Großes und Schlimmes.

»Hat Igor das in einer Vision gesehen?«

»Nein, sondern auf dem Weg nach Joškar-Ola. OMON-Männer. Ein ganzer Zug.«

Aber die abgeschnittene Zunge? Ist das nicht doch Rache?

Ja, aber kein Streich von Nährmutter Elna.

»Schau mal hier«, fordert Kostja mich auf. Der Riese zeigt auf den Kopf der Leiche. Auf das rundrandige Loch auf Odens Stirn. Das schlammige Wasser hat das Einschussloch frei- und den Rand raugewaschen wie die Kehlung in einem Salzstein am Meeresufer.

Das Opfer hat einen Schuss in den Stirnlappen bekommen.

»Die Nährmutter hat niemals einen Menschen erschossen.«

Unsicher nicke ich, aber in Gedanken klammere ich mich schon an diese Möglichkeit. Vielleicht war es gar nicht die *kuwawai*? Vielleicht hat es einen Kampf gegeben, ist die Pistole in der falschen Hand gewesen? Habe ich nicht in der Nacht Schüsse gehört? Und Streit? Hat Kostja etwas gehört?

Der Riese behauptet, auch selbst tief geschlafen zu haben.

»Die Tees der Nährmutter sind stark.«

Dann fällt mir etwas ein: »Aber Vater, was hat mein Vater Henrik mit alldem zu tun?«

Kostja will nicht antworten.

»Die ganze Geschichte war ein Fehler.«

»Was heißt Fehler?«

Ihr habt meinen Vater doch getötet. Habt ihm die Zehen abgetrennt so wie Oden die Zunge. Aber warum?

»Na schau mal.«

Kostja bekennt, er habe über den »Pathologen« einen Sonderbefehl bekommen. Das ganze Staudammprojekt sei nur ein Vorwand, und in diesem Zusammenhang sollten Kostja und Muksa einen Radiosender und den Nutzer von dessen Chiffriermaschine eliminieren. Und die Pyrotechnik als Druckmittel einsetzen, um herauszufinden, wer dahintersteckt.

»Also das Dorf anzünden?«

»Genau.«

Der Professor hatte sich allen gegenüber damit gebrüstet, dass er schwerwiegende Einzelheiten aus der Vergangenheit kenne, und dergleichen, so Kostja, verheiße nie Gutes. Von den Helfershelfern einer finnischen Bergwerksgesellschaft könne man ständig in den russischen Zeitungen lesen.

Der Riese meint das offenbar ernst. Ich verstehe: Hier klafft eine Kluft zwischen den Kulturen.

»Er konnte wer weiß was für ein westlicher Spion sein.«

Welch Ausmaß an geistiger Verirrung!

Ein Befehl von einem Pathologen, oder war es ein Orthopäde?

Plötzlich aber wird mir ganz schwindlig. Wurde der Boss der Nachthunde nicht »Pathologe« genannt? Der Mann mit dem tückischen Gesichtsausdruck, mit schwarzem Schnurrbart und Weste, der auf Pressefotos neben dem russischen Herrscher höchstpersönlich posiert. Kostja verteidigt sich: »Es wurde angenommen, dass es der Finne war, der das Gerät benutzte.«

Der schlich im Morgengrauen an merkwürdige Orte und buddelte auf dem Friedhof herum. Eindeutig ein Spion, der eine *konspirazija* plante.

Mein Vater, der von seinen Delirien geplagt wurde, hätte es kaum geschafft, auch nur einen Ameisenhaufen auszuspähen. Ich bemühe mich, den Riesen zur Vernunft zu bringen. Sein geflochtener Bart zittert von der Anstrengung des Denkens. Vater Henrik hat ja nur an wenigen Abenden im Dorf herumkrakeelen können. Schließlich stöhnt der Riese: »*U menjá w golowé rédenko sasėjano.* Ich hab die Weisheit nicht mit Löffeln gefressen.«

Dann reißt er sich zusammen: »Aber wir hatten unsere Anweisungen.«

Den Anwender des Chiffriergeräts zu eliminieren.

»Also umzubringen?«

Kostja winselt hilflos.

Entsetzt starre ich ihn an. Kostja versteht meinen Gesichtsausdruck, sein Gesicht legt sich in ängstliche Falten.

»Aber als wir ihn dann fanden, war der Direktör schon tot. Glaub mir.«

Seine buschigen Augenbrauen bilden einen flehentlichen Winkel, seine Nase zittert wie bei einer Spitzmaus. Ich muss ihm glauben. Ich muss ihm vertrauen. So pflegte auch Rainer zu sagen. Und was war die Folge? Ich kann mich nicht mal mehr im Wasser treiben lassen. Gehe ich jetzt unter, wenn ich Vertrauen habe?

»Und dieses Funkgerät und das Chiffriergerät, was haben die mit alldem zu tun?«, will ich wissen und bemühe mich, mit den Fingern meiner Gedanken aus dem schwappenden Brei unter der Hirnrinde meines Lieblingsmannes ein Körnchen Wahrheit zu klauben. Macht der Riese mir was vor?

Das Chiffriergerät ist im Opferhain versteckt, versichert er mir und verspricht, es mir zu zeigen.

»Es ist so ein Uraltteil, aus den Zeiten des Großen Vaterländischen Krieges.«

»Was ist denn daran so inspirierend?«

»*Nje snáju*, für irgendjemanden ist es sehr wichtig, dass es gefunden wird.«

Wir nehmen den Weg zum Heiligtum. Diesmal holen wir Rimma nicht, wir sind jetzt nicht auf einem Vergnügungsausflug. Am Horizont grollt der Donner. Den ganzen Weg über beobachte ich den breiten Rücken des vor mir weit ausgreifenden Mannes, so als könnte er mir verraten, ob vor mir ein Killer geht. Ich will das nicht glauben, es darf nicht wahr sein!

Wir erreichen den bisher so sicheren Hain. Aber noch ehe wir die rostige Pforte öffnen können, zischt Kostja mich an, leise zu sein. Ich erkenne, dass an dem heiligen Ort eine Art Ritus stattfindet. Der alte KGB-Offizier Aleksei Ignatenko kniet an der Quelle. Er trägt eine Hose aus handgewebtem Stoff und ein langes weißes Hemd, um das ein bestickter Gürtel gebunden ist. Aleksei hält Elna liebevoll bei der Hand und spricht inbrünstige Worte in der Sprache der Mari. Ein ungläubiges Gefühl ergreift mich: Wollen diese hundertjährigen, dem Ende nahen, uralten Menschen heiraten?

Dorf Lawra, 2015

Irga

Die Bäume des Opferhains wickeln uns in eine grüne Hymne. Ein kleiner Vogel zwitschert im Baum und sieht, wie ich Alekseis Hand ergreife.

Siehst du uns von dort oben, Schwester? Billigst du es?

Ich zwinge die Oberfläche meines Innersten zur Ruhe. *Verzeih mir, Schwester.* Dies ist nicht die traditionelle Art zu heiraten, aber für uns ist es die wahre. Mögen die heiligen Bäume und die alten Götter unsere Zeugen sein. Und wenn Aleksei und ich vereint sind, werde ich endlich in Sicherheit sein. Noch ist es nicht zu spät. Noch ist Zeit. Ich spreche: »*Jörötem.* Ich werde zärtlich zu dir sein. Liebevoll. Ich verzeihe dir alles Vergangene, wenn du mir deinerseits verzeihst. Ich werde dafür sorgen, dass deine letzten Jahre freundlich und rein sind. Ich werde dir helfen, das Böse hinter dir zu lassen, dich von deinen Alpträumen zu befreien. Ich werde dir die Nägel schneiden und sie neben dich ins Grab legen.«

Rasselnd spricht mein Spatz die ersehnten Worte: »Du bist mein Einziges.«

Ich seufze.

Dies habe ich immer hören wollen.

Dann aber kriecht der Teufel meinen Zungenstummel entlang, und ich kann mir nicht verkneifen zu fragen: »Und Elna? Wenn der Schacht nicht eingestürzt wäre?«

Ihr, die als Kinder Verlobten, hättet doch geheiratet. Aleksei schüttelt den Kopf.

»Der Bergwerksschacht ist eingestürzt, so ist sie dahingegangen, und es hat keinen Sinn, jetzt noch darüber nachzudenken. Man muss die Vergangenheit über die Zukunft entscheiden lassen.«

Aleksei küsst mich auf die Stirn.

Gleich ist der Spatz mein. Gleich werden wir vereint mit hundertjährigen Banden, verflochten mit Bastzäumen und mit Kupferfesseln zusammengeschmiedet, jetzt hier im Heiligen Hain, im Lieblingshain meiner Schwester, der bezeugt, dass ich Vergebung erlangt habe. Odens Tod bestätigt nur, was die Götter wollen. Wenn Odens Zunge nicht abgeschnitten worden wäre. Wenn er hätte sprechen können, hätte ich noch alles verlieren können.

Aber ich bin entwischt. Habe die Götter noch ein letztes Mal betrogen!

Fast.

Denn dann passiert das, was niemals hätte passieren dürfen. Oder was früher oder später passieren musste. *Deine Rache, Schwester.* Oftmals wird behauptet, Verbrecher wollten erwischt werden. Darum ist es bei mir nie gegangen. Und Tote können sich nicht rächen.

Und doch.

Das Klingeln des Glöckchens, das ich um den Hals trage, lässt die Vergangenheit gegenwärtig werden.

Elna, meine Schwester, dein Brustglöckchen, die Silberschelle des Teufels.

Der Spatz löst sich erschreckt aus unserer Umarmung und sieht mich fragend an.

»Elnas *kolokóltschik.* Wieso hast du das?«

Ist es nicht zusammen mit Elna untergegangen?

Nein, nicht das jetzt!

Ich schüttle den Kopf, spüre, dass ich den Boden unter meinen schlechten Füßen verliere, wie ich in uralte Finsternis gleite, und bin wieder im Bergwerksschacht, der sich mit Wasser füllende Abgrund will mich verschlingen.

Ich bin vorsichtig gewesen. In Sicherheit. Habe mir immer wieder gesagt: Ich muss es aushalten, muss es schaffen, schaffen!

Warum jetzt, im letzten Moment? Wegen Oden? Wegen der abgeschnittenen Zunge? Aber er hätte keine Gelegenheit mehr gehabt zu plaudern. Der Tote. Ich erwachte in der Nacht davon, dass jemand im Erdgeschoss herumpolterte. Ich trippelte hinunter, um nachzusehen, und dort randalierte der tätowierte Hooligan. Er trat die Tür samt vorgelegtem Haken auf, packte mich beim Schlafittchen und verlangte von mir irgendwelche uralten Papiere.

»Die Jungs vom Räumkommando lassen grüßen.«

Was sollte ich tun? Mein Spatz lag betäubt in der Bodenkammer. Aber das würde ich dem Halunken nicht verraten und seine Grüße nicht ausrichten.

Ich würde ja Kostja zu Hilfe rufen, aber aus dem Zimmer der *üder* war nur Schnarchen zu hören. Meine verdammten Kräuter, ich habe bestimmt einen Löffel Tollkirschen zu viel genommen. Der dürr-knorrige Oden war der Einzige, der sich hochschob. Er kam mir zu Hilfe getapert, der arme Kerl. Mit dem Orden der Dreckjungs von Tschernobyl am Revers.

»Dieses Mädchen, die Irga, weiß so einiges, deshalb sollte man sie nicht umbringen.«

Und dann plapperte Oden mit seiner gespaltenen Zunge alles heraus, was er wusste, was sein aus jahrzehntelangem Ruhezustand erwachtes, jetzt wieder jugendfrisches Hirn in wenigen Augenblicken kalkuliert hatte. Ich betete zu allen Wandlingen dieser Welt, sie möchten mir zu Hilfe eilen, flehte im Stillen *Kugu Jumo* und *Ketše Awa* um Gnade an. Aber die Weißen Götter blieben stumm.

Keremet dagegen antwortete.

Oden Schlangenzunge verriet das Geheimnis, das ich und Aleksei Ignatenko jahrzehntelang gehütet hatten.

Oden sprach aus, was bisher noch nie jemand laut gesagt hatte.

Muksa holte tief Luft, sehr langsam begriff sein vom Wodka gestraftes Hirn, das wohl von Anfang an nicht von sonderlich rascher Auffassungsgabe gewesen war. Er musste sich bei Oden wieder und wieder der Sache vergewissern, und der knorrige Alte antwortete gehorsam. Schließlich flüsterte der Randalierer: »Habt ihr Beweise für diesen Unsinn?«

Oden versicherte, es gebe welche, aber nur er habe sie. Nicht um mich zu retten und schon gar nicht meinen Spatz, sondern weil er glaubte, er könnte über sein Leben verhandeln.

Der Hooligan hob seine Waffe und erschoss ihn, ohne mit der Wimper zu zucken.

»So verfährt man mit tollwütigen Kötern.«

Mit einem Messer, dessen Holzgriff Einkerbungen trug, schnitt er Oden die gespaltene Zunge heraus.

»So mit denen, die Mütterchen Russland verraten!«

Dann machte sich der Killer, Drohungen ausstoßend, davon.

Ich blieb mit dem Leichnam allein. Aleksei Ignatenko hatte versprochen, mich zu heiraten. Würde jetzt alles schiefgehen? Das durfte nicht geschehen, nicht wegen dieses Tschernobyl-Dreckskerls, der jahrzehntelang den Weg zu meinem Glück blockiert hatte. Es dämmerte schon.

Ich riss die Kellerluke auf, stieß in meiner Not die Leiche in den von dem zuckenden Licht beleuchteten Schlamm und begann mich zurechtzumachen.

Die Stromleitungen surren in der Ferne über den Feldern, das Weltall knarrt. Im Hain krümmt sich eine einsame Biene auf einem Maiglöckchenblatt zusammen und haucht ihren Geist aus. Ich habe das Leben riskiert – und gut gespielt.

Flehentlich sehe ich Aleksei an. Ich hab dir das Leben gerettet. Frag jetzt nicht weiter, nicht jetzt. Noch ist Zeit, die Skier in eine andere Richtung zu wenden. Noch ist Zeit, über die Grenze zu laufen. *Denn Schwester, habe ich nicht geschickte Schachzüge gemacht?* Alekseis ewige Affären mit allen möglichen Frauen, dieser selbst unschuldige Liebling der Götter. Von zarter Art, schmal und zerbrechlich. Wie ich das Foto aus dem Glaskasten versteckte, auf dem das Brustglöckchen zu sehen ist. Aber Geheimnisse zu tragen ist schwer. Sie sind wie ein Kloß im Wurzelwerk der Seele, um das sich die Fasern der Psyche immer wieder winden und das Mysterium aufhalten, ja daran hindern müssen, an die Oberfläche zu steigen und sich blubbernd zu spreizen wie eine Teichrosenblüte oder das Dings einer Hure.

Aleksei berührt das Glöckchen und flüstert, bereit, mir zu glauben: »Hast du es geschenkt bekommen?«

Du hast sie doch geliebt wie eine Schwester, ihr Geist lebt in dir.

Ach Schwester, liebe Schwester mein, ganz bestimmt wirst du dort irgendwo lachen. Aber plötzlich kann ich nicht mehr. *Meine Schwester, meine Liebste.* Was nützt eine Zukunft ohne Hoffnung? Die Lüge, die ich jahrzehntelang in mir zurückgehalten habe, fließt aus mir heraus und lässt mich hohl und zerbrechlich zurück wie einen Netzschwimmer aus Glas.

Du hast gewusst, dass es so kommen würde.

Du hast mich gewarnt.

Neben der Quelle breche ich zusammen. Ach, *Wyt Awa*, hilf mir! Ich spüle mir das Gesicht mit dem heiligen Wasser, und die uralte Klage bricht aus mir hervor: »Aleksei, ich hab es gewusst.«

Das Herz stirbt nicht an dem, was das Auge nicht sieht, wie Genossin Olga Semjonowa zu sagen pflegte.

Ich habe dich gehasst, Schwester.

»Seit wann?« Alekseis Stimme ist heiser.

Ich wusste es, noch vor Petje und seinen Schamanenträumen. Ich spürte es mit unserer gemeinsamen Seele, so, wie ein grüner Käfer mit den Fühlhörnern die Faulstelle im Blatt riecht und sich daran klammert, um dessen Lebenskraft herauszusaugen.

Elna, meine Schwester. Du hast mich vor der Einsamkeit gerettet, hast mich aus einem seelischen Tief gerettet. Und die ganze Zeit schwindelte es mich vor der Tiefe, die mich rief und hinabzog.

»Seit wann?«, wiederholt Aleksei, seine Stimme ist hundert Jahre alt.

Wie lange? Drei Wochen, zwei Monate, ein Jahr, einen einzigen Augenblick voll mühsamer Arbeit, einen blutigen Mondumlauf, einen qualvollen blauschwarzen Horizont und einen jämmerlichen Lidschlag lang? Immer.

Du warst meinem Glück im Wege.

Der kleine Spatz kam, von der Welt zerbrochen, ins Lager. Ich reparierte ihn mit meinem bloßen Körper. Ich vereinte uns alle drei. Du flüstertest, ich sei die Einzige, die Aleksei lieben könne, vollkommen und immer. Ich müsse nur sanft sein und seine schwache Natur verstehen. Die anderen waren zu dem kleinen Aleksei zu ruppig, zu rau, zu rüde, sie wollten den einzigen zur Verfügung stehenden Schwanz, sie ließen ihm keine Ruhe, ließen das Fleisch nicht weich werden, verhöhnten ihn, wenn er nicht hart blieb. In der Waschküche, am austrocknenden Brunnen, im Mistlager, auf der Schweinestreu, auf dem vom Leben gepflügten Teufelsfeld musste Aleksei deine Wünsche befriedigen.

»Ich glaube, das geschah unmerklich.«

Aber das ist eine Lüge. Ich erinnere mich sehr wohl an den Moment.

An jenem Abend feierten wir den ersten Streiktag. Draußen schallten die Reden, Drusja hatte bei der Maischetonne das Schnapsversteck der Wachleute gefunden. Ich ging zu Olga Semjonowa, tippte sie an den Arm und bat: »Könntest du mir helfen?«

»Dich kann nichts mehr retten.«

Aber ich wollte gar nicht gerettet werden, ich wollte nur einen Augenblick des Vergessens.

»Ich hab heute nicht die Kraft, hier zu sein.«

»Wo?«

»Bei vollem Bewusstsein.«

Die Genossin Olga Semjonowa lächelte, holte ihre Glasflasche und zog eine Spritze auf. Dann drückte sie die Nadel in meinen Arm, an dem die Adern deutlich sichtbar geworden waren, und schob mit ihrem tintenbefleckten, zierlichen Daumen den Spritzenkolben bis zum Anschlag. Die Welt wankte, der Himmel war nicht mehr rot und auch nicht schwarz, sondern weichhaariges Licht.

Die Wirkung war phantastisch. Die Ränder der Existenz weiteten sich. Ich war nicht mehr im Lager. Ich befand mich gleichzeitig inmitten von Schönheit und von Angst. Waljas schmale Finger glitten über die wehmütigen Tasten. Die Melodie trieb mir das Wasser in die Augen. Ein ehemaliger Dozent für Geige am Moskauer Konservatorium antwortete melancholisch. Ich versank in einem wundersamen Traum, der jedoch kein Traum war.

Die Zeiger von Olgas Beinen ruckten, als sie gegen die Zeit antanzte, zuerst steif, dann entspannter, geschmeidiger, als die Spritze zu wirken begann, der ganze, von Schlägen lädierte Abend verschmolz mit mir. Das Vergessen ist ein Asyl, das überall und nirgends sein kann.

»Das Herz stirbt nicht an dem, was es nicht sieht«, sagte Olga Semjonowa.

Licht fiel in mich wie magische Rede. Die Wolken schrieben mit starken Strichen auf die Tundra, die Erde bewegte sich und funkelte, als wäre sie voll von Millionen Insekten, die kristallene Splitter des Frostbodens in Richtung Meer tragen. Ich war für Aleksei besser als irgendjemand sonst.

»Deine *mátuschka.*« Olga Semjonowa unterbrach ihren Tanz und beugte sich flüsternd zu mir. »Ich hab ihr gesagt, ich könnte Papiere für dich beschaffen.«

In der Krankenbaracke war gerade eine Halbbulgarin an Syphilis gestorben, die mir sehr ähnlich sah.

»Ich habe deine *mátuschka* gefragt, ob ich Papiere für dich machen soll.« Olga wiegte die Hüften im Takt der Harmonika. Mit ihren Lügen quälte sie meine von Eifersucht kranke Seele.

»Rat mal, was sie geantwortet hat?«

Das brauchte ich nicht zu hören und auch nicht Olgas sich hin und her bewegenden Zeigefinger zu sehen. *Du, meine Schwester, hast mich betrogen. Der einzige Mensch, dem ich mich anvertraut hatte, damals, als meine Seele auszutrocknen drohte. Aber warum? Ich hätte alles für dich getan. Ich bewunderte, ich liebte dich. Du warst meine Familie.*

Als ich am Morgen erwachte, stellte ich mir vor – nein, ich hoffte, alles sei nur ein Trugbild gewesen, dass es doch Papiere für uns alle geben würde.

Mit zitternden Lippen fragte Aleksei: »Wie ist es passiert?«

Was könnte ich dazu sagen?

Ich musste irgendwie handeln, mich retten.

Workuta, 1954

Irga

Der Bergwerksstollen stinkt faulig, und der Steinkohlenstaub bleibt in der Kehle kleben, als ich durch den schlammigen Stollen Nummer vier zu Elnas Versteck eile. Die Schatten, die die Lederlaterne wirft, schwanken an den Wänden und erreichen meine Fersen. Erst am Eingang zur Höhle erkenne ich: Dort ist es stockfinster. Da höre ich ein Flüstern: »Irga? Bist du es?«

Elna hockt zusammengekauert in einer Nische und starrt mich an wie ein kleines Tier, ein erbärmliches Messer aufrecht in der Hand. Das Petroleum ist ihr ausgegangen, und so hat sie schon wer weiß wie lange in dem dunklen Abgrund gesessen. Das silberne Glöckchen klingelt zwischen den Brüsten meiner Schwester, als sie mühsam aufsteht, um mich zu umarmen.

»Was gibt es Neues?«

Ich schüttle den Kopf. Tja, was? Ich bin mir nicht sicher.

Dann zucke ich die Achseln. Ich kann mir nur einen Bruchteil der Ereignisse vorstellen. Die Abendsonne leuchtet noch einen Augenblick über dem blutbefleckten Marktplatz.

»Hast du die Genehmigungen für uns bekommen?«

»Da«, lüge ich.

Die Wahrheit kann ich nicht sagen. Ich sehe zu, wie

Elna ihre Sachen zusammensucht. Der beinerne Kamm fällt zu Boden, und als die Schwester sich bückt, um ihn aufzuheben, wird in ihrem Rockschlitz ein Stück nackter Haut sichtbar. Ich sehe an ihrem Schenkel blaue Flecke. Fünf dunkle Flecke, so als hätten sich Finger im Augenblick der Leidenschaft hineingekrallt. Diese Flecke konnten alle möglichen Ursachen haben, sagte ich mir. Sie konnten auf dem Weg in die Höhle entstanden sein. Beim Stürzen im Dunkeln. Aber ich weiß Bescheid.

»Wir müssen Aleksei finden«, sagst du.

Erst da begreife ich, dass ich nicht vorhabe, dich hier rauszulassen, *Schwester.*

Ich habe euch im Stollen gesehen, als ihr es durch das Gitter hindurch miteinander triebt wie brünstige Hunde. Und doch nicht so. Sondern wie lange voneinander getrennte Liebende, die aneinander hängen. Ich konnte den Blick nicht abwenden. Meine Augen wollten diesen Schmutz sehen, die schwarzrote Schlüpfrigkeit und Verderbtheit, diesen heißen Taumel; davon ausgeschlossen, gefror ich, der Dauerfrost griff nach mir.

Als es vorbei war, kämmtest du meinem Spatz die Schläfen und flüstertest: »Wir haben eine gemeinsame Seele.«

Wir haben eine gemeinsame Seele.

Ihr wolltet ohne mich fliehen.

Und ich weiß, dass ich hierbleibe und euch beide verliere.

Und ich ertrug auch all die anderen Weibsbilder, den schrecklichen Kerbenkorso im Lager und seine Schicksenschar, du aber warst mir eine Schwester, Elna. Ich ertrug die dickärschigen Schlampen, den Milchsaft, der Walja aus den Mundwinkeln rann; sie machte sich nicht die Mühe, ihn meinetwegen mit dem Ärmel abzuwischen. Den brennend scharfen Geschmack der fremden Frauen. Ich ertrug die Kratzspuren der trockenen, vom Lager gegerbten Mösen, die klebrig rote Eichel, ich kehrte meine Seele nach innen, ertrug alles. Und in dem tausendköpfigen Frauenlager, wo es kaum eine Handvoll Männer gab, ist unter den Blinden die Einäugige König.

Deinen Betrug, *Schwester*, ertrage ich nicht. Die Treulosigkeit eines guten Menschen schmerzt mehr als die eines gemeinen.

Jetzt verstehe ich Petje. Wie die Eifersucht das Innere des Menschen zerfrisst. Wir sind ähnlich, angefressen, haben die Liebe verloren, und ich habe das satt.

Ich halte dir die Entlassungspapiere und die Reisegenehmigungen hin. Angestrengt versuchst du, sie im Schein der Laterne zu entziffern, verstehst.

»Und du?«

Ich schüttele den Kopf, und das Weinen schnürt mir die Kehle zu.

Lasst mich hier nicht zurück.

Ich bin mir nicht sicher, ob Elnas Lippen sich bewegen oder ob das Gespräch in meinem Kopf stattfindet.

Niemand wird dich zurücklassen. Nein.

Du wendest dich ab, um dein in die Decke gewickeltes Bündel aufzuheben.

Plötzlich verliere ich die Beherrschung.

Nicht für das Verlassen des Lagers bedarf es einer Genehmigung, sondern dafür, dem Lager fernzubleiben. Das ganze Sowjetreich ist voller Kontrollstellen, und man kann unmöglich reisen ohne einen Inlandspass.

Ich ergreife einen Spaten, den Bergleute vergessen haben und der dort gegen die Wand lehnt.

»Ach Schwester.«

Du hättest Alekseis Kind, mein Kind, nicht nähren sollen. Wie bist du bloß auf die Idee gekommen, du seist besser, wichtiger als ich? Darin, mein eigenes Junges zu nähren. Du warst es doch, die verlangt hat, wir sollten dem Keremet opfern.

»Deinetwegen ist mein Kind ein Abkömmling der Ziege der Finsternis.«

Ich hebe den Spaten genau in dem Moment, als du

dich umdrehst. Ich sehe gerade noch die Verblüffung auf deinem breiten Kindergesicht, das das Lager nicht hat verderben können.

»Aber warum?«

Der Stollen beginnt einzustürzen.

Wahrscheinlich hat jemand den alten Stollen unter dem Fluss gesprengt, und jetzt stürzt das Wasser in die darunterliegenden Schichten.

Ich führe einen Schlag gegen dich, *Schwester*. Einen einzigen, gegen die Schläfe. Der Spaten trifft den Knochen, so dass es kracht. Du sackst auf einen Stein. Ich betrachte dich mit Entsetzen und Interesse, wie ein Kind, das einem Schmetterling die Flügel ausreißt.

»Irga, hör auf«, flüsterst du.

Noch ist es nicht zu spät. Aber du irrst dich, *Schwester*. Es ist schon lange zu spät.

Da liegst du schlaff und hilflos auf dem Bauch, mit gespaltener Schläfe. Ich reiße dir noch das Glöckchen vom Hals und stoße dich mit meiner Lederstiefelette in die Tiefe. Und sehe zu, wie du versinkst.

Dorf Lawra, 2015

Irga

Der Spaten krachte, das Glöckchen klingelte, ein Schmetterling flatterte auf, und meine Schwester war fort.

Du warst fort.

Ich floh, als das Bergwerk sich mit Wasser zu füllen begann.

So war das.

Aleksei sieht mich an, lange und zweifelnd.

Verzeih mir, Schwester.

Ich bin alt geworden. Ich kann nicht mehr fliehen. Meine Finger sind verkrüppelt, ich kann kaum noch Pilze sammeln. Das hoffe ich, ach meine Göttin *Ketše Awa*, mein Gott *Kugu Jumo*, wie sehr ich das doch hoffe, solange Sporen aus mir stauben, solange ich mir in der Nachwärme der Sauna die Haare waschen und über dich nachdenken kann, meine Schwester.

Du warst immer besser als ich. Ich habe nie zu etwas getaugt, nicht dazu, ein Schneehuhn zuzubereiten, nicht dazu, einen Hasen abzubrühen. Immer ein fleckiges Kleid und ein unruhiger Sinn.

»Du warst das Beste an mir.«

Aleksei nimmt mich auf die Arme. »Uns bleibt nur noch wenig Zeit zu leben, Irga Wildvogel.«

Mein Spatz spricht die heiligen Worte. Normalerweise wäre das die Aufgabe des *kart*-Priesters, jetzt aber ist keiner da. Oden Schlangenzunge ist in seinen kindhaften Zustand zurückgekehrt und schläft den ruhigen, ewigen Schlaf. Ich singe: »In der Ferne grollt der Donner / so klingt unsrer Trommel Schall / in der Ferne zucken Blitze / ebenso strahlt unsre Braut / wie die Morgensonne aufgeht / so erhebt sich unsre Braut / Regenbogen steht am Himmel / so die Braut im Hochzeitskleid.« Fern im Nebel, außerhalb unseres Zauberkreises, sehe ich Kožla, meinen Waldjungen, an der Pforte zum Hain. Neben ihm die Tschuchná-Frau. Die Tochter, die ich mir mein Leben lang gewünscht habe.

Die Bäume des Hains bewegen ihre Zweige, wie um uns zu segnen.

»Mir kommt es so vor, als wäre Elnas *ört* zugegen.«

Ich spüre dich auch. Gerade als meine Hand auf die von Aleksei trifft, flattert ein grauflügeliger Falter zwischen den Mädesüßstauden auf. Elna, meine Schwester, hast du in deiner unermesslichen Güte mir verziehen? Lässt Keremet mich endlich in Ruhe?

Verzeih mir.

Dorf Lawra, 2015

Verna

»Viel Glück, *pozdravljajem! Pial dene!*« Kostja bückt sich und küsst die zarte Stirn. In den Furchen des uralten Gesichts fließt ein Tränenstrom.

»Oden Schlangenzunge ist tot.«

Die *kuwawai* nickt schicksalsergeben, unter dem alten Himmel verbreitet sich die Nachricht.

Pappelflaum schwebt über den mit Flechten bewachsenen Steinen. Die Greisin sinkt zu Boden, sieht mir direkt in die Augen. Mümmelt, wobei ihr Zungenstummel sich zum Zahnfleisch reckt: »Verzeih mir.«

Die Augen versunken im Morast der Vergangenheit. Von dort starrt meine Vergangenheit mich an, meine erbärmliche Familie, und ihr gefällt nicht, was sie sieht. Wie lange ist die Erinnerung der *kuwawai* dem Körper schon entflohen?

Die Landkärtchenfalter flattern über den scharf konturierten Nesselblütenständen. Verschämt wende ich mich ab und betrachte sie. Nein, vielmehr klammere ich mich an den Schutz, den sie gewähren. Atme jetzt, Verna, geh nicht unter. In der Welt der Insekten lässt sich alles klassifizieren, sortieren, in Chloroform tauchen. Der Landkärtchenfalter, weit verbreitet, bekannt seit den 1980er Jahren auch in Finnland. Vertreter der *Nymphalidae* oder Edelfalter. In meiner Erinnerung klingen die Worte meines Vaters Henrik nach: »Die schwarzgelben *Araschnia levana f. levana* der ersten Frühlingsgeneration *sind nicht vollkommen*. Sie sind wie ein zu stark bearbeitetes Foto. Die nächste Generation ist ein Foto, die letzte ein Negativ. In diesem Sinn ist das Landkärtchen ein Flüchtling der Zeit, und auf seinen Flügeln verläuft die Zeit verkehrt herum. Gemäß den Naturgesetzen fliegen im Frühsommer die Falter der ersten Generation. Auf ihren leuchtend orangefarbenen, flatternden Flügeln sind schwarz gleichsam Kartenrohlinge eingezeichnet.«

Jetzt aber sieht es so aus, als wären Individuen von *levana f. prorsa* dabei, von der Generation, die erst Anfang Juli schlüpfen sollte. Und deren negativartige Nachkommen. So ist auch dieser Augenblick zeitlich verzerrt. Vergangenes, Gegenwärtiges und Kommendes greifen ineinander und falten sich zusammen. Manchmal vernichten die sich überlappenden Generationen einander.

Ich wende mich wieder an die alte Frau.

»Ich muss es wissen. *Kuwawai*, hast du meinen Vater getötet?«

Der Zerbrechliche Täubling senkt den Kopf.

»Ich wusste es nicht, konnte es nicht ahnen.«

Und Irga Malinen erzählt.

An jenem Abend hatte mein Vater Henrik, als er aus dem Fenster schaute, die Spiegelung der Stube gesehen, ebenso wie ich. Und das Schachspiel im Regal bemerkt und in seinem vom Wodka benebelten Hirn eins und eins zusammengezählt. Darüber war die *kuwawai* zutiefst erschrocken und hatte gemeint, ihr Untergang stehe bevor. Sie hatte Henrik angefleht, er möge die Vergangenheit ruhen lassen. Aber der Finne hatte nicht lockergelassen, im Gegenteil. Jetzt war er ganz nahe an der Studie und der Wahrheit dran! Er verbreitete sich über Motyljók und Stalins Schreckensherrschaft sowie darüber, dass so mancher sich dafür noch würde verantworten müssen. Die sowjetische Schnüffelnase der anwesenden Larissa Morkowa hatte sofort die Chance einer Erpressung gewittert.

»Bevor sie ging, bat sie mich um ein paar Gössel, das habgierige Weibsstück.«

Das war keine Bitte, pah, das war ein Ultimatum. Denn ein Fuchs erkennt den anderen, und zwischen Schlange und Fuchs besteht Sympathie. Dieselbe seelische Anstrengung und Erschöpfung nach Jahrzehnten. So wie damals, als ich im Dorf ankam.

»Ich geriet in Panik! Mir wurde übel.«

Ich musste eine schnelle Flucht ersinnen, wieder einmal.

Und hatte nur wenig Zeit.

Was würde Popow tun, der ewige Egoist? Oden Schlangenzunges Vergessenssalbe war alle, bald würde auch er sich wieder erinnern.

All die endlose Plackerei der *kuwawai* war nahe daran, sich als vergeblich zu erweisen. Ihre Schutzmauern würden einstürzen, was würde übrig bleiben außer der blanken, hässlichen Lüge?

»Was tut eine Ratte, die in die Enge getrieben worden ist? Sie greift an.«

Die *kuwawai* hatte verlangt, beim Wasserturm darüber zu sprechen.

»Aber hast du Henrik getötet?«

Die Alte zuckt die Achseln.

»Ich hatte es vor. Wegen des Kindes.«

»Welches Kindes?«

»Der Finne schüttelte mich, beschuldigte mich, seine Mutter ermordet zu haben.«

Er fing an, mich zu würgen, mich alte Frau. Ich bekam Angst, packte die Türklinke und zog heftig daran. Die Klinke löste sich und traf den Finnen an der Schulter. Er stürzte und krachte mit dem Schädel auf den Zementboden. Aber im Augenblick seines Todes geschah etwas. Meine Seele, mein von Elna geliehenes *ört*, flog wohl aus meinem Mund und setzte sich im Hals des sterbenden Kerls fest. Ich weiß nicht, ob das ein Trick von Keremet war oder worum es sich handelte.«

Ich wiederholte Gerri Wrights tröstende Worte, als ich Vaters Gedächtnisstörungen beklagte. Wenn das Gedächtnis nachlässt, beginnt der Patient die Realität durch Ausgedachtes zu ersetzen. Wer nicht weiß, muss erfinden.

Und die angefressene Haut und die verstümmelten Zehen?

»Nje snáju«, flüstert die Greisin. »Das muss Keremet gewesen sein.«

Ich erkenne, dass *kuwawai* immer noch nicht begreift, dass sie am Tod ihres Sohnes mitschuldig ist. Vielleicht ist Alzheimer insofern gnädig, denn die Verminderung von Acetylcholin schwächt das Kurzzeitgedächtnis. Denn die muss es sein. Die Alzheimer-Krankheit. Aus dem Gedächtnis wird eine zerfledderte Landkarte, auf dem sich immer größere weiße Flecke ausbreiten.

Trotzdem gebe ich nicht auf, noch nicht. Ich ziehe das Foto aus der Tasche.

»*Kto étot máltschik?* Ist das Henriks Bruder?«

Die Ahnung, die mich schon lange quält, verlangt nach einer Antwort.

Die alte Frau befingert das Foto. Sie kichert: »Der kleine Wolódja. Wówa, geboren im Oktober 1952 im Lager Workuta. Wurde im Jahr 1960 nach Leningrad gebracht. Schule Nr. 193, das kann ich mir merken, weil es im Kolchos genauso viele Kühe gab.«

Dann aber verfinstert sich ihr Gesicht, und sie schüttelt die Schultern: »Was zum Kuckuck ist bloß aus diesem Jungen geworden. Vielleicht erst, als er in Leningrad aufwuchs, vielleicht aber war er immer schon von Keremet besessen.«

»Wie heißt der Junge heute?«

Noch ehe die *kuwawai* antworten kann, gerät die Welt krachend aus den Fugen.

Eine gewaltige Explosion erschüttert den Erdboden, der Himmel bäumt sich auf zu gelbroten Luftspritzern. Mit Verzögerung schlägt die Druckwelle die Wipfel der Eichen in die Waagerechte.

Workuta, 1954

Irga

Von der Gewalt der Explosion stürze ich zu Boden. Das Munitionsdepot steht in Flammen, ebenso die Baracke daneben. Die Luft über der Tundra vibriert. Die Sirenen beginnen zu heulen, als ich mühsam aufstehe. Der Aufstand hat begonnen! Es ist der 1. August 1954. Der wärmste Tag meiner Zeit in Workuta.

Ich mache mich auf den Weg Richtung Marktplatz. Der Streik kommt nicht überraschend, und auch wieder doch. Die Ukrainer haben schon vorletzte Woche die gemäßigte Linie aufgegeben und die Häftlingsnummern von ihren Kleidern gerissen. Ich dagegen habe mich feige den ganzen Vormittag bei den Viehställen versteckt, weil ich das Schlimmste befürchtete und auf ein Zeichen von Aleksei wartete. Schreie sind zu hören, und Häftlinge rennen hin und her. Am Rand des Marktplatzes ist eine Art Schutzwand aus Pritschen zusammengezimmert worden. Der Anblick ist erstaunlich und schrecklich zugleich. Ein Jahrzehnt lang Stille und Frost, und plötzlich, kaum bin ich ein paar Stunden weg, ist die Eisbarriere gebrochen – als wäre ich jahrelang in Winterstarre versunken gewesen. Ich sauge den Rauchgeruch in die Lungen ein, während ich mich auf die Bühne der Revolution begebe. Den Rufen entnehme ich, was passiert ist. Die schlimmsten Menschenschinder sind in die Tundra gejagt worden. Auch die letzten weiblichen Häftlinge sind aus dem Karzer befreit worden. Parasiten und Spitzel müssen jetzt um ihren Skalp bangen. Eine von den Wachleuten abtransportierte Ladung Lebensmittel ist gestoppt worden, erklärt jemand mit östlichem Zungenschlag. Rasch berechne ich im Kopf, dass, da die Normen für die Arbeit vor drei Tagen festgelegt wurden, wir nun genügend Lebensmittel für mehrere Tage hätten. Im Lager Nummer vier haben die Wachleute angeblich über die Köpfe der Streikenden hinweg geschossen.

»Auf Frauen schießen sie nicht«, keucht die Köchin Drusja, als sie, den Löschschlauch hinter sich herziehend, an mir vorbeiläuft.

Die neunfingrige Walja ruft: »In den Lagern Nummer sieben und neun herrscht Aufruhr!«

Die Gedanken in meinem Kopf wirbeln durcheinander. Ich muss in die Krankenbaracke kommen und die Genehmigungen holen, danach zu den Viehställen. Dort ist zwischen den Falten meiner Kleider ein Bündel mit Trockenfleisch und Vergessenssalbe gepackt. Ich muss die Schwester aus der Höhle holen. Ist Aleksei in Sicherheit?

»Ach, Motyljók, wo bist du?«

In gewisser Weise ist es fast eine Erleichterung, dass endlich etwas geschieht. Da niemand Genaues weiß, haben auch die wildesten Gerüchte Auftrieb bekommen. An einem Tag hieß es, Bérija sei gestürzt worden. An einem anderen, die Amerikaner hätten die Sowjetunion angegriffen und seien unterwegs, um uns zu befreien. Diejenigen deutschen Kriegsgefangenen, die noch nicht völlig entkräftet waren, verkündeten laut, Hitler kehre zurück. Es kursierten Gerüchte, auch in anderen Lagern werde revoltiert, und eine Gruppe von Häftlingen im Lager Nummer zehn verhandle mit Moskau.

Aleksei war zur Arbeit auf der Männerseite der Krankenbaracke abkommandiert worden. Seit Wochen konnten wir nur mit Hilfe gelegentlicher Zettel kommunizieren. Gestern Morgen habe ich wieder eine Nachricht an Aleksei geschickt: »Sollten wir gehen?«

Die Antwort war ein schwarzer Turm.

Noch ein Weilchen, bedeutete er.

Die Gelegenheit wäre günstig gewesen. Es wurde gemunkelt, der stellvertretende Staatsanwalt von Moskau selbst sei im Lager Nummer zehn gewesen, habe mit den Häftlingen gesprochen und auf ihre Forderungen verständnisvoll reagiert. Die Wachleute waren nervös. Im Brennholz fand sich ein abgeschnittener Finger, und es hieß, das sei eine Botschaft an die Außenwelt. In der Krankenbaracke hörten wir, wie durch die Lautsprecher darüber informiert wurde, dass in den Bergwerken weiterhin Tausende von gehorsamen Arbeitern am Werk seien.

»Genossen, jeder, der sich ihnen anschließt, ist begnadigt!«

Die neunfingrige Walja und einige andere Parasiten sahen sich unentschlossen an. Wozu umsonst das liebe Leben verlieren, wenn als Alternative die Begnadigung und die Bewahrung der früheren Privilegien winkten?

»Streikbrecher kriegen das hier zu spüren!«, drohte Nastja und schwenkte einen Speer, den sie aus einem Messer und einem Zaunpfahl gebastelt hatte.

Das beendete den Blickwechsel.

Olga Semjonowa schüttelte den Kopf und murmelte: »*Búdjet bjedá*, das wird schlimm enden. Hier wird bald eine solche Hölle losbrechen, dass wir alle darin verbrennen.«

Und jetzt ist der Moment gekommen. Einen flüchtigen Augenblick lang denke ich mitleidsvoll an meine Schwester, die im Licht einer einzigen Ölfunzel im Schacht sitzt und bibbert. Ich weiß noch, wie es war, als ich vor langer Zeit im eingestürzten Stollen lag und überlegte, ob die Lüftung funktionierte oder ob ich ersticken würde. Ob jemand kommen würde, und wenn ja, wer, ob ein anständiger Genosse oder jemand mit feindseligen Absichten. Dann beneidete ich sie um ihren Zufluchtsort. Hier ist jetzt niemand seines Lebens sicher.

Mich hält eine Streikende mit rußschwarzen Brauen auf, um deren Arm ein rotes Tuch gebunden ist. Sie hebt die Hand zum Gruß.

»Die Revolution ist da. Bist du dabei, Genossin?«

Das ist keine Frage, sondern eine Forderung. Wenn du nicht für uns bist, bist du gegen uns. Vorsichtig nicke ich.

»*Choroschó*. Bring dies der Genossin Woroschenko!«

Es dauert etwas, ehe ich verstehe, dass sie Nastja meint und dass die Kriminelle mir einen Eimer mit Farbe reicht.

Was soll ich tun?

Unsicher blicke ich hinter mich.

Ob es mir wohl gelänge, wieder in den Kuhstall zu entwischen?

Wie kann ich in Kontakt zu Aleksei treten?

Aber die Streikende reicht mir fordernd den Eimer und treibt mich an, aufs Dach zu steigen.

Ich greife nach den eisernen Sprossen der Leiter und mache mich daran hinaufzuklettern, in der einen Hand den Eimer. Als ich den Rand erreiche, kann ich das Dorf der Freigelassenen, den Flusslauf und den gierigen Schlund des Bergwerks sehen. In Jur-Šor, dem Dorf der Freigelassenen, sind Frauen und Kinder auf ihre grasbewachsenen Dächer gestiegen und lassen weiße Lappen flattern. Offenbar weiß man auch dort von dem Aufstand. Dort verläuft die Bahnlinie, darauf fährt ein leerer Kohlewaggon. »Zum Teufel mit eurer Kohle! Wir fordern Freiheit!« Nur in einer Bucht des Workuta-Flusses turnt ein Angler auf seinem Bretterkahn herum. Der Glückspilz hat keine blasse Ahnung von der Revolution, schwenkt einfach seine Angel.

Nastja kriecht auf dem Dach der Baracke herum, ein für alle Zeiten vernarbtes Lächeln auf den Lippen, und schmiert angestrengt mit großen Buchstaben hin: »*Swobóda!* Freiheit!«

»Für die Flugzeuge, die hier rüberfliegen! Die sehen, dass hier gefordert, nicht gebeten wird!«

Ich sehe zum Marktplatz hinunter, auf dem sich ein entschlossenes Meer streikender Frauen versammelt hat, und denke, dass niemand von uns etwas anderes zu verlieren hat als das Leben. Zum ersten Mal habe ich das Gefühl, die wahre, kämpfende sowjetische Frau zu sehen, so eine, wie sie auf den Plakaten dargestellt wird. Die bekopftuchten Furien schreien: »Raus mit den *sýschtschiki*, raus mit den Bluthunden!«

»Mach mit bei uns, Stummchen!«, ruft Nastja und klettert die Leiter herab. Zum ersten Mal spüre ich, wie die Ekstase der Revolution auch mich ergreift. Sind die da unten nicht doch meine Schwestern? Sie, die unbewaffnet, barhäuptig und verzweifelt der Sowjetmacht trotzen. Sollte ich mich ihnen nicht doch anschließen? Doch noch ehe ich einen Entschluss fasse, bemerke ich noch etwas anderes. Der Anblick schnürt mir vor Entsetzen die Kehle zu.

Am Fuß des Abhangs steigt eine Sandwolke auf.

Eine Schlange von bemannten Panzerwagen windet sich den staubigen Weg entlang auf das Lager zu. Verstärkungstruppen der Armee!

Im Frauenlager gibt es einen einzigen GAS-Lastkraftwagen sowie einen Studebaker. Wie sollte irgendjemand von uns damit fliehen können, und wohin? Geräuschvoll klettere ich vom Dach herunter und will schreien, aber Minimows Stimme erschallt aus dem Lautsprecher des Lagers und übertönt meine Warnung.

»Fertig!«

Die Wachleute werden mit Gewehren und Maschinenpistolen in ihre Stellungen kommandiert.

Auf dem Marktplatz des Lagers knien die Aufständischen, untergehakt in einer festen Verbindung. Einige stimmen grölend die Internationale an.

»Aufstehen!«, schreit Nastja. Auf ihre Stirn gemalt ist ein rotes S wie *swobóda*, Freiheit.

Einige Frauen stehen auf und nähern sich Arm in Arm allmählich dem Tor. Die an den äußersten Enden der Reihe schwenken weiße Fahnen. Von einer Art ungläubigem Respekt überwältigt, beobachte ich, wie die Streikgeneralin Nastja die erste Reihe gegen die von Minimow befehligte Armee führt, einen Stapel Papier in der Hand. Anscheinend will sie eine Liste der neuen Forderungen seitens der Illegalen überreichen.

Entsetzt beobachte ich, wie die Wachleute das Gewehr anlegen. Hört auf, flehe ich im Stillen. Das wird kein gutes Ende nehmen.

»*Stójtje!* Stehen bleiben!«, ertönt ein Befehl durch den Lautsprecher.

Die Frauen zögern, aber rücken vorwärts.

Eine einsame Maschinengewehrsalve knattert. Die Streikenden kreischen auf und werfen sich zu Boden.

Dann sehe ich, wie ein Panzer hinter den nächstgelegenen Wachturm rollt. Die Gardesoldaten des MWD mit den blauen Kragenspiegeln, die Waffen blankgezogen. Die Armee ist da! Ein einzelner Pistolenschuss zerschneidet die Luft.

Die neunfingrige Walja schreit: »Wieso schießt ihr Banditen auf Frauen? Ihr Abschaumschweine!«

Vielleicht wagen sie nicht, Frauen zu töten, denke ich skeptisch, obwohl ich es besser weiß. Der Panzer verdeckt die Aussicht auf das Dorf. Es ist kein Außenstehender da, um zu bezeugen, was passiert. Wieder neues MG-Feuer. Die Köchin Drusja kreischt: »Es geht über die Köpfe hinweg. Auf Frauen schießen sie nicht! Steht nur auf!«

Als Allererste erhebt sich die Kriminelle Nastja. Ihr blaues Kleid bauscht sich in dem Wind, der von der Tundra her aufkommt. Dann lässt die Brise nach, und warm steht die Luft. Wartet.

Mich friert.

Ich spüre, dass es gleich krachen wird. Jetzt beginnt das allgemeine Töten. Mordwetter.

Das von Nastja angeführte Frauenkomitee rückt vor. Einen Augenblick lang herrscht Stille, nur das Schurren der Häftlingsschuhe auf dem versteinerten Tundraboden ist zu hören. Die Frauen haben den Marktplatz zur Hälfte überquert, als ein Brüllen aus Richtung der Wachleute ertönt, ich glaube, es ist Minimow: »Angriff! Die Häftlinge greifen an!«

Da versagen die Nerven der Wachleute endgültig. Ein blindwütiges Feuer setzt ein. Die Kugeln der Maschinengewehre schlagen klackernd in die Wände des Speisesaals und in die Zaunpfosten am Rand des Marktplatzes ein. Als Erste wird die Streikfrau mit den aschigen Augenbrauen getroffen, die eine weiße Fahne geschwenkt und mir vorhin den verbeulten Farbeimer in die Hand gedrückt hatte. Ich schreie, aber der Schrei geht in Hilferufen und in Beschuss unter. Dann überstürzen sich die Ereignisse wie der Flutstrom aus seinem Bett. Ich werfe mich zu Boden, bleibe aber schutzlos. Eine Kugel schlägt direkt neben meinem Ohr im Boden ein. Ich schließe die Augen. Und fühle, wie Menschen um mich herum fallen. Es herrschen Chaos und Panik.

»Hört auf, Hilfe! Wir ergeben uns!«

Ich werde unter einem Leichenhaufen begraben. Blutüberströmte, sich windende, flehende und schreiende Häftlinge füllen den Marktplatz. Die leicht verrückte Nonne Sauf-Alina geht auf die Knie und betet. Auf ihrer Stirn erscheint ein Loch.

Das Tor stürzt um, als die Raupenketten des Panzers es unter sich zermalmen. Eine riesige Gestalt springt dahinter hervor. Minimow watet inmitten der Leichen und schwenkt seine sowjetische Mütze. »*Konjéz*, hört auf!«

Von hinten trifft ihn eine Kugel in die Schulter und durchschlägt das Fleisch. Das ist das Ende von Kommandant Minimow und damit des letzten Mannes, der mich in der Höhle geschändet hat. Ich werde ihn nicht vermissen, obwohl es tröstlich ist, dass er sich in seinen letzten Augenblicken darum bemühte, das Blutbad zu beenden. Das gelingt nicht. Die hysterischen Soldaten befolgen keine Befehle mehr.

Jemand plumpst auf mich.

Die nach Pulver riechenden, angebrannten Haarzotteln dringen mir in den Mund. Die Pechaugen fixieren mich irgendwie erstaunt: »Sieh an, das Stummchen. Du hast dich also dem Aufstand angeschlossen.«

Aus dem clownesken Mund fließt ein Blutrinnsal, in dem Luftblasen blubbern. Im Augenblick des Endes fällt der stolzen Kriminellen etwas ein: »Nimm die Stiefel. *Iswini!* Verzeih, dass ich sie dir weggenommen habe!«

Wenn ich die Wahl gehabt hätte, dann hätte ich die Stiefel nicht genommen. Dabei geht es nicht um das Gerechtigkeitsgefühl oder um romantische Gnade, sondern darum, dass die von den Komi kunstvoll gefertigten Lederstiefel in Ermangelung von Fettpflege inzwischen völlig zerschlissen sind.

Jetzt aber bildet Nastja einen menschlichen Schutzschild zwischen mir und den Soldaten. Sie klammert sich an meinen Schultern fest, als ich mich daranmache, die kaputten Stiefel von ihren geschundenen Häftlingsbeinen abzuziehen. Ich muss drehen und zerren, damit ich das schaffe. Dabei verziehen sich Nastjas misshandelte Lippen vor Schmerzen, aber vermutlich hindert sie mich auch daran, viele andere Todesschrecken zu sehen.

»Danke«, flüstere ich.

Nastja drückt mich noch einmal. Dann löst sich ihr Griff, und die tapfere Anführerin des Aufstands ist tot.

Schließlich, ebenso plötzlich, wie er begonnen hat, endet der Kugelhagel.

Es ist still. Ich wische mir Nastjas Blut aus den Augen und konzentriere mich darauf zu atmen. Einen Lidschlag lang empfinde ich dasselbe Entsetzen wie vor langer Zeit nach dem Einsturz des Bergwerks. Nur liegen jetzt anstelle von Steinen Frauenleichen auf mir. Rückwärts krieche ich auf die Krankenbaracke zu. Wachleute und Soldaten strömen ins Lager.

»Streikende! Ergebt euch!«

Wieder ertönen aus den Lautsprechern Befehle.

»Hände hoch!«

In dem herrschenden Chaos gelingt es mir, mich vom Marktplatz zur Ecke der Krankenbaracke zurückzuziehen. Dort versagen mir für ein Weilchen die Kräfte, und an die Wand gelehnt, drehe ich mich um und betrachte den Schauplatz der Rebellion. Aufrecht gehende Streikende werden mit erhobenen Händen zum Tor hinausgestoßen wie durch ein Ehrenspalier. Die aus Moskau herbeigeschafften Kampfhunde wüten und schnappen nach den Rocksäumen der Lagerinsassinnen, die Frauen werden rücksichtslos geschlagen, und ich vermute, dass jetzt viele von ihnen lange und gründlich geschändet werden. Wieder einmal bemerke ich, wie die Sowjetmacht funktioniert, eigengesteuert: Die Leichen der Gefallenen werden neben den Drahtzäunen zu Bergen aufgestapelt, um so den mordgierigen Sturm der Häftlinge zu beweisen, der herbeigerufene Fotograf verewigt sie. Tote und Verletzte werden auf Lastautos geworfen. Wie in einem Traum sehe ich ein rotes Kopftuch und einen zum Lachen verzogenen Mund. Auf der Stirn leuchtet das S.

Ich flüstere mir selbst zu: Präg dir diesen Augenblick ein. Merk ihn dir, selbst wenn dich nie jemand danach fragen sollte. Dies war ein Schlachten, kein Kampf.

Ich kann mir vorstellen, was über das Geschehene nach Moskau rapportiert wird. Dass die rasenden streikenden Frauen die Wachleute mit Waffen angriffen, an der Spitze die sadistische Ukrainerin.

»Präg dir das ein. Nastja war nicht mal in der Nähe des Tors.«

Ich wende mich ab und schlüpfe in die Krankenbaracke.

Dort herrscht das Chaos. Die Augen funkelnd, operiert Genossin Olga Semjonowa in Fließbandarbeit die Verwundeten, die Arme bis zu den Ellbogen voll Blut. Auch aus den Lagern Nummer zwölf und zehn werden mit GAS-Lastwagen Verletzte gebracht, denn in beiden oder in einem davon ist die Krankenbaracke in Flammen aufgegangen. Schmutzige Verbände liegen am Fußboden, die Frauen jammern. Es riecht nach Blut, Schneematsch und Verzweiflung.

Die neunfingrige Walja klagt: »Die Kochsalzlösung ist alle, womit sollen wir die behandeln?«

»Genossin Semjonowa«, setze ich an, aber weiter komme ich nicht.

»Nicht jetzt!«

Die Ärztin wischt sich den Schweiß von der Stirn. Darauf bleibt ein schlammblutiger Streifen zurück.

»Genossin Semjonowa«, sage ich und breche in müdes Weinen aus.

Für einen Augenblick unterbricht die schöne Jüdin ihre Arbeit und kramt in der Tasche ihres Kittels.

Sie drückt mir zwei Entlassungsanordnungen in die Hand. Eine für Jelena Michailowna, eine für Aleksei Ignatenko.

»Für dich, Stummchen, gibt's keine.«

Keine. Du hast allzu oft um dein Leben gespielt. Und diesmal hast du verloren. Das weiß ich, es versteht sich von selbst. Ich hätte meine Staatsangehörigkeit nicht verkaufen dürfen.

Die Wolken brüllen am Himmelsgewölbe wie eine unaufhörliche Lawine, als ich die Krankenbaracke zum letzten Mal verlasse. Die rauchende Baracke hebt sich gegen den Abendhimmel ab, Rauch verdeckt die Soldaten am Rand des Marktplatzes.

Ich schleiche zu den Gehegen der Pferde und Rentiere. Dort ist es still, jemand hat die Schafe freigelassen, und nun knabbern sie an der auf dem Zaun flatternden Wäsche. Auf der Stirn spüre ich die Berührung der Sonne, bevor ich in den Bergwerksschacht schlüpfe. Es ist der wärmste Tag meiner Zeit in Workuta.

Dorf Lawra, 2015

Verna

»Was jetzt?«, schreie ich. Hohe Feuer lodern am Horizont, wo noch vorhin Lawra seinen Sommerschlaf schlummerte.

»*Ija!* Das Dorf brennt!«

»Nimm meine Pfote!«, brüllt Kostja.

Eine gewaltige Rauchsäule wallt zum Himmel. Funken stieben aufwärts, Flammen schlagen donnernd zu den Wolken.

»*Dawáj*, gehen wir!«

Die Uralten machen keinerlei Anstalten, sich in Bewegung zu setzen. Mir ist klar, dass man sie nicht zur Eile antreiben kann. Ich löse mich aus Kostjas Griff und kehre zu den Hundertjährigen zurück. Aleksei Ignatenko bemüht sich, seine aufs Hinterteil gefallene Braut aufzuheben. Ich stöhne: »Die *kuwawai* schafft das nicht!«

Ohne weitere Worte legt Kostja sich Elna über die Schultern. Die Alte bringt kaum einige lautstarke Proteste heraus, als wir auch schon geräuschvoll durch ein Dickicht von Farnen und Schachtelhalmen stapfen, die Schenkel voll von klebrigem Pappelflaum. Der Himmel ist ölschwer, das Bimmeln der Feuerglocke tönt vom Dorf herüber. Aleksei Ignatenko kommt für sein Alter flink hinterdreingetrippelt.

Beim Laufen keuche ich. »Kostja, klär mich auf!«

»Na?«

Wenn die Staudammgesellschaft nur ein Vorwand ist, warum wüten dann hier die OMON-Truppen? Wer kann als Person dermaßen wichtig sein? Wer muss geschützt werden, und sei es um den Preis des Lebens einer ganzen Nation?

»Risku-Frau, nicht jetzt. *Ty snájesch*, du weißt es schon.«

Ich weiß es, aber ich will es nicht glauben. Was für eine gewaltige Operation wegen eines vagen Verdachts. Wenn eine Bremse dich beißt, sendest du dann ein Kampfflugzeug gegen sie aus? Wenn es nicht etwas zu verheimlichen gilt. In Gedanken plappere ich die Gründungsproklamation Russlands von 1993:

»Wir, das multinationale Volk der Russischen Föderation, das durch das gemeinsame Schicksal unseres Landes verbunden ist. Wir bestätigen die Menschenrechte und die Freiheiten, den Bürgerfrieden und die Eintracht …«

Ein vereintes Volk, das die Demokratie als Geschenk bekommen sollte. Und wen hat es bekommen? Einen gesichtslosen Mann, der nicht einmal seiner eigenen Mutter Gnade gewährt. Ich kann das nicht glauben, und doch muss es so sein. Es muss um das Allerwichtigste gehen. Der kleine Wolódja. Der die letzten Beweise seiner Vergangenheit tilgen will.

»Aber was hat das für eine Bedeutung?«

Für Gedanken ist nicht viel Zeit.

»Überleg doch mal, Risku-Frau!«, zischt Kostja.

Während wir durch das Gestrüpp eilen, begreife ich die Gefahr. Wenn Irga Malinen Wówas Mutter ist, dann ist dieser GROSSE FREUND RUSSLANDS kein geborener Russe. Und deshalb nicht einmal ein legaler Herrscher. So steht es im russischen Grundgesetz. Könnte das seine Autorität im Kreml untergraben? Wer so wie wir über ein solches Wissen verfügt, wird von hier, aus dem Herzen Russlands, kaum lebend herauskommen. Die

OMON oder der FSB wird uns eliminieren, wenn das bekannt wird. Und jemand scheint bereits eine Ahnung zu haben.

Es muss uns gelingen, nach Finnland zu kommen. Sofort. Aber wie?

»Wer könnte uns helfen?«, keuche ich, während ich mich bemühe, mit dem Riesen Schritt zu halten.

Kostja bleibt stehen, um auf Aleksei Ignatenko zu warten; mit der Oma auf der Schulter geht sein Atem kaum schneller. Er knurrt: »Der Bengel von Popow. Der Dorfpolizist.«

Der macht kleine Schmuggeltouren hierhin und dorthin, manchmal über die Grenze im Norden.

Können wir außerdem irgendetwas beweisen?

»*Kuwawai*, denk mal nach. Gibt es irgendwo Daten über Wówa?«

Die alte Frau stammelt, sie habe doch dieses Foto, das man mit den bekannten Fotos vom Führer Russlands vergleichen könne, auf denen er ebenso alt ist.

»Die Ähnlichkeit lässt keinen Zweifel zu!«

Ich seufze. Das genügt nicht.

»Die im Lager ausgestellte Geburtsurkunde. Unterschrieben von Olga Semjonowa, der Oberärztin des Marktlagers Workuta.«

»Oh Himmel – ein Kind, das irgendwo in der Taiga geboren wurde! Gibt es nichts Besseres? Nun streng mal dein Gedächtnis an!«

Aleksei Ignatenko watschelt durch den steinigen Wald, lehnt sich erschöpft gegen eine Birke. Er schnauft, hebt die Hand: »Da ist doch das Schulzeugnis.«

Die von Aleksei Ignatenko übersandte Bescheinigung darüber, dass Irga Malinens Sohn im Jahr 1960 in die Leningrader Schule Nummer 193 aufgenommen wurde. Sie trägt einen Stempel und enthält den ganzen neuen Namen des Jungen.

»Wo ist das Papier jetzt?«

»In der Blechdose mit dem Leninbild.«

Das Papier muss aus dem Feuer geholt werden! Kostja klemmt sich Aleksei Ignatenko unter den anderen Arm, und so gehen wir wieder los.

Wir kommen ins Dorf. Es bietet einen unwirklichen Anblick. Vor dem Konsumladen ist ein Lastwagen mit Tarnverdeck geparkt, in den die Dorfbewohner wahllos mit dem Gewehrkolben gestoßen werden. Und ständig hört man von oben, von jenseits des Rauchs, das Geknatter eines Hubschraubers.

»Wir müssen das Schulzeugnis holen!«

»Ich gehe!«, röchelt Aleksei Ignatenko. »Es ist mein Sohn!«

Elna, Elna jöratem, wo bist du?

Der uralte Wassergeist Aleksei Ignatenko trippelt in die Flammen. Dicker Rauch und lange Feuerzungen werden ihm zornig hinterhergeblasen. Ich stütze mich mit den Händen auf die Knie, keuchend, ungläubig. Will niemand ihn daran hindern?

»Lass den alten Mann gehen.«

Kostja, mein schützender Riese, stützt mich ruhig. *Mit der Ruhe des Killers*, denke ich, schüttle solche Gedanken dann aber ab.

»Immer mit der Ruhe«, sagt er, kramt in seinem Rucksack und zieht ein Thermometer hervor.

»Jetzt warten wir einfach ab.«

Vom Ufer des Weihers dringt ein Wiehern herüber. Rimma Katajewa schnaubt mit vibrierenden Nüstern, das Maul und die weißen Flanken von Ruß befleckt. Wenigstens sie ist den OMON-Männern entkommen.

Brennende und qualmende Holzstücke spritzen über uns hinweg. Die alte Frau sinkt klagend zusammen.

»Elna ist im Bergwerksschacht! Hilfe!«

Ich verstehe, dass die Aufregungen die Greisin irgendwohin in eine ferne Vergangenheit versetzt haben. Larissa Morkowa rennt mit den Gänsejungen unter dem Arm herum, die Schweine grunzen und quieken. Der Riese deutet auf den Hügel: Larissa Morkowas Haus stürzt in sich zusammen wie ein prasselndes Lagerfeuer – genau darauf hat Kostja gewartet.

»Der Wasserturm!«

Schon stürmt Kostja den Hang hinan. Dort knattert der schnurrbärtige Dorfkommissar Popow auf seinem Moped den Weg entlang. Morkowas Zwillingsmädchen klettern in ihren knappen Vinylhosen ins Innere eines Lkws, aus einem brennenden Radio brüllt Russentechno. Männer in Tarnanzügen drängen Dorfbewohner wie Vieh zum Einstieg unter die Tarnplane des Lkws. Kostja ruft vom Wasserturm, die Hände zu einem Trichter geformt: »Risku-Frau, volle Deckung!«

Was hat Kostja vor?

Der Rauch lässt die Augen tränen. Verschwunden sind die Ufersiedlung und der hellgrüne Gischt der Apfelbäume. Die ganze sanftmütige Sommerlandschaft von Lawra hat sich in ein Höllenfeuer verwandelt. Will der Riese mich verlassen? Wird er mein Vertrauen enttäuschen?

Dann fällt mir ein, was Kostja einmal gesagt hat: »RDX-Sprengstoff reagiert auf Hitze.«

Ich entferne mich Richtung Sumpf, um mich dort zu verstecken, und ziehe die *kuwawai* mit.

Wie in einem Film explodiert der Wasserturm in Zeitlupe. Die Wassermassen wälzen sich in die Luft, treffen auf Hitze und Flammen, das gelbrote Meer verschwimmt im Nu zu grauem Rauch. Es zischt, dann stinkt es nach Gummireifen und geschmolzenem Freon-Eis. Das hat Kostja von Anfang an geplant.

Dorf Lawra, 2015

Verna

»*Wsjo, eto konjéz!* Aus! Dies ist das Ende!«

Die Stimme der *kuwawai* ist heiser. Mit ihrer knotigen, nassen Hand umklammert sie mein Handgelenk.

Es riecht nach Rauch und regennassem Gras. Ich stelle fest, dass ich klitschnass bin. Überall tropft und plätschert es. Drei Meter entfernt liegt, heftig schnaufend, unter einer Trauerweide das Pferd Rimma. In seiner Schulter klafft eine blutige Wunde.

»Da stimmt was nicht, da stimmt was nicht«, wiederholt die gebrechliche Alte immer wieder.

Ja, Rimma ist verletzt. Die Häuser sind Asche, die Sockel qualmen.

»Nicht das. Horch mal«, flüstert die Alte.

Ich setze mich aufrecht hin, und jetzt höre ich es auch. Ebenso wie ich im Wald das Fehlen der Bienen bemerkte. Auch jetzt ist nicht das zu hören, was zu hören sein sollte. Das Gebrabbel der Männer vor dem Dorfladen, die lärmenden Mopedbengels. Angestrengt horche ich. Kein Ruf, kein Radau mehr ist zu hören. Männer, Frauen, Schweine und Kühe schweigen. Die OMON-Truppen sind still. Genauer: weg.

Ich wedele mit den Händen den Smog beiseite. Für einen Augenblick vertreibt der Wind aus dem Hain den Dunst. Larissa Morkowas Spinnrad liegt mitten auf der

Dorfstraße. Die Spuren gewaltiger Raupenketten misshandeln den Schlamm. Wann sind hier Panzer gewesen? Das Dorf ist leer.

Ich höre Schritte. Blicke hinter mich.

Aleksei Ignatenkos Haut ist so schlimm verbrannt, dass sein Gesicht ein blutiger Brei ist. Er reicht mir das aus den Flammen gerettete Schulzeugnis.

»Zu Ehren der alten Zeiten.«

Kostja kommt zum Ufer gestiefelt, beugt sich herab und küsst mich auf die Stirn.

»Wir müssen nach Finnland«, flüstere ich.

Dort kann die *kuwawai* beweisen, dass sie die Tochter des Weißen Generals ist, und die finnische Staatsangehörigkeit und ihre Identität zurückbekommen und in Sicherheit sein. Das überlege ich laut.

»Ein DNA-Test und Vergleich mit einem nahen Verwandten. Das muss doch möglich sein!«

Kostja zuckt die Achseln, jetzt bewegen wir uns nicht auf dem Spezialgebiet des Riesen. Ich werde nervös. Er wird doch wohl begreifen, dass es hier um eine spektakuläre Sache geht. Eine Sensation von internationalem Rang. Ich muss Kontakt zu Gerry Wright aufnehmen.

»Ignatenko, los geht's!«

Kostja lässt den Alten sich gegen den Zaun lehnen. *Dawáj, dawáj*, wiederhole ich. Gehen wir an einen sicheren Ort.

»An was für einen sicheren Ort?«, schnaubt der alte Mann.

Er zuckt die Achseln, die von seinem KGB-Mantel bedeckt sind. Seine wundschleimige Hand trifft auf mein Schlüsselbein. Aleksei Ignatenko zündet seine Pfeife mit einem schwelenden Stück Torf an, atmet den Rauch ein und sinniert: »Wieso haben wir es eilig? Solange ich von dem Funkgerät weiß, ist nichts und niemand in Sicherheit.«

Der gesichtslose Mann im Kreml wird keine Ruhe geben, solange der Auftrag nicht ausgeführt ist. Die Hubschrauber werden zurückkehren. Die OMON wird zurückkehren.

Der Alte nickt zu Rimma hinüber.

»Ich werde mich um die Kracke kümmern. Ihre Wunden versorgen, bald wird sie sich wieder auf der Weide tummeln.«

Kostja nickt. »Rimma Katajewa. Der Name einer Dichterin.«

Als verstünde sie ihren Namen, rappelt die Stute sich auf und kommt auf die Beine. Kostja schlingt ihr den Arm um den Hals.

»Du bist nicht totzukriegen.«

Aleksei Ignatenko bläst den Pfeifenrauch durch die Nase und zieht eine Grimasse.

»Tut es weh?«, frage ich.

»Njet.« Der Alte winkt ab mit seiner verbrannten Hand, und in mir krampft sich alles zusammen. Eine Brandwunde dritten Grades reicht unter die Haut bis zu den Muskeln und Fettschichten. Man spürt den Schmerz nicht, weil die Nerven vernichtet sind. Der ganze Mann ist praktisch ein verkohltes Stück Fleisch.

»Ich werde die Katze und die Gössel versorgen. Ihnen beibringen, im Fliegenden Weiher zu schwimmen.«

Aleksei saugt den Rauch ein.

»Und für den Hund bau ich eine neue Hütte.«

Ich sehe die *kuwawai* an. Ob sie versteht, dass der Mann Unsinn redet? Solche Brandwunden überlebt man nicht. Und selbst wenn doch, hier wird es ja bald einen gewaltigen Tumult geben. Antiterrorismus-Einheiten, die OMON, werden das Dorf stürmen und bald wer weiß was für Motorrad-Hooligans über die Dorfstraße angerast kommen.

Ein Hubschrauber erscheint knatternd über dem Höhenrücken und schöpft Rauch in seine Rotoren. Gleich wird sein lauerndes Auge uns entdecken.

»Jetzt verschwinden wir hier«, meint Kostja.

»Wie denn?«

»Mit dem da.« Der Riese deutet auf das Auto, das Muksa in den Weiher hat krachen lassen.

Kostja watet ins Wasser und bindet Rimmas Halfter an den hinteren Haken des Ladas.

Ich wende mich dem übel verbrannten alten Mann zu und plaudere mit ihm, während Mensch und Tier sich mit dem Auto abmühen.

»Sie sollten mitkommen«, locke ich den KGB-Offizier.

»Wenn ich jetzt fliehe, wie würde das aussehen? Schlecht.«

Kostja bückt sich und hebt die *kuwawai* ins Auto. Packt ausgeblichene Kleider, Kräuterbündel und verbeulte Kanister in den Gepäckraum. Von dort wallt der berauschende Duft von Teeblumen und Tollkirsche herüber. Aleksei Ignatenko ergreift meinen Ärmel, reicht mir einen zerkauten Bleistift und flüstert: »Du bist offenbar ein kluges Mädchen. Hör zu.«

Ich nicke.

»Geben wir diesem Dorf wenigstens eine Chance. Und euch.«

Aleksei lehnt den Kopf gegen einen verdorrten Baum.

»Ich hab genug von all den Intrigen, hab zu viel Hässliches gesehen. Du bist Journalistin, benutze diesen Stift.«

»Was? Warum gerade diesen?«

»Weil diesen Stift dein Onkel, der mächtigste Mann Russlands, benutzt hat.«

Wówa

Das Begehren ist etwas Paradoxes. Je heftiger man eine Frau begehrt, desto unerreichbarer wird sie. Und wenn man sie bekommt, wird das Objekt wertlos. Dasselbe gilt für Staaten, für Völker.

Der Pilot hat mir gerade mitgeteilt, dass wir Moskau gegen Abend erreichen werden. Choroschó. *Ich habe mich schon nach dem Frieden meiner KLAUSE, dem Schutz meiner zwölf Vertrauten gesehnt. Unten erstreckt sich mein geliebtes Russland, die endlose Taiga. Die Dörfer, die bis Moskau verlaufenden Bahnschienen, die Beine der Spinne. Ich hoffe, dass es den Menschen dort unten gutgeht. Nein, ich verspreche es.*

Tanja schläft, ihr gespitzter Mund mümmelt an der Daunendecke. Ihre schlanken Finger bewegen sich und zucken wie bei einem schlafenden Welpen. Aus ihrem Zobelpelz hole ich ihre Diebesbeute des Tages. Zwölf Minigabeln aus Kunststoff aus dem Hotel in Joškar-Ola und zwei Schokoladenstücke. Eine schwarze Schachfigur, ein Springer. Aus feingeschnitztem Walknochen. Der stammt aus dem Dorf Lawra. Er hat sich verändert, aber ich erkenne ihn wieder. Immer bleibt etwas übrig. Vorhin habe ich sie gefragt: »Wie war es?«

Tanja überlegte, gähnte, schlürfte den Rest Schaumwein aus ihrem Glas.

»Ein bisschen langweilig. Schlechte Sicht.«

Ich nickte und versprach, die Pyrotechniker beim nächsten Mal anzuweisen, für Logenplätze mit klarerer Sicht zu sorgen.

Dieses Wesen hat keinen blassen Dunst von dem, was heute geschehen ist. Und wenn doch, würde es sie kümmern? Noch dazu ganz in der Nähe ihrer Heimatgegend Nischnij Nowgorod. Tanja glaubt, wir hätten heute einem gutgeführten Manöver, einem Krisenmanagement, beigewohnt.

Schreiende Zivilisten, das Weinen der Dorfbewohner. Alles Theater. Ich muss daran denken und bei »Pathologe« dafür sorgen, dass nicht alle umgebracht werden.

Aleksei Ignatenko pflegte zu sagen: Mit der Lüge kommt man weiter, aber man erreicht damit niemals das Vergangene. Ich seufze. Jetzt ist meine Vergangenheit endgültig weggewischt.

Wenn ich an Aleksei Ignatenko denke, verspüre ich eine momentane Melancholie. Wie schade, dass dieser alte Haudegen ein Verräter sein musste. Wie habe ich doch diese Schlange an meinem Busen genährt, ihm erlaubt, sein Gift mir ins Ohr zu spritzen. Und die ganze Zeit hat er eine Konspirazija, *meinen Sturz, geplant. Aber warum hat er nicht früher gehandelt? Wieso habe ich ihn nicht durchschaut? Die Antwort ist einfach: Niemand möchte einen Schmeichler verdächtigen.*

Wenn es hier etwas zu vernichten gab, dann ist es vernichtet. Wenn es hier etwas zu wissen gab, dann wird das nicht mehr gewusst. Dennoch verspüre ich eine vage Unruhe. Wie Zar Iwan sagte, nie ist man in so großer Gefahr wie im Augenblick des Sieges. Deshalb rüttle ich das Flittchen wach, das, in den Zobelmantel gewickelt, auf der Bank liegt.

»Tanja, jetzt ist es wichtig, dass du mir die Wahrheit sagst.«

Tanjas verschlafener Mund schiebt sich vor, sie maunzt.

»Hast du den Bleistift aus der KLAUSE genommen?«

Tanjas Augen fliegen weit auf.

»Natürlich nicht!«

Ich drücke ihr die Hand auf die Stirn, halb zur Beruhigung.

»Nitschewó, *es wäre nicht schlimm, wenn du ihn genommen hättest. Wenn du es nur zugibst.«*

Ich bücke mich, küsse Tanja auf die Stirn und drücke zugleich mit dem Daumen auf ihre Luftröhre.

Ein alter KGB-Trick. Ich sehe, wie die Verhörte die

Alternativen abwägt. Ihr Puls geht schneller. Der Schluckreflex lässt die Kehle unter meinem Finger zappeln. Dennoch wagt sie es nicht, Widerstand zu leisten. Welches ist der leichteste Weg in die Freiheit? Eine süße Lüge?

»Vielleicht hab ich ihn genommen. Ich kann mich nicht erinnern.«

»Versuch es!«

Tanja tastet meine Augen mit ihrem Blick ab und wählt: »Dann hab ich ihn wohl genommen.«

»Ganz sicher?«

»Ganz sicher.«

Von Erleichterung übermannt, lasse ich das Mädchen den Kopf über meinen Schritt beugen. Ich habe alles im Griff. Brauche nichts zu fürchten. Das Chiffriergerät ist zerstört. Ich habe wieder einen Kampf gegen die Vergangenheit gewonnen. Wir sind unterwegs nach Moskau. Ob wohl mein kleiner Ausbruch irgendwelche Probleme verursachen wird? Und das kleine Manöver in der Republik Mariland? Das glaube ich nicht. Verachtung ist das Privileg des Zaren.

Dorf Lawra, 2015

Verna

Ich setze Elna, alias Irga Malinen, sanft auf die Bank hinter dem Beifahrersitz und decke sie mit einer Wolldecke zu. Die Räder drehen im Matsch durch, Kostja kommandiert mich auf den Platz des Fahrers und macht sich selbst daran zu schieben.

Der Lada setzt sich in Bewegung.

Wir jagen einen holperigen Weg entlang, der auf der Karte nicht eingezeichnet ist, und nähern uns der Grenze von Mariland. Beim Fahren dreht Kostja sich eine Papirossa, wendet sich immer wieder verstohlen um und sieht nach, ob bei mir alles in Ordnung ist. Ich wickle die *kuwawai* fester in die Decke und versuche zu lächeln. Es wird schon werden! Auch dann noch, als wir auf ein mit Stacheldraht umzäuntes altes Militärgelände einbiegen, das von Ziegen mit schrumpeligen Knien bevölkert ist.

Am Ende des grasbewachsenen Hügels, unterhalb des mit Birken bestandenen Weidelands, erscheint ein Mann und winkt. Die Ziegen am Hang mampfen weiterhin die Weidensprossen. Ich brauche nicht zu fragen, wo wir sind, Kostja antwortet von sich aus: »Wir sind da!«

Richtiger: inmitten des Nichts. Das nächste Dorf liegt auf der Seite von Tatarstan, was uns sehr recht ist.

Dieser Flugplatz ist auf keiner Landkarte zu finden so

wie die meisten der von der Sowjetunion gegründeten Luftbasen. Ein Viehhirte hätte seinerzeit fast darüberspazieren können. Vor Jahrzehnten wurden hier täglich tonnenweise chemische Waffen in Flugzeuge verladen.

»Woher weißt du das?«

Kostja lächelt. Aus den unterirdischen Gewölben wurden in den neunziger Jahren alle möglichen Schlämme gestohlen, die auch heute noch bei Kriegen in aller Welt eingesetzt werden. Hier liegen die Gründe, warum die Machthaber das Mariland gern überfluten würden.

Die Rollbahn taucht auf, nichts mehr als eine von Minen geräumte Grasrampe am Ufer der Wolga. Wir biegen hinein zwischen torlosen Pfosten, während Kühe uns stumpfsinnig mit den Blicken folgen. Der Dorfmilizionär Igor begibt sich auf die Schattenseite eines Gebäudes und zischt etwas auf Bergmari ins Funkgerät. Ich setze mich aufrecht hin. In die Wand der Armeebaracke hat sich ein sowjetisches Plakat eingefressen, auf dem der Vater aller Werktätigen in seinen Händchen ein flachsköpfiges Kleinkind, einen Blumenstrauß und eine rote Fahne hochhebt. Eine Parole verspricht, dass dank Stalin das Leben immer fröhlicher, immer besser werde. Auf der anderen Seite ragt das Ufer als steiler Hang auf, dahinter blauen die Gipfel von Bergmariland, die in der Abendsonne an den langsam atmenden Rücken eines schlafenden Drachen erinnern.

Igor Popow mit dem Schnurrbart eines Jüngelchens linst neugierig zum Fenster herein und richtet ein Katergrinsen an Kostja, als er mich bemerkt.

»Prachtvolle *üder*, Westimport«, sagt er anerkennend zu dem Riesen. »Ich hab nur diese Freiheit. Und hunderteinundzwanzig Weltzitzen«, prahlt er, als wir unsere Sachen von der Rückbank zusammenraffen. »Die Gipfel dort«, fährt Igor in seiner Erklärung fort und breitet die Hände mit den dicken Fingern gierig aus, als gehörte ihm jeder einzelne.

»Wohin darf's denn gehen?«, fragt der junge Popow und breitet vor uns eine alte Karte der Sowjetunion aus.

»Nach Finnland.« Kostja klopft auf die obere Ecke des zerfledderten Papiers.

»Ohhoh. So weit bin ich noch nie gekommen.«

In den Drahtzaun hat ein übereifriger Bulle ein Loch gestoßen. Uns erwartet eine Jakowlew aus der Zeit des Großen Vaterländischen Kriegs, eine klapprige grüne Maschine mit Metallrumpf, deren Heck ein roter Stern ziert.

»*Ija*, mit der sollen wir fliegen?«

Kostja schlägt mit der Faust auf den Flügel der Maschine und schmäht: »Da lass ich die Risku-Frau nicht rein. Dieser Maisdrescher schafft es nicht in die Luft.«

Im selben Moment höre ich das Geräusch eines Geländewagens.

»Und ob sie das schafft!« Igors Schnurrbart bebt von der ungeheuren Kränkung.

Auch im Zweiten Weltkrieg ist sie aufgestiegen, was der Dorfmilizionär deutlich für ein großes Verdienst hält. Mit genau dieser Maschine flog eine berühmte Pilotin. Die Weiße Lilie von Stalingrad.

»Gar nicht wahr«, zischt Kostja. »Wer weiß, ob sie überhaupt schon mal geflogen worden ist.«

»Mach mir die alte Jakowlew nicht schlecht! Die kommt sogar von einem noch holprigeren Platz hoch, und sie fliegt so tief, dass sie im Radar nicht zu sehen ist.« Die Kühe und Schafe heben kaum die Köpfe, als Igor Popow den Propeller anwirft.

Die Rollbahn endet. Schaukelnd steigen wir in die Höhe. Die *kuwawai* reckt sich, um die Landschaft zu erschnüffeln, die sich vom Fenster aus darbietet, und ihre Augen, die Augen einer Wölfin, die alles gesehen hat, öffnen sich dem Abend. Verwundert guckt sie hinaus. Sie kam auf Skiern, sie geht im Flugzeug.

Wir kurven über das vertraute Dorf, von dessen verkohlten Ruinen der Wind den Rauch weiter ostwärts seufzt. Etwas ist jedoch stehen geblieben. Der Konsumladen, der Kolchos mit seiner Schnapsfabrik. Dort blauen die Felder, hinter dem gezähnten, mit Flechten bewachsenen Felsen bleibt der Opferhain zurück. Dort, in der kahlen Senke, hat mein Riese mich zum ersten Mal genommen, gefesselt und liebkost. Ich verberge mein Erröten in Kostjas nach Rauch duftender Jacke.

Dann bemerke ich etwas. Der puppengroße Leichnam eines Mannes liegt, bedeckt mit einem OMON-Mantel, auf dem Hof des verkohlten Hauses der *kuwawai*. Um ihn herum macht sich eine schwarzgefleckte, rüsselige Rotte zu schaffen.

Larissa Morkowas Schweine sind aktiv geworden.

Jetzt durchschaue ich, was ich die ganze Zeit vor Augen hatte.

Vater Henriks Leiche. Warum sie so übel zugerichtet war. Das ganze Dorf Lawra zeugte davon. Eingedellte, angefressene Türrahmen, immer schreckhafte Menschen. Ich wende mich meinem Riesen zu. Der nickt, hat das sicherlich von Anfang an verstanden.

»Larissa Morkowas Schweine.«

So ist Russland.

Die aggressiven Eber mit den dunklen Rüsseln, deren Hauer gierig die Flanken der Blechtonnen zergnurpschten. Was für ein prosaisches, gemeines und zugleich pathetisches Ende! Ach Vater! All die jämmerlichen Bemühungen, dich auszukurieren, die Spritzenorgien im Krankenhaus Eira, die immerwährenden Träume, überhaupt irgendeine wissenschaftliche Publikation zustande zu bringen. Seine großartige Abstammung zu klären. Und womit endeten all die Träume? Nicht mit der schmuddeligen Unmöglichkeit einer nie fertig gewordenen Studie, sondern mit den Schweineviechern eines erbärmlichen Mari-Dorfes.

Ich werfe den letzten Blick auf das Mariland-Reich. Der Rauch des Dorfbrands ist zurückgeblieben, die Landschaft unten zeigt sich üppig und blühend. So ähnlich wie meine Heimat und doch so fern im Innern Russlands.

Das Wolga-Knie.

»Als seufzte die Landschaft.«

Ich spüre, wie eine plötzliche Zärtlichkeit mir die Brust zusammenpresst. Vater ist gegangen. Es kamen ein Mann und die Großmutter. Mehr Familie, als ich in meinem Leben je hatte.

»Mariland atmet in der Abenddämmerung.«

Kostja nimmt uns in die Arme.

»So hat die Nährmutter auch damals gesagt, als ich noch ein Kind war.«

Wenn sie zum Abschluss des Großreinemachens auf den Stufen der Sauna saß und ihre Pfeife rauchte.

»Sie sagte: Horch mal, Waldjunge!«

Kostja und die Nährmutter drückten sich gegen den Türsturz aus verdorrtem Holz, und der kleine Kostja fühlte, wie durch das mürbe Holz hindurch ein einziges Herz in ihnen beiden pulsierte.

»Ich dachte, dieser Mensch kennt mich und ich ihn, denn er ist meine Nährmutter, wenn auch nicht meine leibliche Mutter, und jetzt verstehe ich, dass es so sein musste.«

Die *kuwawai* lehnt sich zitternd gegen mich, als ertrüge sie die vom Flugzeugrumpf abstrahlende metallische Kälte nicht.

Ich flüstere: »Keremet Lichtauge, entlass uns aus deinem Griff. Irga Wildvogel hat für ihr Leben einen angemessenen Preis gezahlt.«

Weiße Watte wickelt uns in ihre Arme.

Ich habe den *kogarš*, den Nachtfalter, immer noch im Glas in meiner Handtasche.

Mir fällt eine schöne Erinnerung an dich ein, Vater.

Disteln und Brombeerranken zerkratzen uns die nackten Beine, als wir mit den geschwellten Keschern nach der Beute schlagen. Sonnenflecke auf den Kiefernstämmen, ein Hauch von Minze am Wiesenrand. Eine Wolke von Bläulingen in der Senke des Karrenwegs, der auf die Weide führt, die Raupe eines Schillerfalters wie ein gewaltiges grünes, nacktes Kind auf einem Weidenblatt.

»Meine kleine Raupe Schwielenfuß«, sagtest du manchmal zerstreut.

Ein Schmetterling fällt mir auf die Hand. Ich starre ihn einen Augenblick lang an, und in Wirklichkeit ist es nur eine Ahornnase.

Ich nehme Kostja bei der Hand und spüre durch sie hindurch, wie sich die Propeller am Rumpf der Maschine drehen.

»Wohin fliegen wir?«

Kostja hat es mir schon gesagt. Zuerst nach Murmansk, dann über Kirkenes mit einer anderen Maschine nach Finnland.

Ich möchte jedoch eine andere Antwort hören, dieselbe, die ich bekam, als ich zum ersten Mal fragte.

Die Antwort ist slawisch-albern und zugleich vortrefflich: »Immer zum Licht hin.«

Dorf Lawra, 2015

Irga

Es ist meine Pflicht zurückzukehren. *Üder* erklärt mir, wie es dort sein wird: »Alle möglichen Schwierigkeiten. Presse und Sonstiges.«

Ich müsse nur beweisen, was ich bin.

»Sieh dir mal diesen Stift an.« Das Mädel hebt einen erbärmlichen stabartigen Gegenstand in einem kleinen Gefrierbeutel hoch. Höflich beuge ich mich vor, um ihn anzublinzeln. Der Beutel enthält einen grünen, angekauten Bleistift. Anscheinend ist die *üder* davon ganz begeistert.

»Damit kann man den Lauf der Geschichte ändern.«

Sie erzählt etwas von Gerri Wright und DNA-Tests. Davon, dass der Herrscher Russlands kein Russe, sondern ein Finne sei. Mein Sohn. Und so ist es ja auch.

Aber ich bin nicht unterwegs dorthin, wohin die Maschine uns bringt. Ich taste nach der kleinen Flasche, die ich in den Falten meines Kleides versteckt habe.

Es ist meine Pflicht zurückzukehren.

Ich schließe die Augen.

Spreche die heiligen Worte.

Ohne Anstrengung bin ich wieder im Dorf. Es riecht nach Ruß und Kienholz. Rauch steigt von den Birkenstämmen auf, die ihre Blätter verloren haben.

Der Spatz liegt an derselben Stelle, wo wir ihn haben liegen lassen, den lädierten Kopf gegen einen verdorrten Stamm gelehnt. Er ist fürchterlich verbrannt.

Es dämmert. Aleksei nimmt die Flasche, die ich ihm reiche, und trinkt daraus den Sud, den ich aus Tollkirschen, Honig und Sumpfmyrte zubereitet habe.

»Alles?«

»Lass ein bisschen für mich übrig.«

Ich weiß, dass das Mittel bald zu wirken beginnt, aber noch nicht sofort.

»Hast du Angst?«

»Mir kann nichts mehr Angst machen.«

Ich verstehe, dass das wahr ist. Es gibt nichts mehr zu fürchten, nach Jahrzehnten bin ich in Sicherheit. Meine Enkelin Verna ist in Sicherheit. So wie vor siebenundsiebzig Jahren, als ich auf Skiern über die Grenze lief, öffne ich den Knoten von meinem Gürtel und schicke den Wind auf den Weg. Dieses Mal nicht für mich selbst. Ich spüre in meinem Körper, wie der Hall meines Fleisches und Blutes, dieses gesegnete Mädchen, sich vom Erdboden löst und in die Höhe schwingt. Gute Reise, kleines Mädchen Buschwindröschen! *Dóbrowo putí*, mein kleiner Kostja! Mein Waldjunge. Auch aus dir ist schließlich ein Mensch geworden.

»Gehen wir?«, flüstert Aleksei, und ich nicke ins Dunkel, obwohl ich nicht mehr aufstehen kann.

Und das ist auch gar nicht nötig, denn plötzlich sind wir am Waldrand. Das Dorf hinter uns steht unberührt da wie damals, als ich zum ersten Mal hier ankam. Ich drehe mich um, und Aleksei ist wieder jung, er trägt ein weißes Hemd und einen ärmellosen Schafpelz.

»Was ist dort?«

»Opferfeuer.«

Wir sind im heiligen Hain.

Je tiefer ich in den Wald hineingehe, desto leichter werden meine Schritte. Für einen Augenblick bleibe ich auf der von Schmetterlingen bevölkerten Lichtung stehen. Warum war ich eben noch so traurig? Ich weiß es nicht mehr. Alle Schrecken der Vergangenheit, die sich im Schatten verborgen hatten, sind verschwunden, mit dem Geruch von Rauch und Harz verflogen. Es ist, als hätte Lichtauge selbst mich in Ruhe gelassen. Ich trockne die Tränen von meinen Wangen, aber es sind keine mehr da, und jetzt stelle ich fest, dass ich schon seit langer Zeit nicht mehr geweint habe.

Wir setzen unseren Weg fort, und vor uns schwebt ein Nachtfalter. Mein *ört*! Ich strecke nicht die Hand aus, um ihn zu fangen, denn ich bin schon ein Teil von ihm, sein Schatten, den er nicht abzuschütteln versucht. Der Baumsaft rinnt in Bächen an den Stämmen herab, die Sonne tüpfelt den Boden mit hellen und dunklen Flecken. Ameisen laufen die Stämme entlang rauf und runter, trunken von der Milch der Blattläuse. Ein Summen ertönt. Die Bienen sind uns gefolgt, sie sind nach Jahrzehnten zurückgekehrt, um aus den Blumen des Waldes zu trinken.

Aleksei springt zur Seite, und als er auf den Pfad zurückkehrt, bringt er ein weißes Hengstfohlen mit, *orgamak*. Sein Zaumzeug leuchtet silbern, obwohl ich weiß, dass es nur aus Bast geflochten ist. Das Opferfohlen ist gesund und blühend, und ich bin überhaupt nicht traurig darüber, dass es bald sein Leben lassen und *Ketše Awa* und *Kugu Jumo* unsere Botschaft überbringen wird.

Und ich fühle mich leicht und glücklich, als erhöbe ich mich gerade mit meinen Flügeln, so als trüge mich mein Geist, mein *ört*, mit grauen Schleierschwingen. Und zugleich weiß ich, dass ich so lebendig bin, wie man nur sein kann. Wir treten ein in den lichten Hain, zu dem Keremet keinen Zutritt hat, denn wir verehren die Erhabenen und lassen uns nicht auf diejenigen ein, die uns aus dem Schoß der Erde anstarren. Im Augenblick meines Todes, jetzt, verstehe ich, dass mein Weg doch einen Sinn hatte und dass ich ans Ziel gekommen und nicht in die Irre gegangen bin. Das will ich Aleksei erzählen, aber ich komme nicht dazu. Dort nähert sich der Opferpriester in weißem Baumwollhemd und weißen Hosen aus Wollstoff, mit einem Ledergürtel um die Taille und dem *kart*-Hut auf dem Kopf.

»*Poro ketše*, mein teurer Vater Sergej Tšavain«, ruft Aleksei und reicht dem Schriftsteller den silbernen Zaum des Opferfohlens. Die Schusswunde in seinem Kopf erfüllt mich diesmal nicht mit Schrecken.

An den Zweigen der Bäume sind weiße Tücher befestigt, damit die Götter unsere Gebete sehen. Mädchen mit drallen Knöcheln legen, während tiefe Stille herrscht, Opferbrote auf den Tisch aus Eichenholz, der sich schon unter all den Köstlichkeiten biegt.

Und Elna, meine Schwester! Die silberne Münzkette um deinen Hals klimpert, deine Wangen schimmern rot und schön, deine kräftigen Knöchel sind mit Beingamaschen umwickelt. Dein Kleid ist mit Plattstich bestickt, darauf liegt ein schwerer, mit Silbermünzen verzierter Schild und um deinen Hals ein schmuckes Seidentuch. Du nickst, die silberbestickte *sorόka* aus Birkenrinde auf dem Kopf, und ich errate, dass du mir nicht mehr böse bist. Alle Mädchen tragen um den Kopf ihr mit heiligen Vögeln und Bienen besticktes Band, du hakst dich bei mir ein und singst: »Im Kerzenschein stickt Gottes Tochter feine Leinwand …«

Seltsam, aber jetzt spüre ich, dass deine Hand meine ergreift.

»Verzeih mir, Schwester.«

»Ich hab dir schon lange verziehen.«

Ich frage nicht, wie das möglich ist, denn hier im Opferhain des Schlafes ist es gewiss.

Ich trage nur einen einzigen Schmuck um den Hals. Das silberne Glöckchen. An diesem Tag will ich nichts anderes tragen, denn es ist eine Erinnerung an dich, *mei*-

ne liebe Schwester. Und Aleksei Ignatenko sieht mich an, und in seinen Augen bin ich schön, meine Knöchel sind stark, meine Lippen blutvoll, und atmend hebt meine Taille sich ihm entgegen, während er für einen Augenblick stehenbleibt, mein Kinn hebt und flüstert: »*Mõj tõjõm jöratem*, ich liebe dich.«

In der Nase spüre ich den Rauch der Feuer, er mischt sich mit den Düften von *tuara*, von gebackenem Weizenbrot, Fleisch und frischem Blut. Gleich wird das Opferpferd geschlachtet, wir singen die heiligen Lieder und danken den sieben Erhabenen. Die Fürbitte beginnt, alle knien nieder. Ich lasse mich auf die Knie nieder, auf das Moos, und senke den Kopf. Zugleich habe ich das Empfinden, jemand greife mir unter die Arme und hebe mich der Sonne entgegen.

Irgendwie spüre ich noch das Vibrieren des Flugzeugs irgendwo in einer anderen Wirklichkeit. Dorthin sind jene jungen Leute unterwegs, die einander so nahe sind und denen die Zukunft auf der Netzhaut brennt. Meinen Körper nehmen sie mit, aber meine Seele folgt ihnen nicht mehr. Ich weiß, sie werden es schaffen.

Das Fohlen mit den Fußfesseln wird mit Wasser besprengt. Zum Glück schüttelt das Fohlen es ab, die Gabe ist tauglich. Der Opferpriester reicht mir ein Brot mit dem Abdruck einer Darstellung von Flügeln. Ich schließe die Augen und flüstere: »Ich bin die Tochter des Weißen Gottes.«

Hier bleibe ich.

Danksagung an:

Jukka Rislakki, Ildikó Lehtinen, Leena Laulajainen, Kirsikka Moring, Margarita Hiltunen, Kaisa Ijäs, Svetlana Grigoreva, Tatjana Jefremova, Eemil Karila, Joel Kontro, Anselmi Kinnunen, Pekka Heikkinen, Netta Walldén, Jaana Seppänen, Marja Lappalainen, Timo Heinonen und Ari Toivainen.

Mein besonderer Dank gilt Lari Mäkelä.

Glossar

Zusammengestellt von Angela Plöger

Bei der Transkription der russischen Ausdrücke wurde vor allem auf eine angemessene Wiedergabe der Aussprache geachtet (keine wissenschaftliche Transkription).

A

Aimaldaš-Verführer (mari): nach den Glaubensvorstellungen der Mari Geister, die die Menschen vom Weg abbringen und in die Irre führen wollen

asartnyje igry (russ.): Glücksspiele

B

bábuschka (russ.): Großmutter, alte Frau

Baschkirien: alter Name der heutigen Republik Baschkortostan im östlichen Teil des europäischen Russlands

Bergmari: s. Mari

Bérija: Lawréntij Páwlowitsch Bérija (1899–1953), Georgier, sowjetischer Politiker, seit 1938 Volkskommissar des NKWD, d. h. Chef der sowjetischen Geheimdienste. Verantwortlich für Säuberungen, Massenmorde und Deportationen. Gilt neben Stalin während dessen Herrschaft als Verkörperung der innenpolitischen Gewaltexzesse in der Sowjetunion. 1953 vermutlich erschossen

Beslan: Stadt in Nordossetien/Kaukasus, wo im September 2004 bei einem terroristischen Überfall auf eine Schule mehrere Hundert Geiseln, vor allem Kinder, getötet oder verletzt wurden

Bibergeil: ein Sekret aus den Drüsensäcken des Bibers, das in den Volksbräuchen der nordeurasischen Völker und heute in Medizin und Parfümerie eine Rolle spielt

bieggagállis (samisch): *biegga* = Wind, *gállis* = alter Mann, Gott

blatnój (russ.): kriminell, der Kriminelle, Angehöriger der organisierten russischen Unterwelt

brat (russ.): Bruder

Breschnew: Leoníd Iljítsch Breschnew (1907–1982), sowjetischer Politiker, 1964–1982 Parteichef der KPdSU, auch Staatschef

Brossájet slowá na wéter (russ.): Er wirft Worte in den Wind, redet so daher.

Búdjet bjedá (russ.): Das wird schlimm enden.

búlotschka (russ.): Brötchen, Brot aus Weizen

Burjaten, auch Burjäten: mongolische Volksgruppe, die in Sibirien, der Mongolei und in China lebt

C

choroschó (russ.): gut

D

da (russ.): ja

Dawaj!: Gehen wir!

Dawaj, pojdjom w banju! (russ.): Gehen wir in die Sauna!

Dawaj, pojéchali! (russ.): Los, fahren wir!

desjátnik (russ.): Vorarbeiter, Leiter einer Arbeitsgruppe von zehn Personen

ditjá (russ.): Kind

djéduschka (russ.): Großväterchen, alter Mann

djéwuschka (russ.): junges Mädchen, junge Frau

Djéwuschka, nelsjá gulját sdes! (russ.): Junge Frau, hier dürfen Sie sich nicht herumtreiben!

Dóbrowo putí (russ.): Gute Reise!

Dschugaschwíli: der ursprüngliche georgische Familienname von Josef Wissarionowitsch Stalin (1878–1953), dem sowjetischen Diktator

Dwádzat pjat, pjat i pjat (russ.): fünfundzwanzig, fünf und fünf; das Strafmaß fünfundzwanzig Jahre Lagerhaft, fünf Jahre Verbannung und die Vorschrift, weitere fünf Jahre weit entfernt von der Landesgrenze und großen Städten zu wohnen

dyrjáwaja golowá (russ.): ein Gedächtnis wie ein Sieb, wörtlich: ein löchriger Kopf

E

Eira: Stadtteil von Helsinki

Ersja Fernstrafe: Lagername einer Person aus dem finno-ugrischen Volk der Mordwinen, die offenbar der Untergruppe der Ersja-Mordwinen angehört und in Abwesenheit verurteilt wurde

F

FSB (russ. Federálnaja slúschba besopásnosti Rossíjskoj Federázii): Inlandsgeheimdienst der Russischen Föderation

G

GAS-*Lastkraftwagen* (russ.): Abkürzung von Gosudárstwennyi Awtosawód, staatliches Autowerk

Gdje maltschik? (russ.): Wo ist der Junge?

Grusinische Sozialistische Sowjetrepublik (SSR): das russ. Wort »grusínski« wurde zu sowjetischer Zeit anstelle von georgisch verwendet

Gutalin: Schimpfname für grusinische (georgische) Schuhputzer in Moskau; hier: äußerst verächtliche Bezeichnung für Stalin, der Georgier war

H

Hanko: Ortschaft an der Südküste Finnlands

Hooligan: Im Russischen häufig benutztes, aus dem Englischen entlehntes Wort für kriminelle Randalierer. Im sowjetischen Strafgesetzbuch gab es den Straftatbestand des Hooliganismus, der mit Zwangsarbeit im Straflager bestraft werden konnte.

Hundebrunststerne (finnisch: Koiran kiimatähdet): eine von den zahlreichen volkstümlichen Bezeichnungen für die Plejaden in Finnland

I

Ija! (mari): Teufel!

istinä (sowjetischer Lagerjargon): Lagerbraut (von russ. ístinnaja: die Wahre, Wirkliche)

iswiní! (russ.): Entschuldige, verzeih!

J

Ja chotschú wídet twoí nógi (russ.): Ich will deine Füße sehen.

jatryschniki (russ.): Kuckucksblumen

Jebi menja (russ.): Komm in mich, fick mich

Jejó sowút Rimma (russ.): Sie heißt Rimma

jöretem (mari): Geliebte

Joškar-Ola (mari): Rote Stadt, Hauptstadt der Autonomen Sozialistischen Sowjetrepublik der Mari (heute: Republik Mari El, Mariland)

K

Kak krassíwo wsjo (russ.): Wie schön alles ist!

kakáška (russ.): Riesenkerl

Kamassen: ein ausgestorbenes samojedisches Volk, das östlich des Urals bis zum Jenissei lebte. Die letzte Sprecherin Kláwdija Plótnikowa starb 1989.

Kanal ímeni Stálina (russ.): Der Stalin-Kanal. Gemeint ist der Stalin-Weißmeer-Ostseekanal. Er wurde 1931–

1933 auf Befehl Stalins von Lagerhäftlingen erbaut. Dabei kamen je nach Schätzung 25 000 bis 350 000 Menschen ums Leben.

kart (mari): Priester der Mari, der deren alten Naturglauben kultiviert

kártotschka (russ.): Kärtchen, hier: Essenmarken

Kaspárow: Kaspárow, Gárri Kímowitsch (*1953). Ehemaliger sowjetischer Schachweltmeister und Oppositionspolitiker in Russland

kátorga (russ.): schwere Zwangsarbeit für Häftlinge in Gefängnissen oder Lagern mit besonders strengem Regime

Kemijärvi: finnische Stadt in der Provinz Lappland

Ketše Awa (mari): Sonnenmutter

kobýlka (russ.): junge Stute

kogarš (mari): Nachtfalter

kolokóltschik (russ.): Glöckchen

kolonizowannyje (russ.): Ansiedler, Siedler

Komi (Komi-Sprache): »Komi« ist die Eigenbezeichnung, »Syrjänen« die Fremdbezeichnung für das finno-ugrische, mit den Finnen verwandte Volk. Die zu sowjetischer Zeit autonome Sowjetrepublik Komi liegt im äußersten Nordosten des europäischen Teils der Sowjetunion, jedoch ohne Zugang zum Meer. Auf ihrem Gebiet befanden sich die Straflager von Workuta. Name der Sprache: Komi; alte Fremdbezeichnung: Syrjänisch

kommunikázija (russ.): Kommunikation

konjéschno (russ.): natürlich

konjéz (russ.): Schluss, Ende

Kotka: Ortschaft an der Südküste Finnlands

kožla (mari): Wald

Krásnyj terrór (russ.): Roter Terror, russische Zeitschrift zur Zeit der Oktoberrevolution

Kto étot máltschik? (russ.): Wer ist dieser Junge?

Kugu Jumo (mari): der wichtigste Gott der Mari, der Allmächtige

Kugu Sorta (mari): Große Kerze. Bewegung, unter der alle religiösen Richtungen der Mari zusammengefasst wurden. Antirussisch und antiorthodox, besonders einflussreich unter den Olyk und Upo Maris.

kukúschka (russ.): Kuckuck

Kuusinen: Otto Ville Kuusinen (1881–1964), finnischer Politiker und Kommunist, u.a. 1939–1940 Chef der von der sowjetischen Führung in der SU installierten sog. Terijoki-Regierung, ein finnisch-kommunistisches Schattenkabinett. Kuusinen gehörte auch der kommunistischen Internationale und der obersten Führung der KPdSU an. Seine Tochter Hertta Kuusinen, später Kuusinen-Leino, war 1945–1972 Abgeordnete der Linken im finnischen Parlament und 1948 Ministerin ohne Ressort

kuwawai (mari): Großmutter

L

Land der Räte: Sowjetunion (russ. »sowjét« bedeutet Rat). Zu den ersten Institutionen, die nach der Revolution in Russland 1917 gegründet wurden, gehörten die Arbeiter- und Soldatenräte

Liinahamari: Siedlungszentrum und eisfreier Hafen am Westufer des Petsamofjords, gehörte zum Gebiet der finnischen Gemeinde Petsamo, das 1944 an die Sowjetunion abgetreten werden musste. Heute zum russischen Bezirk Murmansk gehörig.

Lotta Svärd: finnische Frauenorganisation, die während des Zweiten Weltkriegs durch Dienstleistungen wie Verpflegung, Wasch- und Sanitätsdienste, Veterinär-, Post-, Fernmelde- und Funkdienste die kämpfende Truppe unterstützte

Lubjánka: Name eines Gebäudes in Moskau am gleichnamigen Platz, von 1920–1991 Hauptsitz des sowjetischen Geheimdienstes. Dort wurden Hunderttausende verhört und gefoltert, viele hingerichtet.

Heute Sitz des FSB, des russischen Inlandsgeheimdienstes

M

Machórka: Russische Tabaksorte, die noch heute in Polen und Russland angebaut und in selbstgedrehten Zigaretten geraucht wird. Im Osten Deutschlands wurde sie durch die sowjetischen Soldaten bekannt.

Mari/Tscheremissen: finno-ugrisches, mit den Finnen verwandtes Volk, das im Wolgaknie siedelt. »Tscheremissen« ist die alte Fremdbezeichnung, »Mari« die heute gebräuchliche Eigenbezeichnung. Man unterscheidet die am rechten Hochufer der Wolga lebenden Bergmari von den auf dem linken Ufer ansässigen Wiesenmari, die auch unterschiedliche Sprachen sprechen.

Markstücke mit Loch: deutsche Münzen, die aus Gründen der Metallersparnis in der Mitte ein Loch hatten

mátuschka (russ.): Mütterchen, freundliche Bezeichnung, auch für jüngere Frauen

medsestrá (russ.): Krankenschwester

Memoriál: Menschenrechtsorganisation in Russland. Sie beschäftigt sich u.a. mit der sozialen Fürsorge für die Überlebenden des sowjetischen Straflagersystems Gulag und der Suche nach dem Verbleib dort verschollener Personen. Außerdem hält sie die Erinnerung an das sowjetische Repressionssystem und dessen viele Millionen Opfer wach.

Mílaja Írgotschka! (russ.): Meine liebe Irga!

MIR (russ.): Frieden

Mir tjéßen. (russ.): Die Welt ist klein.

Moj ljubímyj (russ.): mein Liebster

Mõj tõjõm jöratem (mari): ich liebe dich

motyljók (russ.): Nachtfalter

Muschík (russ.): russischer Bauer

MWD (russ. Ministjérstwo Wnútrennych Djel): Innenministerium (der Sowjetunion)

N

Nad tschem oná smejótsa? (russ.): Worüber lacht sie?

Namensbaum (finn. karsikko): ein Baum, der in alter Zeit durch besondere Markierung wie Abästen an bestimmte Personen oder Ereignisse erinnern sollte

natschálnik (russ.): Leiter, Chef, Vorsteher

Nenzen, nenzische Vorfahren: ein samojedisches, mit den Finno-Ugriern verwandtes Volk, das im hohen Norden Eurasiens zwischen Archangelsk und dem Jenissei, auch auf dem Gebiet der heutigen Republik Komi, vor allem von Rentierzucht lebt

Niktó nje wídit (russ.): Niemand sieht uns

nitschewó (russ.): hier: Macht nichts.

Nje snáju (russ.): Ich weiß es nicht.

njélma (russ.): sibirischer Weißlachs, *Stenodus leucichthys*, ein Lachsfisch, der bis zu 25 kg wiegen kann

njemája (russ.): stumm

njet (russ.): nein

Ńojti (komi): Zauberer, Schamane

notschnája bábotschka (russ.): Nachtfalter

O

OMON (russ. Abkürzung aus »Otrjád Mobílny Osóbowo Nasnatschénija«, Mobile Einheit für besondere Aufgaben): eine spezielle Polizeieinheit, die dem Innenministerium direkt unterstellt war. 2016 mit anderen Einheiten zur Nationalgarde zusammengelegt

opjat (russ.): wieder

orgamak (mari): Opferpferd

ört (mari): nach der Glaubensvorstellung der Mari eine von drei Seelen des Menschen, die nachts den Körper verlassen und als Nachtfalter unterwegs sein kann

Oś Kugu Jumo (mari): weißer großer Gott

P

pápotschka (russ.): Väterchen, Papa

parascha-Kübel (russ.): Fäkalienkübel, -tonne
parma (komi): Wald
pereklítschka (russ.): Zählappell im Lager
Petsamo (russ. Petschenga): Siedlungsgebiet im äußersten Nordwesten Russlands. Gehörte 1920–1940 zu Finnland und wechselte mehrmals den Besitzer. Mit dem Waffenstillstandsvertrag zwischen Finnland und der Sowjetunion nach dem Zweiten Weltkrieg fiel Petsamo endgültig an Finnlands östlichen Nachbarn.
Pfahlspeicher: bei den nördlichen Urvölkern ein auf einem Pfahl ruhender, häuschenartiger Schrank zur Aufbewahrung von Fleisch, das so vor fleischfressenden Tieren geschützt wurde
Pial dene (mari): Viel Glück!
plástikowyje pakéty (russ.): Plastiktüten
podkogõljos (mari): kleine gefüllte Pasteten, das bekannteste Gericht der Mari/Tscheremissen
pomogi (russ.): hilf mir
pomogitje (russ.): Hilfe! Helft!
Ponimájesch? (russ.): Verstehst du?
poprobuj (russ.): probier es
Poro jyd lijže (mari): Gute Nacht!
Poro ketše! (mari): Ruhe den Toten, Friede den Lebenden!
Poro wady (mari): Guten Abend
pört (mari): Häuschen, Stube
Poslédnjej píschtschej, kotóruju schértwa proglotíla ostálsja motyljók. (russ.): Als letzte Mahlzeit hat das Opfer einen Nachtfalter geschluckt.
posor (russ.): Schande
postój! (russ.): Halt! Bleib stehen!
potschemú (russ.): warum
pozdravljajem (russ.): wir gratulieren, viel Glück!
predátelniza (russ.): Verräterin
Propála bes vésti (russ.): Sie ist spurlos verschwunden
ptíza (russ.): Vogel

Pummanki: ehemals finnisches Fischerdorf in der Gemeinde Petsamo am Eismeer, gehört seit 1940 zur Sowjetunion. Russischer Name heute *Semljanóje*

Pyhtää: Ortschaft an der Südküste Finnlands

R

Rámenki: Stadtteil von Moskau

risku (samisch): Brosche

Rom's atlas over sommerfugle og møl (Roms Atlas der Schmetterlinge und Motten): Gemeint ist: TUXEN, S. L.: Rom's Atlas over danske Sommerfugle og Møl, 1943 Rom's Forlag.

die Roten: Im finnischen Bürgerkrieg von 1918 standen sich die Roten, d. h. kommunistische Kämpfer, die einen sozialistischen Staat nach dem Vorbild der gerade gegründeten Sowjetunion errichten wollten, und die bürgerlichen Weißen gegenüber. Diese wurden von den Roten als Schlächter bezeichnet

Rus (russ.): historische Bezeichnung für das Gebiet, wo die Ostslawen siedelten

S

sabwénije (russ.): Vergessen, Bewusstlosigkeit

sametschánie (russ.): Tadel, Warnung

schalaschówka (russ.): Lagerhure

schelannaja (russ.): Ersehnte

Schiroká straná mojá rodnája (russ.): pathetisches sowjetisches Lied, wörtlich: Groß ist mein Heimatland; DDR-Nachdichtung: Vaterland, kein Feind soll dich gefährden. Der Anfang der Melodie war jahrzehntelang das Pausenzeichen von Radio Moskau.

Schlächter: s. die Roten

Schnapssocken: Volksheilmittel in Nordfinnland: Wer sich erkältet hatte, zog vor dem Schlafengehen mit Schnaps getränkte Socken an; angeblich bewirkten sie über Nacht die Heilung

schópa (russ.): Arsch
Schto dumat? (russ.): Was soll man davon halten?
Schto éto? (russ.): Was ist das?
sdórowo! (russ.): ausgezeichnet!
Sdráwstwujtje, Finljándija! (russ.): Guten Tag, Finnland!
seló (russ.): Dorf
semyk (mari): Mittsommerfest, Blumenfest
sestrá (russ.): Schwester
Sisko: finnischer Mädchenname, bedeutet Schwester
Skolten, auch Skoltsami (veraltet Skoltlappen; finnisch: kolttasaamelaiset): kleine samische Volksgruppe mit eigener Sprache, von der etwa fünfhundert Personen im nordöstlichsten Finnland und vierhundert in Russland auf der Kola-Halbinsel wohnen
smetána (russ.): Schmand, saure Sahne
Solowézki-Inseln: russische Inselgruppe im Weißen Meer, wo auf Geheiß Lenins 1918 im dortigen Kloster das erste, berüchtigte Straflager der Sowjetunion eingerichtet wurde, das Vorbild für die weiteren Lager des Gulag. 1931 befanden sich dort mehr als 70 000 Häftlinge
soróka (russ.): traditioneller russischer Kopfputz für Frauen, auch bei Nachbarvölkern gebräuchlich
Spasski-Turm (russ. Spásskaja báschnja): Erlöserturm, der höchste der zwanzig Türme in der Moskauer Kreml-Mauer
Sperlingsberge (russ. Worobjówy Gory, 1935–1999 Leninberge, russ. Léninskije Góry): bis zu 70 m hohe, bewaldete Erhebungen in Moskau. Dort befindet sich die Lomonossow-Universität.
Stachánow, Alexéj Grigórjewitsch (1906–1947): sowjetischer Bergmann. Er schaffte es, in einer von offizieller Seite initiierten und sorgfältig geplanten Aktion mit Unterstützung von sieben anderen Bergleuten, seine Norm um das Dreizehnfache überzuerfüllen. Nach ihm wurde die Stachánow-Bewegung benannt, die

die Arbeitsproduktivität in der Sowjetunion steigern sollte.

Statja pjatdesjat wosem, odin a, dwadzat pjat, pjat i pjat! (russ.): vgl. Dwádzat pjat, pjat i pjat

stójtje! (russ.): halt, stehen bleiben!

stolówaja (russ.): Kantine, Speisesaal

Stolýpin-Waggon: nach seinem Erfinder benannter zweigeteilter Typ von Eisenbahnwaggons. Ursprünglich, zur Zarenzeit, wurden damit Bauern und ihr Vieh nach Sibirien zur Ansiedlung transportiert, zu sowjetischer Zeit Häftlinge (im Viehabteil) und ihre Bewacher (in dem für Menschen bestimmten Waggonteil) in die Lager und Gefängnisse.

stranno, njenormálno (russ.): seltsam, nicht normal

Straschnyj-Petje (russ.): »stráschnyj« bedeutet schrecklich

stukatsch (russ.): Zuträger, Spitzel

šügarla (mari): Friedhof

suka-bljad (russ.): Hündinnen-Hure

suki (russ.): »súka« bedeutet Hündin, ein Schimpfwort. Als »Suki« wurden im Lager diejenigen Kriminellen beschimpft, die mit den Blatnójs in Konflikt geraten waren, Denunzianten und Kollaborateure. Sie rivalisierten mit den Blatnój.

Sunzi: chinesischer General, Militärstratege und Philosoph, lebte im 6. Jh. vor Chr. Sein Buch »Die Kunst des Krieges« gilt als frühestes Buch über Strategie und ist bis heute eines der bedeutendsten Werke zu diesem Thema.

šüžö (mari): Ehefrau

swobóda (russ.): Freiheit

Syktyvkar: Hauptstadt der Republik Komi (zu sowjetischer Zeit der Komi ASSR)

šymakš (mari): ein Kopfschmuck, eine Kopfbedeckung

Syrjäne: s. Komi

sýschtschiki (russ.): Häscher, Geheimpolizisten

T

Taiga (russ.): waldiges und sumpfiges Gebiet, besonders in Sibirien

Targõltõš (mari): Waldgeist

Tatsa lijtsa (mari): Zum Wohle!

tau (mari): danke

tjaschelo (russ.): schwer

towárischtsch (russ.): Genosse, Kamerad

tschaj (russ.): Tee

Tscheremisse: s. Mari

Tscherwónez, Mehrzahl Tscherwonzen (russ.): im vorrevolutionären Russland Bezeichnung für ausländische Goldmünzen; hier: Lagerwährung

tschórnyj djen (russ.): schwarzer Tag

Tschuchná (russ.): so nennen die Russen die an der Ostsee wohnenden finnischstämmigen Völkerschaften, hier sind speziell die Finnen gemeint

Tschum (eurasisches Wanderwort, ist in mehreren Sprachen Nordeurasiens gebräuchlich): zeltartige Behausung nördlicher Völker, ein mit Fellen, Stoffen und/oder Birkenrinde abgedecktes Gerüst aus Holz oder Knochen

tšon (mari): nach dem Volksglauben der Mari eine von drei Seelen des Menschen, die sich ständig durch den Körper bewegt und dort keinen festen Aufenthaltsort hat

tuara (mari): hausgemachter Käse

tufta (russ. tuftá): Betrug, Fälschung, Schönen von Arbeitsergebnissen und Bilanzen

Tunguska: Tunguska-Ereignis, eine oder mehrere gewaltige Explosionen im Jahr 1908 in Sibirien, ausgelöst von einem Asteroiden, einem Kometen oder einer vulkanischen Eruption. Dabei wurden auf einem Gebiet von 2000 km^2 60 Mio. Bäume umgeknickt.

Tuonela: das Totenreich in der finnischen Mythologie

Turgõldaš-Tul (mari): Feuergeist

Ty snajesch (russ.): Du weißt schon
Ty uwérena (russ.): Bist du sicher?
tyge (mari): ja

U

U menjá w golowé rédenko saséjano. (russ.): Ich bin keine Intelligenzbestie; wörtlich: In meinem Kopf ist es dünn gesät
U was jest dokuménty? (russ.): Haben Sie Ihre Papiere dabei?
üder (mari): Mädchen
Udmurtin: finno-ugrisches Volk (alte Fremdbezeichnung: »Wotjaken«), das im europäischen Teil Russlands zwischen den Flüssen Kama und Wjatka in der Republik Udmurtien lebt
uleteli w trubu (russ.): Sie haben sich in Luft aufgelöst, wörtlich: Sie sind durch den Schornstein fortgeflogen

W

Waräger: Händler und Krieger aus Skandinavien, die zwischen dem 8. und 12. Jh. im Baltikum und in Osteuropa agierten. Der Waräger Rjurik begründete die Rus von Nowgorod, sein Sohn Oleg die Kiewer Rus.
der Weiße General: s. die Roten
Windknoten im Gürtel: Anspielung darauf, dass nach samischer Mythologie die Sami die Fähigkeit hatten, Wetter zu »machen«, also Wind, Nebel oder Nordlicht zu erzeugen. Irga hat samisch-schamanische Vorfahren.
Wnúkowo: einer der Moskauer Flughäfen
Wolódja/Wówa (russ.): Koseformen von Wladímir
wot tak (russ.): ein bestätigender Ausdruck: Ja, so
Wsjo, eto konjez! (russ.): Aus! Dies ist das Ende!
wujdõmo pormo (mari): kopflose Bremse
Wyt Awa (mari): Quellmutter, Wassermutter

Y

Yrjönkatu: Straße in Helsinki

Z

zelúj (russ.): küss sie

Zwillinge, aus einem Entenei geschlüpft: Detail aus der komi (syrjänischen) Mythologie

Literatur zum Thema

Boucht, Christer: Karjala kutsui. 2. painos. 1. painos ilm. nimellä Onnea etsimässä – Punaisesta Karjalasta Kaukoitään (Karelien rief. 2. Aufl./Titel 1. Aufl.: Auf der Suche nach dem Glück – Vom Roten Karelien in den Fernen Osten). Helsinki, Kirjayhtymä, 1983.

Gessen, Masha: Der Mann ohne Gesicht: Wladimir Putin. Eine Enthüllung. Aus dem amerikanischen Englisch von Henning Dedekind und Norbert Juraschitz. München, Piper, 2012.

Greene, Robert: Power. Die 48 Gesetze der Macht. Aus dem amerikanischen Englisch von Birgit Brandau und Hartmut Schickert. München, dtv, 2016.

Hänninen, Kirsi (Hrsg.): Työväki maahanmuuttajana. Väki voimakas 25, 2012. Työväen historian ja perinteen tutkimuksen seura – (Die Arbeiterschaft als Immigrant. Väki voimakas 25, 2012 (Gesellschaft für die Erforschung von Geschichte und Tradition der Arbeiterschaft)).

Holmberg, Uno: Die Religion der Tscheremissen. Aus dem Finnischen von Arno Bussenius. FF Communications VOL. XVIII.2 No. 61, Edited For The Folklore Fellows. 1926. Ursprüngliches Werk: Uno Harva, Tsheremissien uskonto, Helsinki, SKS, 1914.

Kangaspuro, Markku: Amerikansuomlaisten tie Neuvostokarjalaan: Leipää, poliittista aktivismia ja murskattuja unelmia. Teoksessa Saaritsa, Sakari – (Der Weg der Amerikafinnen nach Sowjet-Karelien: Brot, politischer Aktivismus und zerschmetterte Träume. In dem Band Saaritsa, Sakari).

Kostiainen, Auvo: Loikkarit: Suuren lamakauden laiton siirtolaisuus Neuvostoliittoon (Die Überläufer: Die illegale Migration in die Sowjetunion während der großen Rezession). Helsinki, Otava, 1988.

Lahti-Argutina, Eila: Olimme joukko vieras vaan. Venäjänsuomalaiset vainonuhrit Neuvostoliitossa 1930-luvun alusta 1950-luvun alkuun (Wir waren nur eine Schar Fremder. Die russlandfinnischen Opfer der Verfolgung in der Sowjetunion vom Beginn der 1930er bis zum Beginn der 1950er Jahre). Turku, Siirtolaisinstituutti – Institute of Migration, 2001.

Laine, Timo: Torakoita ja panssarivaunuja (Kakerlaken und Panzerwagen). Helsinki, Tammi, 2014.

Laulajainen, Leena: Marilaiset – laulun ja uhritulien kansa (Die Mari – ein Volk der Lieder und Opferfeuer). Helsinki, Otava, 1995.

Lehtinen, Ildikó (Hrsg.): Valkoisen Jumalan tyttäret (Die Töchter des Weißen Gottes). Finnisch-ugrische Gesellschaft, Helsinki, 2009.

Malmi, Timo: Tähkäpää, sotavangin laulu (Die Ähre, Lied eines Kriegsgefangenen). Jyväskylä, Atena, 1999.

Matthews, Owen: Winterkinder: Drei Generationen Liebe und Krieg. München, Graf, 2014.

www.migrationinstitute.fi/: teils kostenpflichtige, teils kostenlose Dateien über die Auslandsfinnen.

Nevalainen, Pekka: Punaisen myrskyn suomalaiset. Suomalaisten paot ja paluumuutot idästä 1917–1939. Suomalaisen kirjallisuuden Seura (Die Finnen der roten Stürme. Die Fluchten der Finnen und die Rückkehr aus dem Osten 1917–1939. Gesellschaft für finnische Literatur). Helsinki, 2002.

Perttu, Arvi: Neljän vuoden harharetki (Eine Irrfahrt von vier Jahren).

Ranta, Kalle: Arpi korvassa ja sydämessä: muistelmia ja mietelmiä myrskyisän vuosisatamme historian pyörteissä tuhlatusta elämästä (Eine Narbe im Ohr und im Herzen: Erinnerungen und Gedanken an ein Leben, das in den Strudeln der Geschichte unseres stürmischen Jahrhunderts verschwendet wurde). Helsinki, WSOY, 2000.

Rautkallio, Hannu: Suuri viha: Stalinin suomlaiset uhrit 1930-luvulla (Der große Hass. Stalins finnische Opfer in den 1930er Jahren). Helsinki, WSOY, 1995.

Rislakki, Jukka – Lahti-Argutina, Eila: Meillä ei kotia täällä. Suomalaisten loikkarien joukkotuho Uralilla 1938 (Wir haben hier kein Heim. Die Massenvernichtung finnischer Überläufer im Ural 1938). Helsinki, Otava, 1997.

Rislakki, Jukka: Vorkuta. Vankileirien kapina ja sen suomalainen johtohahmo (Workuta. Die Rebellion der Straflager und ihre finnische Führungsfigur). Helsinki, WSOY, 2013.

Ruusunen, Aimo (Hrsg.): Suomalaisia Neuvostoliitossa. Matrikkeli Neuvostoliittoon muuttaneista suomalaisista

(Finnen in der Sowjetunion. Matrikel der in die Sowjetunion gegangenen Finnen). Julki, 1993.

Solschenizyn, Alexander: Der Archipel GULAG. Bern, Scherz, 1974.

Tšelyševa, Oksana: He seurasivat minua kadulla (Sie verfolgten mich auf der Straße). Helsinki, Into, 2012.

Tuomainen, Arvo: Kremlin kellot (Die Glocken des Kreml). Helsinki, Tammi, 1956.

Tuomi, Kaarlo R.: Isänmaattoman tarina: amerikansuomalaisen vakoojan muistelmat (Die Geschichte eines Vaterlandslosen: Erinnerungen eines amerikafinnischen Spions). Helsinki, WSOY, 1984.

Tuuri, Antti: Ikitie (Der ewige Weg). Helsinki, Otava, 2011.

Verofejev, Viktor: Hyvä Stalin (Der gute Stalin). Helsinki, Like, 2004.

Vihavainen, Timo: Vanhan Venäjän paluu (Die Rückkehr des alten Russlands). Helsinki, Otava, 2014.

Virtanen, Rauni (Hrsg.): Irman tarina: Kanadansuomalaisen Irma Kuprin matka Kanadasta Neuvostoliittoon ja Venäjältä Suomeen (Irmas Geschichte: Die Reise der Kanadafinnin Irma Kupri von Kanada in die Sowjetunion und von Russland nach Finnland). Turku, Siirtolaisinstituutti – Institute of Migration, 2012.

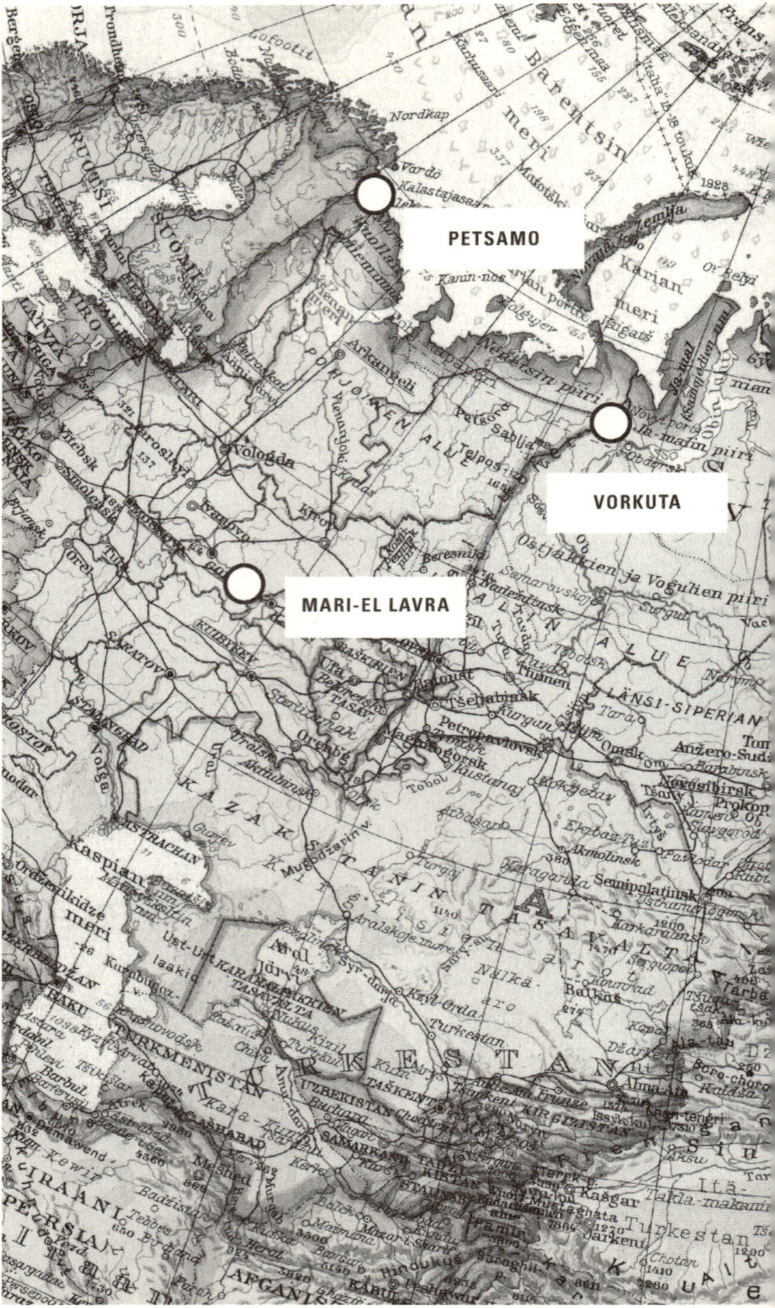
PETSAMO
VORKUTA
MARI-EL LAVRA

Fram 1893-96
K. Molotov
Pohjoismaa
Severnaja Zemlja
Bolševikin s.
K. Tšeljuskin
Sokolskin
Taimyr
Byrranga
Taimyr j.
Taimyrin piiri
Chatanga
Anabar
Olenek
Nordenskioldin meri
De Longin s.
Bennettin s.
Fadejevski
Novaja Sibir
Kotelnyi
Uusi Siperia
Ljachovin s.
Stolbovoi
Svjatoi Nos
Sagastyr
Borchaja
Karhu s.
Tšukšien
Omolon
Kolyma
Nizne-Kolymsk
Sredne Kolymsk
Verchne Kolymsk
Tšarski v.
Chajachtak v.
Jana
Orulgan
Verchojansk
Lena
Verchojanskin v.
Ojmekon
Jakutsk
Aldan
Ohotan meri
Ochotsk
Ajan
Jenisejskin port
Dudinskoje
Evenkin piiri
Vilui v.
Vilui
Viluisk
JAKUUTTIEN TASAV.
SIPERIA
Ala-Tunguska
Tura
Kana v.
Sin vuoret
Olekminsk
Ust-Maiskaja
Maja
Amga
Tommot
Kivinen Tunguska
Pit vuoret
Tšeptorgo
Vitim
Olekma
Bodaibo
Kirensk
Ylä-Tunguska
Olekman piiri
Ruchlovo
Zeja
Svobodnyi
Blagoveštšensk
Amur
Krasnojarsk
Kansk
Nižneudinsk
Tulun
Verchojensk
Burjatti-mongolien
Baikal
Verchneudinsk
Irkutsk
Tšita
Sretensk
Nertšinsk
Mantšuria
Petrovsk
Sajanin vuoret
Munku-Sardyk
TANNU-TUVA
KRASNYJ
Tannu-ola
Sucbunga
Dalai nor
Mantšuria
Tsitsihar
CHARBIN
Kirin
MANTŠUKUO
HSIN-KING
Tšang-tšun
Tie-ling
MUKDEN
Liou-jang
Selenga
Orchon
Changai
URGA
Kerulen
San-Beise-Urgo
MONGOLIA
Sair-ussu
Bogdy-ola
Mingan
Dolon-nor
Tšöng-tö
Kin-tšou
Jing-kou
Dairen
Port Arthur
Korean l.
PEKING
TIEN-TSIN
Kalgan
Kuei hua tšöng
Dsessy
Gobin autiomaa
Barkul
Chami
Lop nor
An-si
Su-tšou
Ta-tung
Huang-ho
Pau-ting
Tšöng-ting
Wu-ting
Tsi-fu
Wei-hai-wei
TSING-TAO
Tai-juen
Sung-tö
TSI-NAN
I-tšou
Hai-ts.
Keltainen meri
Wei-hwei
King-jang
KAI-FÖNG
Keisarin-kan.
Huai-ngan
Jung-tsi
Ho-nan
LAN-TŠOU
Kuku-nor
Nan-šan
Tsaidam-järvi
Altai
Mongolian Altai